वार्षिक समसामयिकी

जनवरी 2022 - दिसंबर 2022

नवीनतम संस्करण
अभ्यास किट

12 टेस्ट्स
12 करेंट अफेयर्स

वास्तविक परीक्षा प्रारूप पर आधरित टेस्ट

✓ पूर्णतः संशोधित और अद्यतन
✓ सभी बहुविकल्पीय प्रश्नो का विस्तृत विश्लेषण

शीर्षक : वार्षिक समसामयिकी जनवरी 2022 - दिसंबर 2022

लेखक का नाम : **Mr. Rohit Manglik**

प्रकाशक : **EduGorilla Community Pvt. Ltd.**

प्रकाशक का पता : 12/651 प्रथम तल, अरविन्दो पार्क के सामने, निकट जामा मस्जिद, इंदिरा नगर लखनऊ, उत्तर प्रदेश, 226016, भारत।

कॉपीराइट EduGorilla

ISBN : 978-93-55565-93-8

प्रथम संस्करण

अस्वीकरण EduGorilla

Compiled and created by EduGorilla Community Pvt. Ltd

EduGorilla Community Pvt. Ltd. द्वारा मुद्रित

रोहित मांगलिक
सीईओ, EduGorilla

प्रिय छात्रों,

एक बहुत ही प्रचलित कहावत है कि "सफलता उन्हीं को मिलती है जो उसके लिए कड़ी मेहनत करते हैं।" लेकिन मैंने लोगों को उनकी परीक्षाओं के लिए दिन-रात एक करके मेहनत करते हुए देखा है, पर फिर भी वे सफल नहीं हो पाते। तो वहीं दूसरी ओर, कुछ लोग बस आधी मेहनत करके परीक्षा में सफलता प्राप्त करते हैं। तो, क्या वे किस्मत वाले हैं? नहीं मेरा मानना है, कि ऐसा इसलिए है क्योंकि वे सिर्फ कड़ी नहीं बल्कि कुशल तरीके से अपनी तैयारी करते हैं। इसी तरह आपको भी अपनी परीक्षाओं की तैयारी के लिए अपनी योजना बनानी चाहिए, ताकि आपकी भी सफलता की संभावना बढ़ सके। तो तैयार हो जाइये EduGorilla के साथ अपनी परीक्षा में चयन होने की संभावना को 16 गुना बढ़ाने के लिए।

EduGorilla आपको न केवल कड़ी मेहनत करने में मदद करता है, बल्कि एक स्मार्ट और योजनाबद्ध तरीके से तैयारी करने में भी सहायता प्रदान करता है। EduGorilla की तैयारी पैकेज के साथ आप अपने परीक्षा में चयन होने के रास्ते को सहज और मनोरंजक बना सकते हैं। अपनी तैयारी के लिए सही रास्ता खोजना मुश्किल हो सकता है, यदि आप ये नहीं जानते कि आपको किस दिशा में जाना है। चिंता न करें हम आपके साथ खड़े हैं! EduGorilla आपकी सफलता में आपका मार्गदर्शक बनेगा। हमारे तैयारी पैकेज के साथ आप रणनीतिक रूप से तैयारी कर, अपनी परीक्षा में सिर्फ एक ही प्रयास में सफल हो सकते हैं।

EduGorilla के तैयारी पैकेज में शामिल हैं-

- टेस्ट सीरीज़
- किताबें

हमारे तैयारी पैकेज को सभी तरह के नये बदलवों, विशेषज्ञों की राय एवं छात्रों के प्रतिक्रिया के अनुसार तैयार किया गया है। जो आपको परीक्षा के प्रत्येक चरण की चयन प्रक्रिया को पार करने के योग्य बनाता है।

हमारी किताबें शिक्षकों और विशेषज्ञों द्वारा आपकी परीक्षा के लिए तैयार की गई हैं, 150+ वर्षों के अनुभव के साथ; ताकि आपको आसान, कुशल और प्रभावी शिक्षण प्रदान किया जा सके। हमारी स्मार्ट किताबें न सिर्फ आपको प्रश्नों के उत्तर देने की समझ देती हैं, अपितु आपके अभ्यास के लिए समान रूप के प्रश्न भी प्रदान करती हैं।

EduGorilla की सक्षम टेस्ट सीरीज आपको वास्तविक अनुभव और आत्मविश्वास प्रदान करती हैं, जिसके माध्यम से आप केवल एक प्रयास में अपनी ऑफलाइन अथवा ऑनलाइन परीक्षा पास कर सकते हैं। वर्तमान में हम 93,000+ मॉक टेस्ट्स और 1,480+ प्रतियोगी एवं शैक्षणिक परीक्षाओं की तैयारी कराते हैं।

अर्थात, EduGorilla आपकी तैयारी में आपकी सहायता करने का कोई भी मौका नहीं छोड़ता है और परीक्षा के सभी चरणों को कवर करता है, ताकि परीक्षा की तैयारी के लिए आपको कहीं और भटकना ना पड़े।

हम आपको डिफेन्स, बैंकिंग, टीचिंग और अन्य राष्ट्रीय एवं राज्य स्तरीय परीक्षाओं के लिए सम्पूर्ण तैयारी पैकेज प्रदान करते हैं। अतः इससे कोई फर्क नहीं पड़ता कि आप किस परीक्षा के लिए तैयारी कर रहे हैं, क्योंकि आप सफलता हासिल करेंगे।

आपको परीक्षा की शुभकामनाएं!

रोहित मांगलिक,
संस्थापक और मुख्य कार्यकारी अधिकारी, EduGorilla

संपादक की कलम से

प्रस्तावना

EduGorilla छात्रों को उनकी परीक्षा में सफल होने के लिए मार्गदर्शन प्रदान करता है। जिसको ध्यान में रखते हुए हमारे कुल 150+ वर्षों का अनुभव रखने वाले प्रतिष्ठित विशेषज्ञों ने कड़े प्रयासों के द्वारा "वार्षिक समसामयिकी : जनवरी 2022 - दिसंबर 2022" को तैयार किया है। इस किताब के प्रश्नों को हाल ही में परीक्षा के पाठ्यक्रम और पैटर्न में हुए सभी बदलावों को ध्यान में रखकर बनाया गया है। वो प्रश्न जिनकी वार्षिक समसामयिकी 2022 परीक्षा में आने कि संभवना काफी प्रबल है, उनको इस किताब मे रखा गया है। आप EduGorilla की "वार्षिक समसामयिकी : जनवरी 2022 - दिसंबर 2022" के माध्यम से अपनी सफलता की संभावना को 16 गुना बढ़ा सकते हैं।

EduGorilla ये अपनी संपूर्ण तैयारी पैकेज के माध्यम से साकार करता है। इस किट में आपको प्रश्न अच्छी तरह अवधारित एवं संरचित रूप मे मिलेंगे जिन्हे आपकी जरूरतों के अनुसार बनाया गया है। इसके माध्यम से आपको स्मार्ट तरीके से परीक्षा के लिए अभ्यास करने में मदद मिलेगी। साथ ही आपको सहायक, समाधान और स्मार्ट उत्तर पत्रिका भी प्रदान की जायेंगी। जिससे आप अपना मूल्यांकन स्वयं कर सकते हैं। आप स्वयं की समीक्षा कर, उन सभी बिन्दुओं पर खुद को बेहतर तरीके से तैयार कर सकते हैं।

EduGorilla आपको अपनी परीक्षा में सफ़लता दिलाने और आपके लक्ष्य को हासिल करने में आपकी सहायता करने का वादा करता हैं। हम अपने प्रतिभागियों पर पूरा भरोसा करते हैं और उन्हें मेरिट सूची के शीर्ष पर देखते हैं। शीर्ष स्थान की ओर आपका पहला कदम है हमारे साथ तैयारी शुरू करना। EduGorilla की "वार्षिक समसामयिकी : जनवरी 2022 - दिसंबर 2022" की विशेषताएं कुछ इस प्रकार हैं।

➤ अच्छी तरह से शोध किया हुआ पाठ्यक्रम

➤ उच्च गुणवत्ता

➤ विस्तृत उत्तर और विश्लेषण

➤ स्मार्ट उत्तर पत्रिका

➤ परीक्षा सुसंगत प्रश्न

इस प्रकार EduGorilla आपकी तैयारी को मजबूत और आपको परीक्षा में सफल होने के योग्य बनाता है।

वार्षिक समसामयिकी 2022
परीक्षा की योग्यता, परीक्षा पैटर्न, विषय को जानने के लिए QR कोड को स्कैन करें।

Book ID: 1273

विषय-सूची

वार्षिक समसामयिकी 01

1. किस राज्य की विधान परिषद ने राज्य द्वारा संचालित विश्वविद्यालयों में उच्च शिक्षा मंत्री को अधिक अधिकार देने के लिए एक विधेयक पारित किया है?
   (a) आंध्र प्रदेश (b) महाराष्ट्र
   (c) तेलंगाना (d) तमिलनाडु

2. हाल ही में किस भारतीय तेज गेंदबाज ने 200 टेस्ट विकेट का खिताब हासिल किया है?
   (a) मोहम्मद शमी (b) रविचंद्रन अश्विन
   (c) रवींद्र जडेजा (d) जसप्रीत बुमराह

3. 'वित्तीय स्थिरता रिपोर्ट (एफएसआर)' किस संस्थान द्वारा जारी प्रमुख रिपोर्ट है?
   (a) नीति आयोग (b) भारतीय रिजर्व बैंक
   (c) विश्व बैंक (d) एशियाई विकास बैंक

4. किस देश ने हाल ही में अगले वर्ष के लिए बिजली के आयात के लिए ताजिकिस्तान के साथ एक समझौते पर हस्ताक्षर किए हैं?
   (a) भारत (b) पाकिस्तान
   (c) अफ़ग़ानिस्तान (d) कज़ाख़िस्तान

5. अमेरिकी जनगणना ब्यूरो के अनुसार 1 जनवरी, 2022 को विश्व की अनुमानित जनसंख्या कितनी है?
   (a) 3.8 अरब (b) 5.8 अरब
   (c) 8.8 अरब (d) 7.8 अरब

6. वार्षिक उल्का वर्षा का नाम क्या है, जो जनवरी के दौरान सक्रिय होता है?
   (a) क्वाड्रंटिड्स (b) जेमिनिड्स
   (c) लेओनिड्स (d) उर्सिड्स

7. कौन सा राज्य/केंद्र शासित प्रदेश 2022 में 25 वें राष्ट्रीय युवा महोत्सव की मेजबानी करने के लिए तैयार है?
   (a) महाराष्ट्र (b) पुदुचेरी
   (c) गोवा (d) असम

8. 5 जनवरी, 2022 को अपना पहला एलएनजी टर्मिनल स्थापित करने के लिए किस राज्य ने सिंगापुर स्थित एलएनजी एलायंस कंपनी के साथ समझौता ज्ञापन पर हस्ताक्षर किए?
   (a) केरल (b) कर्नाटक
   (c) तेलंगाना (d) गुजरात

9. 7 जनवरी, 2022 को पीएम-पोशन योजना के प्रभावी कार्यान्वयन के लिए किस संगठन ने अक्षय पात्र फाउंडेशन के साथ भागीदारी की है?
   (a) आईएमएफ (b) विश्व बैंक
   (c) संयुक्त राष्ट्र डब्ल्यूएफपी -(d) यूनिसेफ

10. 2,000 करोड़ रुपये का डेयरी संयुक्त उद्यम बनाने के लिए किस राज्य ने 'राष्ट्रीय डेयरी विकास बोर्ड' के साथ समझौते पर हस्ताक्षर किए?
   (a) पंजाब (b) असम
   (c) गुजरात (d) महाराष्ट्र

11. किस मंत्रालय ने ई-कॉमर्स संस्थाओं के लिए आपूर्ति श्रृंखलाओं में मदद के लिए हेल्पलाइन नंबर की घोषणा की?
   (a) वाणिज्य और उद्योग मंत्रालय
   (b) एमएसएमई मंत्रालय
   (c) श्रम और रोजगार मंत्रालय
   (d) इलेक्ट्रॉनिक्स और आईटी मंत्रालय

12. "वीर बाल दिवस" किस धर्म से संबंधित है?
   (a) हिन्दू धर्म (b) सिख धर्म
   (c) बुद्ध धर्म (d) जैन धर्म

13. यूनेस्को भारत की यूनेस्को की विश्व धरोहर स्थलों का विवरण अपनी वेबसाइट पर 10 जनवरी, 2022 को किस भाषा में प्रकाशित करने के लिए सहमत हुआ?
   (a) तमिल (b) संस्कृत
   (c) तेलुगू (d) हिन्दी

14. हाल ही में खबरों में रहा 'इबोनिया' रामायण का ऐसा ही संस्करण किस देश में पाया जाता है?
   (a) नेपाल (b) मेडागास्कर
   (c) श्रीलंका (d) मॉरीशस

15. किस संस्थान ने 'इंडिया डिजिटल समिट' का शुभारंभ किया?
   (a) इंटरनेट एंड मोबाइल एसोसिएशन ऑफ इंडिया (आईएएमएआई)
   (b) भारतीय उद्योग परिसंघ (सीआईआई)
   (c) इलेक्ट्रॉनिक्स और आईटी मंत्रालय
   (d) नीति आयोग

16. कौन सा संस्थान हर साल 'वैश्विक जोखिम रिपोर्ट' जारी करता है?
   (a) अंतर्राष्ट्रीय मुद्रा कोष (b) विश्व आर्थिक मंच
   (c) विश्व बैंक (d) नीति आयोग

17. मैन-पोर्टेबल एंटी-टैंक गाइडेड मिसाइल (एमपीएटीजीएम), जिसका हाल ही में उड़ान परीक्षण किया गया था, किस देश में विकसित किया गया था?
   (a) फ्रांस (b) यूएसए
   (c) भारत (d) इज़राइल

18. 13 जनवरी, 2022 को जाइलोफगा नंदनी', जिसे हाल ही में पहचाना गया था, __________ की एक प्रजाति है।
   (a) मोलस्क (b) मछली
   (c) कछुआ (d) साँप

19. किस भारतीय राज्य ने किसानों की खाद्य सुरक्षा में सुधार के लिए विश्व खाद्य कार्यक्रम (डब्ल्यूएफपी) के साथ हाथ मिलाया है?
   (a) तमिलनाडु (b) ओड़िशा
   (c) तेलंगाना (d) असम

20. 2022 में ब्रिक्स का अध्यक्ष कौन सा देश है?
   (a) रूस (b) भारत
   (c) चीन (d) ब्राज़िल

21. किस ई-कॉमर्स कंपनी ने नेशनल इनोवेशन फाउंडेशन के इनक्यूबेटर (NIFientreC) के साथ समझौता ज्ञापन पर हस्ताक्षर किए हैं?
   (a) फ्लिपकार्ट (b) एमाज़ॉन
   (c) बिगबास्केट (d) स्नैपडील

22. मोबाइल फोन के माध्यम से भारत के गांवों के देश के पहले सांस्कृतिक सर्वेक्षण का क्या नाम है?
   (a) सेवा भोज
   (b) मेरा गांव, मेरी धरोहर
   (c) आजादी का अमृत महोत्सव
   (d) प्रशाशन गांव की और

23. निम्नलिखित में से कौन सा बैंक दिसंबर में तीसरी मौद्रिक नीति के अनुसार आरबीआई के 2021 घरेलू व्यवस्थित रूप से महत्वपूर्ण बैंकों में से नहीं है?
   (a) एचडीएफसी बैंक (b) आईसीआईसीआई बैंक

(c) पंजाब नेशनल बैंक (d) भारतीय स्टेट बैंक

24. कौन सी कंपनी 3 ट्रिलियन डॉलर मार्केट कैप तक पहुंचने वाली दुनिया की पहली कंपनी बन गई है?
(a) एप्पल (b) माइक्रोसॉफ्ट
(c) टिक टॉक (d) फेसबुक

25. कौन सा शहर सभी विमानन सुविधाओं के साथ भारत का पहला हेली-हब प्राप्त करने के लिए तैयार है?
(a) पठानकोट (b) जामनगर
(c) जोधपुर (d) गुरुग्राम

26. भारत ने किस देश के साथ त्रिंकोमाली तेल टैंक फार्म विकसित करने के लिए एक समझौते पर हस्ताक्षर किए हैं?
(a) श्रीलंका (b) नेपाल
(c) भूटान (d) चीन

27. KCMR ने Omicron और SARS-CoV 2 के अन्य सभी रिपोर्ट किए गए वेरिएंट का पता लगाने के लिए एक स्वदेशी किट 'OmiSure' को मंजूरी दी है। इस किट का निर्माण किस संस्थान ने किया है?
(a) आईआईटी मद्रास
(b) टाटा मेडिकल एंड डायग्नोस्टिक्स
(c) सीएसआईआर-भारतीय एकीकृत चिकित्सा संस्थान
(d) केपबायो

28. प्रौद्योगिकी के लिए राष्ट्रीय शैक्षिक गठबंधन (NEAT 3.0), छात्रों को सर्वोत्तम विकसित एड-टेक समाधान और पाठ्यक्रम प्रदान करने के लिए एक एकल मंच किसने लॉन्च किया?
(a) धर्मेंद्र प्रधान (b) अमित शाह
(c) नरेंद्र मोदी (d) पीयूष गोयल

29. ' 2030 तक बायोडाइवरसिटी इनिशिएटिव' किस संगठन से जुड़ा है?
(a) विश्व बैंक (b) वर्ल्ड इकोनॉमिक फोरम
(c) अंतर्राष्ट्रीय मुद्रा कोष (d) नीति आयोग

30. WEF डेवोस एजेंडा 2022 के दौरान किस देश ने 'P 3 (प्रो-प्लैनेट पीपल) आंदोलन का प्रस्ताव दिया?
(a) यूएसए (b) रूस
(c) भारत (d) यूके

31. 'प्रोटोब्लेफेरस अपतानी' छिपकली की एक नई प्रजाति है जिसे 19 जनवरी (2022\) को किस राज्य में खोजा गया है?
(a) सिक्किम (b) कर्नाटक
(c) अरुणाचल प्रदेश (d) गोवा

32. किस देश के केंद्रीय बैंक ने देश में क्रिप्टोकरेंसी पर पूर्ण प्रतिबंध लगाने का प्रस्ताव दिया है?
(a) यूएसए (b) रूस
(c) जर्मनी (d) चीन

33. दुनिया के सबसे बुजुर्ग व्यक्ति सैटर्निनो डे ला फुएंते गार्सिया, जिनका हाल ही में निधन हो गया, किस देश से थे?
(a) जापान (b) जर्मनी
(c) स्पेन (d) यूएसए

34. किस संस्थान ने 'कनेक्टिंग द डॉट्सः प्लास्टिक पॉल्यूशन एंड द प्लेनेटरी इमरजेंसी' रिपोर्ट जारी की?
(a) विश्व आर्थिक मंच
(b) संयुक्त राष्ट्र पर्यावरण कार्यक्रम
(c) पर्यावरण जांच एजेंसी
(d) अंतराष्ट्रिय क्षमा

35. किस राज्य/केंद्र शासित प्रदेश ने भारत का पहला जिला सुशासन सूचकांक (DGGI) लॉन्च किया?
(a) केरल (b) जम्मू और कश्मीर
(c) गोवा (d) सिक्किम

36. भारत में "राष्ट्रीय बालिका दिवस" कब मनाया जाता है?
(a) 23 जनवरी (b) 24 जनवरी
(c) 26 जनवरी (d) 30 जनवरी

37. किस देश ने जीन-संपादित पौधों के अनुमोदन के लिए परीक्षण नियम प्रकाशित किए हैं?
(a) यूएसए (b) इंडोनेशिया
(c) इज़राइल (d) चीन

38. किस केंद्रीय मंत्रालय ने 'MyCGHS' मोबाइल एप्लिकेशन लॉन्च किया?
(a) शिक्षा मंत्रालय (b) स्वास्थ्य मंत्रालय
(c) पर्यटन मंत्रालय (d) संस्कृति मंत्रालय

39. पद्म भूषण पुरस्कार से सम्मानित 'आर नागास्वामी', जिनका हाल ही में निधन हो गया, किस क्षेत्र से जुड़े थे?
(a) पुरातत्व (b) व्यापार
(c) खेल (d) साहित्य

40. भारत ने हाल ही में मानव स्वास्थ्य में उन्नति के लिए वैज्ञानिक सहयोग पर किस देश के साथ एक समझौता ज्ञापन पर हस्ताक्षर किए हैं?
(a) इज़राइल (b) श्रीलंका
(c) फ्रांस (d) जर्मनी

41. किस मंत्रालय ने 'इंडियाज वीमेन अनसंग हीरोज ऑफ फ्रीडम स्ट्रगल' शीर्षक वाली सचित्र पुस्तक का विमोचन किया?
(a) संस्कृति मंत्रालय (b) विदेश मंत्रालय
(c) पर्यटन मंत्रालय (d) रक्षा मंत्रालय

42. तेलिनीलपुरम अंतर्राष्ट्रीय पक्षी अभयारण्य हाल ही में स्पॉट-बिल पेलिकन के लिए चर्चा में है, किस राज्य में स्थित है?
(a) कर्नाटक (b) आंध्र प्रदेश
(c) ओडिशा (d) पश्चिम बंगाल

43. भारत ने किस देश की तकनीकी सहायता से 150 'उत्कृष्टता के गांव' बनाने की घोषणा की है?
(a) इज़राइल (b) यूएसए
(c) फ्रांस (d) रूस

44. निम्नलिखित में से किसने जनवरी 2022 में ऑस्ट्रेलियन ओपन महिला एकल का खिताब जीता है?
(a) एशले बार्टी (b) डेनिएल कोलिन्स
(c) नाओमी ओसाका (d) सेरेना विलियम्स

45. पद्म श्री पुरस्कार से सम्मानित बाबा इकबाल सिंह का जनवरी 2022 में निधन हो गया है। वे एक ________ थे।
(a) समाज सेवक (b) राजनीतिज्ञ
(c) कवि (d) संगीत निर्देशक

46. निम्नलिखित में से किसने जनवरी 2022 में ऑस्ट्रेलियन ओपन पुरुष एकल फाइनल जीता है?
(a) डेनियल मेदवेदेव (b) राफेल नडाल
(c) रोजर फ़ेडरर (d) नोवाक जोकोविच

47. निम्नलिखित में से किसे जनवरी 2022 में ऑनलाइन गेमिंग कंपनी गेम्स 24×7 का ब्रांड एंबेसडर नियुक्त किया गया है?
(a) ऋषभ पंत (b) रणवीर सिंह
(c) मिताली राज (d) ह्रितिक रोशन

48. निम्नलिखित में से किस शहर को जनवरी 2022 में भारत का सबसे बड़ा इलेक्ट्रिक वाहन चार्जिंग स्टेशन मिला है?

(a) चंडीगढ़ (b) मुंबई
(c) गुरुग्राम (d) कोलकाता

49. निम्नलिखित में से कौन सा रेल कॉरिडोर अडानी पोर्ट्स एंड स्पेशल इकोनॉमिक ज़ोन (APSEZ) द्वारा जनवरी 2022 में अधिग्रहित किया गया है?
(a) सरगुजा रेल कॉरिडोर
(b) हावड़ा-हल्दिया रेल कॉरिडोर
(c) ईस्टर्न डेडिकेटेड फ्रेट कॉरिडोर
(d) उत्तर-दक्षिण समर्पित फ्रेट कॉरिडोर

50. आर्थिक सर्वेक्षण 2021 – 22 के अनुसार, भारत ने अप्रैल 2022 में शुरू होने वाले आने वाले वित्तीय वर्ष के लिए कितने प्रतिशत की आर्थिक वृद्धि का अनुमान लगाया है?
(a) 6% से 6.5% (b) 7% से 7.5%
(c) 8% से 8.5% (d) 9% से 9.5%

51. जनवरी 2022 में भारत की संसद द्वारा शुरू किए गए डिजिटल ऐप का नाम क्या है?
(a) इंटरनेट संसद ऐप (b) डिजिटल संसद ऐप
(c) संसद विचार ऐप (d) कनेक्ट योर संसद ऐप

52. निम्नलिखित में से किस कंपनी ने अपने मोबाइल एप्लिकेशन के माध्यम से ग्रामीण आबादी के लिए स्वास्थ्य और पशु बीमा प्रदान करने के लिए एग्रीटेक स्टार्ट-अप FAARMS के साथ भागीदारी की है?
(a) नेशनल इंश्योरेंस कंपनी लिमिटेड
(b) यूनाइटेड इंडिया इंश्योरेंस कंपनी लिमिटेड
(c) बजाज आलियांज जनरल इंश्योरेंस
(d) रिलायंस जनरल इंश्योरेंस कंपनी लिमिटेड

53. निम्नलिखित में से किस राज्य ने जनवरी 2022 में पहला ओडीएफ (खुले में शौच मुक्त) प्लस गांव घोषित किया है?
(a) मिजोरम (b) असम
(c) नगालैंड (d) त्रिपुरा

54. निम्नलिखित केंद्र सरकार के मंत्रियों में से किसने जनवरी 2022 में भारत की महिला अनसंग हीरोज ऑफ फ्रीडम स्ट्रगल पर एक सचित्र पुस्तक का विमोचन किया है?
(a) मीनाक्षी लेखी (b) स्मृति ईरानी
(c) निर्मला सीतारमण (d) रेणुका सिंह

55. विश्व सीमा शुल्क संगठन (WCO) के उद्घाटन सत्र को मनाने के लिए, अंतर्राष्ट्रीय सीमा शुल्क दिवस हर साल ________ मनाया जाता है।
(a) 26 जनवरी (b) 20 अक्टूबर
(c) 25 जनवरी (d) 5 अक्टूबर

56. केंद्र सरकार ने राष्ट्रीय वाहक एयर इंडिया का टाटा संस को विनिवेश 27 जनवरी 2022 को संपन्न किया है। यह लेन-देन कितनी संस्थाओं को कवर करता है?
(a) एयर इंडिया (b) एयर इंडिया एक्सप्रेस
(c) AISATS (d) उपरोक्त सभी

57. निम्नलिखित में से किस एयरोस्पेस कंपनी ने 2022 में विक्रम- 1 रॉकेट के प्रक्षेपण के लिए बुनियादी ढांचे के निर्माण के लिए 45 लाख डॉलर जुटाए हैं?
(a) एप्सिलॉन एयरोस्पेस प्राइवेट लिमिटेड
(b) लॉकहीड मार्टिन
(c) जनरल इलेक्ट्रिक (जीई एविएशन)
(d) स्काईरूट एयरोस्पेस

58. निम्नलिखित में से किस राज्य सरकार ने जनवरी 2022 में इलेक्ट्रिक वाहन चार्जिंग स्टेशनों की स्थापना के लिए कन्वर्जेंस एनर्जी सर्विसेज लिमिटेड (सीईएसएल) के साथ एक समझौते पर हस्ताक्षर किए हैं?
(a) हरयाणा (b) उत्तर प्रदेश
(c) दिल्ली (d) कर्नाटक

59. निम्नलिखित में से किस राज्य सरकार ने जनवरी 2022 में सरकारी नौकरी के इच्छुक उम्मीदवारों के लिए ऊपरी आयु सीमा में पांच वर्ष की वृद्धि करने का निर्णय लिया है?
(a) त्रिपुरा (b) मेघालय
(c) असम (d) पश्चिम बंगाल

60. किस देश का पहला योग उत्सव जनवरी 2022 में हुआ था?
(a) सऊदी अरब (b) ईरान
(c) यमन (d) कतर

// स्मार्ट उत्तर पुस्तिका //

सही उत्तर — उन छात्रों का प्रतिशत जिन्होंने प्रश्न का सही उत्तर दिया।

छोड़ दिया — उन छात्रों का प्रतिशत जिन्होंने प्रश्न को छोड़ दिया।

प्रश्न संख्या	उत्तर	सही उत्तर छोड़ दिया	प्रश्न संख्या	उत्तर	सही उत्तर छोड़ दिया	प्रश्न संख्या	उत्तर	सही उत्तर छोड़ दिया
1	B	22.11% 8.54%	2	A	13.57% 40.2%	3	B	28.14% 33.17%
4	C	17.09% 41.7%	5	D	18.09% 37.69%	6	A	14.07% 38.69%
7	B	17.59% 39.19%	8	B	16.08% 40.2%	9	C	14.07% 39.7%
10	B	9.05% 41.2%	11	A	21.61% 33.16%	12	B	21.11% 41.2%
13	D	30.15% 27.14%	14	B	14.07% 42.21%	15	A	12.06% 34.17%
16	B	25.13% 33.66%	17	C	17.59% 41.2%	18	A	14.07% 42.21%
19	B	19.6% 19.6%	20	C	17.59% 29.65%	21	B	34.17% 26.13%
22	B	24.12% 42.21%	23	C	30.15% 20.6%	24	A	27.14% 41.2%
25	D	15.08% 40.7%	26	A	14.07% 42.21%	27	B	16.58% 22.62%
28	A	17.59% 41.2%	29	B	27.14% 27.13%	30	C	21.61% 38.69%
31	C	18.09% 35.18%	32	B	18.59% 32.16%	33	C	27.14% 24.12%
34	C	16.58% 41.71%	35	B	21.11% 34.67%	36	B	28.64% 35.18%
37	D	11.56% 41.2%	38	B	24.62% 41.71%	39	A	18.09% 42.21%
40	C	18.09% 41.71%	41	A	31.66% 25.63%	42	B	17.09% 41.7%
43	A	16.58% 33.67%	44	A	16.58% 41.21%	45	A	32.16% 28.14%
46	B	17.09% 41.7%	47	D	14.07% 36.68%	48	C	20.6% 39.7%
49	A	6.03% 40.7%	50	C	13.57% 42.21%	51	B	29.65% 31.66%
52	D	17.59% 30.15%	53	A	17.59% 39.7%	54	A	13.57% 39.19%
55	A	11.06% 36.68%	56	D	25.63% 41.2%	57	D	15.58% 42.21%
58	C	16.58% 39.7%	59	B	17.59% 38.19%	60	A	27.64% 31.66%

// संकेत और समाधान //

1(B). महाराष्ट्र विधान परिषद ने महाराष्ट्र लोक विश्वविद्यालय अधिनियम, 2016 (तीसरा संशोधन) विधेयक पारित किया।
यह राज्य द्वारा संचालित विश्वविद्यालयों में उच्च और तकनीकी शिक्षा मंत्री को अधिक अधिकार देने का प्रयास करता है। यह विधेयक मंत्री को राज्यपाल को सिफारिशें करने की भी अनुमति

देता है जो विश्वविद्यालयों के कुलाधिपति हैं। यह विश्वविद्यालयों के प्रो-चांसलर के रूप में मंत्री की नियुक्ति का भी प्रस्ताव करता है।

2(A). मोहम्मद शमी ने हाल ही में दक्षिण अफ्रीका के खिलाफ पहले टेस्ट के दौरान 200 टेस्ट विकेट का खिताब हासिल किया।
31 वर्षीय गेंदबाज लैंडमार्क तक पहुंचने वाले भारतीय तेज गेंदबाजों में तीसरे सबसे तेज हैं, क्योंकि उन्होंने अपने 55 वें टेस्ट मैच में यह उपलब्धि हासिल की थी। वह फिलहाल कपिल देव (434), इशांत शर्मा (311), जहीर खान (311) और जवागल श्रीनाथ (236) से पीछे हैं।

3(B). 'वित्तीय स्थिरता रिपोर्ट (एफएसआर)' 'भारतीय रिजर्व बैंक' द्वारा जारी एक अर्ध-वार्षिक रिपोर्ट है। रिपोर्ट का हालिया संस्करण आरबीआई द्वारा जारी किया गया था।
रिपोर्ट के अनुसार, भारत में खुदरा नेतृत्व वाले क्रेडिट ग्रोथ मॉडल को दो कारकों के कारण समस्याओं का सामना करना पड़ रहा है, उपभोक्ता वित्त पोर्टफोलियो में चूक में वृद्धि और नए क्रेडिट सेगमेंट में मंदी।

4(C). अफगानिस्तान ने अगले वर्ष के लिए बिजली के आयात के विस्तार के लिए ताजिकिस्तान की 'ताजिक बिजली' कंपनी के साथ एक नए समझौते पर हस्ताक्षर किए हैं। हाल की रिपोर्टों के अनुसार, अफगानिस्तान को प्रति वर्ष 850 मेगावाट बिजली की जरूरत है। अफगानिस्तान 620 मेगावाट उज्बेकिस्तान, ताजिकिस्तान, तुर्कमेनिस्तान और ईरान से आयात करता है। जबकि 230 मेगावाट की आपूर्ति घरेलू स्रोतों से की जाती है।

5(D). अमेरिकी जनगणना ब्यूरो के अनुसार, नए साल के दिन 2022 तक दुनिया की आबादी 7.8 अरब होने का अनुमान है।
यह 74 करोड़ लोगों की वृद्धि, या नए साल के दिन 2021 से 0.9% की वृद्धि दर का प्रतिनिधित्व करता है। दुनिया भर में हर सेकंड 4.3 जन्म और दो मौतों की उम्मीद है। 1.4 अरब लोगों के साथ चीन दुनिया का सबसे अधिक आबादी वाला देश बना हुआ है और भारत 2025 तक इससे आगे निकल जाएगा।

6(A). सबसे चमकदार वार्षिक उल्का वर्षा में से एक क्वाड्रंटिड्स 28 दिसंबर से 12 जनवरी तक सक्रिय हैं।
नासा के अनुसार, प्रति घंटे लगभग 80 उल्काओं को देखा जा सकता है, उल्का वेग 41 किलोमीटर प्रति सेकंड है। हालांकि अधिकांश उल्का वर्षा धूमकेतुओं से होती है, क्वाड्रंटिड्स की उत्पत्ति 2003 EH 1 नामक क्षुद्रग्रह से होती है। उल्का वर्षा का नाम क्वाड्रंस मुरालिस (मुरल चतुर्भुज) के नक्षत्र से मिलता है।

7(B). पुदुचेरी केंद्र शासित प्रदेश सरकार 12 जनवरी को 25 वें राष्ट्रीय युवा महोत्सव के आयोजन की व्यवस्था कर रही है।
यह दिन स्वामी विवेकानंद की जयंती का प्रतीक है। केंद्रीय युवा मामले और खेल मंत्रालय के सहयोग से आयोजित होने वाले कार्यक्रमों में देश भर से 7,000 से अधिक युवा भाग लेंगे। मंत्री ने त्योहार के लोगो और शुभंकर, "सक्षम युवा-शशक्त युवा" का भी अनावरण किया।

8(B). कर्नाटक राज्य सरकार ने 5 जनवरी, 2022 तक राज्य का पहला एलएनजी टर्मिनल स्थापित करने के लिए सिंगापुर स्थित एलएनजी एलायंस कंपनी के साथ एक समझौता ज्ञापन (एमओयू) पर हस्ताक्षर किए हैं। इस तरह का पहला टर्मिनल न्यू मैंगलोर पोर्ट ट्रस्ट (एनएमपीटी) के सहयोग से मेंगलुरु में ₹ 2,250 करोड़ के निवेश के साथ स्थापित किया जाएगा।

9(C). संयुक्त राष्ट्र विश्व खाद्य कार्यक्रम (डब्ल्यूएफपी) ने 7 जनवरी 2022 को प्रधान मंत्री पोषण शक्ति निर्माण (पीएम-पोशन) योजना के प्रभावी कार्यान्वयन के लिए अक्षय पात्र फाउंडेशन के साथ हाथ मिलाया है। विश्व खाद्य कार्यक्रम को 6 दशकों से अधिक का अनुभव है। स्कूली भोजन में सहायता करना और बच्चों के बीच पोषण में सुधार करना। प्रधान मंत्री पोषण शक्ति निर्माण बच्चों, गर्भवती महिलाओं और स्तनपान कराने वाली माताओं के लिए पोषण संबंधी परिणामों में सुधार करने के लिए भारत सरकार का प्रमुख कार्यक्रम है।

10(B). असम सरकार और राष्ट्रीय डेयरी विकास बोर्ड ने राज्य में इस क्षेत्र के समग्र विकास के लिए 2,000 करोड़ रुपये का संयुक्त उद्यम बनाने के लिए एक समझौते पर हस्ताक्षर किए।
समझौता ज्ञापन के अनुसार, सात वर्षों में छह नई इकाइयों से 10 लाख लीटर दूध के प्रसंस्करण के लक्ष्य के साथ 2,000 करोड़ रुपये में एक संयुक्त उद्यम कंपनी स्थापित की जाएगी। विश्व बैंक द्वारा वित्त पोषित 'असम कृषि व्यवसाय और ग्रामीण परिवहन परियोजना' के तहत डेयरी की विस्तार पहल की आधारशिला भी रखी गई।

11(A). वाणिज्य मंत्रालय के तहत उद्योग और आंतरिक व्यापार संवर्धन विभाग (डीपीआईआईटी) ने ई-कॉमर्स संस्थाओं के लिए आपूर्ति श्रृंखलाओं की मदद के लिए हेल्पलाइन नंबरों की घोषणा की। हेल्पलाइन निर्माण, परिवहन, वितरण, थोक या ई-कॉमर्स कंपनियों को माल के परिवहन और वितरण या संसाधनों को जुटाने में कठिनाइयों के लिए सहायता करेगी।

12(B). "वीर बाल दिवस" सिख धर्म से संबंधित है।
प्रधान मंत्री नरेंद्र मोदी ने घोषणा की कि गुरु गोबिंद सिंह के चार पुत्रों 'साहिबजादे' के साहस को श्रद्धांजलि देने के लिए 26 दिसंबर को "वीर बाल दिवस" के रूप में चिह्नित किया जाएगा।
इसकी घोषणा सिख गुरु की जयंती के दिन की गई थी। इसे गुरु गोबिंद सिंह का प्रकाश पर्व भी कहा जाता है। इस साल 9 जनवरी को सिख गुरु की 355 वीं जयंती मनाई गई।

13(D). यूनेस्को का विश्व धरोहर केंद्र (डब्ल्यूएचसी) 10 जनवरी, 2022 को डब्ल्यूएचसी की वेबसाइट पर भारत के यूनेस्को विश्व धरोहर स्थलों के हिंदी विवरण प्रकाशित करने के लिए सहमत हो गया है।
यूनेस्को को भारत के स्थायी प्रतिनिधिमंडल द्वारा साझा की गई जानकारी को विश्व हिंदी दिवस के अवसर पर लागू करने के लिए इस समाचार की घोषणा की गई। यह पूरे विश्व में 10 जनवरी को मनाया जाता है।

14(B). भारतीय कवि और राजनयिक अभय के ने पाया है कि मेडागास्कर का 'इबोनिया' अपने भव्य कथानक में भारतीय महाकाव्य 'रामायण' से मिलता जुलता है।
इबोनिया मेडागास्कर के बारे में एक महाकाव्य कविता है, जो अपने नायक इबोनिया के जन्म, विश्वासघात, संघर्ष और मृत्यु की कहानी बताती है। उनकी मंगेतर पत्नी रामपेला का अपहरण रावतो ने रामायण के समान ही किया था। संस्कृत और मालागासी भाषा के बीच 300 समान शब्द हैं।

15(A). इंडिया डिजिटल समिट 2022 के 16 वें संस्करण का आयोजन इंटरनेट एंड मोबाइल एसोसिएशन ऑफ इंडिया (आईएएमएआई) द्वारा किया गया था।
शिखर सम्मेलन के दौरान 'क्रिएटिंग 10 मिलियन डिजिटल रूप से सक्षम सूक्ष्म-उद्यमियों' शीर्षक वाली रिपोर्ट भी जारी की गई। रिपोर्ट में कहा गया है कि रोजगार सृजन और जीडीपी में योगदान दोनों के लिए सूक्ष्म-उद्यमी भारतीय अर्थव्यवस्था का एक महत्वपूर्ण हिस्सा हैं।

16(B). विश्व आर्थिक मंच द्वारा हाल ही में 2022 वैश्विक जोखिम रिपोर्ट जारी की गई है। डब्ल्यूईएफ के 'वैश्विक जोखिम धारणा सर्वेक्षण' ने 'जलवायु कार्रवाई विफलता' को उच्चतम जोखिम के रूप में स्थान दिया है।
सामाजिक एकता का क्षरण, आजीविका का संकट और मानसिक स्वास्थ्य में गिरावट को उन जोखिमों के रूप में पहचाना गया, जो कोविड- 19 महामारी की शुरुआत के बाद से सबसे अधिक बढ़े हैं।

17(C). मैन-पोर्टेबल एंटी-टैंक गाइडेड मिसाइल (एमपीएटीजीएम), जिसका हाल ही में उड़ान परीक्षण किया गया था, भारत में विकसित किया गया था।
रक्षा अनुसंधान और विकास संगठन (डीआरडीओ) ने मैन-पोर्टेबल एंटी-टैंक गाइडेड मिसाइल (एमपीएटीजीएम) का सफलतापूर्वक परीक्षण किया। मिसाइल एक निजी भारतीय रक्षा ठेकेदार के सहयोग से डीआरडीओ द्वारा विकसित एक स्वदेशी रूप से विकसित कम वजन वाली मिसाइल है। यह नाग एटीजीएम से प्राप्त एक भारतीय तीसरी पीढ़ी की फायर-एंड-फॉरगेट एंटी टैंक गाइडेड मिसाइल है।

18(A). केरल और ब्राजील के शोधकर्ताओं की एक टीम ने दुर्लभ, गहरे समुद्र में रहने वाले मोलस्क की एक नई प्रजाति की पहचान की है जिसका नाम 'ज़ाइलोफगा नंदनी' है।
जाइलोफैगैडे परिवार से संबंधित मोलस्क की पहचान पूर्वी अरब सागर से की गई है। लकड़ी-उबाऊ, छोटी प्रजाति का नाम समुद्री विज्ञान कोचीन विज्ञान और प्रौद्योगिकी विश्वविद्यालय (सीयूएसएटी) के प्रोफेसर बिजॉय नंदन डीन संकाय के नाम पर रखा गया है।

19(B). संयुक्त राष्ट्र विश्व खाद्य कार्यक्रम (डब्ल्यूएफपी) और ओडिशा सरकार ने छोटे और सीमांत किसानों की खाद्य सुरक्षा में सुधार के लिए हाथ मिलाया है।
समझौते का उद्देश्य जलवायु परिवर्तन के प्रति किसानों के तन्यकता को मजबूत करना है। डब्ल्यूएफपी और कृषि विभाग छोटे किसानों को सेवाएं प्रदान करने के लिए टूलकिट और दिशानिर्देश विकसित करेंगे। छोटे किसान, जो राज्य के किसानों के 90 प्रतिशत का गठन करते हैं, उन्हें जलवायु संकट के प्रभाव के अनुकूल होने के लिए निर्देशित किया जाएगा।

20(C). चीन ने वर्ष 2022 में भारत से ब्रिक्स की अध्यक्षता संभाली। ब्रिक्स 2022 का विषय 'वैश्विक विकास के लिए एक नए युग में उच्च गुणवत्ता वाले ब्रिक्स साझेदारी को बढ़ावा देना' है।
ब्रिक्स साइंस टेक्नोलॉजी इनोवेशन (एसटीआई) संचालन समिति द्वारा कुल 25 कार्यक्रमों की योजना बनाई गई थी, जिनमें से भारत कुल पांच कार्यक्रमों की मेजबानी करेगा। ब्रिक्स पांच उभरती अर्थव्यवस्थाओं का एक समूह है - ब्राजील, रूस, भारत, चीन और दक्षिण अफ्रीका।

21(B). एमाज़ॉन इंडिया ने NIF इनक्यूबेशन एंड एंटरप्रेन्योरशिप काउंसिल (NIFientreC) के साथ समझौता ज्ञापन पर हस्ताक्षर किए हैं। समझौते का उद्देश्य नवाचार, स्थानीय अर्थव्यवस्था में तेजी लाना और ग्रामीण भारत में आजीविका में सुधार करना है। NIFientreC विज्ञान और प्रौद्योगिकी विभाग (DST) के एक स्वायत्त निकाय, नेशनल इनोवेशन फाउंडेशन (NIF) द्वारा होस्ट किया जाने वाला एक प्रौद्योगिकी व्यवसाय इनक्यूबेटर है।

22(B). सरकार द्वारा प्रवर्तित सीएससी एसपीवी, संस्कृति मंत्रालय के सहयोग से, एक मोबाइल एप्लिकेशन के माध्यम से भारत के गांवों का पहला सांस्कृतिक सर्वेक्षण करेगा। 'मेरा गांव, मेरी धरोहर' शीर्षक वाले इस सर्वेक्षण में नागरिकों को शामिल करके गांव स्तर पर सांस्कृतिक पहचान का दस्तावेजीकरण किया जाएगा, जो उनके गांव, ब्लॉक या जिले को विशिष्ट बनाता है।

23(C). दिसंबर में तीसरी मौद्रिक नीति के अनुसार पंजाब नेशनल बैंक आरबीआई के 2021 घरेलू व्यवस्थित रूप से महत्वपूर्ण बैंकों में शामिल नहीं है। पंजाब नेशनल बैंक अपने स्वीकृत नकद अनुपात रिजर्व की तुलना में अपने एनपीए राशन के कारण डीएसआईबी में कैटरगॉराइज नहीं कर रहा है।

24(A). 4 जनवरी 2022 को एप्पल इनकॉर्पोरेशन 3 ट्रिलियन डॉलर शेयर बाजार मूल्य वाली पहली कंपनी बन गई, जिसने निवेशकों के विश्वास को बरकरार रखा है। iPhone निर्माता कंपनी सबसे अधिक बिकने वाले उत्पादों को लॉन्च करता है क्योंकि यह स्वचालित कारों और आभासी वास्तविकता जैसे नए बाजारों की खोज करता है।

25(D). हरियाणा के डिप्टी सीएम दुष्यंत चौटाला ने घोषणा की कि गुरुग्राम को सभी विमानन सुविधाओं के साथ भारत का पहला हेली-हब मिलेगा। हेली-हब भारत में अपनी तरह का पहला ऐसा होगा जिसमें हेलीकॉप्टरों के लिए एक ही स्थान पर सभी सुविधाएं होंगी। हेली-हब गुरुग्राम में बनाया जाना प्रस्तावित है और औद्योगिक क्षेत्रों (नोएडा और भिवाड़ी) के लिए आसान कनेक्टिविटी के साथ मेट्रो सुविधा के पास होगा।

26(A). भारत ने श्रीलंका के साथ त्रिंकोमाली तेल टैंक फार्म विकसित करने के लिए एक समझौते पर हस्ताक्षर किए हैं।
चीनी विदेश मंत्री वांग यी की कोलंबो यात्रा की पूर्व संध्या पर हस्ताक्षरित त्रिंकोमाली तेल टैंक फार्मों के संयुक्त रूप से पुनर्विकास के लिए भारत-श्रीलंका सौदा पिछले तीन दशकों में दोनों पड़ोसियों द्वारा किए गए एक कठिन प्रयास का परिणाम है।

27(B). KCMR ने Omicron और SARS-CoV 2 के अन्य सभी रिपोर्ट किए गए वेरिएंट का पता लगाने के लिए एक स्वदेशी किट 'OmiSure' को मंजूरी दी है। टाटा मेडिकल एंड डायग्नोस्टिक्स इंस्टीट्यूट ने इस किट का निर्माण किया है।
टाटा मेडिकल एंड डायग्नोस्टिक्स ने एक किट 'ओमीश्योर' विकसित की है जो RT-PCR परीक्षणों के दौरान नासॉफिरिन्जियल / ऑरोफरीन्जियल नमूनों में SARS-CoV 2 के ओमाइक्रोन संस्करण का पता लगा सकती है, PTI ने कंपनी के एक वरिष्ठ कार्यकारी के हवाले से बताया। परीक्षण किट सभी मानक रीयल-टाइम PCR मशीनों के साथ संगत है।

28(A). केंद्रीय शिक्षा मंत्री, धर्मेंद्र प्रधान ने प्रौद्योगिकी के लिए राष्ट्रीय शैक्षिक गठबंधन (NEAT 3.0), और अखिल भारतीय तकनीकी शिक्षा परिषद (AICTE) द्वारा निर्धारित क्षेत्रीय भाषा की पाठ्यपुस्तकों को लॉन्च किया है। NEAT 3.0 का उद्देश्य छात्रों को एक ही मंच पर सर्वोत्तम विकसित एड-टेक समाधान और पाठ्यक्रम प्रदान करना है। यह विशेष रूप से आर्थिक रूप से कमजोर छात्रों के लिए फायदेमंद होगा। यह सरकार (इसकी कार्यान्वयन एजेंसी AICTE के माध्यम से) और शिक्षा प्रौद्योगिकी कंपनियों के बीच एक सार्वजनिक-निजी भागीदारी मॉडल है।

29(B). वर्ल्ड इकोनॉमिक फोरम के ' 2030 तक बायोडाइवरसिटी इनिशिएटिव' ने अलेक्जेंडर वॉन हंबोल्ट इंस्टीट्यूट और कोलंबिया सरकार के सहयोग से हाल ही में एक रिपोर्ट जारी की है।
नई रिपोर्ट के अनुसार, शहर वैश्विक अर्थव्यवस्था में लगभग 80 प्रतिशत का योगदान करते हैं और लगभग तीन-चौथाई ग्रीनहाउस गैस उत्सर्जन के लिए जिम्मेदार हैं। दुनिया भर के शहरों में सकल घरेलू उत्पाद का लगभग आधा या 31 ट्रिलियन अमरीकी डालर को प्रकृति के नुकसान से व्यवधान का खतरा है।

30(C). भारतीय प्रधान मंत्री नरेंद्र मोदी ने विश्व आर्थिक मंच (WEF) दावोस एजेंडा 2022 में भारत की जलवायु परिवर्तन प्रतिबद्धताओं को रेखांकित करने के लिए "P 3 (प्रो-प्लैनेट पीपल) आंदोलन" की शुरुआत की।
विश्व आर्थिक मंच के दावोस एजेंडा वर्चुअल समिट ने जलवायु कार्रवाई, महामारी से उबरने और सामाजिक-आर्थिक लचीलापन पर चर्चा करने के लिए दुनिया भर के नेताओं और महत्वपूर्ण संस्थानों के प्रमुखों की मेजबानी की।

31(C). भारत और रूस के शोधकर्ताओं की एक टीम ने 19 जनवरी 2022 को अरुणाचल प्रदेश से स्किंक के परिवार की छिपकलियों के एक अज्ञात समूह की खोज की है।
नए जीनस और प्रजातियों को 'प्रोटोब्लेफेरस अपतानी' नाम दिया गया है। ये छिपकली छोटे और सक्रिय होते हैं, गहरे भूरे रंग के शरीर के साथ दो धारियों के साथ एक इंद्रधनुषी चमक के साथ। नई प्रजाति का नाम अरुणाचल प्रदेश की जीरो घाटी की अपतानी जनजाति के नाम पर रखा गया है।

32(B). रूस के केंद्रीय बैंक ने देश में क्रिप्टो-मुद्राओं पर पूर्ण प्रतिबंध लगाने का आह्वान किया है। प्रस्तावित प्रतिबंध देश में क्रिप्टोक्यूरेंसी ट्रेडिंग, खनन और उपयोग पर प्रतिबंध लगाता है।
बैंक ऑफ रूस, एक नए परामर्श पत्र में, देश के नागरिकों की वित्तीय स्थिरता और भलाई के लिए क्रिप्टोकरेंसी की अस्थिर प्रकृति से उत्पन्न जोखिमों पर प्रकाश डालता है। यह अवैध गतिविधियों में क्रिप्टोकरेंसी के व्यापक उपयोग पर भी ध्यान केंद्रित करता है।

33(C). दुनिया के सबसे बुजुर्ग व्यक्ति सैटर्निनो डे ला फुएंते गार्सिया, जिनका हाल ही में निधन हो गया, स्पेन से थे।
गिनीज वर्ल्ड रिकॉर्ड्स के बयान के अनुसार, स्पेन के सैटर्निनो डे ला फुएंते गार्सिया, दुनिया के सबसे बुजुर्ग व्यक्ति, का हाल ही में 112 की उम्र में निधन हो गया।
गिनीज वर्ल्ड रिकॉर्ड्स ने सितंबर में डे ला फुएंते गार्सिया को दुनिया के सबसे बुजुर्ग व्यक्ति के रूप में नामित किया, जब वह 112 वर्ष और 211 दिन के थे। उनका जन्म 11 फरवरी, 1909

को हुआ था। जापान की केन तनाका दुनिया की सबसे उम्रदराज जीवित महिला हैं, जिन्होंने हाल ही में अपना 119 वां जन्मदिन मनाया है।

34(C). यूनाइटेड किंगडम स्थित पर्यावरण जांच एजेंसी (ईआईए) ने "कनेक्टिंग द डॉट्स: प्लास्टिक पॉल्यूशन एंड द प्लेनेटरी इमरजेंसी" शीर्षक से रिपोर्ट जारी की।रिपोर्ट के अनुसार, प्लास्टिक के पूरे जीवनचक्र पर ध्यान केंद्रित करने वाली एक नई वैश्विक प्लास्टिक संधि को तत्काल विकसित करने की आवश्यकता है। यह संयुक्त राष्ट्र पर्यावरण सभा (यूएनईए) में पेरू और रवांडा द्वारा मसौदा प्रस्ताव में भी प्रस्तावित किया गया था।

35(B). भारत का पहला जिला सुशासन सूचकांक (DGGI) केंद्र शासित प्रदेश जम्मू और कश्मीर में जारी किया गया था।
सूचकांक की समग्र रैंकिंग में, जम्मू जिला इस सूची में सबसे ऊपर है, इसके बाद यूटी में डोडा, सांबा, पुलवामा और श्रीनगर जिले हैं। सूचकांक एक ढांचा दस्तावेज है जो 58 संकेतकों के साथ दस शासन क्षेत्रों के तहत प्रदर्शन का आकलन करता है।

36(B). भारत हर साल जनवरी 24 को राष्ट्रीय बालिका दिवस मनाता है। यह जागरूकता पैदा करने और भारत की लड़कियों को अवसर प्रदान करने के लिए महिला और बाल विकास मंत्रालय द्वारा शुरू की गई एक पहल है।
भारत सरकार ने 2008 में 24 जनवरी को हर साल राष्ट्रीय बालिका दिवस के रूप में मनाने की घोषणा की।

37(D). चीन ने जीन-संपादित पौधों की मंजूरी के लिए परीक्षण नियम प्रकाशित किए हैं। जीन एडिटिंग में पौधे के प्रदर्शन को बदलने या सुधारने के लिए उसके जीन को बदलना शामिल है।
इसे आनुवंशिक रूप से संशोधित करने की तुलना में कम जोखिम भरा माना जाता है। इस कदम का उद्देश्य चीन के बीज उद्योग को बढ़ावा देना और इसकी विशाल आबादी के लिए खाद्य सुरक्षा सुनिश्चित करना है। चीन ने आनुवंशिक रूप से संशोधित (जीएम) फसलों के अनुमोदन के लिए भी नियम पारित किए हैं।

38(B). केंद्रीय स्वास्थ्य मंत्री मनसुख मंडाविया ने संशोधित 'केंद्र सरकार स्वास्थ्य योजना' CGHS वेबसाइट और "MyCGHS" मोबाइल एप्लिकेशन लॉन्च किया।
वेबसाइट वास्तविक समय की जानकारी के साथ 40 लाख से अधिक लाभार्थियों को लाभान्वित करेगी। साइट को हिंदी और अंग्रेजी के साथ द्विभाषी बनाया गया है। वेबसाइट के माध्यम से ई-संजीवनी टेली-परामर्श सुविधा का सीधा लिंक है। दृष्टिबाधित व्यक्तियों के लिए उपयोगकर्ता के अनुकूल सुविधाओं को भी जोड़ा गया।

39(A). वयोवृद्ध पुरातत्वविद्, कला इतिहासकार और पद्म भूषण पुरस्कार से सम्मानित आर नागास्वामी का 91 वर्ष की आयु में निधन हो गया है।
वह तमिलनाडु सरकार के पुरातत्व विभाग के पहले निदेशक थे। उन्होंने चोल-युग के कांस्य नटराज को तमिलनाडु में वापस लाने में महत्वपूर्ण भूमिका निभाई नागास्वामी ने 1973 में पुरालेख और पुरातत्व संस्थान की स्थापना की। उन्होंने तमिलनाडु में प्राचीन पांडियन बंदरगाह कोरकई सहित कई स्थलों की खुदाई की थी।

40(C). भारत और फ्रांस ने मानव स्वास्थ्य में उन्नति के लिए वैज्ञानिक सहयोग पर एक समझौता ज्ञापन पर हस्ताक्षर किए। सीएसआईआर और इंस्टिट्यूट पाश्चर संयुक्त रूप से उभरते और फिर से उभरने वाले संक्रामक रोगों और विरासत में मिली विकारों पर शोध करेंगे।
यह समझौता ज्ञापन दुनिया भर के लोगों को प्रभावी और किफायती स्वास्थ्य देखभाल समाधान प्रदान करने में सक्षम बनाता है।

41(A). संस्कृति मंत्रालय ने 'इंडियाज वीमेन अनसंग हीरोज ऑफ फ्रीडम स्ट्रगल' शीर्षक से सचित्र पुस्तक का विमोचन किया। इसे आजादी का अमृत महोत्सव समारोह के एक भाग के रूप में लॉन्च किया गया है।
मंत्रालय अमर चित्र कथा के साथ साझेदारी में स्वतंत्रता संग्राम के अनसंग नायकों पर तीन सचित्र पुस्तकों का विमोचन करेगा। उनमें से पहला जो जारी किया गया था, उसमें 20 महिला नेताओं को दर्शाया गया है जिनका योगदान अज्ञात है।

42(B). तेलिनीलपुरम अंतर्राष्ट्रीय पक्षी अभयारण्य आंध्र प्रदेश के श्रीकाकुलम जिले में स्थित है। हाल ही में, पक्षी अभयारण्य में प्रवासी स्पॉट-बिल पेलिकन की सामूहिक मौतें हुईं।
सरकारी आंकड़ों के अनुसार, हर साल साइबेरिया, रूस, मलेशिया, हंगरी, सिंगापुर और जर्मनी से विदेशी पक्षियों की लगभग 113 प्रजातियां प्रजनन के लिए इन क्षेत्रों में आती हैं। इस वर्ष, पास के जलाशयों का शिकार करने वाले 100 से अधिक पक्षियों की मृत्यु हो गई है।

43(A). केंद्रीय कृषि मंत्री नरेंद्र सिंह तोमर ने घोषणा की कि उत्कृष्टता केंद्रों के आसपास के 150 गांवों को इज़राइल की तकनीकी सहायता से उत्कृष्टता के गांवों में परिवर्तित किया जाएगा।
75 गांवों को भारत की आजादी के 75 वें वर्ष के उपलक्ष्य में पहले वर्ष में लिया जा रहा है। दोनों देशों ने भारत और इज़राइल के बीच राजनयिक संबंधों के 30 वर्ष पूरे होने का जश्न मनाया।

44(A). ऑस्ट्रेलियाई टेनिस खिलाड़ी एशले बार्टी ने अमेरिकी डेनियल कोलिन्स को हराकर 29 जनवरी 2022 को ऑस्ट्रेलियन ओपन महिला खिताब जीता। बार्टी 1978 के बाद से ऑस्ट्रेलियन ओपन एकल चैंपियनशिप जीतने वाली पहली ऑस्ट्रेलियाई खिलाड़ी हैं। उसने 2019 में फ्रेंच ओपन और 2021 में विंबलडन जीता और वह 100 हफ्तों से दुनिया में नंबर 1 रैंक वाली महिला खिलाड़ी रही है।

45(A). सामाजिक कार्यकर्ता बाबा इकबाल सिंह का जनवरी 2022 में निधन हो गया। सामाजिक कार्य के क्षेत्र में उनके योगदान के लिए 2022 में उन्हें पद्म श्री से सम्मानित किया गया। वह अकाल अकादमी के संस्थापक थे। ट्रस्ट अब पंजाब, यूपी, हिमाचल प्रदेश, राजस्थान और हरियाणा में फैले 129 स्कूल चलाता है। उन्होंने 1965 में कलगीधर ट्रस्ट की भी स्थापना की।

46(B). स्पेन के राफेल नडाल ने ऑस्ट्रेलियन ओपन पुरुष एकल फाइनल में रूस के डेनियल मेदवेदेव को $2-6, 6-7(5), 6-4, 6-4, 7-5$ से हराकर 30 जनवरी 2022 को रिकॉर्ड 21 वां ग्रैंड स्लैम खिताब जीता। मैच मेलबर्न के रॉड लेवर एरिना में आयोजित किया गया था। इस जीत के साथ राफेल 21 ग्रैंड स्लैम खिताब जीतने वाले पहले व्यक्ति बन गए हैं। उन्होंने यह खिताब जीतकर रोजर फेडरर और नोवाक जोकोविच को पीछे छोड़ दिया।

47(D). मुंबई मुख्यालय वाली ऑनलाइन गेमिंग कंपनी गेम्स 24×7 ने ऋतिक रोशन को अपने ऑनलाइन स्किल गेमिंग प्लेटफॉर्म रमीसर्कल के लिए ब्रांड एंबेसडर के रूप में शामिल किया है। एसोसिएशन एक साल के लिए है। कंपनी रमी को उत्तर भारत में कौशल के एक अत्यधिक आकर्षक खेल के रूप में बढ़ावा देना चाहती है, जहां इस खेल को अभी लोकप्रियता हासिल करनी है। रमी उद्योग का $60-65\%$ राजस्व दक्षिण भारत से आता है।

48(C). हरियाणा के गुरुग्राम में अब सौ चार्जिंग पॉइंट वाला इलेक्ट्रिक वाहन चार्जिंग स्टेशन खोला गया है। इसे चार पहिया वाहनों के लिए भारत का सबसे बड़ा चार्जिंग स्टेशन माना जा रहा है। नया EV चार्जिंग स्टेशन टेक-पायलटिंग कंपनी एलेक्ट्रीफाई प्राइवेट लिमिटेड द्वारा विकसित किया गया है। पहले, भारत का सबसे बड़ा EV चार्जिंग स्टेशन नवी मुंबई में स्थित था, जिसमें EV के लिए 16 AC और 4 DC चार्जिंग पोर्ट थे।

49(A). सरगुजा रेल कॉरिडोर प्राइवेट लिमिटेड (SRCPL) के अधिग्रहण के लिए अदानी पोर्ट्स एंड स्पेशल इकोनॉमिक जोन (APSEZ) की समग्र योजना को नेशनल कंपनी लॉ ट्रिब्यूनल (NCLT) ने मंजूरी दे दी है। यह अप्रैल की नियत तारीख 1 , 2021 से प्रभावी होगा। एक बार समेकित होने पर, SRCPL APSEZ के कुल एबिटा (ब्याज, कर, मूल्यह्रास और परिशोधन से पहले की कमाई) का 450 करोड़ या पांच प्रतिशत जोड़ देगा।

50(C). 31 जनवरी 2022 को वित्त मंत्री निर्मला सिथारामन ने आर्थिक सर्वेक्षण $2021-22$ को लोकसभा में सांख्यिकीय परिशिष्ट के

साथ संसद के बजट सत्र के पहले दिन सांख्यिकीय परिशिष्ट के साथ पेश किया। आर्थिक सर्वेक्षण अर्थव्यवस्था की स्थिति प्रस्तुत करता है और नीति नुस्खे का सुझाव देता है। भारत ने आने वाले वित्तीय वर्ष के लिए 8% से 8.5% की आर्थिक वृद्धि की भविष्यवाणी की है जो अप्रैल 2022 में शुरू होती है।

51(B). संसद ने एक नया ऐप, डिजिटल संसद लॉन्च किया है, जो लोगों के लिए संसद में कार्यवाही का पालन करना और उनके अपने सांसदों को भी आसान बना देगा। इसके अलावा यह संसद के सदस्यों को व्यक्तिगत अपडेट की जांच करने जैसी सेवाओं तक पहुंचने में भी मदद करेगा। भविष्य में सांसद उपस्थिति के लिए लॉग इन कर सकते हैं, प्रश्नकाल के लिए प्रश्न दे सकते हैं या बहस के लिए नोटिस जमा कर सकते हैं।

52(D). एग्रीटेक स्टार्ट-अप FAARMS ने अपने मोबाइल एप्लिकेशन के माध्यम से ग्रामीण आबादी के लिए स्वास्थ्य और पशु बीमा प्रदान करने के लिए रिलायंस जनरल इंश्योरेंस कंपनी लिमिटेड के साथ भागीदारी की है। FAARMS की उपस्थिति पंजाब, हरियाणा, यूपी, उत्तराखंड, राजस्थान, गुजरात और मध्य प्रदेश में है। इस सहयोग के तहत, कोई भी व्यक्ति FAARMS ऐप पर स्वास्थ्य और पशु बीमा की एक श्रृंखला का उपयोग और चयन कर सकता है।

53(A). मिजोरम में आइजोल जिले के ऐबाक ब्लॉक में दक्षिण मौबुआंग को एक मॉडल ओडीएफ (खुले में शौच मुक्त) प्लस गांव घोषित किया गया है। इसने स्वच्छ भारत मिशन (ग्रामीण) चरण II दिशानिर्देशों के अनुसार सभी मानदंडों को पूरा किया। गांव में 116 घरों के 649 लोगों की आबादी है। 2021 में, गांव को राष्ट्रीय पंचायत पुरस्कार से सम्मानित किया गया था, जिसमें रुपये 5 लाख की पुरस्कार राशि थी।

54(A). केंद्रीय संस्कृति राज्य मंत्री मीनाक्षी लेखी ने नई दिल्ली में 27 जनवरी 2022 को आजादी का महोत्सव के हिस्से के रूप में स्वतंत्रता संग्राम की भारत की महिला अनसंग नायकों पर एक चित्रमय पुस्तक का विमोचन किया। पुस्तक का विमोचन अमर चित्र कथा के सहयोग से किया गया है। इसमें उन रानियों की कहानियां हैं जिन्होंने साम्राज्यवादी शासन के खिलाफ संघर्ष में औपनिवेशिक शक्तियों से लड़ाई की।

55(A). विश्व सीमा शुल्क संगठन (डब्ल्यूसीओ) के उद्घाटन सत्र के उपलक्ष्य में 26 जनवरी को अंतर्राष्ट्रीय सीमा शुल्क दिवस मनाया जाता है, जो इस दिन 1953 में आयोजित किया गया था। विश्व सीमा शुल्क संगठन का गठन 1952 में सीमा शुल्क सहयोग परिषद (सीसीसी) के रूप में किया गया था। 2022 की थीम 'डेटा कल्चर को अपनाकर कस्टम्स डिजिटल ट्रांसफॉर्मेशन को बढ़ाना और डेटा इकोसिस्टम का निर्माण' है।

56(D). केंद्र ने 27 जनवरी 2022 को टाटा संस को एयरलाइन सौंपते हुए राष्ट्रीय वाहक एयर इंडिया के विनिवेश का निष्कर्ष निकाला। लेन-देन में तीन इकाइयां शामिल हैं - एयर इंडिया, एयर इंडिया एक्सप्रेस, और AISATS। एयर इंडिया के 100% शेयर प्रबंधन नियंत्रण के साथ मेसर्स टैलेस प्राइवेट लिमिटेड को हस्तांतरित किए गए थे। एयर इंडिया भारत की ध्वजवाहक और प्रमुख पूर्ण-सेवा एयरलाइन है।

57(D). स्काईरूट एयरोस्पेस ने 4.5 मिलियन डॉलर के ब्रिज फंडिंग राउंड की घोषणा की है। इसका उपयोग 2022 में विक्रम- 1 रॉकेट के प्रक्षेपण की सुविधा के लिए महत्वपूर्ण बुनियादी ढांचे के निर्माण के लिए किया जाएगा। रॉकेट एक ठोस प्रणोदन इंजन, कलाम- 5 द्वारा संचालित है। स्काईरूट ने दिसंबर 20 में अपने इंजन का प्रदर्शन किया था। नवंबर 21 में, इसने धवन- 1 नामक अपना पहला, पूरी तरह से 3 D-मुद्रित क्रायोजेनिक द्वितीय चरण रॉकेट इंजन का भी प्रदर्शन किया।

58(C). दिल्ली सरकार ने कन्वर्जेंस एनर्जी सर्विसेज लिमिटेड (सीईएसएल) के साथ एक समझौते पर हस्ताक्षर किए हैं। इसके परिवहन विभाग के क्लस्टर बस डिपो में इलेक्ट्रिक टू, थ्री और फोर व्हीलर के लिए चार्जिंग और बैटरी स्वैपिंग स्टेशन की स्थापना के लिए हस्ताक्षर किए गए हैं। दिल्ली इलेक्ट्रिक वाहनों के लिए कर्ज की ब्याज दर में छूट देने वाला पहला देश भी बन गया है।

59(B). मेघालय सरकार ने सरकारी नौकरी के इच्छुक उम्मीदवारों के लिए ऊपरी आयु सीमा में पांच साल की वृद्धि करने का फैसला किया है। वर्तमान में, सामान्य वर्ग के उम्मीदवारों के लिए ऊपरी आयु सीमा 27 वर्ष और अनुसूचित जनजाति के आवेदकों के लिए 32 वर्ष है। सामान्य वर्ग के उम्मीदवार अब सरकारी नौकरियों के लिए 32 वर्ष की आयु तक आवेदन कर सकते हैं, जबकि अनुसूचित जनजाति के उम्मीदवार 37 वर्ष तक।

60(A). सऊदी अरब का पहला योग उत्सव 29 जनवरी 2022 को जेद्दा के वाणिज्यिक केंद्र में हुआ। इस महोत्सव का आयोजन सऊदी अरब ओलंपिक समिति, खेल मंत्रालय के तहत एक संस्था, सऊदी योग समिति (नया सऊदी योग महासंघ) द्वारा किया गया था। सऊदी अरब ने औपचारिक "योग प्रोटोकॉल (मानक)" की स्थापना के लिए 2021 में भारत के साथ एक समझौता ज्ञापन (एमओयू) पर हस्ताक्षर किए थे।

वार्षिक समसामयिकी 02

1. कौन सा यूरोपीय देश कोविड- 19 वैक्सीन जनादेश पेश करने वाला पहला देश बना?
   (a) जर्मनी (b) इटली
   (c) स्विट्ज़रलैंड (d) ऑस्ट्रिया

2. फरवरी 2022 में केलिफोर्निया में आयोजित स्क्रीन एक्टर गिल्ड अवार्ड्स में किसने आउटस्टेंडिंग परफॉरमेंस बाय अ फीमेल एक्टर इन अ लीडिंग रोल का पुरस्कार जीता?
   (a) जेसिका चैस्टेन (b) ब्राइस डलास हॉवर्ड
   (c) डायने क्रूगर (d) मैकेंजी फॉय

3. फरवरी 2022 में मास्को में आयोजित मास्को वुशु स्टार्स चैंपियनशिप में किसने स्वर्ण पदक जीता?
   (a) सादिया तारिक
   (b) दीपिका पल्लीकल कार्तिक
   (c) मैरी डिसूजा सिकेरा
   (d) शैफाली वर्मा

4. भारत ने फरवरी 2022 में सिंगापुर वेटलिफ्टिंग इंटरनेशनल में कितने पदक जीते?
   (a) 4 (b) 6
   (c) 8 (d) 10

5. केरल के किस जिले में पय्यान्नूर के पास अपने नए सौर ऊर्जा संयंत्र के चालू होने के साथ कोचीन इंटरनेशनल एयरपोर्ट लिमिटेड (CIAL) पावर-पॉजिटिव हो जाएगा?
   (a) मलप्पुरम (b) पलक्कड़
   (c) कोल्लम (d) कन्नूरी

6. फरवरी 2022 में 3 साल की अवधि के लिए सेबी के नए अध्यक्ष के रूप में किसे नियुक्त किया गया है?
   (a) अरुंधति भट्टाचार्य (b) कल्पना मोरपारिया
   (c) गीता गोपीनाथ (d) माधाबी पुरी बुचु

7. सरकार ने भारतीय जीवन बीमा निगम (LIC) में स्वचालित मार्ग के तहत कितने प्रतिशत प्रत्यक्ष विदेशी निवेश (FDI) की अनुमति दी है?
   (a) 10 (b) 15
   (c) 20 (d) 25

8. पांचवीं बांग्लादेश-भारत सांस्कृतिक बैठक फरवरी 2022 में किस शहर में संपन्न हुई?
   (a) नई दिल्ली (b) राजशाही
   (c) शिलांग (d) ढाका

9. 27 फरवरी 2022 को चंद्रशेखर आजाद की कौन सी पुण्यतिथि मनाई गई?
   (a) 87 (b) 89
   (c) 91 (d) 93

10. फरवरी 2022 में यूक्रेन में रूस के सैन्य अभियानों पर चर्चा करने के लिए महासभा के आपातकालीन सत्र की अध्यक्षता किसने की?
    (a) अब्दुल्ला शाहिद (b) वोल्कन बोज़किरो
    (c) एंटोनियो गुटेरेस (d) कोफ़ी अन्नान

11. निम्नलिखित में से किसने फरवरी 2022 में मेक्सिको के अकापुल्को में आयोजित मैक्सिकन ओपन जीता है?
    (a) राफेल नडाल (b) नोवाक जोकोविच
    (c) रोजर फ़ेडरर (d) अलेक्जेंडर ज्वेरेव

12. 25 फरवरी 2022 को चल रहे सिंगापुर इंटरनेशनल में भारोत्तोलन में स्वर्ण पदक किसने जीता?
    (a) मीराबाई चानू (b) स्वाति सिंह
    (c) कुंजारानी देवी (d) कर्णम मल्लेश्वरी

13. चैंपियंस लीग 2022 के लिए सेंट पीटर्सबर्ग के प्रतिस्थापन के रूप में यूनियन ऑफ यूरोपियन फुटबॉल एसोसिएशन (UEFA) द्वारा किस शहर को चुना गया है?
    (a) पेरिस (b) ब्रसेल्स
    (c) लंडन (d) म्यूनिख

14. निम्नलिखित में से किस भारतीय कंपनी ने फरवरी 2022 में संयुक्त अरब अमीरात में टी 20 लीग में दुबई फ्रेंचाइजी के स्वामित्व और संचालन का अधिकार हासिल कर लिया है?
    (a) जीएमआर ग्रुप
    (b) रिलायंस इंडस्ट्रीज लिमिटेड
    (c) आदित्य बिड़ला ग्रुप
    (d) अदानी ग्रुप

15. 25 फरवरी 2022 को किस राज्य ने राज्य की कृषि निर्यात नीति (एईपी) शुरू की?
    (a) गुजरात (b) हरयाणा
    (c) पंजाब (d) महाराष्ट्र

16. निम्नलिखित में से किस मंत्रालय ने सांस्कृतिक विविधता को प्रोत्साहित करने और बहुभाषावाद को बढ़ावा देने के लिए 'भाषा प्रमाणपत्र सेल्फी' अभियान शुरू किया है?
    (a) शिक्षा मंत्रालय (b) संस्कृति मंत्रालय
    (c) विदेश मंत्रालय (d) वित्त मंत्रालय

17. फरवरी 2022 में, सरकार ने 364 करोड़ रुपये के वित्तीय परिव्यय के साथ कितने वर्षों की अवधि के लिए आप्रवासन वीजा विदेशी पंजीकरण ट्रैकिंग, आईवीएफआरटी योजना को जारी रखने की मंजूरी दी है?
    (a) 3 (b) 4
    (c) 5 (d) 6

18. आईटी मंत्रालय किस नीति के साथ सामने आया है जो सरकार-से-सरकार डेटा साझा करने के लिए एक रूपरेखा का प्रस्ताव करता है और सुझाव देता है कि प्रत्येक सरकारी विभाग या उसके संगठन के लिए राभी डेटा डिफ़ॉल्ट रूप से खुले और साझा किए जा सकते हैं, कुछ राइडर्स के साथ?
    (a) भारतीय डेटा केंद्र नीति
    (b) भारत डेटा अभिगम्यता और उपयोग नीति
    (c) भारत डेटा सुरक्षा नीति
    (d) राष्ट्रीय डेटा साझाकरण और स्थानांतरण नीति

19. फरवरी 2022 में, केंद्र सरकार ने केंद्रीय क्षेत्र के राष्ट्रीय साधन-सह-मेरिट छात्रवृत्ति (एनएमएमएसएस) को निम्नलिखित में से किस वर्ष तक जारी रखने की मंजूरी दी है?
    (a) 2022 – 23 (b) 2029 – 30
    (c) 2024 – 25 (d) 2025 – 26

20. महिला और बाल विकास मंत्रालय ने पीएम केयर्स फॉर चिल्ड्रन योजना को 28 __________ तक बढ़ा दिया है।
    (a) फरवरी 2022 (b) मार्च 2022
    (c) फरवरी 2023 (d) दिसंबर 2023

21. केंद्र सरकार ने केंद्र प्रायोजित योजना (CSS), राष्ट्रीय उच्चतर शिक्षा अभियान (RUSA) को _______ तक बढ़ा दिया है।
    (a) मार्च 31, 2026 (b) मार्च 31, 2025
    (c) मई 31, 2024 (d) जुलाई 31, 2023

22. फरवरी 2022 में 'हर घर जल', जल जीवन मिशन के तहत भारत के कितने जिलों में हर घर में नल के पानी की आपूर्ति हुई है?

(a) 40 जिलों (b) 500 जिलों
(c) 100 जिलों (d) 1000 जिलों

23. सरकार ने 2022 – 23 से किस वर्ष की अवधि के दौरान गृह मंत्रालय द्वारा इंटर-ऑपरेटेबल क्रिमिनल जस्टिस सिस्टम (ICJS) परियोजना के कार्यान्वयन को मंजूरी दी है?
(a) 2024 – 25 (b) 2025 – 26
(c) 2026 – 27 (d) 2027 – 28

24. निम्नलिखित में से किस शहर में, केंद्रीय जहाजरानी मंत्री सर्बानंद सोनोवाल ने फरवरी 2022 में भारत की पहली जल टैक्सी सेवाओं को हरी झंडी दिखाई है?
(a) मुंबई (b) गांधीनगर
(c) कोच्चि (d) चेन्नई

25. फरवरी 2022 में राष्ट्रीय ई-गवर्नेंस डिवीजन (एनईजीडी) के नए सीईओ के रूप में किसे नियुक्त किया गया है?
(a) अभिषेक सिंह (b) ओम प्रकाश गुप्ता
(c) उदित सिंघली (d) अरुण गोयल

26. एक लार्ज एरिया सॉफ्ट एक्स-रे स्पेक्ट्रोमीटर (क्लास), एक पेलोड ऑन-बोर्ड जो ऑर्बिटर ने सौर प्रोटॉन घटनाओं का पता लगाया है जो अंतरिक्ष में मनुष्यों के लिए विकिरण जोखिम को काफी बढ़ा देता है?
(a) मंगलयान 2 (b) शुक्रयान- 1
(c) आदित्य-L 1 (d) चंद्रयान- 2

27. भारतीय वायु सेना ने यूक्रेन में संकट से उत्पन्न स्थिति को देखते हुए मार्च 2022 में किस देश में बहुपक्षीय हवाई अभ्यास कोबरा वारियर में अपने लड़ाकू जेट विमानों को तैनात नहीं करने का निर्णय लिया है?
(a) फ्रांस (b) जर्मनी
(c) यूके (d) पोलैंड

28. पोलियो राष्ट्रीय टीकाकरण दिवस 2022 किस दिन आयोजित किया जाएगा?
(a) 26 फ़रवरी (b) 27 फ़रवरी
(c) 28 फ़रवरी (d) 29 फ़रवरी

29. 2022 में ICC U- 19 विश्व कप जीतने वाली भारतीय टीम के कप्तान कौन हैं?
(a) यश धुल्लि (b) राज बर
(c) निशांत सिंधु (d) शेख रशीद

30. भारत ने फरवरी 2022 में किस देश के साथ एक व्यापक आर्थिक भागीदारी समझौते (सीईपीए) पर हस्ताक्षर किए?
(a) यूएई (b) चीन
(c) ब्राज़िल (d) रूस

31. भारत ने फरवरी 2022 में किस देश से रिकॉर्ड 100,000 टन सोया तेल का आयात किया?
(a) यूएई (b) यूएसए
(c) मलेशिया (d) ऑस्ट्रेलिया

32. फरवरी 2022 में भारत के उच्चायोग ने किस शहर में औपचारिक रूप से सुबोर्नो जयंती छात्रवृत्ति वेबसाइट लॉन्च की?
(a) काठमांडू (b) पुरुष
(c) थिम्पू (d) ढाका

33. अमेरिकी सुप्रीम कोर्ट में सेवा देने के लिए चुनी गई पहली अश्वेत महिला कौन बनी है?
(a) जे. मिशेल चिल्ड्स (b) लियोनड्रा क्रुगेर
(c) केतनजी ब्राउन जैक्सन (d) एमी कोनी बैरेट

34. 25 फरवरी 2022 को, राष्ट्रपति राम नाथ कोविंद ने किसकी 400 वीं जयंती समारोह का शुभारंभ किया?
(a) बाग हजारिका (b) लचित बोरफुकान
(c) जॉयमोती कोंवारी (d) मोमाई तमुली बोरबरुआ

35. 26 फरवरी 2022 को वीर सावरकर की कौन सी पुण्यतिथि मनाई गई?
(a) 56 वां (b) 58 वां
(c) 60 वां (d) 62 वां

36. फरवरी 2022 को, ऑस्ट्रेलिया ने किस प्रजाति को 'लुप्तप्राय' के रूप में नामित किया है?
(a) पांडा (b) कोअला
(c) कंगेरू (d) आलस

37. वन समिट का मेजबान कौन सा देश है, जो फरवरी 2022 में खबरों में था?
(a) यूएसए (b) फ्रांस
(c) रूस (d) चीन

38. 12 फरवरी, 2022 को खबरों में रहे MUSE और HelioSwarm किस अंतरिक्ष एजेंसी से जुड़े हैं?
(a) इसरो (b) जाक्सा
(c) नासा (d) ईएसए

39. निम्नलिखित में से किस बैंक ने फरवरी 2022 में रुपये में मूल्यवर्गित ग्लोबल क्रेडिट कार्ड लॉन्च करने के लिए मेकमाईट्रिप, ट्रिपमनी की फिनटेक शाखा के साथ करार किया है?
(a) स्टेट बैंक ऑफ मॉरीशस (एसबीएम)
(b) भारतीय स्टेट बैंक
(c) एचएसबीसी बैंक
(d) ऐक्सिस बैंक

40. इंडिया रेटिंग्स की संशोधित रिपोर्ट के अनुसार, राष्ट्रीय नाममात्र सकल घरेलू उत्पाद (जीडीपी) ________ 2022 – 23 में बढ़ेगा।
(a) 8.6 प्रतिशत (b) 13.6 प्रतिशत
(c) 9.2 प्रतिशत (d) 11.8 प्रतिशत

41. निम्नलिखित में से किस संगठन ने ट्रांसजेंडर समुदाय की आजीविका के अवसरों को बढ़ाने के लिए भारतीय राष्ट्रीय सहकारी संघ (एनसीयूआई) के साथ भागीदारी की है?
(a) भारत एचआईवी/एड्स गठबंधन
(b) सहोदरी फाउंडेशन
(c) हमसफर ट्रस्ट (HST)
(d) ट्वीट फाउंडेशन

42. निम्नलिखित में से किस संस्थान ने फरवरी 2022 में भारतीय आदिम जाति सेवा संगठन (BAJSS) के साथ एक समझौता ज्ञापन (MoU) पर हस्ताक्षर किए हैं?
(a) राष्ट्रीय जनजातीय अनुसंधान संस्थान
(b) जनजातीय अनुसंधान एवं विकास संस्थान, भोपाल
(c) जनजातीय अनुसंधान एवं प्रशिक्षण संस्थान, गुजरात
(d) जनजातीय अध्ययन संस्थान, हिमाचल प्रदेश

43. निम्नलिखित में से किसने 23 फरवरी 2022 को डीसीआई (ड्रेजिंग कॉरपोरेशन ऑफ इंडिया) ड्रेजिंग संग्रहालय "निकर्षण सदन" का उद्घाटन किया है?
(a) सर्बानंद सोनोवाल (b) हरदीप सिंह पुरी
(c) पीयूष गोयल (d) राजनाथ सिंह

44. निम्नलिखित में से किस देश में, भारतीय वायु सेना एक्स कोबरा वारियर 2022 नामक एक बहु-राष्ट्र वायु अभ्यास में भाग लेगी?
(a) यूनाइटेड किंगडम (b) सऊदी अरब
(c) ओमान (d) जापान

45. भारत में पहली बार किस भारतीय प्रौद्योगिकी संस्थान (IIT) के

वैज्ञानिकों ने फरवरी 2022 में क्वांटम कुंजी वितरण का सफलतापूर्वक प्रदर्शन किया है?

(a) आईआईटी दिल्ली (b) आईआईटी खड़गपुर
(c) आईआईटी मुंबई (d) आईआईटी गुवाहाटी

46. निम्नलिखित में से किस शतरंज खिलाड़ी ने फरवरी 2022 में एयरथिंग्स मास्टर्स टूर्नामेंट के आठवें दौर में विश्व चैंपियन मैग्नस कार्लसन को हराया है?

(a) रमेशबाबू प्रगनांधा (b) विश्वनाथन आनंद
(c) पेंटाला हरिकृष्णा (d) नारायण SL

47. केंद्रीय उत्पाद शुल्क और नमक अधिनियम को चिह्नित करने के लिए, किस दिन को केंद्रीय उत्पाद शुल्क दिवस के रूप में मनाया जाता है?

(a) 19 फ़रवरी (b) 14 फ़रवरी
(c) 20 फ़रवरी (d) 24 फ़रवरी

48. किस राज्य की पुलिस ने फरवरी 2022 में 'अनुभूति', एक क्यूआर कोड-आधारित फीडबैक सिस्टम और ई-चिट्ठा पोर्टल सहित तीन नई डिजिटल पहल शुरू की हैं?

(a) दिल्ली पुलिस (b) चंडीगढ़ पुलिस
(c) मुंबई पुलिस (d) जम्मू-कश्मीर पुलिस

49. निम्नलिखित में से कौन सा पोर्टल लॉगिस्टिक्स लागत को कम करने में मदद करने के लिए यूनिफाइड लॉजिस्टिक्स इंटरफेस प्लेटफॉर्म (ULIP) के साथ एकीकृत किया गया है?

(a) राष्ट्रीय रसद पोर्टल
(b) राष्ट्रीय वाणिज्य और व्यापार पोर्टल
(c) राष्ट्रीय शिकायत पोर्टल
(d) राष्ट्रीय छात्र पोर्टल

50. फरवरी 2022 में अक्षय ऊर्जा के क्षेत्र में सहयोग और सहयोग के लिए किस पेट्रोलियम कंपनी ने सोलर एनर्जी कॉरपोरेशन ऑफ इंडिया लिमिटेड (SECI) के साथ भागीदारी की है?

(a) हिंदुस्तान पेट्रोलियम कॉर्पोरेशन लिमिटेड
(b) इंडियन ऑयल कॉर्पोरेशन लिमिटेड
(c) भारत पेट्रोलियम
(d) रिलायंस पेट्रोलियम

51. निम्नलिखित में से किसे फरवरी 2022 में एलएंडटी फाइनेंस होल्डिंग्स लिमिटेड (एलटीएफएच) के निदेशक और अध्यक्ष के रूप में नियुक्त किया गया है?

(a) एसएन सुब्रह्मण्यम (b) रघुराम राजन
(c) सुदीप बनर्जी (d) राकेश गुप्ता

52. किस कंपनी ने देश में निर्यात को लोकप्रिय बनाने और विकसित करने के लिए एस्पोर्ट्स फेडरेशन ऑफ इंडिया (ईएसएफआई) के साथ भागीदारी की है?

(a) जेएसडब्ल्यू स्पोर्ट्स
(b) ईएसपीएन इंक
(c) आईनॉक्स लीजर लिमिटेड
(d) स्टार स्पोर्ट्स इंडिया

53. किस देश के शोधकर्ताओं ने 2022 में पहली बार चंद्रमा का पता लगाने के लिए नैनो रोबोट विकसित किए हैं?

(a) चाड (b) मेक्सिको
(c) वेनेजुएला (d) इक्वेडोर

54. फरवरी 2022 में जनऔषधि दिवस का विषय क्या है?

(a) "जन औषधि-जन उपयोगी"
(b) "जन आरोग्य-जन उपयोगी"
(c) "जन उपयोगी औषधि"
(d) "हर घर औषधि"

55. फरवरी 2022 में अंतर्राष्ट्रीय ओलंपिक समिति (IOC) के अध्यक्ष के रूप में किसे फिर से चुना गया है?

(a) जेनी हिरिकोस्की (b) एम्मा तेरहो
(c) करोलिना रंटामाकि (d) अनीना राजहुहतस

56. निम्नलिखित में से कौन फरवरी 2022 में पुरुषों की एटीपी टेनिस रैंकिंग में नंबर एक स्थान पर पहुंचने वाले 27 वें खिलाड़ी बने?

(a) राफेल नडाल (b) डेनियल मेदवेदेव
(c) नोवाक जोकोविच (d) रोजर फ़ेडरर

57. फरवरी 2022 तक, सेंट्रल डिपॉजिटरी सर्विसेज (इंडिया) लिमिटेड (सीडीएसएल) ने कितने करोड़ सक्रिय डीमैट खाते खोले हैं?

(a) 2 (b) 4
(c) 6 (d) 8

58. 27 फरवरी 2022 को दुबई में पैरा तीरंदाजी विश्व चैंपियनशिप 2022 के व्यक्तिगत वर्ग में रजत जीतने वाले पहले भारतीय कौन बने हैं?

(a) अनामिका रावत (b) पूर्णिमा जैन
(c) पूजा जत्याना (d) मधु गर्ग

59. भारत ने फरवरी 2022 में युद्ध प्रभावित यूक्रेन से भारतीयों को लाने के लिए किस मिशन के तहत 219 लोगों को निकाला?

(a) ऑपरेशन गंगा (b) ऑपरेशन विजय
(c) ऑपरेशन मैत्री (d) ऑपरेशन रक्षक

60. फरवरी 2022 में कर्नाटक में भारत किस देश के साथ एक संयुक्त सैन्य अभ्यास विदेशी, EX DHARMA GARDIAN- 2022 आयोजित कर रहा है?

(a) फ्रांस (b) दक्षिण कोरिया
(c) जापान (d) यूएसए

// स्मार्ट उत्तर पुस्तिका //

सही उत्तर उन छात्रों का प्रतिशत जिन्होंने प्रश्न का सही उत्तर दिया।

छोड़ दिया उन छात्रों का प्रतिशत जिन्होंने प्रश्न को छोड़ दिया।

प्रश्न संख्या	उत्तर	सही उत्तर छोड़ दिया	प्रश्न संख्या	उत्तर	सही उत्तर छोड़ दिया	प्रश्न संख्या	उत्तर	सही उत्तर छोड़ दिया
1	D	53.94% 1.81%	2	A	66.07% 1.84%	3	A	42.1% 1.07%
4	C	84.04% 0.0%	5	D	17.57% 3.25%	6	D	57.42% 1.13%
7	C	67.81% 1.06%	8	B	51.51% 1.08%	9	C	67.9% 1.38%
10	A	47.11% 1.97%	11	A	66.82% 1.4%	12	A	52.34% 1.43%
13	A	43.35% 1.21%	14	A	45.25% 1.37%	15	D	47.77% 1.15%
16	A	16.11% 4.78%	17	C	32.31% 4.26%	18	B	17.26% 4.93%
19	D	60.08% 1.72%	20	A	43.62% 1.95%	21	A	42.13% 1.59%
22	C	46.19% 1.93%	23	B	58.1% 1.15%	24	A	64.15% 1.13%
25	A	44.93% 1.88%	26	D	48.59% 1.63%	27	C	62.88% 1.63%
28	B	54.06% 1.19%	29	A	87.01% 0.0%	30	A	49.5% 1.34%
31	B	52.88% 1.2%	32	D	40.49% 1.91%	33	C	26.3% 4.57%
34	B	59.65% 1.97%	35	A	48.42% 1.33%	36	B	60.52% 1.3%
37	B	49.15% 1.56%	38	C	63.98% 1.78%	39	A	43.06% 1.7%
40	A	32.96% 3.8%	41	A	44.45% 1.5%	42	A	67.71% 1.04%
43	A	26.51% 3.56%	44	A	61.71% 1.7%	45	A	66.75% 1.46%

46	A	59.86% / 1.44%	47	D	78.24% / 0.0%	48	A	47.44% / 1.13%
49	A	50.9% / 1.51%	50	A	66.98% / 1.89%	51	A	48.95% / 1.1%
52	C	45.03% / 1.07%	53	B	79.29% / 0.0%	54	A	48.82% / 1.19%
55	B	68.46% / 1.22%	56	B	42.79% / 1.39%	57	C	46.43% / 1.16%
58	C	55.78% / 1.03%	59	A	45.15% / 1.66%	60	C	59.71% / 1.38%

// संकेत और समाधान //

1(D). ऑस्ट्रिया कोविड - 19 वैक्सीन जनादेश पेश करने वाला पहला यूरोपीय देश बन गया।
ऑस्ट्रिया के राष्ट्रपति ने यूरोपीय संघ में पहली बार सभी वयस्कों के लिए COVID- 19 टीकाकरण अनिवार्य बनाने वाले कानून पर हस्ताक्षर किए। यह गर्भवती महिलाओं और चिकित्सा छूट वाले लोगों को छोड़कर सभी वयस्कों पर लागू होता है। मार्च के मध्य के बाद "प्रारंभिक चरण" के बाद जो लोग बाहर निकलते हैं उन्हें 3, 600 यूरो तक का जुर्माना लगाया जा सकता है।

2(A). फरवरी 2022 में केलिफोर्निया में आयोजित स्क्रीन एक्टर गिल्ड अवार्ड्स में जेसिका चैस्टेन आउटस्टेंडिंग परफॉरमेंस बाय अ फीमेल एक्टर इन अ लीडिंग रोल का पुरस्कार जीता।
कैलिफोर्निया में स्क्रीन एक्टर गिल्ड अवार्ड्स का आयोजन किया गया। जेसिका चैस्टेन (द आइज ऑफ टैमी फेय) ने आउटस्टेंडिंग परफॉरमेंस बाय अ फीमेल एक्टर इन अ लीडिंग रोल का पुरस्कार जीता। विल स्मिथ (किंग रिचर्ड) ने आउटस्टेंडिंग परफॉरमेंस बाय अ मेल एक्टर इन अ लीडिंग रोल का पुरस्कार जीता। CODA ने आउटस्टैंडिंग परफॉरमेंस बाय अ कास्ट इन अ मोशन पिक्चर का पुरस्कार जीता, जिसमें यूजेनियो डर्बेज, डैनियल डुराण्ट, एमिलिया जोन्स आदि शामिल थे।

3(A). सादिया तारिक ने फरवरी 2022 में मास्को में आयोजित मास्को वुशु स्टार्स चैंपियनशिप में स्वर्ण पदक जीता।
भारत की सादिया तारिक ने 22 से 28 फरवरी, 2022 तक मास्को में आयोजित मास्को वुशु स्टार्स चैंपियनशिप में स्वर्ण पदक जीता। श्रीनगर की रहने वाली सादिया तारिक जूनियर नेशनल वुशु चैंपियनशिप में दो बार की गोल्ड मेडलिस्ट हैं। उसने हाल ही में लवली प्रोफेशनल यूनिवर्सिटी, जालंधर में 20 वीं जूनियर नेशनल वुशु चैंपियनशिप में स्वर्ण पदक हासिल किया।

4(C). भारत ने फरवरी 2022 में सिंगापुर वेटलिफ्टिंग इंटरनेशनल में 8 पदक जीते।
भारतीय भारोत्तोलक विकास ठाकुर और वेंकट राहुल रागला ने 27 फरवरी 2022 को सिंगापुर वेटलिफ्टिंग इंटरनेशनल में क्रमशः स्वर्ण और कांस्य पदक जीतकर राष्ट्रमंडल खेलों के लिए क्वालीफाई किया। इस प्रकार भारत ने 6 स्वर्ण, 1 रजत और 1 कांस्य सहित 8 पदकों के साथ प्रतियोगिता में अपना अभियान समाप्त किया।

5(D). कोचीन इंटरनेशनल एयरपोर्ट लिमिटेड (सीआईएएल), जो पूरी तरह से सौर ऊर्जा से संचालित दुनिया का पहला हवाई अड्डा है, केरल के कन्नूर जिले में पय्यान्नूर के पास अपने नए सौर ऊर्जा संयंत्र के चालू होने से सकारात्मक हो जाएगा। सीएम पिनाराई विजयन 6 मार्च 2022 को 12 MWp सौर ऊर्जा संयंत्र का उद्घाटन करेंगे। CIAL के सौर संयंत्रों की संचयी स्थापित क्षमता को 50 MWp तक बढ़ा दिया गया है।

6(D). माधबी पुरी बुच को फरवरी 202 में 3 साल की अवधि के लिए सेबी का नया अध्यक्ष नियुक्त किया गया है।
सरकार ने 3 साल की अवधि के लिए सेबी के नए अध्यक्ष के रूप में माधबी पुरी बुच की घोषणा की है। बुच सेबी के पूर्व पूर्णकालिक सदस्य हैं। वह अजय त्यागी का स्थान लेंगी, जिनका पांच साल का कार्यकाल फरवरी 2022 में समाप्त हो रहा है। यह पहली बार है जब सेबी में किसी महत्वपूर्ण पद के लिए किसी महिला और निजी क्षेत्र के व्यक्ति को चुना गया है।

7(C). सरकार ने भारतीय जीवन बीमा निगम (LIC) में स्वचालित मार्ग के तहत 20 प्रतिशत तक प्रत्यक्ष विदेशी निवेश (FDI) की अनुमति दी है। इसका उद्देश्य देश की सबसे बड़ी बीमा कंपनी के विनिवेश को सुगम बनाना है। मौजूदा एफडीआई नीति एलआईसी में विदेशी निवेश के लिए कोई विशिष्ट प्रावधान निर्धारित नहीं करती है, जिसे एलआईसी अधिनियम, 1956 के तहत स्थापित किया गया है।

8(B). पांचवीं बांग्लादेश-भारत सांस्कृतिक बैठक 28 फरवरी 2022 को राजशाही में संपन्न हुई। समारोह की अध्यक्षता राजशाही शहर के मेयर एएचएम खैरुज्जमां लिटन ने की। फरवरी 25 – 28 के बीच चार दिवसीय कार्यक्रम बंगबंधु शेख मुजीबुर रहमान की जन्म शताब्दी, बांग्लादेश की मुक्ति की स्वर्ण जयंती और बांग्लादेश भारत मैत्री के 50 वें वर्ष का जश्न मनाने के लिए आयोजित किया गया था।

9(C). 27 फरवरी 2022 को चंद्रशेखर आजाद की 91 वीं पुण्यतिथि मनाई गई। स्वतंत्रता सेनानी आजाद का जन्म 23 जुलाई 1906 को हुआ था। 27 फरवरी, 1931 को, उन्होंने ब्रिटिश पुलिस को उन्हें पकड़ने नहीं देने का दृढ़ संकल्प किया, उन्होंने अपनी बंदूक की आखिरी गोली से खुद को सिर पर गोली मार ली। उन्होंने इसके संस्थापक राम प्रसाद बिस्मिल की मृत्यु के बाद हिंदुस्तान रिपब्लिकन एसोसिएशन (एचआरए) को हिंदुस्तान सोशलिस्ट रिपब्लिकन एसोसिएशन (एचएसआरए) के नए नाम के तहत पुनर्गठित किया।

10(A). यूक्रेन में रूस के सैन्य अभियानों पर चर्चा करने के लिए संयुक्त राष्ट्र ने (28\) फरवरी 2022 को महासभा का एक आपातकालीन सत्र आयोजित किया। यूएनजीए के अध्यक्ष अब्दुल्ला शाहिद ने न्यूयॉर्क में संयुक्त राष्ट्र मुख्यालय में महासभा के 11 वें आपातकालीन विशेष सत्र की अध्यक्षता की। संयुक्त राष्ट्र सुरक्षा परिषद ने UNGA के विशेष आपातकालीन सत्र को आयोजित करने के लिए मतदान किया। भारत ने प्रस्ताव पर मतदान से परहेज किया।

11(A). ऑस्ट्रेलियन ओपन चैंपियन राफेल नडाल ने 26 फरवरी 2022 को अकापुल्को में अपना चौथा खिताब जीता। उन्होंने एटीपी 500 इवेंट के फाइनल में कैमरन नोरी को हराकर 6 – 4, 6 – 4 से जीत हासिल की। नडाल ने पहली बार 2005 में खिताब जीता था और 2013 और 2020 में फिर से खिताब अपने नाम किया। नडाल अब हमवतन डेविड फेरर और ऑस्ट्रिया के थॉमस मस्टर के साथ सर्वाधिक अकापुल्को खिताब के लिए बराबरी पर हैं।

12(A). 25 फरवरी 2022 को चल रहे सिंगापुर इंटरनेशनल में भारोत्तोलन में स्वर्ण पदक मीराबाई चानू ने जीता।
भारोत्तोलन में 2020 टोक्यो ओलंपिक की रजत पदक विजेता मीराबाई चानू ने 25 फरवरी 2022 को चल रहे सिंगापुर इंटरनेशनल में स्वर्ण पदक जीता। इस जीत ने उन्हें बर्मिंघम में आगामी 2022 राष्ट्रमंडल खेलों में एक स्थान सुरक्षित करने में भी मदद की। एक नए भार वर्ग - 55 किग्रा में प्रतिस्पर्धा करते हुए, चानू ने स्नैच में कुल 191 किग्रा - 86 किग्रा और क्लीन एंड जर्क में 105 किग्रा भार उठाकर स्वर्ण पदक जीता।

13(A). रूस को UEFA द्वारा चैंपियंस लीग फाइनल की मेजबानी से 25 फरवरी 2022 को हटा दिया गया था और यूक्रेन पर रूस के आक्रमण के बाद सेंट पीटर्सबर्ग की जगह पेरिस ने ले ली थी। पुरुषों का फाइनल अभी भी मई 28 , 2022 को आयोजित किया जाएगा, लेकिन अब यूईएफए की कार्यकारी समिति के निर्णय के बाद स्टेड डी फ्रांस में होगा। फ्रांस ने आखिरी बार 16 साल पहले चैंपियंस लीग फाइनल की मेजबानी की थी, जब बार्सिलोना ने आर्सेनल को फाइनल में हराया था।

14(A). दिल्ली स्थित बुनियादी ढांचा कंपनी जीएमआर ग्रुप ने संयुक्त अरब अमीरात में टी 20 लीग में दुबई फ्रेंचाइजी के स्वामित्व और संचालन के अधिकार हासिल कर लिए हैं। 2022 में खेली जाने वाली छह टीमों की लीग को अमीरात क्रिकेट बोर्ड ने मंजूरी दे दी है और इसे सालाना आयोजित किया जाएगा। जीएमआर ग्रुप इंडियन प्रीमियर लीग (आईपीएल) टीम दिल्ली कैपिटल्स का सह-मालिक भी है।

15(D). महाराष्ट्र सरकार ने 25 फरवरी 2022 को राज्य की कृषि निर्यात नीति (AEP) शुरू की। यह 21 कृषि वस्तुओं के निर्यात को बढ़ावा देने पर ध्यान केंद्रित करेगा। भारत सरकार ने दिसंबर 2018 में अपनी कृषि निर्यात नीति का अनावरण किया था, जिसमें राज्य सरकारों को अपनी नीति का मसौदा तैयार करने का निर्देश दिया गया था।

16(A). शिक्षा मंत्रालय ने सांस्कृतिक विविधता को प्रोत्साहित करने और बहुभाषावाद को बढ़ावा देने और एक भारत श्रेष्ठ भारत की भावना को बढ़ावा देने के लिए 'भाषा प्रमाणपत्र सेल्फी' अभियान शुरू किया। इस पहल का उद्देश्य शिक्षा मंत्रालय और MyGov India द्वारा विकसित भाषा संगम मोबाइल ऐप को बढ़ावा देना है। भाषा संगम मोबाइल ऐप शिक्षा और कौशल विकास मंत्री द्वारा लॉन्च किया गया था।

17(C). सरकार ने 364 करोड़ रुपये के वित्तीय परिव्यय के साथ इमिग्रेशन वीजा फॉरेनर्स रजिस्ट्रेशन ट्रैकिंग, आईवीएफआरटी योजना को पांच साल की अवधि के लिए जारी रखने की मंजूरी दी है। यह योजना अप्रैल 2021 से मार्च 2026 तक प्रभावी रहेगी। आईवीएफआरटी के शुरू होने के बाद, वीजा और ओवरसीज सिटीजन ऑफ इंडिया के कार्डों की संख्या में 7.7% की चक्रवृद्धि वार्षिक वृद्धि दर, सीएक्यूआर की वृद्धि दर्ज की गई।

18(B). आईटी मंत्रालय एक मसौदा नीति 'इंडिया डेटा एक्सेसिबिलिटी एंड यूज पॉलिसी' लेकर आया है। यह सरकार-से-सरकार डेटा साझा करने के लिए एक रूपरेखा का प्रस्ताव करता है और सुझाव देता है कि प्रत्येक सरकारी विभाग या उसके संगठन के लिए सभी डेटा डिफ़ॉल्ट रूप से खुले और साझा किए जा सकते हैं, कुछ शर्तों के साथ। यह नीति सरकार द्वारा बनाए गए सभी डेटा और सूचनाओं पर लागू होगी।

19(D). सरकार ने सेंट्रल सेक्टर नेशनल मीन्स-कम-मेरिट स्कॉलरशिप (एनएमएमएसएस) को 5 साल यानी 2021 – 22 से 2025 – 26 तक जारी रखने की मंजूरी दे दी है। पात्रता मानदंड में मामूली संशोधन के साथ इसका वित्तीय परिव्यय 1827.00 करोड़ रुपये होगा। योजना का उद्देश्य आर्थिक रूप से कमजोर वर्ग के मेधावी छात्रों को छात्रवृत्ति प्रदान करना है।

20(A). महिला और बाल विकास मंत्रालय ने 28 फरवरी 2022 तक पीएम केयर्स फॉर चिल्ड्रन योजना को बढ़ा दिया है। पहले यह योजना 31 दिसंबर 2021 तक वैध थी। यह योजना उन सभी बच्चों को कवर करती है, जिन्होंने 11 मार्च 2020 से COVID- 19 महामारी के कारण माता-पिता, जीवित माता-पिता, या कानूनी अभिभावक/दत्तक माता-पिता/एकल दत्तक माता-पिता दोनों को खो दिया है।

21(A). राष्ट्रीय उच्चतर शिक्षा अभियान (RUSA), एक केंद्र प्रायोजित योजना (CSS) 31 मार्च, 2026 तक राज्य सरकार के विश्वविद्यालयों और कॉलेजों के वित्तपोषण के अपने संचालन को जारी रखेगी। इस योजना का उद्देश्य इक्विटी, पहुंच और उत्कृष्टता हासिल करना है। नए चरण के तहत, राज्य सरकारें व्यवसायीकरण और कौशल उन्नयन के माध्यम से लिंग समावेशन, इक्विटी पहल आदि के लिए जा सकेंगी।

22(C). जल जीवन मिशन ने देश के 100 जिलों के हर घर में नल का पानी उपलब्ध कराने का एक और मील का पत्थर हासिल किया है। हिमाचल प्रदेश का चंबा जिला 100 वां 'हर घर जल' जिला बन गया है। गोवा, हरियाणा, तेलंगाना, अंडमान और निकोबार द्वीप समूह, पुडुचेरी, दादर और नगर हवेली और दमन और दीव में, हर ग्रामीण घर में नल के पानी की आपूर्ति होती है।

23(B). सरकार ने 2022 – 23 से 2025 – 26 की अवधि के दौरान गृह मंत्रालय द्वारा इंटर-ऑपरेटेबल क्रिमिनल जस्टिस सिस्टम (ICJS) परियोजना के कार्यान्वयन को मंजूरी दी है। परियोजना को केंद्रीय क्षेत्र की योजना के रूप में लागू किया जाएगा। राष्ट्रीय सूचना विज्ञान केंद्र (एनआईसी) के सहयोग से परियोजना के कार्यान्वयन के लिए राष्ट्रीय अपराध रिकॉर्ड ब्यूरो (एनसीआरबी) जिम्मेदार होगा।

24(A). भारत में अपनी तरह की पहली, जुड़वां शहरों, मुंबई और नवी मुंबई को जोड़ने वाली जल टैक्सी सेवाओं को 17 फरवरी 2022 को केंद्रीय जहाजरानी मंत्री सर्बानंद सोनोवाल (फरवरी 2022 तक) द्वारा झंडी दिखाकर रवाना किया गया था। 8.37 करोड़ रुपये की परियोजना वर्तमान में तीन मार्गों पर चलेगी और राज्य और केंद्र प्रत्येक ने खर्च का 50% हिस्सा साझा किया है। शुरुआती चरण में इन रूटों पर सात स्पीडबोट चलेंगी।

25(A). सरकार ने वरिष्ठ आईएएस अधिकारी अभिषेक सिंह को नए राष्ट्रीय ई-गवर्नेंस डिवीजन (एनईजीडी) के सीईओ के रूप में पदोन्नत करने की घोषणा की है। नागालैंड कैडर के 1995 बैच के आईएएस अधिकारी अतिरिक्त सचिव के पद और वेतन में पद संभालेंगे। अधिकारी डिजिटल इंडिया कॉर्पोरेशन के प्रबंध निदेशक और मुख्य कार्यकारी अधिकारी के पद का अतिरिक्त प्रभार संभालते रहेंगे।

26(D). चंद्रयान - 2 ऑर्बिटर पर एक पेलोड, एक बड़े क्षेत्र सॉफ्ट एक्स-रे स्पेक्ट्रोमीटर (क्लास) ने सौर प्रोटॉन घटनाओं का पता लगाया है जो अंतरिक्ष में मनुष्यों के लिए विकिरण जोखिम में काफी वृद्धि करते हैं। उपकरण ने कोरोनल मास इजेक्शन (सीएमई) भी दर्ज किया, जो कुछ दिनों बाद पृथ्वी पर पहुंचता है, जिससे भू-चुंबकीय तूफान आते हैं और ध्रुवीय आकाश को औरोरा से रोशन करते हैं।

27(C). भारतीय वायु सेना ने यूक्रेन में संकट से उत्पन्न स्थिति को देखते हुए मार्च 2022 में यूके में एक बहुपक्षीय हवाई अभ्यास कोबरा वारियर में अपने लड़ाकू जेट विमानों को तैनात नहीं करने का निर्णय लिया है। यह घोषणा यूके के वाडिंगटन में 6 से 27 मार्च तक अभ्यास में अपनी भागीदारी की पुष्टि के तीन दिन बाद आई है। अभ्यास का उद्देश्य परिचालन जोखिम प्रदान करना है।

28(B). केंद्रीय स्वास्थ्य और परिवार कल्याण मंत्री, डॉ मनसुख मंडाविया ने 26 फरवरी 2022 को 2022 के लिए राष्ट्रीय पोलियो टीकाकरण अभियान की शुरुआत की। पोलियो राष्ट्रीय टीकाकरण दिवस 2022 का आयोजन 27 फरवरी को किया जाएगा। पोलियो वायरस के खिलाफ जनसंख्या प्रतिरक्षा बनाए रखने और पोलियो मुक्त स्थिति बनाए रखने के लिए भारत हर साल पोलियो के लिए एक राष्ट्रव्यापी एनआईडी और दो उप-राष्ट्रीय टीकाकरण दिवस आयोजित करता है।

29(A). यश ढुल 2022 में आईसीसी अंडर- 19 विश्व कप जीतने वाली भारतीय टीम के कप्तान हैं।
यश ढुल ने फाइनल में इंग्लैंड को हराकर इस साल आईसीसी अंडर - 19 विश्व कप में भारत की कप्तानी की। यश ढुल की अगुवाई वाली भारतीय अंडर- 19 टीम ने इंग्लैंड को 4 विकेट से हराकर एंटीगुआ में 2022 का आईसीसी अंडर- 19 विश्व कप जीत लिया।

30(A). भारत ने फरवरी 2022 में यूएई के साथ एक व्यापक आर्थिक भागीदारी समझौते (सीईपीए) पर हस्ताक्षर किए।
भारत और संयुक्त अरब अमीरात (यूएई) ने हाल ही में एक व्यापक आर्थिक भागीदारी समझौते (सीईपीए) पर हस्ताक्षर किए। इससे दोनों देशों के बीच निर्यात और आयात दोनों के व्यापार का लगभग 90 प्रतिशत लाभ होने की संभावना है। भारत ने संयुक्त अरब अमीरात से निर्यात होने वाले सोने पर शुल्क में छूट दी है, जबकि भारतीय निर्यातकों पर आभूषणों पर शून्य प्रतिशत शुल्क लगेगा।

31(B). भारत ने फरवरी 2022 में संयुक्त राज्य अमेरिका से रिकॉर्ड 100, 000 टन सोया तेल का आयात किया।
सूखा प्रभावित दक्षिण अमेरिका से सीमित आपूर्ति के कारण भारतीय व्यापारियों ने संयुक्त राज्य अमेरिका से रिकॉर्ड 100, 000 टन सोया तेल का आयात किया है। यह आयात उसके प्रतिद्वंद्वी पाम ऑयल की ऊंची कीमतों के बीच किया गया है। उच्च खरीद से अमेरिकी सोया तेल की कीमतों का समर्थन करने की उम्मीद है, जो इस साल पहले ही लगभग 20% चढ़ चुके हैं।

32(D). ढाका में भारतीय उच्चायोग ने औपचारिक रूप से 24 फरवरी 2022 को सुबोर्नो जयंती छात्रवृत्ति वेबसाइट लॉन्च की। बांग्लादेशी नागरिकों के लिए भारत में शिक्षा और व्यावसायिकता

के अवसरों को साझा करने के लिए, छात्रों के लिए 1000 सबबोर्न जयंती छात्रवृत्ति (एसजेएस) की घोषणा 26 – 27 मार्च 2021 को पीएम मोदी की बांग्लादेश यात्रा के दौरान की गई थी।

33(C). अमेरिकी राष्ट्रपति जो बिडेन ने संघीय अपील अदालत के न्यायाधीश केतनजी ब्राउन जैक्सन को अमेरिकी सुप्रीम कोर्ट में नामित किया है। वह पहली अश्वेत महिला हैं जिन्हें कोर्ट में सेवा देने के लिए चुना गया है। वह कोर्ट में सेवा देने वाली छठी महिला भी होंगी। 2013 में संघीय न्यायाधीश बनने से पहले, उन्होंने अमेरिकी सजा आयोग में कार्य किया। उनका नामांकन सीनेट द्वारा पुष्टि के अधीन है।

34(B). राष्ट्रपति राम नाथ कोविंद ने 25 फरवरी 2022 को अहोम जनरल लचित बोरफुकन की 400 वीं जयंती समारोह का शुभारंभ किया। उन्होंने एक युद्ध स्मारक और उनकी 150 फुट की कांस्य प्रतिमा की नींव भी रखी। अलाबोई युद्ध स्मारक का निर्माण असम के कामरूप जिले के दादरा में किया जाएगा। लचित बोरफुकन अहोम साम्राज्य के एक महान सेनापति थे। उन्हें 1671 में ब्रह्मपुत्र पर 'सरायघाट की लड़ाई' में उनके नेतृत्व के लिए जाना जाता है।

35(A). राष्ट्रवादी, स्वतंत्रता सेनानी और समाज सुधारक वीर सावरकर की 56 वीं पुण्यतिथि 26 फरवरी 2022 को मनाई गई। उनका जन्म 28 मई 1883 को महाराष्ट्र के नासिक जिले के भगूर गांव में हुआ था। पूर्व हिंदू महासभा अध्यक्ष को अंग्रेजों द्वारा अंडमान और निकोबार द्वीप समूह की सेलुलर जेलों में काला पानी कहा जाता था।

36(B). फरवरी 2022 को, ऑस्ट्रेलिया ने कोआला को एक लुप्तप्राय प्रजाति के रूप में नामित किया है, जिसे केवल 10 साल पहले कमजोर के रूप में वर्गीकृत किया गया था। पिछले बीस वर्षों में लंबे समय तक सूखे, गर्मी की झाड़ियों, और बीमारी, शहरीकरण और आवास के नुकसान के संचयी प्रभावों के प्रभाव ने निर्णय लिया है। अब से, कोआला को ऑस्ट्रेलिया के राष्ट्रीय पर्यावरण कानून के तहत अधिक सुरक्षा प्रदान की जाएगी।

37(B). फ्रांस वन समिट का मेजबान है, जो फरवरी 2022 में खबरों में रहा था।
फ्रांस द्वारा संयुक्त राष्ट्र और विश्व बैंक के सहयोग से वन ओशन समिट का आयोजन किया जा रहा है। भारत ने 'राष्ट्रीय क्षेत्राधिकार से परे जैव विविधता पर उच्च महत्वाकांक्षा गठबंधन' की फ्रांसीसी पहल का समर्थन किया। प्रधान मंत्री नरेंद्र मोदी ने सम्मेलन में भाग लिया और कहा कि भारत सिंगल यूज प्लास्टिक को खत्म करने के लिए प्रतिबद्ध है।

38(C). 12 फरवरी 2022 को खबरों में रहे MUSE और HelioSwarm नासा से जुड़े हुए हैं।
नासा ने मल्टी-स्लिट सोलर एक्सप्लोरर (एमयूएसई) और हेलियोस्वार्म नामक दो नए विज्ञान मिशनों की घोषणा की है। इन दो मिशनों का उद्देश्य सूर्य के कोरोना का अध्ययन करना और सौर हवा के चुंबकीय क्षेत्र को मापना भी है। नासा ने इससे पहले पार्कर सोलर प्रोब द्वारा सूर्य के रास्ते में किए गए नवीनतम अवलोकनों की घोषणा की थी।

39(A). मेकमाईट्रिप की फिनटेक शाखा, ट्रिपमनी, ने एसबीएम बैंक इंडिया के साथ एक रुपया-मूल्यवान सुरक्षित क्रेडिट कार्ड, ट्रिपमनी ग्लोबल कार्ड लॉन्च करने के लिए हाथ मिलाया है। अन्य क्रेडिट कार्डों के विपरीत, जिन्हें क्रेडिट इतिहास की आवश्यकता होती है, इस सुरक्षित क्रेडिट कार्ड के लिए ग्राहकों को सुरक्षा के रूप में INR में पैसे लोड करने और INR में शेष राशि को ट्रैक करने की आवश्यकता होती है। वीज़ा द्वारा संचालित ट्रिपमनी कार्ड का उपयोग 150+ देशों में किया जा सकता है।

40(A). इंडिया रेटिंग्स ने 2021 – 22 के लिए अपने QDP विकास अनुमान को संशोधित कर 8.6% कर दिया है, जो पहले अनुमानित 9.2% था। इससे पहले, बार्कलेज ने दिसंबर 21 को समाप्त तिमाही के लिए 6.6% की जीडीपी वृद्धि का अनुमान लगाया था। राष्ट्रीय सांख्यिकी संगठन (एनएसओ), जिसने वर्ष के लिए 9.2% वास्तविक सकल घरेलू उत्पाद की वृद्धि का अनुमान लगाया है, 28 फरवरी ' 22 को राष्ट्रीय आय का दूसरा अग्रिम अनुमान जारी करेगा।

41(A). ट्रांसजेंडर समुदाय को सशक्त बनाने के उद्देश्य से एक महत्वपूर्ण कदम में, भारतीय राष्ट्रीय सहकारी संघ (एनसीयूआई) और भारत एचआईवी/एड्स गठबंधन ने 23 फरवरी 2022 को एक समझौता ज्ञापन पर हस्ताक्षर किए। यह ट्रांसजेंडर समुदाय के आजीविका के अवसरों को बढ़ाएगा। दोनों ने प्रमुख मुद्दों पर आम सहमति बनाने के लिए राष्ट्रीय और क्षेत्रीय स्तर पर एक हितधारक परामर्श कार्यशाला आयोजित करने का प्रस्ताव रखा है।

42(A). राष्ट्रीय जनजातीय अनुसंधान संस्थान और भारतीय आदिम जाति सेवा संगठन (BAJSS) ने एक समझौता ज्ञापन पर हस्ताक्षर किए हैं। इसके तहत एनटीआरआई, नई दिल्ली में एक संसाधन केंद्र के रूप में बीएजेएसएस के साथ दुर्लभ पुस्तकों के भंडार के साथ एक डिजिटल पुस्तकालय की स्थापना की जाएगी। बीएजेएसएस पुस्तकालय में दुर्लभ पुस्तकों के संरक्षण और डिजिटलीकरण के लिए जनजातीय कार्य मंत्रालय द्वारा कुल 150 लाख रुपये की राशि स्वीकृत की गई है।

43(A). केंद्रीय बंदरगाह, जहाजरानी और जलमार्ग मंत्री और आयुष सर्बानंद सोनोवाल (फरवरी 2022 तक) ने 23 फरवरी 2022 को डीसीआई (ड्रेजिंग कॉरपोरेशन ऑफ इंडिया) ड्रेजिंग म्यूजियम का उद्घाटन किया। इसका उद्घाटन विशाखापत्तनम में डीसीआई परिसर में हुआ। उन्होंने कौशल विकास सुविधा-समुद्री और जहाज निर्माण में उत्कृष्टता केंद्र (सीईएमएस) का भी उद्घाटन किया।

44(A). भारतीय वायु सेना 6 – 27 मार्च 2022 तक ब्रिटेन के वैडिंगटन में 'एक्स कोबरा वारियर 22 ' नामक एक बहु-राष्ट्र वायु अभ्यास में भाग लेगी। IAF लाइट कॉम्बैट एयरक्राफ्ट (LCA) तेजस अभ्यास में भाग लेगा। इस अभ्यास का उद्देश्य भाग लेने वाली वायु सेना के बीच परिचालन जोखिम प्रदान करना और सर्वोत्तम प्रथाओं को साझा करना है, जिससे युद्ध क्षमता में वृद्धि हो।

45(A). डीआरडीओ और आईआईटी दिल्ली के वैज्ञानिकों ने भारत में पहली बार फरवरी 2022 में उत्तर प्रदेश में प्रयागराज और विंध्याचल के बीच 100 किमी से अधिक की दूरी के बीच क्वांटम कुंजी वितरण लिंक का सफलतापूर्वक प्रदर्शन किया। यह पहले से ही क्षेत्र में उपलब्ध एक वाणिज्यिक-ग्रेड ऑप्टिकल फाइबर पर हासिल किया गया था। यह तकनीक सुरक्षा एजेंसियों को एक उपयुक्त क्वांटम संचार नेटवर्क की योजना बनाने में सक्षम बनाएगी।

46(A). 16 वर्षीय रमेशबाबू प्रज्ञानंधा ने फरवरी 2022 में एयरथिंग्स मास्टर्स टूर्नामेंट के आठवें दौर में विश्व चैंपियन मैग्नस कार्लसन के खिलाफ जीत हासिल की। अभिमन्यु मिश्रा, सर्गेई कारजाकिन, गुकेश डी, और जवोखिर सिंदरोव के बाद प्रगगनंधा ग्रैंडमास्टर बनने वाले पांचवें सबसे युवा खिलाड़ी हैं। वह शतरंज के दिग्गज विश्वनाथन आनंद और पी हरिकृष्णा के बाद मैग्नस कार्लसन को हराने वाले तीसरे भारतीय बन गए हैं।

47(D). 24 फरवरी 1944 को लागू किए गए केंद्रीय उत्पाद शुल्क और नमक अधिनियम को चिह्नित करने के लिए यह दिन मनाया जाता है। यह दिन केंद्रीय अप्रत्यक्ष कर और सीमा शुल्क बोर्ड (CBIC) के योगदान को याद करता है और उनका सम्मान करता है। केंद्रीय अप्रत्यक्ष कर और सीमा शुल्क बोर्ड (पूर्व में केंद्रीय उत्पाद और सीमा शुल्क बोर्ड) वित्त मंत्रालय के तहत राजस्व विभाग का एक हिस्सा है।

48(A). दिल्ली पुलिस ने 28 फरवरी' 22 को 3 नई डिजिटल पहल शुरू कीं - अनुभूति, एक क्यूआर कोड-आधारित फीडबैक सिस्टम, दिल्ली पुलिस की वेबसाइट और ई-चिट्ठा पोर्टल का नवीनीकरण। अनुभूति - फीडबैक मैनेजमेंट सिस्टम जनता और पुलिस के बीच दोतरफा संचार स्थापित करेगा। 'ई-चिट्ठा' विभाग में 8 घंटे की शिफ्ट सुनिश्चित करेगा और कर्मियों की दक्षता और पारदर्शिता को बढ़ाएगा।

49(A). सरकार नेशनल लॉजिस्टिक्स पोर्टल को यूनिफाइड लॉजिस्टिक्स

इंटरफेस प्लेटफॉर्म (ULIP) के साथ एकीकृत करेगी। यूलिप के माध्यम से 6 मंत्रालयों के 24 डिजिटल सिस्टम को एकीकृत किया जा रहा है। यह एक राष्ट्रीय सिंगल विंडो लॉजिस्टिक्स पोर्टल बनाएगा जो रसद लागत को कम करने में मदद करेगा। इसकी घोषणा पीएम मोदी ने 28 फरवरी 2022 को पीएम गति शक्ति के विजन पर एक वेबिनार को संबोधित करते हुए की थी।

50(A). हिंदुस्तान पेट्रोलियम कॉर्पोरेशन लिमिटेड (HPCL) और सोलर एनर्जी कॉर्पोरेशन ऑफ इंडिया लिमिटेड (SECI) ने एक समझौता किया है। यह ईएसजी परियोजनाओं के विकास सहित अक्षय ऊर्जा, विद्युत गतिशीलता और वैकल्पिक ईंधन के क्षेत्र में सहयोग और सहयोग के लिए है। एसईसीआई विभिन्न नवीकरणीय ऊर्जा संसाधनों, विशेष रूप से सौर/पवन ऊर्जा के संवर्धन और विकास में लगा हुआ है।

51(A). एलएंडटी फाइनेंस होल्डिंग्स लिमिटेड (एलटीएफएच) के निदेशक मंडल ने एसएन सुब्रह्मण्यन की निदेशक और अध्यक्ष के रूप में नियुक्ति को मंजूरी दे दी है। उनकी नियुक्ति 28 फरवरी 2022 से प्रभावी है। उन्होंने शैलेश हरिभक्ति से नए निदेशक के रूप में पदभार ग्रहण किया, जिन्होंने 1 जून, 2017 से बोर्ड में अध्यक्ष के रूप में कार्य किया। हरिभक्ति एलटीएफएच के बोर्ड सदस्य के रूप में बनी रहेगी।

52(C). आईनॉक्स लीजर एंड एस्पोर्ट्स फेडरेशन ऑफ इंडिया (ईएसएफआई) ने देश में निर्यात को लोकप्रिय बनाने और विकसित करने के लिए एक साझेदारी की है। यह सौदा आईनॉक्स को बड़े स्क्रीन पर एस्पोर्ट्स टूर्नामेंट का एक समुदाय देखने का अनुभव प्रदान करेगा। एक विशेष सिनेमा पार्टनर के रूप में, आईनॉक्स देश भर में ईएसएफआई टूर्नामेंटों की मेजबानी और प्रचार करेगा, जिसका उद्देश्य जागरूकता पैदा करना और निर्यात को लोकप्रिय बनाना है।

53(B). मेक्सिको में डिजाइन और बनाए गए पांच छोटे रोबोट बाद में 2022 में चंद्रमा के लिए रवाना होंगे। यह अपनी तरह का पहला वैज्ञानिक मिशन होगा। मिशन को यूनाइटेड लॉन्च एलायंस वल्कन रॉकेट पर लॉन्च किया जाएगा और लगभग 50 वर्षों में चंद्रमा पर उतरने वाला पहला अमेरिकी अंतरिक्ष यान होगा। नैनो रोबोट्स को मेक्सिको के नेशनल ऑटोनॉमस यूनिवर्सिटी (UNAM) के शोधकर्ताओं ने विकसित किया है।

54(A). फार्मास्युटिकल्स एंड मेडिकल डिवाइसेस ब्यूरो ऑफ इंडिया (पीएमबीआई), फार्मास्युटिकल्स विभाग के तत्वावधान में अपना चौथा जनऔषधि दिवस मना रहा है। यह जेनेरिक दवाओं के उपयोग के बारे में जागरूकता पैदा करेगा। 2022 का विषय "जन औषधि-जन उपयोगी" है। प्रधानमंत्री भारतीय जनऔषधि परियोजना (पीएमबीजेपी) औषधि विभाग द्वारा नवंबर 2008 में शुरू की गई थी।

55(B). अंतर्राष्ट्रीय ओलंपिक समिति (आईओसी) एथलीट आयोग (एसी) ने एम्मा टेरहो (फिनलैंड, आइस हॉकी) को अध्यक्ष के रूप में फिर से चुना है। सेउंग मिन रयू (कोरिया गणराज्य, टेबल टेनिस) को पहले उपाध्यक्ष के रूप में फिर से चुना गया है। सारा वाकर (न्यूजीलैंड, साइकिलिंग) को आयोग के दूसरे उपाध्यक्ष के रूप में चुना गया है।

56(B). रूस के डेनियल मेदवेदेव 28 फरवरी 2022 को पुरुषों की एटीपी टेनिस रैंकिंग में नंबर एक स्थान पर पहुंचने वाले 27 वें खिलाड़ी बन गए। मेदवेदेव ने 2)बारकोगरैंडसलैमचैंपियनसरबियाक नोवाकजोकोविचकोपछाड़दिया, जिन्होंनेकुल (361 सप्ताह के रिकॉर्ड के लिए शीर्ष स्थान हासिल किया था। वह उपलब्धि हासिल करने वाले तीसरे रूसी हैं, और येवगेनी काफेलनिकोव और मराट सफीन में शामिल हो गए हैं जो क्रमशः 6 और 9 सप्ताह के लिए शीर्ष पर थे।

57(C). सेंट्रल डिपॉजिटरी सर्विसेज (इंडिया) लिमिटेड (सीडीएसएल) ने छह करोड़ (60 मिलियन) से अधिक सक्रिय डीमैट खाते खोले हैं। सीडीएसएल देश में एकमात्र सूचीबद्ध डिपॉजिटरी है। प्रमुख डिपॉजिटरी ने 31 दिसंबर, 2021 को समाप्त तीन महीनों के लिए समेकित शुद्ध लाभ में 55 प्रतिशत की छलांग लगाकर 83.63 करोड़ रुपये की छलांग लगाई थी।

58(C). रूकी पैरा आर्चर पूजा जत्यान 27 फरवरी 2022 को दुबई में पैरा तीरंदाजी विश्व चैंपियनशिप 2022 के एक व्यक्तिगत वर्ग में रजत जीतने वाली पहली भारतीय बनीं। पूजा शिखर संघर्ष में लातलियन पेट्रिली विन्सेंजा से हार गईं। इससे पहले श्याम सुंदर स्वामी और ज्योति बालियान की मिश्रित मिश्रित जोड़ी ने चैंपियनशिप में देश का पहला रजत पदक जीता था।

59(A). भारत ने 26 फरवरी 2022 को युद्ध प्रभावित यूक्रेन से भारतीयों को लाने के अपने मिशन के तहत 219 लोगों को निकाला। उड़ान ने रोमानिया से उड़ान भरी, क्योंकि यूक्रेन के हवाई क्षेत्र को नागरिक विमान संचालन के लिए बंद कर दिया गया है। निकासी मिशन का नाम 'ऑपरेशन गंगा' है। यह पहला जत्था था, दूसरा जत्था दिल्ली में उतरेगा।

60(C). भारत और जापान के बीच एक संयुक्त सैन्य अभ्यास, पूर्व धर्म संरक्षक- 2022, 27 फरवरी - 10 मार्च 2022 तक कर्नाटक के विदेशी प्रशिक्षण नोड में आयोजित किया जा रहा है। यह 2018 से आयोजित होने वाला एक वार्षिक प्रशिक्षण कार्यक्रम है। भारतीय सेना की मराठा लाइट इन्फैंट्री रेजिमेंट की 16 वीं बटालियन और जापानी ग्राउंड सेल्फ डिफेंस फोर्सेज की 30 वीं इन्फैंट्री रेजिमेंट के सैनिक भाग ले रहे हैं।

वार्षिक समसामयिकी 03

1. सऊदी अरब के जेद्दा कॉर्निश सर्किट में आयोजित फॉर्मूला वन सऊदी अरब ग्रैंड प्रिक्स 2022 किसने जीता?
   (a) चार्ल्स लेक्लर (b) मैक्स वेरस्टेपेन
   (c) कार्लोस सैंज जेआर (d) जॉर्ज रसेल
2. ईज़ माइ ट्रिप ने किस बैंक के साथ पर्यावरण के अनुकूल ग्रीन इंटरनेशनल डेबिट कार्ड लॉन्च किया है?
   (a) आईसीआईसीआई बैंक (b) आरबीएस बैंक
   (c) डीबीएस बैंक (d) एसबीआई बैंक
3. दुबई में आयोजित 'TIMES 100 इम्पैक्ट अवार्ड समारोह' में मानसिक स्वास्थ्य जागरूकता पैदा करने के लिए किस भारतीय अभिनेत्री को सम्मानित किया गया है?
   (a) प्रियंका चोपड़ा (b) दीपिका पादुकोण
   (c) दीया मिर्ज़ा (d) सुष्मिता सेन
4. ब्रॉडकास्ट ऑडियंस रिसर्च काउंसिल इंडिया के नए अध्यक्ष के रूप में किसे नियुक्त किया गया है?
   (a) शशि कांत (b) पुनीत गोयनका
   (c) नकुल चोपड़ा (d) शशि सिन्हा
5. RBI ने किस शहर में 'वर्णिका' नाम से BRBNMPL की स्याही निर्माण इकाई की स्थापना की है?
   (a) कोच्चि (b) मैसूर
   (c) देवास (d) नागपुर
6. वेस्ट टू वेल्थ नामक मिशन के तहत दिल्ली के किस शहर में एक विकेन्द्रीकृत अपशिष्ट प्रबंधन प्रौद्योगिकी पार्क का उद्घाटन किया जाएगा?
   (a) घोंडा (b) सोनिया विहार
   (c) नंद नगरी (d) पूर्वी जाफराबाद
7. उस पूर्व सीएजी का नाम बताइए जिसे कल्याण ज्वैलर्स का अध्यक्ष नियुक्त किया गया है?
   (a) राजीव महर्षि (b) विनोद राय
   (c) वी एन कौल (d) वी के शुंगलू
8. दृश्य प्रभाव कंपनी डीएनईजी का नेतृत्व किसने किया, जिसे 'दून' पर अपने काम के लिए 'सर्वश्रेष्ठ दृश्य प्रभाव' श्रेणी में 94 वां अकादमी पुरस्कार मिला है?
   (a) मेर्ज़िन तवेरिया (b) पम्मी बवेजा
   (c) नमित मल्होत्रा (d) संजय गुप्ता
9. मार्च 2022 में, केंद्रीय पर्यावरण, वन और जलवायु परिवर्तन मंत्रालय ने हर साल 5 अक्टूबर को किस दिन के रूप में मनाने की घोषणा की है?
   (a) राष्ट्रीय बाघ दिवस (b) पृथ्वी दिवस
   (c) राष्ट्रीय टीबी दिवस (d) राष्ट्रीय डॉल्फिन दिवस
10. बैडमिंटन खिलाड़ी पीवी सिंधु ने किसको हराकर स्विस ओपन महिला एकल का खिताब 2022 जीता है?
   (a) पोर्नपावी चोचुवोंग (b) सप्फिसरी तरदटानाचे
   (c) बुसानन ओंगबामरुंगफा (d) रवींदा प्राजोंगजई
11. भाग्य के शहर - विशाखापत्तनम के नाम पर स्वदेशी रूप से डिजाइन और निर्मित निर्देशित मिसाइल स्टील्थ विध्वंसक आईएनएस विशाखापत्तनम को किसने समर्पित किया है ?
   (a) आर हरि कुमार (b) वाई एस जगन मोहन रेड्डी
   (c) राजनाथ सिंह (d) जितेंद्र सिंह
12. रसायन और उर्वरक मंत्रालय _____ तक जनऔषधि दिवस मना रहा है|
   (a) 12 मार्च से 16 मार्च 2022
   (b) 1 मार्च से 7 मार्च 2022
   (c) 8 मार्च से 14 मार्च 2022
   (d) 8 फरवरी से 14 फरवरी 2022
13. राज्य के स्वामित्व वाले बैंक ऑफ बड़ौदा के अध्यक्ष के रूप में फिर से किसे नामित किया गया है?
   (a) माधबी पुरी बुच (b) हसमुख अधिया
   (c) टी. वी. सोमनाथन (d) अजय भूषण पांडेय
14. नागरिक उड्डयन कार्गो पर 13 वां एसोचैम अंतर्राष्ट्रीय सम्मेलन सह पुरस्कार किस शहर में आयोजित किया गया था?
   (a) नई दिल्ली (b) मुंबई
   (c) अहमदाबाद (d) नागपुर
15. 'राष्ट्रीय स्तर का जागरूकता कार्यक्रम - संभव' किस मंत्रालय द्वारा शुरू किया गया है?
   (a) रक्षा मंत्रालय
   (b) सूक्ष्म, लघु और मध्यम उद्यम मंत्रालय
   (c) सड़क परिवहन और राजमार्ग मंत्रालय
   (d) कृषि और किसान कल्याण मंत्रालय
16. मार्च 2022 में, चेन्नई सुपर किंग्स के कप्तान के रूप में किसे नियुक्त किया गया है?
   (a) ड्वेन ब्रावो (b) शिवम दुबे
   (c) राजवर्धन हैंगरगेकर (d) रवींद्र जडेजा
17. 2022 में श्रीलंका-भारत नौसेना अभ्यास SLINEX का कौन सा संस्करण आयोजित किया गया था?
   (a) 7 वां (b) 8 वां
   (c) 9 वां (d) 10 वां
18. जेएसडब्ल्यू एनर्जी की कुटेहर परियोजना ने 240 मेगावाट पनबिजली की आपूर्ति के लिए किस राज्य के साथ बिजली खरीद समझौते (पीपीए) पर हस्ताक्षर किए हैं?
   (a) हिमाचल प्रदेश (b) उत्तराखंड
   (c) हरियाणा (d) राजस्थान
19. FICCI महिला संगठन (FLO) और अंतर्राष्ट्रीय महिला दिवस की 20 वीं वर्षगांठ को चिह्नित करने के लिए, महिला उद्यमियों के लिए एक 50 -एकड़ विशेष औद्योगिक पार्क का उद्घाटन _____ में होने वाला है।
   (a) हैदराबाद (b) बेंगलुरु
   (c) चेन्नई (d) इंदौर
20. भारतीय रेलवे की स्वदेशी रूप से विकसित स्वचालित ट्रेन सुरक्षा (एटीपी), एक ट्रेन टक्कर सुरक्षा प्रणाली का नाम क्या है?
   (a) रक्षक (b) ढाल
   (c) कवच (d) शास्त्र
21. मत्स्य पालन मंत्रालय ने पहले चरण में किस राज्य में 'सागर परिक्रमा' पहल शुरू की है जिसका उद्देश्य "मछुआरा समुदाय की चुनौतियों, अनुभवों और आकांक्षाओं को समझना है?
   (a) महाराष्ट्र (b) गुजरात
   (c) गोवा (d) तमिलनाडु
22. दूरसंचार विवाद निपटान और अपीलीय न्यायाधिकरण (TDSAT) के अध्यक्ष के रूप में किसे नियुक्त किया गया है?
   (a) नितिन चुघ (b) डीएन पटेल
   (c) संजीव कपूर (d) टीएस रामकृष्णन
23. भारतीय नौसेना ने किस स्टील्थ विध्वंसक से विस्तारित दूरी की भूमि हमले ब्रह्मोस सुपरसोनिक क्रूज मिसाइल का सफल परीक्षण किया?

(a) आईएनएस विशाखापत्तनम
(b) आईएनएस शक्ति
(c) आईएनएस विक्रमादित्य
(d) आईएनएस चेन्नई

24. 11,420 करोड़ रुपये की लागत वाली पुणे मेट्रो रेल परियोजना का उद्घाटन किसने किया है?
(a) पीयूष गोयल (b) राजनाथ सिंह
(c) अमित शाह (d) नरेंद्र मोदी

25. भारत के पहले स्वदेशी रूप से विकसित फ्लाइंग ट्रेनर का नाम बताइए जिसने पुडुचेरी में समुद्र-स्तरीय परीक्षण सफलतापूर्वक पूरा किया है?
(a) गगन-एनजी (b) हंसा-एनजी
(c) नाभ-एनजी (d) हॉक-एनजी

26. केंद्रीय श्रम और रोजगार मंत्रालय (एमओएल एंड ई) ने किस योजना के तहत लोगों को उनके सहायक कर्मचारियों को पेंशन फंड में योगदान करने के लिए 'डोनेट-ए-पेंशन' कार्यक्रम शुरू किया है?
(a) अटल पेंशन योजना
(b) प्रधानमंत्री श्रम योगी मान-धन योजना (PM-SYM)
(c) प्रधानमंत्री जन धन योजना (PM-JDY)
(d) राष्ट्रीय पेंशन योजना (NPS)

27. किस बैंक ने जम्मू और कश्मीर इंफ्रास्ट्रक्चर डेवलपमेंट फाइनेंस कॉरपोरेशन लिमिटेड को 1,000 करोड़ रुपये का ऋण मंजूर किया है?
(a) इंडियन ओवरसीज बैंक (b) बैंक ऑफ बड़ोदा
(c) पंजाब नेशनल बैंक (d) बैंक ऑफ महाराष्ट्र

28. किस बैंक ने अपने डिजिटल परिवर्तन एजेंडा के अगले चरण को सशक्त बनाने के लिए 'क्लाउड-नेटिव इंटेलेक्ट क्वांटम कोर बैंकिंग सोल्यूशंस' के उन्नत संस्करण को लागू करने के लिए इंटेलेक्ट डिज़ाइन एरिना लिमिटेड को चुना है?
(a) भारतीय स्टेट बैंक (b) एचडीएफसी बैंक
(c) भारतीय रिजर्व बैंक (d) बैंक ऑफ बड़ोदा

29. तेलंगाना सरकार के सहयोग से कौन सी प्रौद्योगिकी कंपनी हैदराबाद में भारत में अपना सबसे बड़ा डेटा केंद्र स्थापित कर रही है?
(a) माइक्रोसॉफ्ट (b) गूगल
(c) एप्पल (d) इंटेल

30. किस वित्तीय नियामक ने दिवाला, दिवालियापन और संबंधित विषयों से संबंधित विषयों पर वित्तीय लेनदारों के लिए क्षमता निर्माण पर सहयोग करने के लिए भारतीय बैंक संघ (आईबीए) के साथ समझौता ज्ञापन (एमओयू) पर हस्ताक्षर किए हैं?
(a) भारतीय प्रतिभूति और विनिमय बोर्ड
(b) भारतीय लघु उद्योग विकास बैंक
(c) भारतीय दिवाला और दिवालियापन बोर्ड
(d) वित्तीय स्थिरता और विकास परिषद

31. वायु सेना अकादमी, भारतीय वायु सेना के कमांडेंट के रूप में किसने पदभार ग्रहण किया है।
(a) टी राजा कुमार (b) डीएन पटेल
(c) बी चंद्रशेखर (d) मनोज पांडे

32. किस मंत्रालय के साथ मिलकर कपड़ा मंत्रालय ने पारंपरिक भारतीय हस्तशिल्प, हथकरघा और कला और संस्कृति का जश्न मनाने के लिए "भारतीय हस्तशिल्प / हथकरघा, कला और संस्कृति का झरोखा-संग्रह" नामक एक कार्यक्रम का आयोजन किया है?
(a) वाणिज्य और उद्योग मंत्रालय
(b) महिला एवं बाल विकास मंत्रालय
(c) शिक्षा और कौशल विकास मंत्रालय
(d) कला एवं संस्कृति मंत्रालय

33. किस मोबिलिटी फर्म ने एवेल फाइनेंस पर हस्ताक्षर किए हैं?
(a) उबर (b) कैबिफाइ
(c) यांडेक्स टैक्सी (d) ओला

34. भारतीय रिजर्व बैंक (RBI) ने किस शहर में रिजर्व बैंक इनोवेशन हब का उद्घाटन किया है?
(a) नई दिल्ली (b) मुबई
(c) बेंगलुरू (d) कोलकाता

35. किस टीम को हराकर भारत ने SAFF U- 18 महिला चैम्पियनशिप का खिताब 2022 जीता है?
(a) श्रीलंका (b) नेपाल
(c) बांग्लादेश (d) भूटान

36. किस जीवन बीमा कंपनी ने भारत सहकारी बैंक (मुंबई) लिमिटेड के साथ एक बैंकएश्योरेंस साझेदारी समझौते पर हस्ताक्षर किए हैं?
(a) भारती एक्सा लाइए इंश्योरेंस
(b) आदित्य बिड़ला सन लाइफ इंश्योरेंस
(c) एडलवाइस टोकियो लाइफ इंश्योरेंस
(d) एचडीएफसी स्टेंडर्ड लाइफ इंश्योरेंस

37. भारत ने 'बीबीआईएन' मोटर वाहन समझौते को लागू करने के लिए किन देशों के साथ समझौता ज्ञापन पर हस्ताक्षर किए?
(a) श्रीलंका, कंबोडिया और सिंगापुर
(b) भूटान और नेपाल
(c) बांग्लादेश और नेपाल
(d) भूटान, कंबोडिया और नेपाल

38. कोलगेट-पामोलिव (इंडिया) लिमिटेड के सीईओ और एमडी के रूप में किसे नियुक्त किया गया है?
(a) प्रभा नरसिम्हन (b) माधबी पुरी बुच
(c) गीता मित्तल (d) राधिका झा

39. भारत का पहला 100% महिला स्वामित्व वाला औद्योगिक पार्क किस शहर में स्थापित है?
(a) बेंगलुरु (b) अहमदाबाद
(c) चेन्नई (d) हैदराबाद

40. निम्नलिखित में से किस भारतीय क्रिकेटर ने मार्च 2022 में क्रिकेट के सभी प्रारूपों से संन्यास ले लिया है?
(a) एस श्रीसंत (b) मुनाफ पटेल
(c) आरपी सिंह (d) मनोज पाण्डेय

41. भारतीय मानक ब्यूरो (बीआईएस) ने किस आईआईटी के साथ 'बीआईएस मानकीकरण चेयर प्रोफेसर' की स्थापना के लिए एक समझौता ज्ञापन पर हस्ताक्षर किए हैं?
(a) आईआईटी दिल्ली (b) आईआईटी मुंबई
(c) आईआईटी कानपुर (d) आईआईटी रुड़की

42. भारत सरकार, विश्व बैंक और किस राज्य सरकार ने राज्य में गरीब और कमजोर समूहों को सामाजिक सुरक्षा सेवाओं तक पहुँचने में मदद करने के प्रयासों का समर्थन करने के लिए 125 मिलियन डॉलर IBRD ऋण पर हस्ताक्षर किए हैं?
(a) असम (b) पश्चिम बंगाल
(c) झारखंड (d) ओडिशा

43. भारत के किस पड़ोसी देश ने 26 मार्च 2022 को अपना 52 वां स्वतंत्रता दिवस मनाया है?
(a) नेपाल (b) श्रीलंका
(c) मालदीव (d) बांग्लादेश

44. किस बैंक ने 'हाउसवर्कइज़वर्क' पहल की शुरुआत की है, जो उन

लोगों को अवसर प्रदान करता है जो पेशेवर क्षेत्र में फिर से शामिल होना चाहते हैं?
(a) यस बैंक (b) एक्सिस बैंक
(c) आईसीआईसीआई बैंक (d) एचडीएफसी बैंक

45. अश्विनी भाटिया किस बैंक के प्रबंध निदेशक हैं जिन्हें भारतीय प्रतिभूति और विनिमय बोर्ड (SEBI) का पूर्णकालिक सदस्य (WTM) नियुक्त किया गया है?
(a) बैंक ऑफ बड़ौदा (b) यूनियन बैंक ऑफ इंडिया
(c) पंजाब नेशनल बैंक (d) भारतीय स्टेट बैंक

46. किस राज्य सरकार ने दूसरी बालिका के जन्म पर महिलाओं को 5000 रुपये की वित्तीय सहायता देने के लिए 'कौशल्या मातृत्व योजना' नामक एक नई योजना शुरू की है?
(a) छत्तीसगढ (b) हरियाणा
(c) मध्य प्रदेश (d) झारखंड

47. तीन साल की अवधि के लिए राष्ट्रीय वित्तीय रिपोर्टिंग प्राधिकरण (NFRA) के अध्यक्ष के रूप में किसे नियुक्त किया गया है?
(a) अश्वनी भाटिया (b) अजय भूषण पाण्डेय
(c) राजीव कुमार (d) विनोद राय

48. राष्ट्रीय भूमि मुद्रीकरण निगम (एनएलएमसी) किस मंत्रालय के प्रशासनिक अधिकार क्षेत्र में कार्य करता है?
(a) ग्रामीण विकास मंत्रालय
(b) वाणिज्य और उद्योग मंत्रालय
(c) वित्त मंत्रित्व
(d) गृह मंत्रालय

49. विद्या बालन को किस बीमा कंपनी का ब्रांड एंबेसडर नियुक्त किया गया है?
(a) ICICI लोम्बार्ड जनरल इंश्योरेंस
(b) टाटा ALA लाइफ इंश्योरेंस
(c) भारती AXA लाइफ इंश्योरेंस
(d) Max लाइफ इंश्योरेंस

50. महान स्पिन गेंदबाज शेन वार्न का निधन हो गया वह किस देश के लिए खेले थे?
(a) न्यूज़ीलैंड (b) ऑस्ट्रेलिया
(c) इंगलैंड (d) दक्षिण अफ्रीका

51. किस लघु वित्त बैंक ने अपने ऐप के माध्यम से अपने माइक्रो बैंकिंग ग्राहकों के लिए उद्योग की पहली डिजिटल ऑनबोर्डिंग सुविधा शुरू की है?
(a) उज्जीवन स्मॉल फाइनेंस बैंक
(b) एयू स्मॉल फाइनेंस बैंक
(c) केपिटल स्मॉल फाइनेंस बैंक
(d) इक्विटास स्मॉल फाइनेंस बैंक

52. एशियाई निवेश बैंकिंग क्षेत्र में व्यापक कवरेज और विशेषज्ञता के लिए किस बैंक को 'IFR एशिया के एशियाई बैंक ऑफ द ईयर' से सम्मानित किया गया है?
(a) आईसीआईसीआई बैंक (b) एचडीएफसी बैंक
(c) एक्सिस बैंक (d) यस बैंक

53. पंजाब के जालंधर में संदीप नंगल की गोली मारकर हत्या की गयी थी वह किस खेल से जुड़े थे?
(a) हॉकी (b) क्रिकेट
(c) गोल्फ (d) कबड्डी

54. फरवरी 2022 में ICC के 'मेन्स प्लेयर ऑफ द मंथ' से किसे सम्मानित किया गया है?
(a) वृत्तिया अरविंद (b) दीपेंद्र ऐरी
(c) सूर्यकुमार यादव (d) श्रेयस अय्यर

55. पंजाब के 18 वें मुख्यमंत्री के रूप में किसने शपथ ली है?
(a) भगवंत मान (b) अमरिंदर सिंह
(c) नवजोत सिंह सिद्धू (d) चरणजीत सिंह चन्नी

56. मुंबई अंतर्राष्ट्रीय फिल्म महोत्सव (एमआईएफएफ) का कौन सा संस्करण 29 मई से 4 जून, 2022 तक फिल्म डिवीजन परिसर, मुंबई में आयोजित किया जाएगा?
(a) 15 वें (b) 16 वें
(c) 17 वें (d) 18 वें

57. केंद्रीय मंत्री नितिन गडकरी ने हाइड्रोजन आधारित उन्नत ईंधन सेल इलेक्ट्रिक वाहन (FCEV) के लिए पायलट परियोजना का उद्घाटन किया है। परियोजना किस मोटर कंपनी द्वारा शुरू की गई है?
(a) टोयोटा किर्लोस्कर मोटर प्राइवेट लिमिटेड
(b) हुंडई मोटर लिमिटेड
(c) टाटा मोटर लिमिटेड
(d) मारुति सुज़ुकी लिमिटेड

58. श्रीलंका को भोजन, आवश्यक वस्तुओं और दवाओं के आयात में मदद करने के लिए भारत द्वारा कितनी राशि की क्रेडिट लाइन को मंज़ूरी दी गई है?
(a) 1 अरब डॉलर (b) 1.5 अरब डॉलर
(c) 1.75 अरब डॉलर (d) 2 अरब डॉलर

59. एमवी राम प्रसाद बिस्मिल किस नदी के माध्यम से नौकायन करने वाला अब तक का सबसे लंबा जहाज बन गया, जिसने नौकायन इतिहास में एक मील का पत्थर हासिल किया?
(a) गंगा (b) ब्रह्मपुत्र
(c) महानदी (d) नर्मदा

60. कौन सा देश 44 वें फिडे शतरंज ओलंपियाड 2022 की मेजबानी करेगा?
(a) रूस (b) फ्रांस
(c) इटली (d) भारत

// स्मार्ट उत्तर पुस्तिका //

सही उत्तर उन छात्रों का प्रतिशत जिन्होंने प्रश्न का सही उत्तर दिया।

छोड़ दिया उन छात्रों का प्रतिशत जिन्होंने प्रश्न को छोड़ दिया।

प्रश्न संख्या	उत्तर	सही उत्तर	छोड़ दिया	प्रश्न संख्या	उत्तर	सही उत्तर	छोड़ दिया	प्रश्न संख्या	उत्तर	सही उत्तर	छोड़ दिया
1	B	50.95%	1.33%	2	C	46.48%	1.14%	3	B	65.61%	1.6%
4	D	47.98%	1.67%	5	B	58.08%	1.22%	6	D	48.9%	1.29%
7	B	53.0%	1.96%	8	C	13.4%	3.52%	9	D	41.48%	1.92%
10	C	51.56%	1.65%	11	B	48.93%	1.0%	12	B	24.56%	4.79%
13	B	59.7%	1.39%	14	A	17.66%	3.26%	15	B	44.79%	1.2%
16	D	69.32%	1.18%	17	C	61.33%	1.7%	18	C	46.05%	1.62%
19	A	67.53%	1.65%	20	C	67.03%	1.47%	21	B	59.14%	1.91%
22	B	65.66%	1.68%	23	D	66.12%	1.86%	24	D	50.66%	1.0%
25	B	51.6%	1.85%	26	B	52.13%	1.63%	27	A	41.07%	1.47%
28	C	45.32%	1.49%	29	A	45.73%	1.95%	30	C	43.36%	1.44%
31	C	43.35%	1.62%	32	D	66.77%	1.14%	33	D	47.97%	1.42%
34	C	51.53%		35	C	80.71%		36	B	57.55%	

		1.44%			0.0%			1.83%
37	C	50.44%	38	A	64.51%	39	D	42.11%
		1.62%			1.19%			1.58%
40	A	43.7%	41	D	49.53%	42	B	58.38%
		1.32%			1.07%			1.67%
43	D	41.98%	44	B	44.11%	45	D	53.77%
		1.43%			1.83%			1.82%
46	A	42.81%	47	B	44.38%	48	C	59.12%
		1.2%			1.5%			1.84%
49	C	48.5%	50	B	42.54%	51	A	43.59%
		1.35%			1.07%			1.36%
52	C	60.58%	53	D	59.41%	54	D	42.67%
		1.71%			1.58%			1.46%
55	A	47.79%	56	C	57.18%	57	A	65.03%
		1.38%			1.02%			1.55%
58	A	40.84%	59	B	44.76%	60	D	51.68%
		1.49%			1.57%			1.68%

// संकेत और समाधान //

1(B). रेड बुल के मैक्स वेरस्टापेन ने सऊदी अरब के जेद्दा कॉर्निश सर्किट में F_1 सऊदी अरब ग्रैंड प्रिक्स 2022 का खिताब जीता।
यह उनके करियर का 21 वां खिताब है।
उन्होंने फेरारी के चार्ल्स लेक्लर को हराया, जो दूसरे स्थान पर रहे।

2(C). डीबीएस बैंक इंडिया ने ग्रीन इंटरनेशनल डेबिट कार्ड लॉन्च करने के लिए ईजीमाईट्रिप के साथ करार किया है।
यह कार्ड 99% पुनर्नवीनीकरण पॉलीविनाइल क्लोराइड (पीवीसी) सामग्री का उपयोग करके बनाया गया है।
ग्रीन डेबिट कार्ड ग्राहकों को पर्यावरण के अनुकूल प्रथाओं को अपनाने के लिए विशेष यात्रा-संबंधी ऑफ़र और पुरस्कार प्रदान करता है।

3(B). दुबई में आयोजित 'TIMES 100 इम्पैक्ट अवार्ड समारोह' में मानसिक स्वास्थ्य जागरूकता पैदा करने के लिए भारतीय अभिनेत्री दीपिका पादुकोण को सम्मानित किया गया है।
दीपिका पादुकोण लिव लव लाफ फाउंडेशन की संस्थापक है, यह एक ऐसी संस्था है जो दिमागी स्वास्थ्य से जुड़े मुद्दों पर बातचीत कर उनके हल निकालने की दिशा में काम करती है।
उन्हें TIMES द्वारा 2018 में दुनिया के 100 सबसे प्रभावशाली लोगों की सूची में भी शामिल किया गया था।

4(D). आईपीजी मीडियाब्रांड्स इंडिया के मुख्य कार्यकारी अधिकारी शशि सिन्हा को ब्रॉडकास्ट ऑडियंस रिसर्च काउंसिल (बीएआरसी) इंडिया का नया अध्यक्ष नियुक्त किया गया है।
सिन्हा ने एडवरटाइजिंग एजेंसीज एसोसिएशन ऑफ इंडिया के साथ भी काम किया।

5(B). आरबीआई गवर्नर शक्तिकांत दास ने मैसूर में आरबीआई की पूर्ण स्वामित्व वाली सहायक भारतीय रिजर्व बैंक नोट मुद्रण प्राइवेट लिमिटेड (BRBNPL) के तहत वर्णिका नामक स्याही निर्माण इकाई की स्थापना की है।
वर्णिका की वार्षिक स्याही निर्माण क्षमता 1, 500 मीट्रिक टन है, जो बैंकनोटों की सुरक्षा को बढ़ाने में मदद करती है।
यह इकाई कलर शिफ्ट इंटैग्लियो इंक (CSII) का भी निर्माण करेगी।

6(D). नई दिल्ली के पूर्वी जाफराबाद में एक विकेन्द्रीकृत अपशिष्ट प्रबंधन प्रौद्योगिकी पार्क, पूर्वी दिल्ली नगर निगम (ईडीएमसी) के सहयोग से, मोदी सरकार के प्रधान वैज्ञानिक सलाहकार के कार्यालय के तहत, द वेस्ट टू वेल्थ मिशन नामक एक पहल का उद्घाटन किया जाएगा।

7(B). कल्याण ज्वैलर्स बोर्ड ने घोषणा की कि पूर्व सीएजी विनोद राय को बोर्ड के अध्यक्ष और स्वतंत्र गैर-कार्यकारी निदेशक के रूप में नियुक्त किया जाएगा।
कल्याण ज्वैलर्स के संस्थापक टीएस कल्याणरमन कंपनी के बोर्ड में एमडी बने रहेंगे।

8(C). नमित मल्होत्रा के नेतृत्व में डीएनईजी ने निर्देशक डेनिस विलेन्यूवे की प्रशंसित फिल्म 'ड्यून' पर अपने अविश्वसनीय काम के लिए सर्वश्रेष्ठ दृश्य प्रभाव श्रेणी में ऑस्कर जीता।
सर्वश्रेष्ठ अभिनेता - विल स्मिथ, "किंग रिचर्ड"
सर्वश्रेष्ठ अभिनेत्री - जेसिका चैस्टेन (द आइज़ ऑफ़ टैमी फेय)
सर्वश्रेष्ठ चित्र - कोडा
सर्वश्रेष्ठ अंतर्राष्ट्रीय फीचर फिल्म-ड्राइव माई कार
वृत्तचित्र लघु विषय - बास्केटबॉल की रानी
सर्वश्रेष्ठ निर्देशन - जेन कैंपियन (द पावर ऑफ द डॉग)

9(D). केंद्रीय पर्यावरण, वन और जलवायु परिवर्तन मंत्रालय ने हर साल 5 अक्टूबर को राष्ट्रीय डॉल्फिन दिवस के रूप में नामित किया है।
यह दिन डॉल्फ़िन के संरक्षण के लिए जागरूकता पैदा करने के लिए मनाया जाएगा।
डॉल्फ़िन को प्रकृति संरक्षण के लिए अंतर्राष्ट्रीय संघ की लाल सूची में लुप्तप्राय प्रजातियों के रूप में वर्गीकृत किया गया है।

10(C). बैडमिंटन खिलाड़ी पीवी सिंधु ने बुसानन ओंगबामरुंगफा को हराकर स्विस ओपन महिला एकल का खिताब 2022 जीता है। इस जीत के बाद पीवी सिंधु ने सीजन का दूसरा महिला एकल खिताब अपने नाम किया। सिंधु ने लखनऊ में सैयद मोदी इंटरनेशनल सुपर 300 में 2022 का अपना पहला खिताब जीता था।

11(B). आंध्र प्रदेश के मुख्यमंत्री वाईएस जगन मोहन रेड्डी ने आईएनएस विशाखापत्तनम को राष्ट्र को समर्पित किया है, जो देश में ही डिजाइन और निर्मित निर्देशित मिसाइल स्टील्थ विध्वंसक है, जिसका नाम सिटी ऑफ डेस्टिनी - विशाखापत्तनम के नाम पर रखा गया है। जहाज पीएफआर और मिलन- 2022 में भाग लेने के लिए बंदरगाह शहर की अपनी पहली यात्रा पर है। आईएनएस विशाखापत्तनम निर्देशित मिसाइल स्टील्थ विध्वंसक के पी 15 बी श्रेणी का प्रमुख जहाज है और इसे पिछले साल 21 नवंबर को चालू किया गया था।

12(B). रसायन और उर्वरक मंत्रालय 1 मार्च से 7 मार्च 2022 तक जनऔषधि दिवस का आयोजन किया गया है। 7 मार्च 2022 को चौथा जन औषधि दिवस मनाया गया है।
4 वें जनऔषधि दिवस की थीम: "जन औषधि-जन उपयोगी"।
सरकार ने मार्च के अंत तक 2025 प्रधानमंत्री भारतीय जनऔषधि केंद्रों (पीएमबीजेके) की संख्या को 10, 500 तक बढ़ाने का लक्ष्य रखा है।

13(B). पूर्व वित्त सचिव हसमुख अधिया को फिर से राज्य के स्वामित्व वाले बैंक ऑफ बड़ौदा के अध्यक्ष के रूप में नामित किया गया है।
कैबिनेट की नियुक्ति समिति ने अधिया को बैंक ऑफ बड़ौदा के गैर-कार्यकारी अध्यक्ष के रूप में फिर से नामित करने के वित्तीय सेवा विभाग के प्रस्ताव को मंजूरी दे दी है।
1 मार्च 2022 से अध्यक्ष के रूप में उनका कार्यकाल दो साल के लिए बढ़ा दिया गया है।
बैंक ऑफ बड़ौदा भारतीय स्टेट बैंक और पंजाब नेशनल बैंक के बाद सार्वजनिक क्षेत्र का तीसरा सबसे बड़ा ऋणदाता है।

14(A). 13 वें अंतर्राष्ट्रीय सम्मेलन सह पुरस्कार - नागरिक उड्डयन और कार्गो - 2022 का आयोजन नई दिल्ली में एसोचैम द्वारा किया गया था।
फ्रैंकफिन इंस्टीट्यूट ऑफ एयर होस्टेस ट्रेनिंग ने 'सर्वश्रेष्ठ एयर होस्टेस ट्रेनिंग इंस्टीट्यूट - 2021 ' के लिए प्रतिष्ठित पुरस्कार प्राप्त किया।
यह पुरस्कार माननीय केंद्रीय नागरिक उड्डयन मंत्री श्री ज्योतिरादित्य एम सिंधिया द्वारा श्री के.एस. कोहली, संस्थापक और गैर-कार्यकारी अध्यक्ष, फ्रैंकफिन समूह।

15(B). सूक्ष्म, लघु और मध्यम उद्यम मंत्रालय 'आजादी का अमृत महोत्सव' पहल के तहत 28 फरवरी से 6 मार्च तक एक प्रतिष्ठित सप्ताह मना रहा है।
प्रतिष्ठित सप्ताह के दौरान, एमएसएमई मंत्रालय 'राष्ट्रीय स्तर के जागरूकता कार्यक्रम-संभव' के दूसरे चरण का शुभारंभ करेगा, जिसके माध्यम से 1300 कॉलेजों के 1 लाख से अधिक छात्रों को उद्यमिता लेने के लिए प्रेरित किया जाएगा।

एमएसएमई मंत्रालय आकांक्षी जिलों में उद्यमिता संवर्धन अभियान भी शुरू कर रहा है।

16(D). मार्च 2022 में, रवींद्र जडेजा को चेन्नई सुपर किंग्स के कप्तान के रूप में नियुक्त किया गया है। एमएस धोनी 2008 से सीएसके के कप्तान हैं। अब उन्होंने अपनी कप्तानी रवींद्र जडेजा को सौंपी। धोनी की कप्तानी में सीएसके ने 2008, 2011, 2018, 2021 में 4 बार जीत हासिल की है।

17(C). श्रीलंका-भारत नौसेना अभ्यास SLINEX का 9 वां संस्करण विशाखापत्तनम में आयोजित किया गया।
अभ्यास दो चरणों में आयोजित किया गया था- विशाखापत्तनम में बंदरगाह चरण और उसके बाद बंगाल की खाड़ी का समुद्री चरण
SLINEX का उद्देश्य दोनों नौसेनाओं के बीच बहुआयामी समुद्री संचालन के लिए अंतर-संचालन क्षमता, आपसी समझ में सुधार और सर्वोत्तम प्रथाओं और प्रक्रियाओं का आदान-प्रदान करना है।
हार्बर चरण में पेशेवर, सांस्कृतिक, खेल और सामाजिक आदान-प्रदान शामिल थे।

18(C). जेएसडब्ल्यू एनर्जी की कुटेहर परियोजना ने 240 पनबिजली की आपूर्ति के लिए हरियाणा पावर परचेज सेंटर (एचपीपीसी) के साथ एक बिजली खरीद समझौते (पीपीए) पर हस्ताक्षर किए हैं।
पीपीए 35 वर्षों की अवधि के लिए वैध है जिसे पारस्परिक रूप से सहमत शर्तों पर आगे बढ़ाया जा सकता है।
पीपीए पर ₹ 4.50 /kWh (बस-बार में) के एक स्तरीकृत सीलिंग टैरिफ पर हस्ताक्षर किए गए थे।
पीपीए क्षमता का चयन एचपीपीसी द्वारा जुलाई 2018 में आमंत्रित ब्याज की प्रतिस्पर्धी बोली के माध्यम से किया गया था।

19(A). FICCI महिला संगठन (FLO) और अंतर्राष्ट्रीय महिला दिवस की 20 वर्षगांठ को चिह्नित करने के लिए, हैदराबाद में महिला उद्यमियों के लिए एक 50 -एकड़ विशेष औद्योगिक पार्क का उद्घाटन किया जाएगा।
FLO इंडस्ट्रियल पार्क, जिसमें पहले से ही विभिन्न क्षेत्रों से 25 महिला नेतृत्व वाले उद्यम हैं, को तेलंगाना स्टेट इंडस्ट्रियल इंफ्रास्ट्रक्चर कॉरपोरेशन (TSIIC) और फेडरेशन ऑफ इंडियन चैंबर्स ऑफ कॉमर्स एंड इंडस्ट्री (FICCI) के सहयोग से लिया जा रहा है।

20(C). भारतीय रेलवे के दक्षिण मध्य रेलवे (एससीआर) ज़ोन ने स्वदेशी ट्रेन टक्कर सुरक्षा प्रणाली 'कवच' का परीक्षण किया।
दो ट्रेनें पूरी गति से एक-दूसरे की ओर बढ़ेंगी, एक रेल मंत्री के साथ और दूसरी रेलवे बोर्ड के अध्यक्ष के साथ।
टीसीएएस या कवच में पहले से मौजूद, और यूरोपीय ट्रेन सुरक्षा और चेतावनी प्रणाली, और स्वदेशी एंटी कॉलिसन डिवाइस जैसे परीक्षण और परीक्षण किए गए प्रमुख तत्व शामिल हैं।
इसमें भविष्य में हाई-टेक यूरोपीय ट्रेन कंट्रोल सिस्टम स्तर- 2 की विशेषताएं भी होंगी।
कवच का वर्तमान स्वरूप सुरक्षा अखंडता स्तर 4 नामक उच्चतम स्तर की सुरक्षा और विश्वसनीयता मानक का पालन करता है।

21(B). केंद्रीय मत्स्य पालन, पशुपालन और डेयरी पुरुषोत्तम रूपाला ने रेखांकित किया कि "सागर परिक्रमा" पहल का उद्देश्य "मछुआरा समुदाय की चुनौतियों, अनुभवों और आकांक्षाओं" को समझना होगा, समुद्री खाद्य निर्यात के दायरे को देखना होगा, साथ ही उन योजनाओं को लोकप्रिय बनाना होगा। तटीय क्षेत्रों में मछुआरा समुदाय इसका लाभ उठा सकता है।

22(B). दिल्ली उच्च न्यायालय के मुख्य न्यायाधीश डीएन पटेल को 4 वर्षों के लिए दूरसंचार विवाद निपटान और अपीलीय न्यायाधिकरण (TDSAT) के अध्यक्ष के रूप में नियुक्त किया गया है।
वह न्यायमूर्ति शिव कीर्ति सिंह का स्थान लेंगे।
उनका कार्यकाल ट्रिब्यूनल रिफॉर्म्स एक्ट, 2021 और ट्रिब्यूनल (सेवा की शर्तें) नियम, 2021 द्वारा शासित होगा।
उद्देश्य: दूरसंचार क्षेत्र के सेवा प्रदाताओं और उपभोक्ताओं के हितों की रक्षा करने वाले विवादों का न्याय करना और अपीलों को समाप्त करना।

23(D). भारतीय नौसेना ने स्टील्थ विध्वंसक आईएनएस चेन्नई से ब्रह्मोस क्रूज मिसाइल के लंबी दूरी के संस्करण का सफलतापूर्वक परीक्षण किया है।
उद्देश्य: विस्तारित दूरी की भूमि-हमले वाली ब्रह्मोस सुपरसोनिक क्रूज मिसाइल की सटीकता का प्रदर्शन करना।
मिसाइल ने लंबी दूरी की सटीक स्ट्राइक क्षमता के साथ अपने लक्षित लक्ष्य को सटीक सटीकता के साथ मारा।
ब्रह्मोस: भारत-रूस संयुक्त उद्यम द्वारा निर्मित सुपरसोनिक क्रूज मिसाइल।

24(D). प्रधान मंत्री नरेंद्र मोदी ने शहर में पुणे मेट्रो रेल परियोजना के 12 km खंड का उद्घाटन किया।
यह परियोजना 11, 400 करोड़ रुपये से अधिक की लागत से बनाई जा रही है।
मोदी ने पुणे नगर निगम (पीएमसी) परिसर में छत्रपति शिवाजी महाराज की प्रतिमा का भी अनावरण किया।

25(B). भारत के पहले स्वदेशी रूप से विकसित फ्लाइंग ट्रेनर 'हंसा-एनजी' ने पुडुचेरी में 19 फरवरी से 5 मार्च तक समुद्र-स्तरीय परीक्षण सफलतापूर्वक पूरा कर लिया है।
इसे वैज्ञानिक और औद्योगिक अनुसंधान परिषद (सीएसआईआर) के तहत सीएसआईआर-राष्ट्रीय एयरोस्पेस प्रयोगशालाओं (एनएएल) द्वारा डिजाइन और विकसित किया गया है।
हंसा-एनजी को बेंगलुरु से पुडुचेरी के लिए उड़ाया गया था, जो 155 किमी/घंटा की परिभ्रमण गति से 1.5 घंटे में 140 समुद्री मील की दूरी तय करता है।

26(B). केंद्रीय श्रम और रोजगार मंत्री भूपेंद्र यादव ने लोगों को उनके सहायक कर्मचारियों के पेंशन फंड में योगदान करने के लिए प्रधान मंत्री श्रम योगी मान-धन (पीएम-एसवाईएम) के तहत 'डोनेट-ए-पेंशन' कार्यक्रम शुरू किया।
यह (पीएम-एसवाईएम) पेंशन योजना के तहत एक पहल है जहां नागरिक अपने तत्काल सहायक कर्मचारियों जैसे घरेलू कामगारों, ड्राइवरों, सहायकों आदि के प्रीमियम योगदान को दान कर सकते हैं।
श्रम मंत्रालय की वेबसाइट के अनुसार, पीएम-एसवाईएम एक 50 : 50 स्वैच्छिक और अंशदायी पेंशन योजना है जिसमें लाभार्थी एक निर्धारित आयु-विशिष्ट योगदान देता है और केंद्र सरकार इसका मिलान करती है।

27(A). PSU ऋणदाता इंडियन ओवरसीज बैंक (IOB) ने घोषणा की कि उसने जम्मू और कश्मीर इंफ्रास्ट्रक्चर डेवलपमेंट फाइनेंस कॉरपोरेशन लिमिटेड (JKIDFC) को ₹ 1, 000 करोड़ का ऋण स्वीकृत किया है।
यह मंजूरी पूरे देश में ऋण वृद्धि और बुनियादी ढांचे के विकास के वित्तपोषण के लिए बैंक की व्यावसायिक योजना का हिस्सा है। बैंक पहले ही स्वीकृत राशि के ₹ 500 करोड़ का वितरण कर चुका है।
इंडियन ओवरसीज बैंक जम्मू और कश्मीर इंफ्रास्ट्रक्चर डेवलपमेंट फाइनेंस कॉरपोरेशन लिमिटेड को उधार देने वाले पहले सार्वजनिक क्षेत्र के बैंकों में से एक है, जिसे कृषि उत्पादन, पशुपालन, आवास और शहरी विकास उद्योग और वाणिज्य विभाग जल जैसे विभिन्न विभागों से संबंधित विभिन्न परियोजनाओं को पूरा करने के लिए शामिल किया गया है। शक्ति विभाग, लोक निर्माण, विभाग, स्कूल शिक्षा विभाग आदि।

28(C). भारतीय रिजर्व बैंक (आरबीआई) ने अपने डिजिटल परिवर्तन एजेंडा के अगले चरण को सशक्त बनाने के लिए क्लाउड नेटिव इंटेलेक्ट क्वांटम कोर बैंकिंग समाधान के उन्नत संस्करण को लागू करने के लिए इंटेलेक्ट को चुना है।
अगली पीढ़ी के इंटेलेक्ट क्वांटम समाधान को अत्याधुनिक एपीआई फर्स्ट, क्लाउड-नेटिव और क्लाउड-अज्ञेय माइक्रोसर्विस आर्किटेक्चर पर बनाया गया है जो पैकेज्ड बिजनेस कंपोनेंट्स के समृद्ध सेट द्वारा समर्थित है।
यह 100 मिलियन से अधिक लेनदेन, 250 से अधिक वाणिज्यिक

बैंकों, 35 राज्य सरकार और केंद्र शासित प्रदेशों के साथ-साथ केंद्र सरकार के कई मंत्रालयों को सहायता देगा।

29(A). माइक्रोसॉफ्ट ने घोषणा की कि भारत में उसका सबसे बड़ा डाटा सेंटर तेलंगाना सरकार के सहयोग से हैदराबाद में स्थापित किया जाएगा।
यह भारत के सबसे बड़े डेटा केंद्रों में से (2025 तक चालू) होगा।
माइक्रोसॉफ्ट के पास पहले से ही पुणे, मुंबई और चेन्नई में तीन भारतीय क्षेत्रों में एक डेटा सेंटर है।
नया डेटा सेंटर निजी उद्यमों के साथ-साथ सरकारी क्षेत्र दोनों से माइक्रोसॉफ्ट की क्लाउड सेवाओं की बढ़ती मांग को जोड़ देगा।

30(C). इन्सॉल्वेंसी एंड बैंकरप्सी बोर्ड ऑफ इंडिया, एक दिवाला नियामक ने दिवाला, दिवालियापन और संबंधित विषयों से संबंधित विषयों पर वित्तीय लेनदारों के लिए क्षमता निर्माण पर सहयोग करने के लिए भारतीय बैंक संघ के साथ एक समझौता ज्ञापन पर हस्ताक्षर किए।
नई दिल्ली में आईबीबीआई, एसबीआई (भारतीय स्टेट बैंक) और आईबीए द्वारा संयुक्त रूप से आयोजित 'कमेटी ऑफ क्रेडिटर्स: एन इंस्टीट्यूशन ऑफ पब्लिक फेथ' पर कार्यशाला के दौरान समझौता ज्ञापन पर हस्ताक्षर किए गए।
दिवाला मामलों का समय पर समाधान लेनदारों और समाधान पेशेवरों की समिति द्वारा किया जा सकता है।

31(C). एयर मार्शल बी चंद्रशेखर ने वायु सेना अकादमी, भारतीय वायु सेना के कमांडेंट के रूप में पदभार ग्रहण किया है।
वह डिफेंस सर्विसेज स्टाफ कॉलेज वेलिंगटन, कॉलेज ऑफ डिफेंस मैनेजमेंट, फ्लाइंग इंस्ट्रक्टर स्कूल और नेशनल डिफेंस कॉलेज नई दिल्ली के पूर्व छात्र हैं।
उन्हें भारतीय वायु सेना में 1984 में कमीशन दिया गया था।
उनके पास विभिन्न विमानों पर 5400 घंटे से अधिक की घटना-मुक्त उड़ान है।
उन्हें सियाचिन ग्लेशियर में पहली एमएलएच श्रेणी के हेलीकॉप्टर उतारने का गौरव भी प्राप्त है।

32(D). कला और संस्कृति मंत्रालय के साथ मिलकर कपड़ा मंत्रालय ने पारंपरिक भारतीय हस्तशिल्प, हथकरघा और कला और संस्कृति का जश्न मनाने के लिए "भारतीय हस्तशिल्प / हथकरघा, कला और संस्कृति का झरोखा-संग्रह" नामक एक कार्यक्रम का आयोजन किया ।
झरोखा: अखिल भारतीय कार्यक्रम जो 13 राज्यों और केंद्र शासित प्रदेशों में 16 स्थानों पर आयोजित किया गया है।
इसका पहला कार्यक्रम भोपाल, मध्य प्रदेश में रानी कमलापति रेलवे स्टेशन पर 8 मार्च 2022 (महिला दिवस) से आयोजित किया गया है।

33(D). मोबिलिटी फर्म ओला ने नियो बैंक एवेल फाइनेंस का अधिग्रहण करने के लिए एक समझौते पर हस्ताक्षर किए हैं। यह अधिग्रहण मजदूर वर्ग को वित्तीय सेवाएं प्रदान करता है। अधिग्रहण से ओला को फिनटेक क्षेत्र में मजबूती मिलेगी।

34(C). आरबीआई गवर्नर शक्तिकांत दास ने बेंगलुरु में रिजर्व बैंक इनोवेशन हब (RBIH) का उद्घाटन किया। आरबीआई ने आरबीआईएच को कंपनी अधिनियम, 2013 के तहत धारा 8 के रूप में स्थापित किया है। आरबीआईएच 100 करोड़ रुपये के प्रारंभिक पूंजी योगदान के साथ आरबीआई की पूर्ण स्वामित्व वाली सहायक कंपनी है।

35(C). भारतीय टीम झारखंड के जमशेदपुर में आयोजित दक्षिण एशियाई फुटबॉल SAFF U- 18 महिला फुटबॉल चैम्पियनशिप 2022 का खिताब जीता है। भारत बांग्लादेश से 0 – 1 से हार गया लेकिन फिर भी बेहतर गोल अंतर के कारण SAFF U- 18 महिला चैंपियनशिप का चैंपियन बना। भारत ने बांग्लादेश के 3 की तुलना में 11 के बेहतर गोल अंतर का आनंद लिया।

36(B). आदित्य बिड़ला कैपिटल लिमिटेड (ABCL) की जीवन बीमा सहायक कंपनी आदित्य बिड़ला सन लाइफ इंश्योरेंस (ABSLI) और भारत को-ऑपरेटिव बैंक (मुंबई) लिमिटेड ने अपनी बैंकएश्योरेंस साझेदारी की घोषणा की है।
यह सहयोग प्रासंगिक जीवन बीमा समाधानों के साथ बैंक के पांच लाख से अधिक ग्राहकों तक पहुंचने के लिए एक साझा मंच की सुविधा प्रदान करता है।
यह समझौता बैंक के 5 लाख से अधिक ग्राहकों को जीवन बीमा सहायता प्रदान करेगा।
साझेदारी के तहत, ABSLI भारत सहकारी बैंक (मुंबई) की 103 शाखाओं के माध्यम से सीधे ग्राहकों तक पहुंच सकता है और उनके जीवन बीमा और निवेश योजना की जरूरतों को पूरा कर सकता है।

37(C). बांग्लादेश, भारत और नेपाल ने बीबीआईएन मोटर वाहन समझौते (एमवीए) को लागू करने के लिए यात्री और कार्गो प्रोटोकॉल पर चर्चा करने के लिए एक बैठक की।
दो दिवसीय बैठक दिल्ली में हुई।
भूटान ने पर्यवेक्षक के रूप में बैठक में भाग लिया।
कोविड-19 महामारी फैलने के बाद से समूह की यह पहली बैठक है।
पिछली बैठक फरवरी 2020 में नई दिल्ली में हुई थी।
बैठक में बांग्लादेश, भूटान, भारत और नेपाल (बीबीआईएन) मोटर वाहन समझौते को बांग्लादेश, भूटान, भारत और नेपाल के बीच यात्री, व्यक्तिगत और कार्गो वाहनों के आवागमन के नियमन के लिए लागू करने के प्रोटोकॉल पर चर्चा की गई।

38(A). प्रभा नरसिम्हन को कोलगेट-पामोलिव (इंडिया) लिमिटेड का सीईओ और एमडी नियुक्त किया गया है।
वह राम राघवन की जगह लेंगी, जिन्हें कोलगेट पामोलिव कंपनी में प्रेसिडेंट, एंटरप्राइज ओरल केयर के रूप में पदोन्नत किया गया है।
इससे पहले, वह हिंदुस्तान यूनिलीवर (HUL) के कार्यकारी निदेशक के रूप में कार्यरत थीं।
कोलगेट-पामोलिव (इंडिया): 'कोलगेट' ब्रांड के तहत ओरल केयर उत्पाद उपलब्ध कराता है। यह 'पामोलिव' ब्रांड नाम के तहत व्यक्तिगत देखभाल उत्पाद भी प्रदान करता है।

39(D). भारत का पहला 100% महिला स्वामित्व वाला औद्योगिक पार्क हैदराबाद में स्थापित है । हैदराबाद राज्य सरकार के साथ साझेदारी में FICCI लेडीज ऑर्गनाइजेशन (FLO) द्वारा औद्योगिक पार्क को बढ़ावा दिया गया है। यह पाटनचेरु औद्योगिक क्षेत्र के पास सुल्तानपुर में एक 50 -एकड़ क्षेत्र में फैला हुआ है। परियोजना की अनुमानित निवेश लागत 250 करोड़ रुपये है। प्रारंभ में, पार्क में 25 महिला-स्वामित्व वाली और संचालित इकाइयां हैं, जो 16 विभिन्न हरित श्रेणी के औद्योगिक खंड में हैं।

40(A). भारतीय क्रिकेटर एस श्रीसंत ने मार्च 2022 में क्रिकेट के सभी प्रारूपों से संन्यास ले लिया है । एस श्रीसंत ने भारत के लिए 27 टेस्ट और 53 एकदिवसीय मैच खेले जिसमें उन्होंने क्रमशः 87 और 75 विकेट लिए। एस श्रीसंत ने 10 टी 20 अंतर्राष्ट्रीय मैचों में सात विकेट भी लिए हैं। एस श्रीसंत को सितंबर 2020 में कथित स्पॉट फिक्सिंग के लिए सात साल की सजा के लिए प्रतिबंधित कर दिया गया था, जो मूल रूप से जीवन के लिए था और तेज गेंदबाज द्वारा आक्रामक रूप से खेला गया था।

41(D). भारतीय मानक ब्यूरो (बीआईएस) ने आईआईटी रुड़की में 'बीआईएस मानकीकरण चेयर प्रोफेसर' की स्थापना के लिए आईआईटी रुड़की के साथ समझौता ज्ञापन पर हस्ताक्षर किए हैं।
यह मानकीकरण और अनुरूपता मूल्यांकन पर गतिविधियों के लिए संस्थान में बीआईएस द्वारा स्थापित पहला मानकीकरण चेयर होगा।
यह छात्रों को इस बारे में संवेदनशील बनाने में मदद करेगा कि कैसे मानक नवाचार को प्रोत्साहित और सुविधाजनक बना सकते हैं और छात्रों को उनकी भविष्य की चुनौतियों के लिए बेहतर तरीके से तैयार करने में मदद करेंगे।

42(B). भारत सरकार, पश्चिम बंगाल सरकार और विश्व बैंक ने पश्चिम बंगाल में गरीब और कमजोर समूहों को सामाजिक सुरक्षा सेवाओं तक पहुँचने में मदद करने के प्रयासों का समर्थन करने

के लिए 125 मिलियन डॉलर के IBRD ऋण पर हस्ताक्षर किए हैं।
डब्ल्यूबी जय बांग्ला नामक छत्र मंच के तहत सामाजिक सहायता, देखभाल सेवाओं और नौकरियों के लिए 400 से अधिक कार्यक्रम चलाता है
समावेशी सामाजिक सुरक्षा परियोजना के लिए पश्चिम बंगाल राज्य क्षमता निर्माण राज्य स्तर पर इन हस्तक्षेपों का समर्थन करेगा।

43(D). 26 मार्च 2022 को बांग्लादेश ने 52 वां स्वतंत्रता दिवस मनाया है। राष्ट्रपति एम अब्दुल हमीद और पीएम शेख हसीना ने ढाका में राष्ट्रीय युद्ध स्मारक पर स्वतंत्रता संग्राम के शहीदों को श्रद्धांजलि दी। 26 मार्च 1971 को शेख मुजीबुर रहमान द्वारा बांग्लादेश को एक स्वतंत्र राष्ट्र के रूप में घोषित किया गया था।

44(B). ऐक्सिस बैंक ने ऐसी शहरी शिक्षित महिलाओं को अवसर प्रदान करने के लिए 'हाउस वर्क इज़ वर्क' नामक एक पहल शुरू की है जो पेशेवर क्षेत्र में फिर से शामिल होना चाहती हैं।
इसे लॉन्च किया गया है क्योंकि बैंक को लगता है कि कार्यबल में शहरी शिक्षित महिलाओं की भागीदारी अभी भी वांछित स्तर पर नहीं है।
इस पहल के माध्यम से, बैंक का लक्ष्य इन महिलाओं को काम पर वापस लाना है, उन्हें यह विश्वास दिलाना है कि वे रोजगार योग्य हैं, उनके पास कौशल है और वे विभिन्न नौकरी की भूमिकाओं में फिट हो सकती हैं।

45(D). कैबिनेट ने भारतीय स्टेट बैंक (SBI) के प्रबंध निदेशक (MD) अश्विनी भाटिया को भारतीय प्रतिभूति और विनिमय बोर्ड (SEBI) का पूर्णकालिक सदस्य (WTM) नियुक्त किया है।
कुछ सूत्रों के अनुसार, कैबिनेट की नियुक्ति समिति (ACC) ने अश्विनी भाटिया को सेबी के पूर्णकालिक सदस्य के रूप में उनकी कमान संभालने की तारीख से तीन साल के लिए नियुक्ति को मंजूरी दे दी है।

46(A). छत्तीसगढ़ के मुख्यमंत्री भूपेश बघेल ने 07 मार्च, 2022 को 'कौशल्या मातृत्व योजना' नामक एक नई योजना शुरू की।
इस योजना का उद्देश्य दूसरी बालिका के जन्म पर महिलाओं को 5000 रुपये की वित्तीय सहायता देना है।
योजना के शुभारंभ के दौरान मुख्यमंत्री बघेल ने पांच महिला लाभार्थियों को सुरक्षित मातृत्व के लिए पांच-पांच हजार रुपये के चेक प्रदान किए।

47(B). सरकार ने पूर्व वित्त सचिव अजय भूषण पांडे को तीन साल की अवधि के लिए राष्ट्रीय वित्तीय रिपोर्टिंग प्राधिकरण (NFRA) का अध्यक्ष नियुक्त किया है।
1984 बैच के महाराष्ट्र कैडर के IAS अधिकारी पांडेय पिछले साल फरवरी में राजस्व सचिव के पद से सेवानिवृत्त हुए थे।
राजस्व सचिव बनने से पहले, वह भारतीय विशिष्ट पहचान प्राधिकरण (UIDAI) के मुख्य कार्यकारी अधिकारी थे।
सेवानिवृत्ति के बाद, पाण्डेय ने आर्थिक रूप से कमजोर वर्गों को आरक्षण प्रदान करने के लिए मानदंडों पर फिर से विचार करने के लिए एक समिति का नेतृत्व किया।

48(C). वित्त मंत्री ने केंद्रीय बजट 2021 – 22 में इस उद्देश्य के लिए एक विशेष प्रयोजन वाहन स्थापित करने की योजना की घोषणा की थी।
अगस्त, 2021 में, भारत सरकार ने राष्ट्रीय मुद्रीकरण पाइपलाइन (NMP) का शुभारंभ किया।
नई कंपनी की स्थापना वित्त मंत्रालय के प्रशासनिक क्षेत्राधिकार के तहत की जाएगी।
NLMC निजी क्षेत्र के पेशेवरों को उसी तरह नियुक्त करेगी जैसे कि राष्ट्रीय निवेश और इंफ्रास्ट्रक्चर फंड (NIIF) और इन्वेस्ट इंडिया जैसी समान विशिष्ट सरकारी कंपनियों के मामले में नियुक्त करती है।

49(C). बॉलीवुड अभिनेत्री विद्या बालन को भारती AXA लाइफ इंश्योरेंस का ब्रांड एंबेसडर नियुक्त किया गया है।
वह ब्रांड एंबेसडर के रूप में भारती एक्सा लाइफ इंश्योरेंस के डू द स्मार्ट थिंग चैंपियन को बढ़ावा देने में मदद करेंगी। भारती AXA लाइफ इंश्योरेंस भारत के अग्रणी बिजनेस ग्रुप भारती और वित्तीय सुरक्षा और संपत्ति प्रबंधन में दुनिया के अग्रणी संगठनों में से एक AXA का संयुक्त उद्यम है।

50(B). महान ऑस्ट्रेलियाई स्पिन गेंदबाज शेन वार्न (52 वर्ष) का थाईलैंड के कोह समुई में दिल का दौरा पड़ने से निधन हो गया।
उन्होंने 1992 में क्रिकेट में पदार्पण किया, ऑस्ट्रेलिया के लिए 145 टेस्ट खेले और 708 विकेट लिए।
उन्होंने जुलाई 2013 में क्रिकेट के सभी प्रारूपों से संन्यास ले लिया था और उन्हें क्रिकेट के इतिहास में सबसे महान गेंदबाजों में से एक माना जाता था।
उन्होंने 708 टेस्ट प्राप्त किए और मुथैया मुरलीधरन के बाद सबसे अधिक समय तक दूसरे स्थान पर रहे।

51(A). उज्जीवन स्मॉल फाइनेंस बैंक (एसएफबी) ने अपने 'उज्जीवन एसएफबी असिस्टेड' ऐप के माध्यम से अपने माइक्रो बैंकिंग ग्राहकों के लिए उद्योग की पहली डिजिटल ऑनबोर्डिंग सुविधा शुरू की।
उज्जीवन एसएफबी असिस्टेड ऐप पेपरलेस और सुरक्षित तरीके से व्यक्तिगत बैंकिंग लेनदेन के लिए मोबाइल नंबर अपडेट करने की सुविधा प्रदान करता है।
यह एक ओटीपी और बायोमेट्रिक प्रमाणीकरण आधारित प्रक्रिया है।
ग्राहक अपने मोबाइल नंबर को हर छह महीने में एक बार प्लेटफॉर्म के माध्यम से और किसी भी समय लघु वित्त बैंक की किसी भी शाखा में जाकर अपडेट कर सकते हैं।

52(C). भारत के तीसरे सबसे बड़े निजी क्षेत्र के बैंक एक्सिस बैंक को एशियाई निवेश बैंकिंग क्षेत्र में व्यापक कवरेज और विशेषज्ञता की गहराई के लिए IFR एशिया के एशियाई बैंक ऑफ द ईयर से सम्मानित किया गया है।
यह पुरस्कार सभी प्रमुख उत्पादों और खंडों में इक्विटी और ऋण जारी करने में बैंक के उत्कृष्ट प्रदर्शन को स्वीकार करता है।
एक्सिस बैंक रिकॉर्ड 183 अरब रुपये के पेटीएम आईपीओ के लिए वैश्विक समन्वयक के रूप में काम करने वाला एकमात्र स्थानीय घर था, और मैक्रोटेक डेवलपर्स के 25 अरब रुपये के आईपीओ के लिए वैश्विक समन्वयक भी था।

53(D). भारतीय अन्तर्राष्ट्रीय कबड्डी खिलाड़ी संदीप सिंह नंगल का निधन हो गया है।
रिपोर्ट्स के मुताबिक, संदीप की पंजाब के जालंधर में एक कबड्डी टूर्नामेंट के दौरान गोली मारकर हत्या कर दी गई थी।
भारतीय राष्ट्रीय टीम के नियमित सदस्य होने के अलावा, संदीप यूके, यूएस, न्यूजीलैंड, ऑस्ट्रेलिया में लीग में लगातार खिलाड़ी थे।

54(D). भारत के बल्लेबाज श्रेयस अय्यर को फरवरी 2022 के लिए ICC मेन्स प्लेयर ऑफ द मंथ चुना गया।
अय्यर ने संयुक्त अरब अमीरात के वृत्तिया अरविंद और नेपाल के दीपेंद्र सिंह ऐरी को पुरस्कार का दावा करने के लिए नामित किया।
अय्यर ने फरवरी 2022 में क्रमशः वेस्टइंडीज और श्रीलंका के खिलाफ घरेलू श्रृंखला के दौरान अपने शानदार सफेद गेंद के कारनामों के लिए पुरस्कार अर्जित किया।
दाएं हाथ के बल्लेबाज ने अहमदाबाद में वेस्टइंडीज के खिलाफ तीसरे एकदिवसीय मैच में एक अच्छी तरह से तैयार की गई मैच विजेता 80 रनों की पारी खेली और 3 – 0 की श्रृंखला स्वीप पूरी की और इसके बाद के समापन खेल में 16 गेंदों में 25 रनों की तेज पारी खेली। कोलकाता में तीन मैचों की T 20 श्रृंखला, 3 – 0 की जीत के साथ समाप्त हुई।

55(A). भगत सिंह के गांव खटकर कलां में राज्यपाल बनवारीलाल पुरोहित की मौजूदगी में भगवंत मान ने पंजाब के 18 वें मुख्यमंत्री के तौर पर शपथ ली है।
शपथ ग्रहण समारोह में दिल्ली के मुख्यमंत्री अरविंद केजरीवाल और पार्टी के अन्य वरिष्ठ नेता शामिल हुए।
आम आदमी पार्टी ने 117 सदस्यीय पंजाब विधानसभा में कांग्रेस और शिअद-बसपा गठबंधन को हराकर 92 सीटें जीती हैं।

56(C). मुंबई अंतर्राष्ट्रीय फिल्म महोत्सव (एमआईएफएफ) का 17 वां संस्करण 29 मई से 4 जून 2022 तक फिल्म डिवीजन परिसर, मुंबई में आयोजित किया जाएगा।
फिल्म निर्माता अब 20 मार्च 2022 तक वृत्तचित्र, लघु कथा और एनिमेशन श्रेणी की फिल्मों में अपनी प्रविष्टि जमा कर सकते हैं।
एलिजिबिलिटी: सितंबर 2019 से दिसंबर 2021 के बीच पूरी होने वाली फिल्में।
अवयव: स्वर्ण शंख, रजत शंख, ट्राफियां, प्रमाण पत्र, नकद इनाम।
वी शांताराम लाइफटाइम अचीवमेंट अवार्ड से भी सम्मानित किये गए।

57(A). केंद्रीय मंत्री नितिन गडकरी ने हाइड्रोजन आधारित उन्नत ईंधन सेल इलेक्ट्रिक वाहन (FCEV) के लिए पायलट परियोजना का उद्घाटन किया है।
इसे टोयोटा किर्लोस्कर मोटर प्राइवेट लिमिटेड ने इंटरनेशनल सेंटर फॉर ऑटोमोटिव टेक्नोलॉजी (आईसीएटी) के साथ लॉन्च किया है।
यह भारत में अपनी तरह की पहली परियोजना होगी जिसका उद्देश्य हाइड्रोजन, एफसीईवी प्रौद्योगिकी के बारे में जागरूकता फैलाना और भारत के लिए हाइड्रोजन आधारित समाज का समर्थन करने के लिए इसके लाभों का प्रसार करना है।

58(A). भारत सरकार ने श्रीलंका के लिए भोजन, आवश्यक वस्तुओं और दवाओं के आयात के लिए द्वीप राष्ट्र की मदद के लिए 1 अरब डॉलर लाइन ऑफ क्रेडिट (एलओसी) को मंजूरी दी है।
श्रीलंका इस समय गंभीर आर्थिक संकट से जूझ रहा है।
भारत द्वारा एलओसी का विस्तार COVID-19 महामारी के खिलाफ लड़ाई में अपने पड़ोसी देश की सहायता करने और इसके प्रतिकूल प्रभाव और इसकी विकास प्राथमिकताओं को कम करने के प्रयासों के अनुरूप किया जा रहा है।

59(B). एमवी राम प्रसाद बिस्मिल ब्रह्मपुत्र पर नौकायन के इतिहास में एक मील का पत्थर हासिल करने वाला अब तक का सबसे लंबा जहाज बन गया।
जहाज 90 मीटर लंबा फ्लोटिला 26 मीटर चौड़ा है, जो 2.1 मीटर के ड्राफ्ट से भरा हुआ है।
इसके साथ, इसने कोलकाता के हल्दिया डॉक से भारी माल ढुलाई के महत्वाकांक्षी पायलट रन को सफलतापूर्वक पूरा किया।
दो नौकाओं डीबी कल्पना चावला और डीबी एपीजे अब्दुल कलाम के साथ पोत को हल्दिया के श्यामा प्रसाद मुखर्जी बंदरगाह से हरी झंडी दिखाकर रवाना किया गया है।

60(D). भारत 44 वें FIDE शतरंज ओलंपियाड 2022 की मेजबानी करेगा। यह मूल रूप से रूस में आयोजित होने वाला था। FIDE ने घोषणा की है कि वह यूक्रेन के आक्रमण के बाद रूस से अलग हो गया है। घोषणा के बाद, तमिलनाडु सरकार और अखिल भारतीय शतरंज महासंघ ने टूर्नामेंट की मेजबानी के लिए एक संयुक्त बोली लगाई। 1927 में अपनी स्थापना के बाद से यह पहली बार है कि भारत FIDE शतरंज ओलंपियाड की मेजबानी मेजबानी कर रहा है।

वार्षिक समसामयिकी 04

1. बच्चों पर ध्यान देने के साथ सतत विकास लक्ष्यों (एसडीजी) पर नीति आयोग के साथ किस अंतर्राष्ट्रीय संगठन ने हस्ताक्षर किए हैं?
(a) यूनेस्को (b) एमनेस्टी इंटरनेशनल
(c) सेव द चिल्ड्रेन, यूके (d) यूनिसेफ इंडिया

2. किस प्रबंधन संस्थान ने भारतीय नौसेना के नेवल इंस्टीट्यूट ऑफ एजुकेशनल एंड ट्रेनिंग टेक्नोलॉजी (NIETT) के साथ एक समझौता ज्ञापन पर हस्ताक्षर किए हैं?
(a) भारतीय प्रबंधन संस्थान लखनऊ
(b) भारतीय प्रबंधन संस्थान रोहतक
(c) भारतीय प्रबंधन संस्थान कोझीकोड
(d) भारतीय प्रबंधन संस्थान इंदौर

3. यासुमासा किमुरा के साथ यूनिसेफ के युवाह (जेनरेशन अनलिमिटेड) के सह-अध्यक्ष के रूप में किसे नियुक्त किया गया है?
(a) अश्विन यार्डिक (b) आशा थॉमस
(c) राजू नारायणस्वामी (d) इशिता रॉय

4. पब्लिक रिलेशंस सोसाइटी ऑफ इंडिया (PRSI) द्वारा किस खनन कंपनी को पब्लिक रिलेशन अवार्ड्स 2022 से सम्मानित किया गया है?
(a) हिंडाल्को इंडस्ट्रीज लिमिटेड
(b) नीलाचल इस्पात निगम लिमिटेड
(c) तालचर थर्मल पावर स्टेशन
(d) राष्ट्रीय खनिज विकास निगम लिमिटेड

5. किस बैंक ने कर संग्रह के लिए केंद्रीय प्रत्यक्ष कर बोर्ड (CBDT) और केंद्रीय अप्रत्यक्ष कर और सीमा शुल्क बोर्ड (CBIC) के साथ एक समझौता ज्ञापन पर हस्ताक्षर किए हैं?
(a) कोटक महिंद्रा बैंक (b) धनलक्ष्मी बैंक
(c) फेडरल बैंक (d) डीसीबी बैंक

6. कौन सा संगठन 19 लाख करोड़ रुपये के बाजार पूंजीकरण (एम-कैप) को हिट करने वाली पहली भारतीय कंपनी बन गई है?
(a) अदानी समूह (b) टाटा समूह
(c) वेदांत लिमिटेड (d) रिलायंस इंडस्ट्रीज

7. मरीन ले पेन को हराकर दूसरे कार्यकाल के लिए फ्रांस के राष्ट्रपति के रूप में किसे चुना गया है?
(a) जीन-ल्यूक मेलेनचोन (b) इमैनुएल मैक्रों
(c) फ्राँस्वा हॉलैंड (d) निकोलस सरकोज़ी

8. 18 से 21 नवंबर तक कौन सा देश 21वीं विश्व लेखाकार कांग्रेस (WCOA) 2022 की मेजबानी करेगा?
(a) इंडोनेशिया (b) जर्मनी
(c) फ्रांस (d) भारत

9. किशोर दास को कॉमनवेल्थ पॉइंट्स ऑफ़ लाइट अवार्ड 2022 के लिए चुना गया है, वह किस देश से जुड़े हैं?
(a) भारत (b) श्रीलंका
(c) नेपाल (d) बांग्लादेश

10. एशिया का सबसे बड़ा अंतर्राष्ट्रीय खाद्य और आतिथ्य मेला AAHAR 2022 नई दिल्ली में भारत व्यापार संवर्धन संगठन (ITPO) के सहयोग से APEDA द्वारा आयोजित किया गया है। APEDA का विस्तार करें।
(a) कृषि और प्रसंस्कृत खाद्य उत्पाद निर्यात विकास संघ
(b) कृषि और प्रसंस्कृत खाद्य उत्पादन निर्यात विकास प्राधिकरण
(c) कृषि और प्रसंस्कृत खाद्य उत्पाद निर्यात विकास प्राधिकरण
(d) कृषि और प्रसंस्कृत खाद्य उत्पाद निर्यात विकास प्राधिकरण

11. लोकतंत्र की रक्षा के लिए अभिनय के लिए जॉन एफ कैनेडी अवार्ड 2022 इन करेज अवार्ड के लिए किसे चुना गया है?
(a) सहले-वर्क ज़्यूदे (b) नरेंद्र मोदी
(c) वलोडिमिर ज़ेलेंस्की (d) बोरिस जॉनसन

12. एलवेरा ब्रिटो का निधन हो गया है, भारत की किस खेल टीम के पूर्व कप्तान थे?
(a) क्रिकेट (b) पोलो
(c) वॉलीबॉल (d) हॉकी

13. अप्रैल 2022 में विश्व बैंक ने श्रीलंका में आर्थिक संकट से निपटने के लिए कितनी राशि की वित्तीय सहायता को मंजूरी दी है?
(a) यूएसडी 800 मिलियन (b) यूएसडी 750 मिलियन
(c) यूएसडी 400 मिलियन (d) यूएसडी 600 मिलियन

14. फॉर्मूला वन चैंपियनशिप एमिलिया-रोमाग्ना ग्रांड प्रिक्स 2022 का खिताब किसने जीता है?
(a) सर्जियो पेरेज़ (b) लैंडो नॉरिस
(c) मैक्स वर्स्टापेन (d) चार्ल्स लेक्लर

15. एयरटेल पेमेंट बैंक ने किस बैंक के साथ 6.5% प्रति वर्ष की ब्याज दर पर FD सुविधा की पेशकश की है?
(a) एचडीएफसी बैंक (b) आईसीआईसीआई बैंक
(c) बैंक ऑफ महाराष्ट्र (d) इंडसइंड बैंक

16. डिजिटल परिवर्तन को बढ़ावा देने के लिए अपनी रणनीतिक साझेदारी का विस्तार करने के लिए किस सूचना प्रौद्योगिकी कंपनी ने एसबीआई कार्ड्स के साथ हस्ताक्षर किए हैं?
(a) कॉग्निजेंट
(b) कैपजेमिनी
(c) इंफोसिस
(d) टाटा कंसल्टेंसी सर्विसेज (TCS)

17. अप्रैल 2022 में किस सरकारी एजेंसी/मंत्रालय ने अभिनव कृषि पर राष्ट्रीय कार्यशाला का आयोजन किया है?
(a) नीति आयोग
(b) राष्ट्रीय कृषि और ग्रामीण विकास बैंक
(c) उद्योग और आंतरिक व्यापार को बढ़ावा देने के लिए विभाग
(d) माइक्रो, लघु और मध्यम उद्यम मंत्रालय

18. विश्व पृथ्वी दिवस 2022 का विषय क्या है जो प्रतिवर्ष अप्रैल को मनाया जाता है?
(a) जलवायु और क्रिया
(b) हमारी पृथ्वी को पुनर्स्थापित करें
(c) हमारे ग्रह में निवेश करें
(d) हमारी प्रजातियों की रक्षा करें

19. आईसीटी दिवस 2022 में अंतर्राष्ट्रीय लड़कियों का विषय क्या है जो हर साल अप्रैल में चौथे गुरुवार को मनाया जाता है?
(a) पहुंच और सुरक्षा
(b) अगली पीढ़ी को प्रेरणा
(c) केस फॉर चेंज, कनेक्टेड वीमेन, IoT और टेक 4 गर्ल्स
(d) शक्ति परिवर्तन: नवाचार और रचनात्मकता में महिलाएं

20. किस सरकारी एजेंसी ने कांगड़ा, कुल्लू, चंबा, सिरमौर और बिलासपुर जिलों में सात रोपवे परियोजनाओं को विकसित करने के लिए हिमाचल प्रदेश के साथ समझौता ज्ञापन पर हस्ताक्षर किए हैं?

(a) राष्ट्रीय राजमार्ग और बुनियादी ढांचा विकास निगम लिमिटेड
(b) सीमा सड़क संगठन
(c) राष्ट्रीय राजमार्ग रसद प्रबंधन लिमिटेड
(d) स्मार्ट सरकार के लिए राष्ट्रीय संस्थान

21. भारत की हज समिति के अध्यक्ष के रूप में किसे चुना गया है?
(a) माफ़ुजा खातून (b) एपी अब्दुल्लाकुट्टी
(c) मुन्नावारी बेगम (d) रमन सिंह

22. 2022-23 के लिए नेशनल एसोसिएशन ऑफ सॉफ्टवेयर एंड सर्विसेज कंपनीज (नैसकॉम) के अध्यक्ष के रूप में किसे नियुक्त किया गया है?
(a) कृष्णन रामानुजम, वरिष्ठ कार्यकारी, टीसीएस
(b) अनंत माहेश्वरी, माइक्रोसॉफ्ट इंडिया के अध्यक्ष
(c) रेखा एम मेनन, एक्सेंचर की वरिष्ठ प्रबंध निदेशक
(d) दीपिंदर गोयल, जोमैटो के सीईओ

23. अप्रैल 2022 में एशियाई विकास बैंक (ADB) ने 2021-22 (FY22) के लिए भारत के विकास का अनुमान किस प्रतिशत से लगाया है?
(a) 7% (b) 7.5%
(c) 8% (d) 7.3%

24. उस गाँव का नाम बताइए जिसमें लद्दाख स्वायत्त पहाड़ी विकास परिषद (LAHDC) लेह के अध्यक्ष / CEC ताशी ग्यालसन ने सामुदायिक संग्रहालय का उद्घाटन किया है?
(a) खालसारी (b) मेरक
(c) टर्टुकी (d) ग्या-ससोमा

25. हुरुन रिसर्च इंस्टीट्यूट ने हुरुन रिचेस्ट सेल्फ मेड वूमेन इन द वर्ल्ड 2022 का 12वां संस्करण जारी किया है। सूची में कितनी भारतीय महिलाओं को रखा गया है?
(a) 2 (b) 3
(c) 4 (d) 5

26. अप्रैल 2022 में ABPMJAY-SEHAT के तहत 100% गोल्डन कार्ड पंजीकरण को कवर करने वाला भारत का पहला जिला कौन सा जिला बन गया है?
(a) कुरनूल, आंध्र प्रदेश
(b) जैसलमेर, राजस्थान
(c) सांबा जिला, जम्मू और कश्मीर
(d) अनंतपुर, आंध्र प्रदेश

27. अप्रैल 2022 में कर्नाटक राज्य सरकार द्वारा दुग्ध उत्पादकों को वित्तीय मजबूती प्रदान करने के लिए स्थापित सहकारी बैंक का क्या नाम है?
(a) नंदिनी क्षीरा समृद्धि सहकारी बैंक
(b) प्रगति क्षीरा समृद्धि सहकारी बैंक
(c) वैश क्षीरा समृद्धि सहकारी बैंक
(d) अंदट्टा क्षीरा समृद्धि सहकारी बैंक

28. किस पेट्रोलियम रिफाइनिंग कंपनी के साथ, तेल और प्राकृतिक गैस निगम (ONGC) ने अपस्ट्रीम अन्वेषण और उत्पादन के क्षेत्रों में सहयोग करने के लिए एक समझौता ज्ञापन पर हस्ताक्षर किए हैं?
(a) नार्स्क हाइड्रो (b) शेल पीएलसी
(c) एक्सॉनमोबिल (d) इक्विनोर एएसए

29. एलन मस्क ने ट्विटर नाम की सोशल मीडिया कंपनी का अधिग्रहण कितनी राशि में किया है?
(a) यूएसडी 38 बिलियन (b) यूएसडी 40 मिलियन
(c) यूएसडी 64 बिलियन (d) यूएसडी 44 बिलियन

30. देश में हरित पहल के बारे में जागरूकता पैदा करने के लिए केंद्रीय पर्यावरण, वन और जलवायु परिवर्तन मंत्री ने प्रकृति नाम का शुभंकर लॉन्च किया है। केंद्रीय पर्यावरण, वन और जलवायु परिवर्तन मंत्री कौन हैं?
(a) मनसुख मंडाविया (b) भूपेंद्र यादव
(c) अश्विनी वैष्णव (d) हरदीप सिंह पुरी

31. अप्रैल 2022 में, केंद्रीय शिक्षा मंत्री धर्मेंद्र प्रधान ने आदिवासी स्वतंत्रता सेनानी बिरसा मुंडा के जीवन पर एक पुस्तक का विमोचन किया, जिसका शीर्षक है 'बिरसा मुंडा-जनजाति नायक', किसके द्वारा लिखी गई है?
(a) प्रोफेसर दिनेश सिंह
(b) प्रोफेसर वी.के.आर.वी. राव
(c) प्रोफेसर राम किशोर
(d) प्रोफेसर आलोक चक्रवाल

32. केंद्रीय गृह एवं सहकारिता मंत्री अमित शाह ने अखिल भारतीय पुलिस विज्ञान कांग्रेस के किस संस्करण का उद्घाटन किया?
(a) 47 वें (b) 48 वें
(c) चौथा (d) 50 वें

33. कीरोन पोलार्ड ने अंतर्राष्ट्रीय क्रिकेट से संन्यास की घोषणा की है, वह किस टीम से जुड़े हैं?
(a) दक्षिण अफ्रीका (b) इंग्लैण्ड
(c) बांग्लादेश (d) वेस्ट इंडीज

34. किस देश ने सरमत अंतरमहाद्वीपीय बैलिस्टिक मिसाइल का सफलतापूर्वक परीक्षण किया है?
(a) चीन (b) यूक्रेन
(c) रूस (d) इजराइल

35. डॉ इयान फ्राई को जलवायु परिवर्तन और मानवाधिकारों के लिए पहला विशेष दूत नियुक्त किया गया है। वह किस देश का नागरिक है?
(a) किरिबाती (b) पलाउ
(c) फ़िजी (d) तुवालु

36. नए विदेश सचिव के रूप में किसे नियुक्त किया गया है?
(a) संजय के सिंह (b) एस.एस. नकुल
(c) विनय मोहन कात्रा (d) विवेक सिंह

37. "क्रंच टाइम: नरेंद्र मोदीज नेशनल सिक्योरिटी क्राइसिस" पुस्तक के लेखक कौन हैं?
(a) विक्रम सेठ (b) श्रीराम चौलिया
(c) अरुंधति रॉय (d) अरविंद अडिगा

38. 'वन नेशन वन राशन कार्ड' योजना को बढ़ावा देने के लिए केंद्र सरकार द्वारा शुरू किए गए मोबाइल एप्लिकेशन का नाम क्या है?
(a) अवर राशन ऐप (b) सबका राशन ऐप
(c) हमारा राशन ऐप (d) मेरा राशन ऐप

39. प्रतिकूल मौसम और प्राकृतिक आपदाओं के कारण फसलों को हुए नुकसान की भरपाई के लिए, किस राज्य ने अप्रैल 2022 में मुख्यमंत्री बागवानी बीमा योजना पोर्टल लॉन्च किया है?
(a) उत्तर प्रदेश (b) तमिलनाडु
(c) गुजरात (d) हरियाणा

40. PharmEasy ने अप्रैल 2022 में एक विज्ञापन अभियान - "घर बैठे बैठे टेक इट इज़ी" शुरू किया है। इस विज्ञापन अभियान में ब्रांड एंबेसडर के रूप में किसे नियुक्त किया गया है?
(a) शाहरुख खान (b) सोनू सूद
(c) आमिर खान (d) अक्षय कुमार

41. इंडिया फार्मा एंड इंडिया मेडिकल डिवाइस अवार्ड्स 2022 के एक घटक के रूप में किस फार्मास्युटिकल कंपनी को 'इंडिया फार्मा इनोवेशन ऑफ द ईयर' पुरस्कार मिला है?

(a) सिप्ला लिमिटेड
(b) जायडस लाइफसाइंसेज लिमिटेड
(c) ग्लेनमार्क फार्मास्युटिकल्स लिमिटेड
(d) पॉली मेडिक्योर लिमिटेड

42. कौन सा जिला भारत का पहला जिला बन गया है जिसमें सभी ग्राम पंचायतों में सामुदायिक पुस्तकालय हैं?
(a) जामताड़ा, झारखंड (b) फिरोजपुर, पंजाब
(c) कोयंबटूर, तमिलनाडु (d) बागलकोट, कर्नाटक

43. वर्ष 2023 और 2024 के लिए अंतर्राष्ट्रीय दूरसंचार संघ के उपाध्यक्ष के रूप में किसे नामित किया गया है?
(a) रेनू सिंह (b) एचएस रावत
(c) राजू सिंह (d) अपराजिता शर्मा

44. 83वीं राष्ट्रीय टेबल टेनिस चैंपियनशिप 2022 की मेजबानी किस राज्य ने 18 अप्रैल, 2022 को की थी?
(a) सिक्किम (b) मणिपुर
(c) मेघालय (d) अरुणाचल प्रदेश

45. कतर फीफा 2022 के आधिकारिक शुभंकर का नाम क्या है?
(a) ज़कुमी (b) फुलेको
(c) लाईब (d) पिल्ल

46. अल रिहला कतर फीफा 2022 की आधिकारिक मैच बॉल है और इसे किस खेल संगठन द्वारा बनाया गया है?
(a) नाइक (b) ज़ालैंडो
(c) प्यूमा (d) एडिडास

47. स्पेन में आयोजित मेनोर्का ओपन शतरंज टूर्नामेंट 2022 किसने जीता है?
(a) ग्रैंडमास्टर बी अधिबानी
(b) ग्रैंडमास्टर डी गुकेश
(c) ग्रैंडमास्टर रौनक साधवानी
(d) ग्रैंडमास्टर एस. पी. सेथुरमन

48. अडानी पोर्ट्स ने भारतीय आर्थिक क्षेत्र की स्थापना के लिए किस देश के साथ एक समझौते पर हस्ताक्षर किए हैं?
(a) श्रीलंका (b) तुर्कमेनिस्तान
(c) नेपाल (d) बांग्लादेश

49. अप्रैल 2022 में, किस संस्थान ने अंतर्राष्ट्रीय वित्तीय सेवा केंद्रों (IFSCs) में कुशल व प्रतिभा-संपन्न कर्मियों का समूह तैयार करने के उद्देश्य से अंतर्राष्ट्रीय वित्तीय सेवा केंद्र प्राधिकरण (IFSCA) के साथ एक समझौता ज्ञापन पर हस्ताक्षर किए हैं?
(a) भारतीय बीमा संस्थान
(b) राष्ट्रीय बीमा अकादमी
(c) इंटरनेशनल इंस्टीट्यूट ऑफ मैनेजमेंट स्टडीज
(d) जीवन बीमा निगम

50. ICC महिला विश्व कप 2022 का खिताब किस महिला क्रिकेट टीम ने जीता है?
(a) इंगलैंड (b) न्यूज़ीलैंड
(c) भारत (d) ऑस्ट्रेलिया

51. लैंडिंग के दौरान 'गगन' उपग्रह आधारित नेविगेशन प्रणाली का उपयोग करने वाली एशिया की पहली एयरलाइन कौन सी है?
(a) एयर इंडिया (b) इंडिगो
(c) एयर एशिया (d) स्पाइसजेट

52. एक्सिस बैंक ने सिटी बैंक इंडिया के व्यवसाय का अधिग्रहण करने के लिए किस राशि के तहत सौदा किया है?
(a) 12,325 करोड़ रुपये (b) 10350 करोड़ रुपये
(c) 12,556 करोड़ रुपये (d) 14,465 करोड़ रुपये

53. अप्रैल 2022 में अस्पतालों और स्वास्थ्य सेवा प्रदाताओं के लिए राष्ट्रीय प्रत्यायन बोर्ड (NABH) के अध्यक्ष के रूप में किसे नियुक्त किया गया है?
(a) रेनू सिंह (b) तपन सिंघेल
(c) महेश वर्मा (d) अजय भूषण

54. किस वित्तीय सेवा कंपनी ने अपने प्लेटफॉर्म (अप्रैल 2022) पर सावधि जमा सुविधा शुरू करने के लिए फिनमैप से सहयोग किया है?
(a) टाटा कैपिटल (b) महिंद्रा फाइनेंस
(c) बजाज फाइनेंस (d) एचडीएफसी बैंक

55. भारतीय भुगतान परिषद के अध्यक्ष के रूप में किसे नियुक्त किया गया है?
(a) विश्वास पटेल (b) उदय कोटक
(c) शशि सिन्हा (d) प्रलय मंडल

56. गणतंत्र दिवस 2022 के लिए किस दल को सर्वश्रेष्ठ मार्चिंग सैन्यदल ट्रॉफी से सम्मानित किया गया है?
(a) भारतीय नौसेना (b) जाट रेजीमेंट
(c) भारतीय वायु सेना (d) गोरखा रेजीमेंट

57. श्री वीरभद्र स्वामी मंदिर को यूनेस्को की विश्व धरोहर की अस्थायी सूची में रखा गया है, यह किस राज्य में है?
(a) कर्नाटक (b) तेलंगाना
(c) केरल (d) आंध्र प्रदेश

58. किस तकनीकी कंपनी ने युवाओं और महिला उद्यमियों को डिजिटल अर्थव्यवस्था प्रदान करने के लिए तेलंगाना सरकार के साथ समझौता किया है?
(a) फेसबुक (b) गूगल
(c) माइक्रोसॉफ्ट (d) एप्पल

59. टैप टू पे लॉन्च करने के लिए पाइन लैब ने किस भुगतान ऐप के साथ सहयोग किया है?
(a) पेटीएम (b) गूगल पे
(c) फोनपे (d) फ्रीचार्ज

60. चेन्नई सुपर किंग्स ड्वेन ब्रावो किसे पीछे छोड़ते हुए IPL इतिहास में सबसे ज्यादा विकेट लेने वाले गेंदबाज बन गए?
(a) हरभजन सिंह (b) अमित मिश्रा
(c) पीयूष चावला (d) लसिथ मलिंगा

// स्मार्ट उत्तर पुस्तिका //

सही उत्तर — उन छात्रों का प्रतिशत जिन्होंने प्रश्न का सही उत्तर दिया।

छोड़ दिया — उन छात्रों का प्रतिशत जिन्होंने प्रश्न को छोड़ दिया।

प्रश्न संख्या	उत्तर	सही उत्तर छोड़ दिया	प्रश्न संख्या	उत्तर	सही उत्तर छोड़ दिया	प्रश्न संख्या	उत्तर	सही उत्तर छोड़ दिया
1	D	60.37% 1.36%	2	C	45.98% 1.21%	3	A	50.95% 1.58%
4	D	66.81% 1.31%	5	B	23.99% 4.51%	6	D	44.26% 1.35%
7	B	42.44% 1.45%	8	D	41.97% 1.47%	9	D	51.17% 1.73%
10	D	69.55% 1.37%	11	C	61.1% 1.27%	12	D	61.0% 1.26%
13	D	15.06% 3.09%	14	C	52.33% 1.17%	15	D	15.0% 3.06%
16	D	65.1% 1.73%	17	A	29.65% 3.87%	18	C	41.36% 1.06%
19	A	83.49% 0.0%	20	C	12.86% 3.57%	21	B	59.5% 1.54%
22	A	58.17% 1.02%	23	B	68.3% 1.31%	24	D	55.38% 1.76%

25	B	17.91% 3.53%	26	C	48.51% 1.26%	27	A	43.31% 1.46%
28	D	59.84% 1.53%	29	D	64.82% 1.81%	30	B	51.12% 1.45%
31	D	55.02% 1.7%	32	B	62.33% 1.58%	33	D	50.26% 1.06%
34	C	52.55% 1.19%	35	D	43.78% 1.59%	36	C	88.89% 0.0%
37	B	79.41% 0.0%	38	D	43.13% 1.38%	39	D	69.28% 1.83%
40	C	45.77% 1.9%	41	C	53.38% 1.4%	42	A	45.25% 1.58%
43	D	42.66% 1.02%	44	C	66.85% 1.56%	45	C	41.86% 1.12%
46	D	41.14% 1.4%	47	B	68.48% 1.56%	48	D	18.74% 3.66%
49	B	11.63% 4.13%	50	D	63.14% 1.97%	51	B	67.98% 1.61%
52	A	51.74% 1.53%	53	C	69.1% 1.98%	54	C	29.8% 4.23%
55	A	89.35% 0.0%	56	A	51.19% 1.26%	57	D	17.54% 3.9%
58	B	60.18% 1.15%	59	B	52.36% 1.21%	60	D	51.64% 1.07%

// संकेत और समाधान //

1(D). नीति आयोग ने अप्रैल 2022 को बच्चों पर ध्यान देने के साथ सतत विकास लक्ष्यों (SDGs) पर यूनिसेफ इंडिया के साथ एक स्टेटमेंट ऑफ इंटेंट (SoI) पर हस्ताक्षर किए हैं। दोनों संगठन सहयोग 'भारत के बच्चों के राज्य: बहुआयामी बाल विकास में स्थिति और रुझान' पर एक रिपोर्ट लॉन्च करेंगे।

2(C). भारतीय नौसेना के नेवल इंस्टीट्यूट ऑफ एजुकेशनल एंड ट्रेनिंग टेक्नोलॉजी (NIETT) ने अप्रैल 2022 को भारतीय प्रबंधन संस्थान कोझीकोड (IIM-K) के साथ एक समझौता ज्ञापन पर हस्ताक्षर किए हैं। समझौता ज्ञापन शैक्षिक मनोविज्ञान, निर्देशात्मक नेतृत्व और प्रबंधन के क्षेत्र में सहयोग और सर्वोत्तम प्रथाओं के आदान-प्रदान पर केंद्रित है।

3(A). यूनिसेफ के युवाह (जेनरेशन अनलिमिटेड) ने अश्विन यार्डी (भारत में कैपजेमिनी के सीईओ) को अप्रैल 2022 को अपना सह-अध्यक्ष नियुक्त किया है। वह यासुमासा किमुरा (यूनिसेफ प्रतिनिधि) के साथ सह-अध्यक्ष होंगे। युवाह का उद्देश्य युवाओं के लिए कौशल, सामुदायिक विकास और आर्थिक अवसरों में सुधार पर काम करना है।

4(D). राष्ट्रीय खनिज विकास निगम लिमिटेड (एनएमडीसी) को पब्लिक रिलेशंस सोसाइटी ऑफ इंडिया (पीआरएसआई) द्वारा जनसंपर्क पुरस्कार 2022 से सम्मानित किया गया है। श्री श्रीनिवास राव, डीजीएम (कॉर्पोरेट कम्युनिकेशंस) ने नवरत्न पीएसयू की ओर से पुरस्कार प्राप्त किया। यह पुरस्कार खनन कंपनी को उसकी कॉर्पोरेट वेबसाइट, वार्षिक रिपोर्ट, न्यूज़लेटर लेआउट और डिज़ाइन और सीएसआर कॉर्पोरेट वीडियो के लिए प्रदान किया गया।

5(B). धनलक्ष्मी बैंक ने अप्रैल 2022 को कर संग्रह के लिए केंद्रीय प्रत्यक्ष कर बोर्ड (CBDT) और केंद्रीय अप्रत्यक्ष कर और सीमा शुल्क बोर्ड (CBIC) के साथ एक समझौते पर हस्ताक्षर किए हैं। यह समझौता ज्ञापन ग्राहकों को बैंक के शाखा नेटवर्क और डिजिटल प्लेटफॉर्म के माध्यम से अपने प्रत्यक्ष कर और जीएसटी भुगतान और अन्य अप्रत्यक्ष करों का भुगतान करने में मदद करेगा। विभिन्न करों के संग्रह के लिए लेखा महानियंत्रक की सिफारिश के आधार पर बैंक को भारतीय रिजर्व बैंक (RBI) द्वारा अधिकृत किया गया है।

6(D). रिलायंस इंडस्ट्रीज लिमिटेड (आरआईएल) अप्रैल 2022 को 19 लाख करोड़ रुपये के बाजार पूंजीकरण को पार करने वाली पहली भारतीय कंपनी बन गई है। कंपनी का बाजार मूल्यांकन बीएसई में 28 अप्रैल 2022 तक बढ़कर 19,12,814 करोड़ रुपये हो गया। कंपनी ने अक्टूबर 2021 से अप्रैल 2022 के बीच 2 लाख करोड़ रुपये भी जोड़े हैं।

7(B). इमैनुएल मैक्रॉन ने अप्रैल 2022 में 58.2% वोट के साथ फ्रांस के राष्ट्रपति के रूप में दूसरा कार्यकाल जीता है। वह पहली बार 2017 में चुने गए थे। वह शिराक के बाद पहले राष्ट्रपति बनने के लिए तैयार थे जिन्होंने कार्यालय में दूसरा कार्यकाल हासिल किया। उन्होंने मरीन ले पेन को हराया जिन्होंने एक चुनाव में 41.8% वोट हासिल किया।

8(D). इंस्टीट्यूट ऑफ चार्टर्ड अकाउंटेंट्स ऑफ इंडिया (ICAI) 118 वर्षों में पहली बार 21वीं वर्ल्ड कांग्रेस ऑफ अकाउंटेंट्स (WCOA) की मेजबानी करेगा। कार्यक्रम में 130 देशों के लगभग 6000 शीर्ष लेखाकार शारीरिक रूप से भाग लेंगे। यह आयोजन फ्रांस को पछाड़कर 18 से 21 नवंबर तक चलेगा। यह इवेंट मुंबई के जियो वर्ल्ड कन्वेंशन सेंटर में होगा। 2022 के लिए थीम 'बिल्डिंग ट्रस्ट इनेबलिंग सस्टेनेबिलिटी' होगी।

9(D). किशोर कुमार दास को हाशिए की पृष्ठभूमि के बच्चों के लिए शिक्षा तक पहुंच में सुधार लाने में उनके असाधारण कार्य के लिए कॉमनवेल्थ पॉइंट्स ऑफ़ लाइट अवार्ड के लिए चुना गया है। वह बांग्लादेश से जुड़े हुए हैं। उन्होंने 2013 में सिर्फ 22 छात्रों के साथ बिदानंदो नाम से एक शैक्षिक चैरिटी शुरू की।

10(D). कृषि और प्रसंस्कृत खाद्य उत्पाद निर्यात विकास प्राधिकरण (APEDA) भारत व्यापार संवर्धन संगठन (ITPO) के साथ मिलकर नई दिल्ली में एशिया का सबसे बड़ा अंतर्राष्ट्रीय खाद्य और आतिथ्य मेला AAHAR 2022 आयोजित कर रहा है। APEDA ने पूर्वोत्तर क्षेत्र के निर्यातकों, हिमालयी राज्यों, महिला उद्यमियों, स्टार्ट-अप्स और बाजरा के निर्यातकों के लिए स्टॉल भी बनाए हैं।

11(C). यूक्रेन के राष्ट्रपति वलोडिमिर ज़ेलेंस्की ने लोकतंत्र की रक्षा के लिए कार्य करने के लिए जॉन एफ कैनेडी प्रोफाइल इन करेज अवार्ड का चयन किया है। ज़ेलेंस्की का चयन इसलिए किया गया क्योंकि उन्होंने अपने देश के लिए जीवन या मृत्यु की लड़ाई में यूक्रेनी लोगों की भावना, देशभक्ति और अथक बलिदान को मार्शल किया।

12(D). भारतीय महिला हॉकी टीम की पूर्व कप्तान, एलवेरा ब्रिटो का अप्रैल 2022 को वृद्धावस्था संबंधी समस्याओं के कारण 81 वर्ष की आयु में निधन हो गया है। एलवेरा ब्रिटो ने कर्नाटक की घरेलू टीम का नेतृत्व करते हुए सात राष्ट्रीय खिताब जीते। उन्होंने 1960 से 1967 तक घरेलू सर्किट पर राज किया। उन्होंने जापान, श्रीलंका और ऑस्ट्रेलिया के खिलाफ भारत का प्रतिनिधित्व भी किया। वह ऐनी लम्सडेन के बाद अर्जुन पुरस्कार (1965) से सम्मानित होने वाली दूसरी महिला हॉकी खिलाड़ी हैं।

13(D). विश्व बैंक अप्रैल 2022 में आवश्यक आयात के लिए भुगतान आवश्यकताओं को पूरा करने के लिए श्रीलंका को 600 डॉलर की वित्तीय सहायता प्रदान करेगा। श्रीलंका ने वित्तीय सहायता के लिए अंतर्राष्ट्रीय मुद्रा कोष (आईएमएफ) से भी बात की है, लेकिन देश को 3 से 4 की जरूरत है। अपने आवश्यक खर्चों को पूरा करने में मदद करने के लिए ब्रिज फाइनेंसिंग में बिलियन डॉलर। भारत ने 1.9 बिलियन अमरीकी डालर की सहायता से श्रीलंका की मदद की है।

14(C). फॉर्मूला वन चैंपियन मैक्स वेरस्टैपेन (रेड बुल, नीदरलैंड) ने इटली के इमोला में एमिलिया-रोमाग्ना ग्रांड प्रिक्स 2022 जीता है। सऊदी अरब 2022 के बाद इस सीज़न में यह उनकी दूसरी जीत थी। एमिलिया-रोमाग्ना ग्रांड प्रिक्स 2022 में, सर्जियो पेरेज़ (रेड बुल, मैक्सिको) दूसरे और लैंडो नॉरिस (मैकलारेन, यूके) तीसरे स्थान पर रहे।

15(D). एयरटेल पेमेंट्स बैंक ने अप्रैल 2022 को अपने ग्राहकों को सावधि जमा (एफडी) की सुविधा प्रदान करने के लिए इंडसइंड बैंक के साथ साझेदारी की है। एयरटेल थैंक्स ऐप पर ग्राहक 500 रुपये से लेकर 190,000 रुपये तक की एफडी खोल सकता है। इस साझेदारी के साथ, एयरटेल पेमेंट्स बैंक बचत

खाते के ग्राहकों को 6.5% प्रति वर्ष तक की ब्याज दर मिलेगी। और वरिष्ठ नागरिकों को सभी सावधि जमा पर अतिरिक्त 0.5% मिलेगा। ग्राहक 1, 2 या 3 साल की निश्चित अवधि के लिए कई FD बुक कर सकते हैं।

16(D). टाटा कंसल्टेंसी सर्विसेज (टीसीएस) ने अप्रैल 2022 को डिजिटल परिवर्तन को बढ़ावा देने के लिए एसबीआई कार्ड्स के साथ अपनी रणनीतिक साझेदारी का विस्तार किया है। टीसीएस ने एसबीआई कार्ड्स को अपने कोर कार्ड सोर्सिंग प्लेटफॉर्म को बदलने में मदद की और प्रक्रिया के एक महत्वपूर्ण हिस्से को डिजिटाइज़ किया। टीसीएस तेजी से बदलाव और घर्षण रहित अनुभव को सक्षम करने के लिए ऑनलाइन ऑनबोर्डिंग प्रक्रियाओं को डिजिटल और रूपांतरित करेगा।

17(A). नीति आयोग ने नई दिल्ली में आजादी का अमृत महोत्सव समारोह के तहत अभिनव कृषि पर एक राष्ट्रीय स्तर की कार्यशाला का आयोजन किया है। पहले सत्र की अध्यक्षता डॉ रवि कुमार (नीति आयोग के उपाध्यक्ष) ने की। योगी आदित्यनाथ (उत्तर प्रदेश के सीएम), सीएम शिवराज सिंह चौहान (एमपी), सीएम वाई एस जगन मोहन रेड्डी (आंध्र प्रदेश), और सीएम पुष्कर सिंह धामी (उत्तराखंड) वस्तुतः कार्यशाला के पहले तकनीकी सत्र में शामिल हुए हैं।

18(C). तेजी से बदलाव के दौर से गुजर रहे पर्यावरण की रक्षा के लिए जागरूकता फैलाने के उद्देश्य से हर साल अप्रैल को विश्व पृथ्वी दिवस मनाया जाता है। पृथ्वी दिवस 2022 की थीम 'हमारे ग्रह में निवेश करें'। पृथ्वी दिवस पहली बार 1970 में मनाया गया था जब सीनेटर गेलॉर्ड नेल्सन ने पर्यावरण की गिरावट के बारे में चिंता व्यक्त की थी।

19(A). आईसीटी दिवस 2022 में अंतर्राष्ट्रीय लड़कियों का विषय पहुंच और सुरक्षा है। जो हर साल अप्रैल में चौथे गुरुवार को मनाया जाता है। आईसीटी दिवस में अंतर्राष्ट्रीय लड़कियों का उद्देश्य प्रौद्योगिकी में लड़कियों और महिलाओं के प्रतिनिधित्व को बढ़ाने के लिए एक वैश्विक आंदोलन को प्रेरित करना है।

20(C). हिमाचल प्रदेश सरकार ने अप्रैल 2022 को कांगड़ा, कुल्लू, चंबा, सिरमौर और बिलासपुर जिलों में सात रोपवे परियोजनाओं के विकास के लिए एक समझौता ज्ञापन पर हस्ताक्षर किए हैं। रोपवे और रैपिड ट्रांसपोर्ट सिस्टम डेवलपमेंट कॉरपोरेशन (RTDC), हिमाचल प्रदेश लिमिटेड और नेशनल हाईवे लॉजिस्टिक मैनेजमेंट लिमिटेड (NHLML) के बीच समझौता ज्ञापन पर हस्ताक्षर किए गए।

21(B). एपी अब्दुल्लाकुट्टी को अप्रैल 2022 में भारत की हज समिति के अध्यक्ष के रूप में चुना गया है।वह भाजपा के राष्ट्रीय उपाध्यक्ष और पूर्व सांसद हैं। समिति में तमिलनाडु की मुन्नावारी बेगम और पश्चिम बंगाल की मफुजा खातून नाम की दो महिलाएं भी शामिल हैं, जिन्हें इसके उपाध्यक्ष के रूप में चुना गया है। भारत में हज यात्रा अल्पसंख्यक मामलों के मंत्रालय द्वारा आयोजित की जाती है।

22(A). नेशनल एसोसिएशन ऑफ सॉफ्टवेयर एंड सर्विसेज कंपनीज (नैसकॉम) ने टाटा कंसल्टेंसी सर्विसेज में एंटरप्राइज ग्रोथ ग्रुप के अध्यक्ष कृष्णन रामानुजम को 2022-23 के लिए अपने अध्यक्ष के रूप में नियुक्त किया गया है। रामानुजम इस भूमिका में भारत में एक्सेंचर की अध्यक्ष और वरिष्ठ प्रबंध निदेशक रेखा एम. मेनन की स्थान लेंगे। नैसकॉम ने वर्ष 2022-23 के लिए माइक्रोसॉफ्ट इंडिया के अध्यक्ष अनंत माहेश्वरी को अपना उपाध्यक्ष नियुक्त करने की भी घोषणा की। माहेश्वरी इस भूमिका में रामानुजम का स्थान लेंगे।

23(B). एशियाई विकास बैंक ने चालू वित्त वर्ष, 2021-22 (FY22) के लिए भारत के आर्थिक विकास के अनुमान का संशोधित कर 10 प्रतिशत कर दिया हैं। पहले यह 11 फीसदी रहने का अनुमान था। मनीला स्थित बहुपक्षीय वित्त पोषण एजेंसी एडीबी ने वित्त वर्ष 2022-23 (FY23) के लिए सकल घरेलू उत्पाद की वृद्धि दर 7.5 प्रतिशत रहने की भविष्यवाणी की है।

24(D). लद्दाख में, क्षेत्र की समृद्ध सांस्कृतिक इतिहास को संरक्षित और बढ़ावा देने के लिए लेह जिले के ग्या- ससोमा गांवों में एक सामुदायिक संग्रहालय खोला गया। लद्दाख स्वायत्त पहाड़ी विकास परिषद (LAHDC), लेह के अध्यक्ष ताशी ग्याल्टसन ने सामुदायिक संग्रहालय का उद्घाटन किया। पारंपरिक उपयोगितावादी सामान, फैब्रिक्स, कपड़े और ग्या-ससोमा के रोज के जीवन की कलाकृतियां संग्रहालय के मुख्य आकर्षण हैं। संग्रहालय को एक पारंपरिक घर में रखा गया है जिसमें, विभिन्न प्रकार के वास्तुशिल्प स्थान और विशेषताएं हैं।

25(B). हुरुन रिसर्च इंस्टीट्यूट द्वारा जारी हुरुन रिचेस्ट सेल्फ मेड इन द वर्ल्ड 2022 की सूची के अनुसार, विश्व में 124 स्व-निर्मित महिला अरबपति हैं। इस सूची में तीन भारतीय महिलाओं किरण मजूमदार-शॉ, नायका की फाल्गुनी नायर और जोहो की राधा वेम्बू शामिल किया गया है।

- नायका की संस्थापक और मुख्य कार्यकारी अधिकारी फाल्गुनी नायर 7.6 अरब डॉलर की संपत्ति के साथ 10 वें स्थान पर हैं। वह शीर्ष 10 में एकमात्र भारतीय हैं।
- जोहो की सह-संस्थापक और उत्पाद प्रबंधक राधा वेम्बू 3.9 बिलियन अमेरिकी डॉलर के साथ भारत में दूसरी सबसे अमीर स्व-निर्मित महिला अरबपति हैं और वैश्विक सूची में 25 वें स्थान पर हैं। राधा वेम्बू सबसे बड़े राइजर की सूची में भारत में शीर्ष पर और दुनिया भर में दूसरे स्थान पर है।
- किरण मजूमदार-शॉ, कार्यकारी अध्यक्ष और बायोकॉन लिमिटेड और बायोकॉन बायोलॉजिक्स की संस्थापक, पिछले साल से दो स्थान नीचे 26 वें स्थान पर हैं। उनके पास 3.8 अरब अमेरिकी डॉलर की संपत्ति है।

26(C). सांबा जिला, जम्मू और कश्मीर, अप्रैल 2022 को आयुष्मान भारत प्रधानमंत्री जन आरोग्य योजना (एबीपीएम-जय सेहत) योजना के तहत 100% परिवारों को कवर करने वाला भारत का पहला जिला बन गया है। सांबा जिले में कुल 62641 परिवार हैं, जिनमें एबीपीएम-जय सेहत गोल्डन कार्ड के लिए 3,04,510 लोग पात्र हैं। यह योजना दुनिया की सबसे बड़ी स्वास्थ्य बीमा योजना है, जो पूरी तरह से सरकार द्वारा वित्तपोषित है।

27(A). कर्नाटक सरकार ने नंदिनी क्षीरा समृद्धि सहकारी बैंक की स्थापना की है जो दुग्ध उत्पादकों को अधिक वित्तीय मजबूती प्रदान करेगा।
केंद्रीय गृह और सहकारिता मंत्री अमित शाह ने सहकारी बैंक का लोगो जारी किया है।
प्रस्तावित सहकारी बैंक की पूंजी: 360 करोड़ रुपये (राज्य सरकार: 100 करोड़ रुपये और दुग्ध संघ और सहकारी समितियां 260 करोड़ रुपये का योगदान)

28(D). तेल और प्राकृतिक गैस निगम (ओएनजीसी) ने अप्रैल 2022 को दो साल के लिए नॉर्वेजियन राज्य के स्वामित्व वाली बहुराष्ट्रीय ऊर्जा कंपनी इक्विनोर एएसए के साथ अपस्ट्रीम अन्वेषण और उत्पादन, मिडस्ट्रीम, डाउनस्ट्रीम और स्वच्छ ऊर्जा विकल्पों के क्षेत्रों में सहयोग करने के लिए एक समझौता ज्ञापन पर हस्ताक्षर किए हैं। इक्विनोर एएसए नॉर्वेजियन महाद्वीपीय शेल्फ पर अग्रणी ऑपरेटर है और दुनिया भर के 30 देशों में मौजूद है।

29(D). एलन मस्क ने अप्रैल 2022 को यूएसडी 44 बिलियन में ट्विटर नाम की सोशल मीडिया कंपनी का अधिग्रहण किया है। ट्विटर के बोर्ड ने अपनी सोशल मीडिया कंपनी को दुनिया के सबसे अमीर आदमी एलोन मस्क को 44 बिलियन डॉलर में बेचने के प्रस्ताव को स्वीकार कर लिया है। सौदे की शर्तों के तहत, शेयरधारकों को उनके स्वामित्व वाले ट्विटर स्टॉक के प्रत्येक शेयर के लिए 54.20 डॉलर नकद प्राप्त होंगे। अधिग्रहण सौदा नियामक और अन्य अनुमोदनों से होकर गुजरता है, फिर सोशल मीडिया दिग्गज को निजी ले लिया जाएगा।

30(B). केंद्रीय पर्यावरण, वन और जलवायु परिवर्तन मंत्री भूपेंद्र यादव ने अप्रैल 2022 को प्रकृति नामक जागरूकता शुभंकर लॉन्च किया है।
उद्देश्य: जीवन शैली में छोटे बदलावों के बारे में जन जागरूकता फैलाने के लिए बेहतर पर्यावरणीय स्थिरता ला सकते हैं।
यह देश में प्रभावी प्लास्टिक अपशिष्ट प्रबंधन (PWM) सुनिश्चित करने के लिए मंत्रालय के विभिन्न प्रयासों और पहलों के बारे में

जागरूकता भी पैदा करता है।

31(D). केंद्रीय शिक्षा और कौशल विकास मंत्री, श्री धर्मेंद्र प्रधान ने "बिरसा मुंडा-जनजाति नायक नामक पुस्तक का विमोचन किया। पुस्तक को प्रोफेसर आलोक चक्रवाल कुलपति, गुरु घासीदास विश्वविद्यालय, बिलासपुर छत्तीसगढ़ द्वारा लिखा गया है। यह पुस्तक भुगवान बिरसा मुंडा के संघर्ष और स्वतंत्रता आंदोलन में वनवासियों के योगदान को सामने लाने का एक व्यापक प्रयास है।

32(B). अमित शाह (केंद्रीय गृह एवं सहकारिता मंत्री) ने केंद्रीय पुलिस प्रशिक्षण अकादमी, भोपाल में 48 वें अखिल भारतीय पुलिस विज्ञान कांग्रेस का उद्घाटन किया। डॉ एल मुरुगन (केंद्रीय सूचना और प्रसारण राज्य मंत्री) भी अप्रैल 2022 को होने वाले कार्यक्रम में शामिल होंगे। वह भोपाल के जंबूरी मैदान में तेंदूपत्ता तोड़ने वालों को वन समितियों और बोनस वितरण कार्यक्रम के सम्मेलन में भी शामिल होते हैं।

33(D). कीरोन पोलार्ड (वेस्टइंडीज ऑलराउंडर) ने अप्रैल 2022 को अंतर्राष्ट्रीय क्रिकेट से संन्यास की घोषणा की है। पोलार्ड वेस्ट इंडीज की सीमित ओवरों की टीमों के कप्तान थे और उन्होंने कुल 123 एकदिवसीय और 101 T20I खेले। वह कई वर्षों से आईपीएल में मुंबई इंडियंस टीम का एक महत्वपूर्ण हिस्सा रहे हैं और फरवरी 2022 में मेगा नीलामी से पहले फ्रैंचाइज़ी द्वारा उन्हें बनाए रखा गया था।

34(C). रूस ने अप्रैल 2022 को उत्तर पश्चिमी रूस के आर्कान्जेस्क क्षेत्र में प्लासेत्स्क राज्य परीक्षण कॉस्मोड्रोम में एक सरमत अंतरमहाद्वीपीय बैलिस्टिक मिसाइल का सफलतापूर्वक परीक्षण किया है। नई मिसाइल प्रणाली में उच्चतम तकनीकी और सामरिक विशेषताएं हैं और यह मिसाइल-विरोधी रक्षा के सभी आधुनिक साधनों को पार करने में सक्षम है।

35(D). संयुक्त राष्ट्र मानवाधिकार परिषद ने डॉ इयान फ्राई को मानव अधिकारों और जलवायु परिवर्तन के लिए दुनिया का पहला स्वतंत्र विशेषज्ञ नियुक्त किया है। डॉ फ्राई को तीन साल की अवधि के लिए नियुक्त किया गया है। उनके पास तुवालु और ऑस्ट्रेलिया की दोहरी नागरिकता है। पद संभालने वाले पहले इयान फ्राई होंगे, जिनके पास ऑस्ट्रेलियाई और तुवालुअन दोनों राष्टीयताएं हैं।

36(C). भारत सरकार ने IFS विनय मोहन कात्रा को भारत का नया विदेश सचिव नियुक्त किया है। वह वर्तमान में मार्च 2020 से नेपाल में भारत के दूत के रूप में कार्यरत हैं। वह वर्तमान विदेश सचिव, हर्षवर्धन श्रृंगला का स्थान लेंगे, जो 30 अप्रैल, 2022 को सेवानिवृत्त होंगे।

37(B). श्रीराम चौलिया "क्रंच टाइम: नरेंद्र मोदीज नेशनल सिक्योरिटी क्राइसिस" पुस्तक के लेखक हैं। पुस्तक का विमोचन अप्रैल 2022 को विदेश राज्य मंत्री मीनाक्षी लेखी द्वारा किया गया है। यह पुस्तक भारत के बाहरी विरोधियों द्वारा देश को सुरक्षा खतरों से बचाने के लिए राज्य में बहुत आवश्यक जनता के विश्वास पर प्रकाश डालती है। पुस्तक चीन और पाकिस्तान के साथ संकट के दौरान पीएम मोदी की निर्णय लेने की श्रृंखला का विश्लेषण करती है।

38(D). देश में 'वन नेशन-वन राशन कार्ड' प्रणाली की सुविधा के लिए केंद्र सरकार ने अप्रैल 2022 में 'मेरा राशन' मोबाइल ऐप लॉन्च किया है। यह ऐप नागरिकों को निकटतम उचित मूल्य की दुकान की पहचान करने में लाभान्वित करता है।

39(D). प्रतिकूल मौसम और प्राकृतिक आपदाओं के कारण फसलों को हुए नुकसान की भरपाई के लिए, हरियाणा ने अप्रैल 2022 में योजना के लिए 10 करोड़ रुपये के प्रारंभिक कोष के साथ मुख्यमंत्री बागवानी बीमा योजना पोर्टल लॉन्च किया है। यह योजना सब्जियों और मसालों के लिए 30,000 रुपये प्रति एकड़ और फलों के लिए 40,000 रुपये प्रति एकड़ की राशि की भरपाई करती है, जिसकी भरपाई किसानों को चार श्रेणियों जैसे 25 प्रतिशत, 50 प्रतिशत, 75 प्रतिशत और 100 प्रति एकड़ के माध्यम से की जाएगी। सर्वेक्षण के आधार पर शत-प्रतिशत किसान का अंशदान बीमित राशि का केवल 5 प्रतिशत यानी सब्जियों और मसालों के लिए 750 रुपये प्रति एकड़ और फलों के लिए 1000 रुपये प्रति एकड़ होगा।

40(C). PharmEasy, एक फार्मेसी ऐप ने आमिर खान को अपना ब्रांड एंबेसडर नियुक्त किया है। इसका अभियान नाम घर बैठे बैठे टेक इट ईज़ी है। PharmEasy एक उपभोक्ता स्वास्थ्य देखभाल "सुपर ऐप" है जो उपभोक्ताओं को ऑन-डिमांड होम डिलीवरी के साथ नुस्खे, ओटीसी फार्मास्यूटिकल, अन्य उपभोक्ता स्वास्थ्य देखभाल उत्पादों, व्यापक नैदानिक परीक्षण सेवाओं और टेलीकंसल्टेशन की विस्तृत श्रृंखला तक पहुंच प्रदान करता है जिससे उनकी स्वास्थ्य संबंधी जरूरतों को पूरा किया जा सके।

41(C). ग्लेनमार्क फार्मास्युटिकल्स लिमिटेड को 'इंडिया फार्मा इनोवेशन ऑफ द ईयर' अवार्ड मिला है और इंडिया फार्मा और इंडिया मेडिकल डिवाइस अवार्ड्स 2022 के एक घटक के रूप में 'इंडिया फार्मा सीएसआर ऑफ द ईयर' श्रेणी में उपविजेता चुना गया है। ग्लेनमार्क भारतीय फार्मास्युटिकल की केवल दो कंपनियों में से एक है। इस क्षेत्र को डीजेएसआई इमर्जिंग मार्केट्स 2020 में प्रदर्शित किया जाएगा। ग्लेनमार्क वैश्विक फार्मास्युटिकल कंपनियों में 13वें स्थान पर है।

42(A). झारखंड में जामताड़ा जिला भारत का पहला जिला बन गया है जहां सभी ग्राम पंचायतों में अप्रैल 2022 को सामुदायिक पुस्तकालय हैं। जिले की आबादी लगभग आठ लाख है और छह ब्लॉक के तहत कुल 118 ग्राम पंचायतें हैं। छात्रों के लिए पुस्तकालय सुबह नौ बजे से शाम पांच बजे तक खुला रहेगा। कैरियर परामर्श सत्र और प्रेरक कक्षाएं भी प्रदान की जाती हैं।

43(D). भारत की अपराजिता शर्मा, एक आईपी और टीएएफ सेवा अधिकारी, को अंतर्राष्ट्रीय दूरसंचार संघ (ITU) के प्रशासन और प्रबंधन पर स्थायी समिति की उपाध्यक्ष के रूप में नियुक्त किया गया है। अपराजिता 2023 और 2024 में परिषद की स्थायी समिति के उपाध्यक्ष और 2025 और 2026 में अध्यक्ष के रूप में काम करती रहेंगी। अंतर्राष्ट्रीय दूरसंचार संघ (आईटीयू) संयुक्त राष्ट्र का सूचना और संचार विशेष संगठन है। पूर्णाधिकार सम्मेलन और प्रशासनिक परिषद आईटीयू का प्रबंधन करते हैं। इसका उद्देश्य व्यापक दूरसंचार नीति के मुद्दों की जांच करना है ताकि यह सुनिश्चित किया जा सके कि संघ की कार्रवाइयां, नीतियां और पहल आज के गतिशील और तेजी से बदलते दूरसंचार परिवेश के लिए पर्याप्त रूप से उत्तरदायी हैं।

44(C). 83वीं राष्ट्रीय टेबल टेनिस चैम्पियनशिप 2022, जो 18 अप्रैल, 2022 से शुरू होगी, शिलांग मेघालय में साई इंडोर ट्रेनिंग सेंटर, एनईएचयू में आयोजित की गई थी। पूर्वोत्तर ने दूसरी बार दुनिया के सबसे बड़े टेबल टेनिस टूर्नामेंट की मेजबानी की है। यह आयोजन मेघालय के 50वें राज्य के गठन का जश्न भी मनाता है।

45(C). कतर फीफा 2022 के आधिकारिक शुभंकर का नाम लाईब है। लाईब एक अरबी शब्द है जिसका अर्थ है अति कुशल खिलाड़ी। लाईब सभी को खुद पर विश्वास करने के लिए प्रोत्साहित करते हैं। कतर फीफा 2022 ने मध्य पूर्व और अरब दुनिया में पहले फीफा विश्व कप के लिए इस आधिकारिक शुभंकर का अनावरण किया है।

46(D). अल रिहला, कतर फीफा 2022 की एक आधिकारिक मैच बॉल है, जिसे एडिडास द्वारा बनाया गया था। इसे गेम की सबसे तेज़ गति को समायोजित करने के लिए डिज़ाइन किया गया है, क्योंकि यह किसी भी अन्य विश्व कप गेंद की तुलना में उड़ान में अधिक तेज़ी से उड़ती है। एडिडास द्वारा फीफा विश्व कप के लिए बनाई गई गेंदों में से यह 14वीं गेंद है।

47(B). भारतीय ग्रैंडमास्टर डी गुकेश ने मेनोर्का ओपन शतरंज टूर्नामेंट 2022 जीता है जो स्पेन में आयोजित किया गया था, जबकि आर्यन चोपड़ा उपविजेता रहे। भारतीय ग्रैंडमास्टर डी गुकेश ने सातवें और अंतिम दौर में साथी भारतीय बी अधिबान (दसवें स्थान पर) को हराकर खिताब जीता। ला रोडा ओपन 2022 के बाद डी गुकेश की यह दूसरी खिताबी जीत है।

48(D). बांग्लादेश आर्थिक क्षेत्र प्राधिकरण (बीईजेडए) ने चटोग्राम के मिरसराय में बंगबंधु शेख मुजीब शिल्पा नगर (बीएसएमएसएन) में एक भारतीय आर्थिक क्षेत्र स्थापित करने के लिए भारतीय कंपनी अडानी पोर्ट्स और एसईजेड लिमिटेड के साथ एक समझौते पर हस्ताक्षर किए हैं। भारतीय आर्थिक क्षेत्र बांग्लादेश में भारतीय निवेशकों के लिए सुविधाएं प्रदान करेगा। मुंबई में इन दो संस्थाओं के बीच टर्म-शीट नामक गैर-बाध्यकारी समझौते पर हस्ताक्षर ने संकेत दिया कि भारतीय आर्थिक क्षेत्र (आईईजेड) का विकास जल्द ही पूरे जोरों पर शुरू होगा।

49(B). अंतर्राष्ट्रीय वित्तीय सेवा केंद्र प्राधिकरण (IFSCA) ने राष्ट्रीय बीमा अकादमी (NIA) के साथ एक समझौता ज्ञापन पर हस्ताक्षर किए हैं। इसका उद्देश्य अंतर्राष्ट्रीय वित्तीय सेवा केंद्रों (आईएफएससी) में बीमा क्षेत्र में क्षमता निर्माण और कुशल प्रतिभा पूल प्रदान करना है। यह समझौता ज्ञापन IFSC के लिए आवश्यक कुशल जनशक्ति का निर्माण करने का कार्य करता है।

50(D). ऑस्ट्रेलिया ने न्यूजीलैंड के क्राइस्टचर्च में हेगले ओवल में इंग्लैंड को 71 रनों से हराकर ICC महिला क्रिकेट विश्व कप 2022 का खिताब अपने नाम कर लिया है।
सबसे सफल चैंपियन: ऑस्ट्रेलियाई (7 वां)
प्लेयर ऑफ द मैच 2022: एलिसा हिली
प्लेयर ऑफ द टूर्नामेंट 2022: एलिसा हिली

51(B). इंडिगो अप्रैल 2022 में लैंडिंग के दौरान स्वदेशी रूप से विकसित उपग्रह-आधारित नेविगेशन सिस्टम 'गगन' का उपयोग करने वाली एशिया की पहली एयरलाइन बन गई है ।
इस प्रणाली को भारतीय विमानपत्तन प्राधिकरण (एएआई) और भारतीय अंतरिक्ष अनुसंधान संगठन द्वारा संयुक्त रूप से विकसित किया गया है। यह संदर्भ और अपलिंक स्टेशनों की मदद से हवाई यातायात प्रबंधन में सुधार के लिए ग्लोबल पोजिशनिंग सिस्टम (जीपीएस) सिग्नल में सुधार प्रदान करता है।

52(A). एक्सिस बैंक ने 12,325 करोड़ रुपये में सिटी बैंक इंडिया के कारोबार का अधिग्रहण करने के लिए एक सौदा किया है। सौदा 2023 कैलेंडर वर्ष के मध्य में बंद हो जाएगा। सौदे के अनुसार, सिटी बैंक को भारत सहित 13 बाजारों में उपभोक्ता फ्रेंचाइजी से बाहर निकलना होगा। अधिग्रहण एक्सिस बैंक को क्रेडिट कार्ड जैसे कुछ प्रमुख क्षेत्रों में प्रतिस्पर्धा के साथ अंतर को बंद करने में सक्षम बनाता है।

53(C). महेश वर्मा को अप्रैल 2022 में अस्पतालों और स्वास्थ्य सेवा प्रदाताओं के लिए राष्ट्रीय प्रत्यायन बोर्ड (NABH) के अध्यक्ष के रूप में नियुक्त किया गया है। यह गुरु गोबिंद सिंह इंद्रप्रस्थ विश्वविद्यालय में कुलपति हैं। यह पद्म श्री के साथ-साथ डॉ बी सी रॉय पुरस्कार के प्राप्तकर्ता हैं। इन्हे राष्ट्रीय विज्ञान और प्रौद्योगिकी पुरस्कार भी मिला है।

54(C). फिनमैप ने बेहतर ग्राहक अनुभव के लिए एक नया आइकन जोड़कर अपने प्लेटफॉर्म पर एक सावधि जमा सुविधा शुरू करने के लिए बजाज फाइनेंस के साथ सहयोग किया है। फिनटेक फर्म ऐप यूजर्स के फिक्स्ड डिपॉजिट पर 7.35% की ब्याज दर की पेशकश कर रही है। फिनमैप 15, 18, 22, 30, 33 और 44 महीनों की अपनी सावधि जमाओं में से चुनने के लिए या क्रमशः एक, तीन और पांच साल के लिए चुनने के लिए कई कार्यकाल प्रदान करता है।

55(A). विश्वास पटेल को 2022 में दूसरी बार भारतीय भुगतान परिषद (PCI) के अध्यक्ष के रूप में फिर से चुना गया है, इससे पहले उन्हें वर्ष 2018 में PCI के अध्यक्ष के रूप में चुना गया था।

56(A). भारतीय नौसेना दल के कर्मियों को गणतंत्र दिवस परेड 2022 के लिए सर्वश्रेष्ठ मार्चिंग सैन्यदल ट्रॉफी नौसेना स्टाफ के प्रमुख एडमिरल आर हरि कुमार द्वारा प्रदान की गई। सैन्यदल का नेतृत्व लेफ्टिनेंट कमांडर आंचल शर्मा ने किया, जिसमें लेफ्टिनेंट शुभम शर्मा प्लाटून कमांडर थे और इसमें 96 युवा नाविक शामिल थे। 72 कर्मियों के इस संयुक्त नौसेना बैंड का नेतृत्व विन्सेंट जॉनसन एमसीपीओ-1 म्यूज़िशियन (मानद एसएलटी) ने किया था।

57(D). श्री वीरभद्र स्वामी मंदिर को अप्रैल 2022 को आंध्र प्रदेश के लेपाक्षी में मोनोलिथिक बुल (नंदी) के साथ यूनेस्को की विश्व धरोहर की अस्थायी सूची में रखा गया है।
श्री वीरभद्र स्वामी मंदिर को लेपाक्षी मंदिर के नाम से भी जाना जाता है जो वीरभद्र को समर्पित है।

58(B). गूगल ने युवाओं और महिला उद्यमियों को डिजिटल अर्थव्यवस्था का लाभ प्रदान करने के लिए तेलंगाना सरकार के साथ एक समझौता ज्ञापन (MoU) पर हस्ताक्षर किए हैं। डिजिटल साक्षरता में सुधार के लिए राज्य सरकार 2017 से गूगल के साथ काम कर रही है।
गूगल और WE हब, तेलंगाना सरकार, नैनो, सूक्ष्म और छोटे महिलाओं के नेतृत्व वाले व्यवसायों को डिजिटल, व्यावसायिक और वित्तीय कौशल प्रदान करने के लिए संयुक्त रूप से वीमेन विल कार्यक्रम चलाएंगे।

59(B). गूगल पे ने 'यूपीआई के लिए टैप टू पे' लॉन्च किया है, जो टैप टू पे टू यूनिफाइड पेमेंट्स इंटरफेस (यूपीआई) की सहज सुविधा लाने के लिए नई कार्यक्षमता है। यह पहल पाइन लैब्स के सहयोग से शुरू की गई है। भुगतान पूरा करने के लिए सभी उपयोगकर्ता को अपने फोन को पीओएस टर्मिनल पर टैप करना होगा और अपने यूपीआई पिन का उपयोग करके अपने फोन से भुगतान को प्रमाणित करना होगा, जिससे क्यूआर कोड को स्कैन करने या यूपीआई-लिंक्ड मोबाइल नंबर दर्ज करने की तुलना में प्रक्रिया लगभग तुरंत हो जाएगी।

60(D). चेन्नई सुपर किंग्स ड्वेन ब्रावो (171) ने लसिथ मलिंगा (170) को पीछे छोड़ते IPL इतिहास में सबसे ज्यादा विकेट लेने वाले गेंदबाज बन गए।
उन्होंने मुंबई में लखनऊ सुपर जायंट्स के मैच के खिलाफ रिकॉर्ड बनाया। ब्रावो ने IPL के 153 मैचों में 171 विकेट लिए हैं।

वार्षिक समसामयिकी 05

1. मुंबई अंतर्राष्ट्रीय फिल्म महोत्सव (एमआईएफएफ) के 17वें संस्करण में किस देश को 'फोकस का देश' चुना गया है?
   (a) मालदीव (b) रूस
   (c) बांग्लादेश (d) इजराइल

2. भारतीय नौसेना के जहाज (INS) __________ को 28 मई 2022 को मुंबई के नेवल डॉकयार्ड में सेवामुक्त किया गया था।
   (a) INS गोमती (b) INS खुकरी
   (c) INS दिल्ली (d) INS गोदावरी

3. पीएम मोदी 30 मई 2022 को बाल योजना के लिए ________ के तहत लाभ जारी करने जा रहे हैं।
   (a) पीएम केयर्स
   (b) प्रधानमंत्री जन धन योजना (PMJDY)
   (c) अटल पेंशन योजना (APY)
   (d) प्रधानमंत्री मुद्रा योजना

4. भारतीय वृत्तचित्र _________ को 2022 L'OEil d'Or पुरस्कार से सम्मानित किया गया है।
   (a) जेनेसो
   (b) वी नीड टू टॉक अबाउट कॉस्बी
   (c) द ऑक्यूपाइड सिटी
   (d) ऑल दैट ब्रीथ्स

5. कौन सा देश 2021-22 में चीन को पीछे छोड़ भारत का सबसे बड़ा व्यापारिक भागीदार बन गया है?
   (a) अमेरीका (b) सऊदी अरब
   (c) संयुक्त अरब अमीरात (d) रूस

6. 28 मई 2022 को कान फिल्म समारोह में किस फिल्म ने सर्वश्रेष्ठ चित्र के लिए पाल्मे डी'ओर जीता है?
   (a) बैटमेन (b) वाटर गेट ब्रिज
   (c) ब्लैक विडो (d) ट्राएंगल ऑफ़ सैडनेस

7. मई 2022 में किस संस्थान की टीम ने एक उन्नत डेटा एन्क्रिप्शन और सुरक्षा उपकरण विकसित किया है?
   (a) भारतीय विज्ञान संस्थान (b) आईआईटी मद्रास
   (c) आईआईटी गुवाहाटी (d) दिल्ली विश्वविद्यालय

8. प्रसिद्ध ___________ सुल्ताना बेगम का मई 2022 में निधन हो गया है।
   (a) पंजाबी लेखिका (b) उर्दू लेखिका
   (c) पंजाबी गायिका (d) हिंदी लेखिका

9. केंद्रीय मंत्री डॉ जितेंद्र सिंह ने किस राज्य/केंद्र शासित प्रदेश में उत्तर भारत के पहले औद्योगिक बायोटेक पार्क का उद्घाटन किया?
   (a) चंडीगढ़ (b) जम्मू और कश्मीर
   (c) हिमाचल प्रदेश (d) दिल्ली

10. किस बैंक ने कोरेन्डेड कॉन्टैक्टलेस रुपे क्रेडिट कार्ड लॉन्च करने के लिए हिंदुस्तान पेट्रोलियम कॉर्पोरेशन लिमिटेड (HPCL) के साथ भागीदारी की है?
    (a) बैंक ऑफ बड़ौदा (b) भारतीय स्टेट बैंक
    (c) पंजाब नेशनल बैंक (d) ऐक्सिस बैंक

11. निम्नलिखित में से किसे JSW वन प्लेटफॉर्म्स का CEO नियुक्त किया गया है?
    (a) गौरव सचदेवा (b) विनायक जैन
    (c) प्रमोद परमार (d) विजय कामठे

12. भारतीय रिजर्व बैंक (RBI) ने निर्देशों का पालन न करने के लिए _______ पर 45 लाख रुपये का जुर्माना लगाया है।
    (a) ऐक्सिस बैंक (b) कोटक महिंद्रा बैंक
    (c) भारतीय स्टेट बैंक (d) एमयूएफजी बैंक

13. 27 मई, 2022 को किस केंद्रीय मंत्री ने नई दिल्ली में भारतीय व्यापार पोर्टल का शुभारंभ किया?
    (a) अनुप्रिया पटेल (b) नारायण राणे
    (c) अनुराग ठाकुर (d) राजनाथ सिंह

14. विश्व व्यापार संगठन की व्यापार पर तकनीकी बाधाओं पर समिति का अध्यक्ष किसे बनाया गया है?
    (a) अनवर हुसैन शेख (b) रवींद्र सिंह
    (c) रवि मित्तल (d) सतीश शंकर

15. 25 मई 2022 को आर्थिक मामलों की मंत्रिमंडलीय समिति (CCEA) ने _________ में सरकार की 29.5% हिस्सेदारी बिक्री को मंजूरी दे दी है।
    (a) चंबल फ़र्टीलाइज़र्स एण्ड केमिकल्स
    (b) कोरोमंडल इंटरनेशनल
    (c) ऑलविन केमिकल एंड फर्टिलाइजर लिमिटेड
    (d) हिंदुस्तान जिंक लिमिटेड (HZL)

16. किस राज्य सरकार ने समान नागरिक संहिता के कार्यान्वयन पर एक मसौदा तैयार करने के लिए पांच सदस्यीय समिति का गठन किया है?
    (a) कर्नाटक (b) केरल
    (c) उत्तराखंड (d) हरियाणा

17. केंद्र सरकार ने _______ समूह विकास कार्यक्रम के लिए नए दिशानिर्देशों को मंजूरी दी है।
    (a) सूक्ष्म और लघु उद्यम
    (b) कृषि विभाग
    (c) सामान्य सेवा केंद्र (CSC)
    (d) रोग नियंत्रण के लिए राष्ट्रीय केंद्र

18. ग्रीन अमोनिया में सहयोग के लिए किस शिपिंग कंपनी ने एसीएमई ग्रुप के साथ समझौता ज्ञापन पर हस्ताक्षर किए हैं?
    (a) भूमध्य माल - प्रेषण कंपनी
    (b) NYK लाइन
    (c) ओशन नेटवर्क एक्सप्रेस
    (d) COSCO शिपिंग लाइन्स

19. कौन सा राज्य एक राष्ट्रीय उद्यान के अंदर सामुदायिक वन संसाधन (CFR) अधिकारों को मान्यता देने वाला दूसरा राज्य बन गया है?
    (a) झारखंड (b) उड़ीसा
    (c) पश्चिम बंगाल (d) छत्तीसगढ

20. बिना पूरक ऑक्सीजन के माउंट एवरेस्ट फतह करने वाली पहली भारतीय महिला कौन बनी है?
    (a) कामी रीटा शेरपा (b) शेफाली सिंह
    (c) प्रियंका मोहिते (d) पियाली बसाक

21. कौन सी कंपनी प्रतिष्ठित फॉर्च्यून 500 सूची में प्रवेश करने वाली पहली क्रिप्टो फर्म बन गई है?
    (a) बिटफिनेक्स (b) बिटगो
    (c) बिटमेन (d) कॉइनबेस

22. मई 2022 में भारत का पहला ओलंपिक मूल्य शिक्षा कार्यक्रम किस राज्य में शुरू किया गया था?
    (a) कर्नाटक (b) हरियाणा
    (c) उड़ीसा (d) केरल

23. मई 2022 में ग्रीस में 12वीं अंतर्राष्ट्रीय कूद स्पर्धा में स्वर्ण पदक किसने जीता है?

(a) सतीश कुमार (b) सौरभ देसाई
(c) मुरली श्रीशंकर (d) सौम्यपाद मोहंती

24. कौन सी भारतीय मूल की राजनेता स्थानीय लंदन परिषद की पहली दलित महिला मेयर बन गई है?
(a) तारा चेरियन (b) सबिता बेगम
(c) रेखा प्रियदर्शिनी (d) मोहिंदर के मिधा

25. 75वीं विश्व स्वास्थ्य सभा में समिति B के अध्यक्ष के रूप में किसे नियुक्त किया गया है?
(a) रमेश पी. हरि (b) डॉ हर्षवर्धन
(c) राजेश गुलाटी (d) राजेश भूषण

26. भारतीय नौसेना के सर्वेक्षण पोत का नाम क्या है, जिसे 26 मई 2022 को लॉन्च किया गया था?
(a) मार्गदर्शक (b) सहायकी
(c) रक्षक (d) निर्देशक

27. भारतीय रिजर्व बैंक (मई 2022) की मौद्रिक नीति समिति में मृदुल सागर की जगह किसने ली है?
(a) सौरव सिन्हा (b) विवेक दीप
(c) आर. सुब्रमण्यम (d) राजीव रंजन

28. स्टैनफोर्ड यूनिवर्सिटी के शोधकर्ताओं ने मई 2022 में ________ की सतह पर भूदृश्यों का पता लगाया है।
(a) गेनीमेड (b) बृहस्पति
(c) टाइटन (d) शनि ग्रह

29. मई 2022 में प्रधान मंत्री नरेंद्र मोदी के सलाहकार के रूप में किसे नियुक्त किया गया है?
(a) तरुण कपूर (b) हर्षवर्धन श्रृंगला
(c) राजीव गौबा (d) पंकज जैन

30. मई 2022 में आपातकालीन ईंधन स्टॉक की खरीद के लिए किस देश ने भारत के साथ 200 मिलियन डॉलर की क्रेडिट लाइन बढ़ा दी है?
(a) बांग्लादेश (b) म्यांमार
(c) थाईलैंड (d) श्रीलंका

31. किस फिल्म ने लॉस एंजिल्स के भारतीय फिल्म महोत्सव (IFFLA) 2022 में सर्वश्रेष्ठ फीचर फिल्म के लिए ग्रैंड जूरी पुरस्कार का शीर्ष पुरस्कार जीता है?
(a) "जग्गी"
(b) "K.G.F: चैप्टर 2"
(c) "वंस अपॉन ए टाइम इन कलकत्ता"
(d) "कश्मीर फाइल्स"

32. आजीविका और आय वृद्धि (कालिया) योजना के लिए कृषक सहायता किस राज्य से संबंधित है?
(a) तेलंगाना (b) कर्नाटक
(c) केरल (d) उड़ीसा

33. किस नियामक संस्था ने कानूनों का पालन न करने के लिए डेमलर फाइनेंशियल सर्विसेज इंडिया और केकेआर इंडिया फाइनेंशियल सर्विसेज पर जुर्माना लगाया?
(a) भारतीय प्रतिभूति और विनिमय बोर्ड (SEBI)
(b) बीमा नियामक और विकास प्राधिकरण
(c) भारतीय प्रतिस्पर्धा आयोग (CCI)
(d) भारतीय रिजर्व बैंक (RBI)

34. किस राज्य सरकार ने राष्ट्रीय राजमार्गों के साथ वृक्षारोपण करने में स्वयं सहायता समूहों को शामिल करने के लिए भारतीय राष्ट्रीय राजमार्ग प्राधिकरण के साथ एक समझौता ज्ञापन पर हस्ताक्षर किए हैं?
(a) उत्तराखंड (b) मध्य प्रदेश
(c) उत्तर प्रदेश (d) महाराष्ट्र

35. किस सुरक्षा बल ने मई 2022 में एक तस्करी मुक्त राष्ट्र के लिए एसोसिएशन फॉर वॉलंटरी एक्शन (AVA) के साथ समझौता ज्ञापन पर हस्ताक्षर किए हैं?
(a) असम राइफल्स (AR)
(b) केंद्रीय औद्योगिक सुरक्षा बल (CISF)
(c) केंद्रीय रिजर्व पुलिस बल (CRPF)
(d) रेलवे सुरक्षा बल (RPF)

36. ______ के मुख्य न्यायाधीश सुधांशु धूलिया को सर्वोच्च न्यायालय के न्यायाधीश के रूप में नियुक्त किया गया है।
(a) इलाहाबाद उच्च न्यायालय (b) बंबई उच्च न्यायालय
(c) कलकत्ता उच्च न्यायालय (d) गुवाहाटी उच्च न्यायालय

37. नेपाल की कामी रीता शेरपा ने मई 2022 में 26 वीं बार __________ पर चढ़ाई की है।
(a) माउंट एवरेस्ट
(b) माउंट गॉडविन-ऑस्टेन K2
(c) माउंट मानस्लु
(d) माउंट मकालू

38. केंद्रीय गृह मंत्री अमित शाह ने 09 मई 2022 को किस राज्य में कई विकास परियोजनाओं का शुभारंभ किया है?
(a) असम (b) कर्नाटक
(c) हिमाचल प्रदेश (d) उत्तराखंड

39. सनवे फॉरमेंटेरा ओपन 2022 शतरंज टूर्नामेंट किसने जीता है?
(a) भरत सुब्रमण्यम (b) संकल्प गुप्ता
(c) आर राजा ऋत्विकी (d) डी गुकेश

40. 9 मई 2022 को किस देश के प्रधान मंत्री ने अपने पद से इस्तीफा दे दिया है?
(a) बांग्लादेश (b) पाकिस्तान
(c) श्रीलंका (d) नेपाल

41. NBFCs (गैर-बैंकिंग वित्तीय कंपनियों) के साथ साझेदारी में ऋणों के सह-उधार की सुविधा के लिए किस बैंक ने एक एंड-टू-एंड डिजिटल प्लेटफॉर्म लॉन्च किया है?
(a) भारतीय स्टेट बैंक (b) पंजाब नेशनल बैंक
(c) बैंक ऑफ बड़ौदा (d) बैंक ऑफ इंडिया

42. स्वच्छ गंगा के लिए राष्ट्रीय मिशन (NMCG) ने _______ की थीम पर वेबिनार के छठे संस्करण का आयोजन किया है।
(a) ड्रिप सिंचाई (b) जल संचयन
(c) ग्रामीण जल संकट (d) अपशिष्ट जल प्रबंधन

43. मई 2022 में अंतर्राष्ट्रीय निशानेबाजी खेल महासंघ (आईएसएसएफ) जूनियर विश्व कप किस देश में शुरू हुआ?
(a) इटली (b) फ्रांस
(c) जर्मनी (d) स्पेन

44. किस राज्य सरकार ने मई 2022 में 'चारा-बीजई योजना' योजना शुरू की है?
(a) हरियाणा (b) उत्तर प्रदेश
(c) राजस्थान (d) गुजरात

45. सॉफ्टवेयर-ए-ए-सर्विस (SaaS) के रूप में सॉफ्टवेयर कैटलॉग की विस्तृत श्रृंखला की पेशकश करने के लिए किस कंपनी ने अमेज़न वेब सर्विसेज (AWS) के साथ भागीदारी की है?
(a) IBM (b) माइक्रोसॉफ्ट

(c) गूगल (d) मेटा

46. मई 2022 में ई-चालान प्रणाली को डिजिटाइज़ करने के लिए वर्ल्डलाइन इंडिया के साथ किस बैंक ने भागीदारी की है?
(a) बैंक ऑफ इंडिया (b) भारतीय स्टेट बैंक
(c) पंजाब नेशनल बैंक (d) ऐक्सिस बैंक

47. प्रधान मंत्री नरेंद्र मोदी 12 मई 2022 को दूसरे वैश्विक _______ में भाग लिया था।
(a) कोविड शिखर सम्मेलन
(b) व्यापार शिखर सम्मेलन
(c) सौर गठबंधन शिखर सम्मेलन
(d) जलवायु शिखर सम्मेलन

48. मई 2022 में जारी 'द स्ट्रगल फॉर पुलिस रिफॉर्म्स इन इंडिया' पुस्तक के लेखक कौन हैं?
(a) राकेश अस्थाना (b) किंजल सिंह
(c) सत्य नारायण प्रधान (d) प्रकाश सिंह

49. 15 मई 2022 से भारत के चुनाव आयोग (ईसीआई) के मुख्य चुनाव आयुक्त के रूप में किसे नियुक्त किया गया है?
(a) राजीव कुमार (b) अलकेश कुमार शर्मा
(c) वेंकटरमणि सुमंत्रण (d) नरेश कुमार

50. मई 2022 में यूरी एवरबख का निधन हो गया। वह निम्नलिखित में से किस खेल से संबंधित थे?
(a) शतरंज (b) बैडमिंटन
(c) शॉट पुट (d) डिस्कस थ्रो

51. निम्नलिखित में से किसे मई 2022 में नेपाल में अगले राजदूत के रूप में नियुक्त किया गया है?
(a) नवीन श्रीवास्तव (b) दिनेश भाटिया
(c) किशन दान देवल (d) प्रतिभा पारकर

52. 17 मई 2022 को महारानी एलिजाबेथ द्वारा किस भारतीय को ऑर्डर ऑफ द ब्रिटिश एम्पायर (CBE) का मानद कमांडर प्राप्त हुआ है?
(a) अमिताभ बच्चन
(b) अदार पूनावाला
(c) गौतम अदाणी
(d) अजय गोपीकिसन पिरामली

53. किस राज्य ने 12वीं हॉकी इंडिया सीनियर महिला राष्ट्रीय चैम्पियनशिप 2022 जीती है?
(a) पंजाब (b) हरियाणा
(c) राजस्थान (d) ओडिशा

54. लोकसभा अध्यक्ष ओम बिरला ने 17 मई को राजस्थान के कोटा में "सुपोषित मां अभियान" के _________ की शुरुआत की थी।
(a) दूसरा चरण (b) प्रथम चरण
(c) तीसरा चरण (d) छठा चरण

55. मई 2022 में किस टेनिस खिलाड़ी ने इटालियन ओपन पुरुष एकल खिताब जीता है?
(a) नोवाक जोकोविच (b) डेनियल मेदवेदेव
(c) अलेक्जेंडर ज्वेरेव (d) रोजर फ़ेडरर

56. महिला विश्व मुक्केबाजी चैंपियनशिप 2022 में 52 किग्रा वर्ग में स्वर्ण पदक किसने जीता है?
(a) एमसी मैरी कॉम (b) पिंकी जांगड़ा
(c) सरजुबाला देवी (d) निकहत जरीन

57. निम्नलिखित में से किस केंद्रीय मंत्री ने 19 मई, 2022 को आगरा में हुनर हाट के 41वें संस्करण का उद्घाटन किया?
(a) मुख्तार अब्बास नकवीक (b) अनुराग ठाकुर
(c) राजनाथ सिंह (d) निर्मला सीतारमण

58. निम्नलिखित में से किसे मई 2022 में रॉयल एनफील्ड का नया सीईओ नियुक्त किया गया है?
(a) बी. गोविंदराजन (b) किरण लायर
(c) मोहित गोयल (d) निशांत जैन

59. प्रसिद्ध गीतकार, अनुभवी पत्रकार और _________ के भाषा आंदोलन कार्यकर्ता अब्दुल गफ्फार चौधरी का मई 2022 में निधन हो गया है।
(a) बांग्लादेश (b) पाकिस्तान
(c) मालदीव (d) भारत

60. मई 2022 में क्वाड लीडर्स समिट किस देश में आयोजित हुआ है?
(a) जापान (b) ऑस्ट्रेलिया
(c) भारत (d) तजाकिस्तान

// स्मार्ट उत्तर पुस्तिका //

सही उत्तर — उन छात्रों का प्रतिशत जिन्होंने प्रश्न का सही उत्तर दिया।
छोड़ दिया — उन छात्रों का प्रतिशत जिन्होंने प्रश्न को छोड़ दिया।

प्रश्न संख्या	उत्तर	सही उत्तर छोड़ दिया	प्रश्न संख्या	उत्तर	सही उत्तर छोड़ दिया	प्रश्न संख्या	उत्तर	सही उत्तर छोड़ दिया
1	C	66.41% 1.54%	2	A	62.06% 1.47%	3	A	63.67% 1.29%
4	D	28.26% 3.74%	5	A	55.74% 1.55%	6	D	44.72% 1.86%
7	A	41.91% 1.29%	8	A	67.09% 1.59%	9	B	43.34% 1.48%
10	A	45.65% 1.68%	11	A	68.12% 1.69%	12	D	32.5% 3.71%
13	A	57.91% 1.95%	14	A	31.62% 3.75%	15	D	29.93% 3.75%
16	C	63.26% 1.22%	17	A	50.05% 1.71%	18	B	13.93% 3.52%
19	D	67.35% 1.3%	20	D	50.41% 1.19%	21	D	46.79% 1.23%
22	C	60.69% 1.52%	23	C	53.86% 1.49%	24	D	13.55% 3.19%
25	D	52.19% 1.99%	26	D	61.22% 1.89%	27	D	47.51% 1.69%
28	C	44.68% 1.49%	29	A	50.17% 1.75%	30	D	82.73% 0.0%
31	C	60.36% 1.15%	32	D	47.28% 1.1%	33	D	53.02% 1.99%
34	C	45.71% 1.56%	35	D	62.11% 1.68%	36	D	21.17% 3.86%
37	A	64.18% 1.72%	38	A	47.11% 1.95%	39	D	64.42% 1.15%
40	C	87.86% 0.0%	41	C	61.96% 1.05%	42	D	44.61% 1.04%
43	C	40.54% 1.54%	44	A	60.78% 1.43%	45	A	10.68% 3.01%
46	A	55.68% 1.2%	47	A	88.92% 0.0%	48	D	57.39% 1.69%
49	A	54.25% 1.09%	50	A	52.34% 1.84%	51	A	51.78% 1.5%
52	D	45.02% 1.92%	53	D	88.56% 0.0%	54	A	26.5% 4.63%
55	A	52.27% 1.69%	56	D	43.3% 1.6%	57	A	29.84% 3.76%
58	A	55.18% 1.96%	59	A	45.14% 1.97%	60	A	85.6% 0.0%

// संकेत और समाधान //

1(C). मुंबई इंटरनेशनल फिल्म फेस्टिवल (एमआईएफएफ) के 17वें संस्करण में बांग्लादेश को 'फोकस का देश' चुना गया है।
मुंबई इंटरनेशनल फिल्म फेस्टिवल (एमआईएफएफ) का 17वां संस्करण 29 मई-4 जून 2022 तक नेहरू सेंटर ऑडिटोरियम, वर्ली, मुंबई में आयोजित किया जा रहा है। राष्ट्रीय और अंतर्राष्ट्रीय प्रतियोगिता श्रेणी में 119 फिल्मों और गैर-प्रतिस्पर्धा श्रेणी में 264 फिल्मों की स्क्रीनिंग की जाएगी। बांग्लादेश की आजादी के 50 साल पूरे होने के उपलक्ष्य में देश को 'फोकस का देश' चुना गया है।

2(A). भारतीय नौसेना के जहाज INS गोमती को 28 मई 2022 को मुंबई के नेवल डॉकयार्ड में सेवामुक्त किया गया।
INS गोमती को 28 मई 2022 को मुंबई के नेवल डॉकयार्ड में सेवामुक्त किया गया था। INS गोमती का नाम गोमती नदी से लिया गया है और इसे 16 अप्रैल 1988 को चालू किया गया था। सेवामुक्त होने पर यह पश्चिमी बेड़े का सबसे पुराना योद्धा भी था। राष्ट्रीय समुद्री सुरक्षा में इसके योगदान के लिए इसे दो बार प्रतिष्ठित यूनिट प्रशस्ति पत्र से एक बार 2007-08 में और फिर 2019-20 में सम्मानित किया गया।

3(A). पीएम मोदी 30 मई 2022 को पीएम केयर्स फॉर चिल्ड्रन योजना के तहत लाभ जारी करने जा रहे हैं।
पीएम मोदी 30 मई 2022 को बच्चों के लिए पीएम केयर्स योजना के तहत लाभ जारी करने जा रहे हैं। कार्यक्रम के दौरान बच्चों को आयुष्मान भारत - प्रधानमंत्री जन आरोग्य योजना के तहत बच्चों के लिए पीएम केयर्स की पासबुक और स्वास्थ्य कार्ड सौंपा जाएगा। बच्चों के लिए पीएम केयर्स योजना 2021 में उन बच्चों की सहायता के लिए शुरू की गई थी, जिन्होंने अपने माता-पिता दोनों को कोविद- 19 महामारी से खो दिया है।

4(D). भारतीय वृत्तचित्र ऑल दैट ब्रीथ्स को 2022 L'OEil d'Or पुरस्कार से सम्मानित किया गया है।
फिल्म निर्माता शौनक सेन की डॉक्यूमेंट्री "ऑल दैट ब्रीथ्स" को 2022 L'OEil d'Or अवार्ड से सम्मानित किया गया है। L'OEil d'Or डॉक्यूमेंट्री अवार्ड, जिसे गोल्डन आई अवार्ड के रूप में भी जाना जाता है, 2015 में कान्स फिल्म फेस्टिवल के सहयोग से फ्रेंच-भाषी लेखकों के समाज LaScam द्वारा बनाया गया था। पुरस्कार में 5,000 यूरो का नकद पुरस्कार शामिल है।

5(A). 2021-22 में भारत का सबसे बड़ा व्यापारिक भागीदार बनने के लिए अमेरिका ने चीन को पीछे छोड़ दिया है।
अमेरिका ने 2021-22 में चीन को पीछे छोड़ते हुए भारत का शीर्ष व्यापारिक भागीदार बना लिया है। वाणिज्य मंत्रालय के आंकड़ों के अनुसार, 2021-22 में, अमेरिका और भारत के बीच द्विपक्षीय व्यापार 119.42 बिलियन अमरीकी डालर था, जबकि 2020-21 में यह 80.51 बिलियन अमरीकी डालर था। 2021-22 के दौरान, चीन के साथ भारत का दोतरफा वाणिज्य 2020-21 में 86.4 बिलियन अमरीकी डालर की तुलना में 115.42 बिलियन अमरीकी डालर रहा।

6(D). 28 मई 2022 को कान्स फिल्म फेस्टिवल में ट्राएंगल ऑफ सैडनेस ने सर्वश्रेष्ठ चित्र के लिए पाल्मे डी'ओर जीता है।
स्वीडिश निर्देशक रूबेन ओस्टलंड की एक फिल्म "ट्राएंगल ऑफ सैडनेस" ने 28 मई 2022 को कान्स फिल्म फेस्टिवल में सर्वश्रेष्ठ चित्र के लिए पाल्मे डी'ओर जीता। इस महोत्सव में जापानी निर्देशक में उनके प्रदर्शन के लिए कोरियाई स्टार सोंग कांग हो को सर्वश्रेष्ठ अभिनेता का नाम दिया गया। हिरोकाजू कोरे-एडा की फिल्म, ब्रोकर। अली अब्बासी की फिल्म होली स्पाइडर में एक पत्रकार के रूप में उनके प्रदर्शन के लिए सर्वश्रेष्ठ अभिनेत्री को जर अमीर इब्राहिमी का पुरस्कार मिला।

7(A). भारतीय विज्ञान संस्थान ने मई 2022 में एक उन्नत डेटा एन्क्रिप्शन और सुरक्षा उपकरण विकसित किया है।
भारतीय विज्ञान संस्थान की टीम ने एक रिकॉर्ड-ब्रेकिंग ट्रू रैंडम नंबर जनरेटर (TRNG) विकसित किया है। यह डेटा एन्क्रिप्शन में सुधार कर सकता है और संवेदनशील डिजिटल डेटा जैसे क्रेडिट कार्ड विवरण, पासवर्ड और अन्य व्यक्तिगत जानकारी के लिए बेहतर सुरक्षा प्रदान कर सकता है। इस उपकरण का वर्णन करने वाला अध्ययन 'एसीएस नैनो' पत्रिका में प्रकाशित हुआ है।

8(A). प्रसिद्ध पंजाबी लेखिका सुल्ताना बेगम का मई 2022 में निधन हो गया है।
प्रसिद्ध पंजाबी लेखिका सुल्ताना बेगम का मई 2022 में निधन हो गया। उनकी पुस्तक 'शुगुफे' बहुत लोकप्रिय हुई। बेगम पंजाबी भाषा में साहित्यिक व्यंग्य लिखने वाली पहली महिला थीं। उन्हें पंजाबी यूनिवर्सिटी द्वारा 'प्रोफेसर जोगा सिंह' पुरस्कार और 'वारिस दी धी' पुरस्कार से सम्मानित किया गया। उन्होंने पंजाब स्कूल शिक्षा बोर्ड, मोहाली में भी काम किया।

9(B). केंद्रीय मंत्री डॉ जितेंद्र सिंह ने 28 मई 22 को जम्मू के घाटी, कठुआ में उत्तर भारत के पहले औद्योगिक बायोटेक पार्क का उद्घाटन किया। यह पार्क नए विचारों के ऊष्मायन के लिए केंद्र के रूप में कार्य करेगा और कृषि-उद्यमियों, स्टार्टअप्स को समर्थन देने के लिए एक मजबूत मंच के रूप में कार्य करेगा। , प्रगतिशील किसान आदि। यह जम्मू-कश्मीर और लद्दाख की जैव विविधता, औषधीय और सुगंधित पौधों पर शोध करेगा।

10(A). बैंक ऑफ बड़ौदा ने कॉन्टैक्टलेस रुपे क्रेडिट कार्ड लॉन्च करने के लिए हिंदुस्तान पेट्रोलियम कॉर्पोरेशन लिमिटेड (HPCL) के साथ साझेदारी की है।
नेशनल पेमेंट्स कॉरपोरेशन ऑफ इंडिया (NPCI) के साथ साझेदारी में, बीओबी फाइनेंशियल और हिंदुस्तान पेट्रोलियम ने HPCL बीओबी सह-ब्रांडेड संपर्क रहित रुपे क्रेडिट कार्ड लॉन्च किया है। कार्ड विभिन्न सुविधाओं के साथ आता है जिसमें उपयोगिताओं, किराना और डिपार्टमेंटल स्टोर पर खर्च करने के लिए पुरस्कार शामिल हैं। बीओबी फाइनेंशियल बैंक ऑफ बड़ौदा की पूर्ण स्वामित्व वाली सहायक कंपनी है।

11(A). गौरव सचदेवा को JSW वन प्लेटफॉर्म्स का CEO नियुक्त किया गया है।
JSW समूह के एक ई-कॉमर्स वेंचर JSW वन प्लेटफॉर्म ने गौरव सचदेवा को CEO नियुक्त किया है। ई-कॉमर्स प्लेटफॉर्म स्टील सीमेंट और पेंट बेचता है। JSW वन प्लेटफॉर्म्स के CEO के रूप में नियुक्त होने से पहले सचदेवा JSW वेंचर्स के प्रमुख थे, जहां उन्होंने फंड के लिए उद्यम पूंजी निवेश का नेतृत्व किया।

12(D). भारतीय रिजर्व बैंक (RBI) ने निर्देशों का पालन न करने के लिए एमयूएफजी बैंक पर 45 लाख रुपये का जुर्माना लगाया है।
RBI ने 27 मई, 2022 को जापान स्थित एमयूएफजी बैंक पर "समयबद्ध कार्यान्वयन और स्विफ्ट से संबंधित परिचालन नियंत्रण को मजबूत करने" के निर्देशों का पालन न करने के लिए 45 लाख रुपये का जुर्माना लगाया। एमयूएफजी बैंक जापान में सबसे बड़ा बैंक है। यह 1 जनवरी, 2006 को स्थापित किया गया था। यह तीन तथाकथित जापानी "मेगाबैंक" में से एक है।

13(A). अनुप्रिया पटेल ने 27 मई, 2022 को नई दिल्ली में भारतीय व्यापार पोर्टल का शुभारंभ किया।
वाणिज्य और उद्योग राज्य मंत्री अनुप्रिया पटेल ने 27 मई, 2022 को नई दिल्ली में भारतीय व्यापार पोर्टल का शुभारंभ किया। यह पोर्टल भारतीय निर्यातकों और विदेशी खरीदारों के लिए एक अंतर्राष्ट्रीय व्यापार केंद्र के रूप में काम करेगा। इस पोर्टल को भारतीय निर्यात संगठनों के संघ द्वारा विकसित किया गया है। यह पोर्टल भारतीय निर्यातकों का डिजिटलीकरण करेगा और उन्हें ऑनलाइन खोज योग्य बनने में मदद करेगा।

14(A). भारत सरकार के अधिकारी अनवर हुसैन शेख को व्यापार पर तकनीकी बाधाओं पर विश्व व्यापार संगठन की समिति का अध्यक्ष बनाया गया है। मिस्टर शैक मेक्सिको की एलिसा मारिया ओल्मेडा डी एलेजांद्रो से यह भूमिका निभाएंगे। विश्व व्यापार संगठन (डब्ल्यूटीओ) एक अंतर सरकारी संगठन है जो अंतर्राष्ट्रीय व्यापार को नियंत्रित और सुविधाजनक बनाता है।

15(D). 25 मई, 2022 को आर्थिक मामलों की मंत्रिमंडलीय समिति (CCEA) ने हिंदुस्तान जिंक लिमिटेड (HZL) में सरकार को 29.5% हिस्सेदारी बिक्री करने की मंजूरी दे दी है।
आर्थिक मामलों की मंत्रिमंडलीय समिति (CCEA) ने 25 मई 2022 को हिंदुस्तान जिंक लिमिटेड (HZL) में सरकार की

29.5% हिस्सेदारी बिक्री को मंजूरी दे दी, जिससे सरकारी खजाने को लगभग 38000 करोड़ रुपये मिल सकते हैं। यह निर्णय सरकार के विनिवेश अभियान को गति देगा। 2002 में सरकार ने HZL में 26% हिस्सेदारी स्टरलाइट अपॉर्चुनिटीज एंड वेंचर्स लिमिटेड को 445 करोड़ रुपये में बेच दी।

16(C). उत्तराखंड सरकार ने समान नागरिक संहिता के कार्यान्वयन पर एक मसौदा तैयार करने के लिए पांच सदस्यीय समिति का गठन किया है।
उत्तराखंड सरकार ने 27 मई 2022 को राज्य में समान नागरिक संहिता के कार्यान्वयन पर एक मसौदा तैयार करने के लिए सेवानिवृत्त एससी न्यायाधीश रंजना देसाई की अध्यक्षता में एक पांच सदस्यीय समिति का गठन किया, समिति में प्रमोद कोहली (सेवानिवृत्त न्यायाधीश) सामाजिक कार्यकर्ता मनु गौर, सेवानिवृत्त आईएएस शत्रुघ्न सिंह और दून विश्वविद्यालय की कुलपति सुरेखा डंगवाल शामिल होंगे।

17(A). केंद्र सरकार ने सूक्ष्म और लघु उद्यम क्लस्टर विकास कार्यक्रम के लिए नए दिशानिर्देशों को मंजूरी दी है।
केंद्र सरकार ने सूक्ष्म और लघु उद्यम समूह विकास कार्यक्रम के लिए नए दिशानिर्देशों को मंजूरी दी है। 15 वें वित्त आयोग चक्र के दौरान दिशा-निर्देशों को लागू किया जाएगा। इस योजना का उद्देश्य कुछ हस्तक्षेप करके सूक्ष्म और लघु उद्यमों की प्रतिस्पर्धा और उत्पादकता को बढ़ाना है। सूक्ष्म, लघु और मध्यम उद्यम मंत्री - नारायण राणे है।

18(B). NYK लाइन ने हरित अमोनिया में सहयोग के लिए ACME समूह के साथ एक समझौता ज्ञापन पर हस्ताक्षर किए हैं।
सस्टेनेबल एनर्जी कंपनी ACME ग्रुप ने 27 मई 2022 को ग्रीन अमोनिया में सहयोग के लिए जापान स्थित एनवाईके लाइन के साथ एक समझौता ज्ञापन पर हस्ताक्षर किए। दोनों कंपनियां मिलकर वैश्विक स्तर पर ग्राहकों को हरित अमोनिया प्रदान करने की संभावनाएं तलाशेंगी जिससे अमोनिया की आपूर्ति ACME से की जाएगी और NYK शिपिंग पार्टनर होगा। ACME गुरुग्राम में मुख्यालय वाली अग्रणी वैश्विक टिकाऊ और अक्षय ऊर्जा कंपनियों में से एक है।

19(D). छत्तीसगढ़ एक राष्ट्रीय उद्यान के अंदर सामुदायिक वन संसाधन (CFR) अधिकारों को मान्यता देने वाला दूसरा राज्य बन गया है।
राष्ट्रीय उद्यान के अंदर सामुदायिक वन संसाधन (CFR) अधिकारों को मान्यता देने वाला छत्तीसगढ़ दूसरा राज्य बन गया है। राज्य सरकार ने 25 मई 2022 को बस्तर जिले के कांगेर घाटी राष्ट्रीय उद्यान के गुड़ियापदार और नागलसर गांवों के CFR दावों को मंजूरी दी।

20(D). पियाली बसाक बिना पूरक ऑक्सीजन के माउंट एवरेस्ट फतह करने वाली पहली भारतीय महिला बन गई हैं।
22 मई 2022 को पश्चिम बंगाल की पियाली बसाक बिना पूरक ऑक्सीजन के माउंट एवरेस्ट फतह करने वाली पहली भारतीय महिला बनीं। अक्टूबर 2021 में, पियाली बिना ऑक्सीजन सपोर्ट के माउंट धौलागिरी (8167 मीटर) पर चढ़ने वाली पहली महिला भी बनीं। उन्होंने माउंट अन्नपूर्णा 1 (8091 मीटर) के एक अंतरराष्ट्रीय अभियान में भारत का प्रतिनिधित्व भी किया है। माउंट अन्नपूर्णा 1 दुनिया की 10वीं सबसे ऊंची चोटी है।

21(D). कॉइनबेस प्रतिष्ठित फॉर्च्यून 500 सूची में प्रवेश करने वाली पहली क्रिप्टो फर्म बन गई है।
रिटेल दिग्गज वॉलमार्ट लगातार 10वें साल रैंकिंग में सबसे ऊपर है, उसके बाद अमेज़न और ऐप्पल का स्थान है। फॉर्च्यून 500 फॉर्च्यून पत्रिका द्वारा प्रकाशित एक वार्षिक सूची है जो अपने संबंधित वित्तीय वर्षों के लिए कुल राजस्व के हिसाब से संयुक्त राज्य अमेरिका के 500 सबसे बड़े निगमों को रैंक करती है।

22(C). अंतर्राष्ट्रीय ओलंपिक समिति (IOC) द्वारा भारत का पहला 'ओलंपिक मूल्य शिक्षा कार्यक्रम' (OVEP) 24 मई, 2022 को ओडिशा में लॉन्च किया गया था। इसे आधिकारिक तौर पर ओडिशा के मुख्यमंत्री नवीन पटनायक द्वारा लॉन्च किया गया था। इसे पहले चरण में 2 स्मार्ट शहरों भुवनेश्वर और राउरकेला के 90 स्कूलों में लागू किया जाएगा। इस साल की शुरुआत में, भारत को 2023 में आईओसी सत्र की मेजबानी के लिए भी चुना गया था।

23(C). मुरली श्रीशंकर ने मई 2022 में ग्रीस में 12वीं अंतर्राष्ट्रीय कूद स्पर्धा में स्वर्ण पदक जीता है?
भारत के इक्का-दुक्का लॉन्ग जम्पर मुरली श्रीशंकर ने 26 मई 2022 को ग्रीस में 12वीं अंतर्राष्ट्रीय कूद स्पर्धा में 8.31 मीटर के प्रयास से स्वर्ण पदक जीता। स्वीडन के थोबियास मोंटलर और फ्रांस के जूल्स पॉमरी ने क्रमशः 8.27 मीटर के साथ रजत और 8.17 मीटर के साथ कांस्य का दावा किया। श्रीशंकर ने पिछले महीने 8.36 मीटर की छलांग के साथ एक रिकॉर्ड भी बनाया और वर्तमान में राष्ट्रीय रिकॉर्ड धारक हैं।

24(D). मोहिंदर के मिधा स्थानीय लंदन काउंसिल की पहली दलित महिला मेयर बनी हैं।
यूनाइटेड किंगडम (यूके) में भारतीय मूल के राजनेता मोहिंदर के मिधा, स्थानीय लंदन काउंसिल की पहली दलित महिला मेयर बन गई हैं। 24 मई, 2022 को परिषद की बैठक में मिधा को अगले वर्ष 2022 - 23 के कार्यकाल के लिए चुना गया है।

25(D). राजेश भूषण को 75वीं विश्व स्वास्थ्य सभा (WHA) में समिति बी के अध्यक्ष के रूप में नियुक्त किया गया है।
भारत के स्वास्थ्य सचिव, राजेश भूषण को 75 वीं विश्व स्वास्थ्य सभा (WHA) में समिति B के अध्यक्ष के रूप में नियुक्त किया गया है। 75वीं विश्व स्वास्थ्य सभा 22-28 मई 2022 के बीच जिनेवा, स्विट्जरलैंड में आयोजित की जा रही है, जो WHO का मुख्यालय भी है। इस वर्ष की स्वास्थ्य सभा का विषय "शांति के लिए स्वास्थ्य, स्वास्थ्य के लिए शांति" है।

26(D). 26 मई 2022 को चेन्नई के पास कट्टुपल्ली में भारतीय नौसेना का एक सर्वेक्षण पोत निर्देशक लॉन्च किया गया था।
एलएंडटी के सहयोग से गार्डन रीच शिपबिल्डर्स एंड इंजीनियर्स (जीआरएसई) द्वारा बनाई जा रही चार सर्वे वेसल परियोजनाओं में से दूसरा निर्देशक है। भारतीय नौसेना के दो फ्रंटलाइन युद्धपोत: 'सूरत' और 'उदयगिरी' को भी 17 मई को रक्षा मंत्री राजनाथ सिंह द्वारा लॉन्च किया गया था।

27(D). राजीव रंजन ने भारतीय रिजर्व बैंक की मौद्रिक नीति समिति में मृदुल सागर की जगह ली है।
आरबीआई के केंद्रीय बोर्ड ने मौद्रिक नीति समिति के पदेन सदस्य के रूप में कार्यकारी निदेशक राजीव रंजन के नामांकन को मंजूरी दे दी है। रंजन ने मृदुल सागर की जगह ली। रंजन केंद्रीय बैंक के साथ 33 वर्षों से अधिक समय से हैं और हाल ही में आर्थिक और नीति अनुसंधान विभाग के प्रमुख थे, जो कि आरबीआई की मौद्रिक नीति और अनुसंधान कार्य से जुड़ा एक विभाग है।

28(C). स्टैनफोर्ड यूनिवर्सिटी के शोधकर्ताओं ने मई 2022 में टाइटन की सतह पर भूदृश्यों का पता लगाया है।
स्टैनफोर्ड यूनिवर्सिटी के भूविज्ञानी मैथ्यू लापोट्रे के नेतृत्व में शोधकर्ताओं की एक टीम ने टाइटन की सतह पर परिदृश्य की उपस्थिति का खुलासा किया है, जो मौसमों द्वारा संचालित वैश्विक रेत चक्र के कारण बनता है। टाइटन शनि प्रणाली का सबसे बड़ा चंद्रमा है। जियोफिजिकल रिसर्च लेटर्स जर्नल में प्रकाशित, शोध से पता चलता है कि कैसे मौसम चक्र चंद्रमा की सतह पर अनाज की गति को संचालित करता है।

29(A). सरकार ने सेवानिवृत्त नौकरशाह तरुण कपूर को प्रधानमंत्री नरेंद्र मोदी का सलाहकार नियुक्त किया गया है। भारतीय प्रशासनिक सेवा (IAS), के 1987 बैच के अधिकारी कपूर 2021 में पेट्रोलियम सचिव के रूप में सेवानिवृत्त हुए। वह इससे पहले दिल्ली विकास प्राधिकरण (DDA) के उपाध्यक्ष और हिमाचल प्रदेश सरकार में अतिरिक्त मुख्य सचिव के रूप में कार्य कर चुके हैं।

30(D). मई 2022 में आपातकालीन ईंधन स्टॉक की खरीद के लिए श्रीलंका ने भारत के साथ 200 मिलियन डॉलर की क्रेडिट लाइन बढ़ा दी है।

श्रीलंका ने आपातकालीन ईंधन स्टॉक की खरीद के लिए भारत के साथ 200 मिलियन डॉलर की क्रेडिट लाइन का विस्तार किया है। चार शिपमेंट मई 2022 में आने वाले हैं। श्रीलंका की समग्र मुद्रास्फीति मार्च 2022 में दर्ज 18.7% से बढ़कर अप्रैल में लगभग 30% हो गई। श्रीलंका ने 2022 की शुरुआत में भारत द्वारा विस्तारित $ 500 मिलियन क्रेडिट लाइन के अप्रैल में कई शिपमेंट पर $ 400 मिलियन का उपयोग किया है।

31(C). आदित्य विक्रम सेनगुप्ता की "वंस अपॉन ए टाइम इन कलकत्ता" ने 2022 भारतीय फिल्म महोत्सव लॉस एंजिल्स (IFFLA) के समापन समारोह में सर्वश्रेष्ठ फीचर फिल्म के लिए ग्रैंड जूरी पुरस्कार का शीर्ष पुरस्कार जीता। अनमोल सिद्धू की "जग्गी" ने पहली बार सर्वश्रेष्ठ फीचर फिल्म के लिए उमा दा कुन्हा पुरस्कार जीता, साथ ही सर्वश्रेष्ठ फीचर के लिए ऑडियंस च्वाइस अवार्ड भी जीता।

32(D). आजीविका और आय वृद्धि के लिए कृषक सहायता (कालिया) योजना ओडिशा से संबंधित है।
आजीविका और आय वृद्धि (कालिया) योजना के लिए कृषक सहायता के तहत, ओडिशा सरकार ने 3 मई 2022 को 804 करोड़ रुपये जारी किए हैं। इससे ओडिशा के 40 लाख किसानों को लाभ होगा। इस अवसर पर भुवनेश्वर के बारामुंडा में राज्य स्तरीय कृषि मशीनरी परीक्षण और प्रशिक्षण केंद्र में एक प्रदर्शनी स्टाल का भी उद्घाटन किया गया।

33(D). RBI ने 6 मई 2022 को डेमलर फाइनेंशियल सर्विसेज इंडिया और केकेआर इंडिया फाइनेंशियल सर्विसेज पर 5-5 लाख रुपये का जुर्माना लगाया। उन पर 'एनबीएफसीएस में धोखाधड़ी की निगरानी' से संबंधित निर्देशों का पालन न करने के लिए जुर्माना लगाया गया है। RBI ने 31 मार्च, 2020 तक उनकी वित्तीय स्थिति के संदर्भ में दोनों कंपनियों का वैधानिक निरीक्षण किया।

34(C). उत्तर प्रदेश सरकार ने राष्ट्रीय राजमार्गों के साथ वृक्षारोपण करने में स्वयं सहायता समूहों को शामिल करने के लिए भारतीय राष्ट्रीय राजमार्ग प्राधिकरण के साथ एक समझौता ज्ञापन पर हस्ताक्षर किए हैं। भारतीय राष्ट्रीय राजमार्ग प्राधिकरण ने मई 2022 में लखनऊ में दो दिवसीय क्षेत्रीय सम्मेलन आयोजित किया। वृक्षारोपण में स्वयं सहायता समूहों को शामिल करने के लिए एनएचएआई और राज्य ग्रामीण आजीविका मिशन उत्तर प्रदेश के बीच अपनी तरह के पहले समझौता ज्ञापन पर हस्ताक्षर किए गए। राष्ट्रीय राजमार्गों के साथ।

35(D). रेलवे सुरक्षा बल (RPF) ने तस्करी मुक्त राष्ट्र के लिए एसोसिएशन फॉर वॉलंटरी एक्शन (AVA) के साथ एक समझौता ज्ञापन पर हस्ताक्षर किए हैं। AVA, जिसे बचपन बचाओ आंदोलन के रूप में भी जाना जाता है, कैलाश सत्यार्थी चिल्ड्रन फाउंडेशन से जुड़ा है जिसकी स्थापना 1979 में हुई थी। रेलवे सुरक्षा बल को रेलवे संपत्ति, यात्री क्षेत्र और यात्रियों की सुरक्षा की जिम्मेदारी सौंपी गई है।

36(D). गुवाहाटी उच्च न्यायालय के मुख्य न्यायाधीश सुधांशु धूलिया को सर्वोच्च न्यायालय का न्यायाधीश नियुक्त किया गया है।
केंद्र सरकार ने गुवाहाटी उच्च न्यायालय के मुख्य न्यायाधीश सुधांशु धूलिया और गुजरात उच्च न्यायालय के न्यायाधीश न्यायमूर्ति जमशेद बुर्जोर परदीवाला की नियुक्ति को उच्चतम न्यायालय के न्यायाधीश के रूप में अधिसूचित किया है। न्यायमूर्ति धूलिया उत्तराखंड उच्च न्यायालय से पदोन्नत होने वाले दूसरे न्यायाधीश होंगे।

37(A). नेपाल की कामी रीता शेरपा ने मई 2022 में 26 वीं बार माउंट एवरेस्ट पर चढ़ाई की है।
2021 में बनाए गए अपने ही पिछले रिकॉर्ड को तोड़ते हुए नेपाल की कामी रीता शेरपा ने 26वीं बार माउंट एवरेस्ट पर चढ़ाई की है। उन्होंने 7 मई 2022 को 8,848.86- मीटर 29,031.69-फुट पर्वत को फतह किया। रीता ने पहली बार 13 मई, 1994 को माउंट एवरेस्ट को फतह किया।

38(A). केंद्रीय गृह मंत्री अमित शाह 9 मई 2022 को असम के तीन दिवसीय दौरे पर हैं। उन्होंने पूर्वोत्तर राज्यों में केंद्रीय सशस्त्र पुलिस बलों और राज्य पुलिस की केंद्रीय कार्यशाला और स्टोर की आधारशिला रखी। वह गुवाहाटी में एक विशेष परेड में असम पुलिस को राष्ट्रपति का रंग पदक भी प्रदान किया और असम पुलिस के अधिकारियों और जवानों के साथ बातचीत भी की।

39(D). डी गुकेश ने सनवे फॉरमेंटेरा ओपन 2022 शतरंज टूर्नामेंट जीता है।
8 मई 2022 को ग्रैंडमास्टर डी गुकेश पहले चेसेबल सनवे फोरेन्मेरा ओपन 2022 शतरंज टूर्नामेंट में चैंपियन बने। ला रोडा टूर्नामेंट और मेनोर्का ओपन जीतने के बाद यह उनके लिए खिताब की हैट्रिक थी। वह अंतिम दौर में अर्मेनियाई जीएम हाइक एम मार्टिरोसियन के साथ ड्रा के लिए 8 अंकों के साथ खिताब जीतने के लिए बस गए। वह अब विश्व रैंकिंग में 64वें नंबर पर पहुंच गए हैं।

40(C). सरकार विरोधी प्रदर्शनों के बाद, श्रीलंका के प्रधान मंत्री महिंदा राजपक्षे ने 9 मई 2022 को इस्तीफा दे दिया। 1948 में ब्रिटेन से स्वतंत्रता प्राप्त करने के बाद से श्रीलंका अपने सबसे खराब आर्थिक संकट का सामना कर रहा है। श्री राजपक्षे ने अपने छोटे भाई और राष्ट्रपति गोटाबाया राजपक्षे को अपना त्याग पत्र भेजा। राष्ट्रपति ने दूसरी बार देश में आपातकाल की स्थिति भी घोषित की है।

41(C). बैंक ऑफ बड़ौदा ने NBFCs (गैर-बैंकिंग वित्तीय कंपनियों) के साथ साझेदारी में ऋण के सह-उधार की सुविधा के लिए एक एंड-टू-एंड डिजिटल प्लेटफॉर्म शुरू करने की घोषणा की है। यह सह-उधार प्रक्रिया में तेजी लाने और सरल बनाने के लिए बैंक और कई NBFCs भागीदारों के बीच सहज एकीकरण प्रदान करेगा। यह हामीदारी के लिए नियम-आधारित एल्गोरिदम का उपयोग करता है, क्रेडिट मूल्यांकन जांच आदि को सक्षम बनाता है।

42(D). स्वच्छ गंगा के लिए राष्ट्रीय मिशन (NMCG) ने अपशिष्ट जल प्रबंधन के विषय पर वेबिनार के छठे संस्करण का आयोजन किया है।
स्वच्छ गंगा के लिए राष्ट्रीय मिशन (NMCG) ने 9 मई 2022 को 'इग्निटिंग यंग माइंड्स, कायाकल्प नदियों' पर मासिक 'विश्वविद्यालयों के साथ वेबिनार' श्रृंखला के 6 वें संस्करण का आयोजन किया। वेबिनार का विषय 'अपशिष्ट जल प्रबंधन' था। सत्र की अध्यक्षता एनएमसीजी के महानिदेशक जी अशोक कुमार ने की।

43(C). अंतर्राष्ट्रीय निशानेबाजी खेल महासंघ (आईएसएसएफ) जूनियर विश्व कप 9 मई 2022 को जर्मनी के सुहल में शुरू हुआ। इस कार्यक्रम में मनु भाकर और सौरभ चौधरी भारतीय दल का नेतृत्व कर रहे थे। नेशनल राइफल एसोसिएशन ऑफ इंडिया (NRAI) ने जर्मन विश्व कप के लिए 51 निशानेबाजों को शॉर्टलिस्ट किया है, जिनमें अनीश भानवाला, नाम्या कपूर, विवान कपूर आदि निशानेबाज शामिल हैं।

44(A). हरियाणा राज्य सरकार ने मई 2022 में 'चारा-बीजई योजना' योजना शुरू की है।
यदि कोई किसान गौशाला के आसपास 10 एकड़ तक चारा उगाता है और आपसी सहमति से उन्हें उपलब्ध कराता है, तो राज्य सरकार ऐसे किसानों को 10,000 रुपये प्रति एकड़ की दर से वित्तीय सहायता प्रदान करेगी। किसानों के बैंक खातों में राशि ट्रांसफर की जाएगी।

45(A). IBM ने अमेज़न वेब सेवाएँ (AWS) के साथ अपनी तरह का पहला समझौता किया है। यह AWS पर सॉफ़्टवेयर-एज़-ए-सर्विस (SaaS) के रूप में अपने सॉफ़्टवेयर कैटलॉग की एक विस्तृत श्रृंखला की पेशकश करेगा। सामरिक सहयोग समझौते (एससीए) के हिस्से के रूप में, आईबीएम और एडब्ल्यूएस ग्राहकों को आईबीएम सॉफ्टवेयर तक त्वरित और आसान पहुंच प्रदान करेगा जो स्वचालन, डेटा और अल, सुरक्षा और स्थिरता क्षमताओं को फैलाता है।

46(A). पेमेंट सर्विस फर्म वर्ल्डलाइन ने बैंक ऑफ इंडिया के साथ साझेदारी की है। 10 मई 2022 को पुलिस विभाग के ई-चालान

पोर्टल के साथ प्वाइंट ऑफ सेल (पीओएस) टर्मिनलों को एकीकृत करने के लिए बीओआई और पुलिस विभाग के बीच एक समझौता ज्ञापन पर हस्ताक्षर किए गए। इस पहल में मध्य प्रदेश के 12 जिलों को कवर करने वाले तीन क्षेत्रों जबलपुर, रीवा और शहडोल को शामिल किया जाएगा।

47(A). प्रधान मंत्री नरेंद्र मोदी 12 मई 2022 को दूसरे वैश्विक कोविड शिखर सम्मेलन में भाग लिया था।
प्रधान मंत्री नरेंद्र मोदी अमेरिकी राष्ट्रपति जो बाइडेन के निमंत्रण पर 12 मई 2022 को दूसरे वैश्विक कोविड शिखर सम्मेलन में भाग लेंगे। पीएम मोदी इस विषय पर अपनी टिप्पणी देंगे - महामारी की थकान को रोकना और तैयारी को प्राथमिकता देना। उन्होंने 22 सितंबर, 2021 को बिडेन द्वारा आयोजित कोविड -19 पर पहले वैश्विक आभासी शिखर सम्मेलन में भी भाग लिया था।

48(D). उपराष्ट्रपति एम वेंकैया नायडू ने मई 2022 में एक पुस्तक, 'द स्ट्रगल फॉर पुलिस रिफॉर्म्स इन इंडिया' का विमोचन किया। इसे पूर्व आईपीएस अधिकारी प्रकाश सिंह ने लिखा है। उन्होंने कुछ मुद्दों को भी हरी झंडी दिखाई, जिन्हें युद्ध स्तर पर संबोधित करने की आवश्यकता है, जिसमें पुलिस विभागों में रिक्तियों को भरना और आधुनिक युग की पुलिसिंग की आवश्यकताओं के अनुरूप पुलिस के बुनियादी ढांचे को मजबूत करना शामिल है।

49(A). राजीव कुमार को 15 मई 2022 से भारत के चुनाव आयोग (ईसीआई) के मुख्य चुनाव आयुक्त के रूप में नियुक्त किया गया है। 14 मई, 2022 को मौजूदा मुख्य चुनाव आयुक्त सुशील चंद्रा के पद से हटने के बाद वह इस पद को संभालेंगे। वह 1 सितंबर, 2020 से चुनाव आयोग के चुनाव आयुक्त हैं। नियुक्ति राष्ट्रपति राम नाथ कोविंद द्वारा की जाती है।

50(A). एक रूसी शतरंज ग्रैंडमास्टर यूरी एवरबख का मई 2022 में निधन हो गया। वह 100 वर्ष के थे, उस उम्र तक पहुंचने वाले पहले ग्रैंडमास्टर थे। 1954 में, एवरबख ने सोवियत चैम्पियनशिप जीती। उन्हें अंतर्राष्ट्रीय शतरंज महासंघ (तब विश्व शतरंज महासंघ के नाम से जाना जाता है) द्वारा ग्रैंडमास्टर की उपाधि से सम्मानित किया गया था।

51(A). भारत ने 17 मई को नेपाल में अगले राजदूत के रूप में नवीन श्रीवास्तव की नियुक्ति की घोषणा की। वह वर्तमान में विदेश मंत्रालय में अतिरिक्त सचिव हैं। श्रीवास्तव विनय क्वात्रा का स्थान लेंगे, जो काठमांडू के दूत के रूप में विदेश सचिव बने हैं। श्रीवास्तव 1993 में भारतीय विदेश सेवा में शामिल हुए थे।

52(D). पिरामल समूह के अध्यक्ष अजय गोपिकिसन पिरामल को 17 मई 2022 को महारानी एलिजाबेथ द्वारा ऑर्डर ऑफ द ब्रिटिश एम्पायर (सीबीई) का मानद कमांडर प्राप्त हुआ। श्री पीरामल ने यूके-भारत व्यापार संबंधों में सेवाओं के लिए यूके-इंडिया के भारत सह-अध्यक्ष के रूप में पुरस्कार प्राप्त किया। सीईओ फोरम। अजय पीरामल (66) एक भारतीय अरबपति उद्योगपति और पिरामल समूह के अध्यक्ष हैं।

53(D). ओडिशा ने 12वीं हॉकी इंडिया सीनियर महिला राष्ट्रीय चैंपियनशिप 2022 जीती है।
मध्य प्रदेश के भोपाल में आयोजित 12वीं हॉकी इंडिया सीनियर महिला राष्ट्रीय चैम्पियनशिप 2022 के चैंपियन के रूप में ओडिशा को ताज पहनाया गया। फाइनल मैच कर्नाटक और ओडिशा के बीच एक करीबी मुकाबला था लेकिन ओडिशा ने कर्नाटक को 2-0 से हराया। झारखंड ने हरियाणा को 3-2 से हराकर तीसरा स्थान हासिल किया।

54(A). लोकसभा अध्यक्ष ओम बिरला ने 17 मई को राजस्थान के कोटा में "सुपोषित मां अभियान" के दूसरे चरण की शुरुआत की। अभियान में जन सहयोग से 3 हजार महिलाओं को 9 माह तक पोषण किट दी जाएगी और हर माह स्वास्थ्य जांच की जाएगी। यह कुपोषण मुक्त भारत बनाने का एक अभियान है और इसे 1 मार्च, 2020 को कोटा, राजस्थान में शुरू किया गया था।

55(A). दुनिया के नंबर 1 नोवाक जोकोविच ने रोम में अपना छठा खिताब जीतने के लिए इटालियन ओपन के फाइनल में स्टेफानोस सिस्टिपास को सीधे गेम में हरा दिया। जोकोविच ने सितसिपास को 6-0, 7-6 से हराकर इटालियन ओपन का ताज अपने नाम किया। पिछले छह महीने में जोकोविच का यह पहला खिताब है। यह नोवाक जोकोविच की रिकॉर्ड 38वीं मास्टर्स 1000 जीत भी थी।

56(D). भारत की निकहत जरीन ने महिला विश्व मुक्केबाजी चैंपियनशिप में 52 किग्रा वर्ग में स्वर्ण पदक जीता है। उन्होंने 19 मई को तुर्की के इस्तांबुल में फ्लाई-वेट फाइनल में थाईलैंड की जितपोंग जुतामास को हराया। इस जीत के साथ, निकहत विश्व चैंपियनशिप में स्वर्ण जीतने वाली मैरी कॉम, सरिता देवी, जेनी आरएल और लेखा केसी के बाद केवल पांचवीं भारतीय महिला मुक्केबाज बन गईं।

57(A). केंद्रीय अल्पसंख्यक मामलों के मंत्री मुख्तार अब्बास नकवी ने 19 मई को आगरा में हुनर हाट के 41 वें संस्करण का उद्घाटन किया। हुनर हाट कारीगरों, शिल्पकारों और पारंपरिक पाक विशेषज्ञों को बाजार में जोखिम और रोजगार के अवसर प्रदान करता है। 12 दिवसीय 'हुनर हाट' में 32 राज्यों और केंद्र शासित प्रदेशों के 800 से अधिक कारीगर और शिल्पकार भाग ले रहे हैं।

58(A). रॉयल एनफील्ड की मूल कंपनी आयशर मोटर्स ने बी गोविंदराजन को मोटरसाइकिल ब्रांड का मुख्य कार्यकारी अधिकारी नियुक्त करने की घोषणा की है। रॉयल एनफील्ड के सीईओ होने के अलावा, गोविंदराजन आयशर मोटर्स लिमिटेड (ईएमएल) के बोर्ड में पूर्णकालिक निदेशक के रूप में भी काम करेंगे। गोविंदराजन ने रॉयल एनफील्ड में कई मॉडलों के विकास और लॉन्च का नेतृत्व किया है।

59(A). प्रसिद्ध गीतकार, अनुभवी पत्रकार और बांग्लादेश के भाषा आंदोलन कार्यकर्ता अब्दुल गफ्फार चौधरी का 19 मई को लंदन में 88 वर्ष की आयु में निधन हो गया। उनके द्वारा लिखे गए गीत ने बांग्लादेशियों की पीढ़ियों को अपनी मातृभाषा के लिए लड़ने के लिए प्रेरित किया जो अंततः 1971 में उनकी मुक्ति का कारण बना। 21 फरवरी को बांग्लादेश में 'भाषा शहीद दिवस' के रूप में मनाया जाता है।

60(A). मई 2022 में क्वाड लीडर्स समिट जापान में आयोजित हुआ है। अमेरिकी राष्ट्रपति जो बिडेन, ऑस्ट्रेलियाई प्रधान मंत्री स्कॉट मॉरिसन और जापानी प्रधान मंत्री फुमियो किशिदा शिखर सम्मेलन में भाग लिया। क्वाड ऑस्ट्रेलिया, भारत, जापान और संयुक्त राज्य अमेरिका के बीच एक रणनीतिक सुरक्षा संवाद है।

वार्षिक समसामयिकी 06

1. जून 2022 में सशस्त्र सीमा बल के नए महानिदेशक के रूप में किसे नियुक्त किया गया है?
(a) सुजॉय लाल थाओसेन (b) संजय अरोड़ा
(c) संजीव शर्मा (d) रंजीत सिंह राणा

2. वर्ष 2022 में, अंतर्राष्ट्रीय योग दिवस का कौन सा संस्करण जून 21 को मनाया जाएगा?
(a) 4 (b) 5
(c) 8 (d) 7

3. जून 2022 में, ______ ने जेवर में राष्ट्रीय राजधानी क्षेत्र के नए हवाई अड्डे के निर्माण के लिए बिड जीती है।
(a) विप्रो (b) एचसीएल
(c) टाटा प्रोजेक्ट्स (d) रिलायंस

4. जून 2022 में मेजर ध्यानचंद स्टेडियम, दिल्ली से साइकिल दिवस पर राष्ट्रव्यापी फिट इंडिया फ्रीडम राइडर साइकिल रैली का शुभारंभ किसने किया?
(a) अमित शाह (b) नरेंद्र मोदी
(c) अनुराग ठाकुर (d) नरेंद्र सिंह तोमर

5. जून 2022 के महीने में हाई स्कूल में छात्रों के लिए आवासीय शिक्षा के लिए "श्रेष्ठ" नामक योजना किसने शुरू की है?
(a) वीरेन्द्र कुमार (b) अमित शाह
(c) नरेंद्र मोदी (d) राजनाथ सिंह

6. किस राज्य ने दक्षता लाने और राज्य के राजस्व की चोरी को रोकने के प्रयास में भौतिक स्टाम्प पेपर को समाप्त करने का निर्णय लिया है?
(a) हरियाणा (b) पंजाब
(c) राजस्थान (d) गुजरात

7. किस राज्य ने देश का पहला और सबसे बड़ा लिक्विड मिरर टेलीस्कोप 3 जून 2022 को चालू किया है?
(a) मणिपुर (b) महाराष्ट्र
(c) उत्तर प्रदेश (d) उत्तराखंड

8. किस राज्य / केंद्र शासित प्रदेश की सरकार बी.आर. अंबेडकर के नाम पर "हरिजन" शब्द के साथ कॉलोनियों और सड़कों के नाम बदलने की योजना बना रही है?
(a) महाराष्ट्र (b) उत्तर प्रदेश
(c) चंडीगढ़ (d) दिल्ली

9. जून 2022 के महीने में किस राज्य ने भ्रष्ट अधिकारियों को सबूत के साथ रिपोर्ट करने के लिए ' 14400 ' ऐप लॉन्च किया है?
(a) उत्तर प्रदेश (b) महाराष्ट्र
(c) आंध्र प्रदेश (d) ओडिशा

10. किस राज्य सरकार ने 'नान मुधलवन' के तहत छात्रों के लिए 'नलया थिरन' कौशल कार्यक्रम शुरू किया है?
(a) केरल (b) गुजरात
(c) राजस्थान (d) तमिलनाडु

11. जून 5 को किस राज्य में, राष्ट्रपति कोविंद ने संत कबीर अकादमी और अनुसंधान केंद्र का उद्घाटन किया?
(a) उत्तर प्रदेश (b) महाराष्ट्र
(c) उत्तराखंड (d) गुजरात

12. जून 2022 में दिल्ली में बायोटेक स्टार्टअप एक्सपो का उद्घाटन किसने किया?
(a) निर्मला सीतारमण (b) नरेंद्र मोदी
(c) अमित शाह (d) अनुराग कश्यप

13. केंद्रीय गृह एवं सहकारिता मंत्री अमित शाह ने किस राज्य/केंद्र शासित प्रदेश में राष्ट्रीय जनजातीय अनुसंधान संस्थान का उद्घाटन किया है?
(a) हरियाणा (b) उत्तर प्रदेश
(c) चंडीगढ़ (d) दिल्ली

14. जून 2022 में किसने फंड ट्रांसफर की निगरानी के लिए मंत्रालयों/विभागों को एक मंच प्रदान करने के लिए सिंगल नोडल एजेंसी (SNA) डैशबोर्ड किसने लॉन्च किया?
(a) नरेंद्र मोदी (b) अमित शाह
(c) अनुराग ठाकुर (d) निर्मला सीतारमण

15. जून 2022 में हैम्बर्ग में भीषण "आयरनमैन ट्रायथलॉन" को पूरा करने वाले रेलवे के पहले भारतीय अधिकारी कौन बने हैं?
(a) श्रेयस जी. होसुरू (b) डॉ. देविका पाटिल
(c) हिरोमु इनाद (d) डेव स्कॉट

16. किस राज्य ने यंत्र सेवा योजना शुरू की है और ट्रैक्टर और कंबाइन हार्वेस्टर के वितरण को हरी झंडी दिखाई है?
(a) तमिलनाडु (b) कर्नाटक
(c) केरल (d) आंध्र प्रदेश

17. वित्त मंत्री निर्मला सीतारमण ने EASE नेक्स्ट प्रोग्राम के तहत सार्वजनिक क्षेत्र के बैंकों (PSB) के लिए EASE (एन्हांस्ड एक्सेस एंड सर्विस एक्सीलेंस) 5.0 'कॉमन रिफॉर्म्स एजेंडा' लॉन्च किया है। EASE 5.0 किस क्षेत्र पर ध्यान केंद्रित करेगा?
(a) डिजिटल ग्राहक अनुभव
(b) एकीकृत और समावेशी बैंकिंग
(c) छोटे व्यवसायों का समर्थन
(d) उपरोक्त सभी

18. संयुक्त राष्ट्र ने संगठन में तुर्की गणराज्य देश का नाम "तुर्की" से बदलकर "________" कर दिया है।
(a) तुर्कियो (b) तुर्किया
(c) तुर्किये (d) तुर्किय्क

19. भारत के साथ स्टॉकहोम में जून 2022 में संयुक्त नेतृत्व (लीडआईटी) के एक भाग के रूप में उद्योग संक्रमण संवाद की मेजबानी किसने की?
(a) यूएसए (b) कनाडा
(c) ऑस्ट्रेलिया (d) स्वीडन

20. संयुक्त राष्ट्र द्वारा श्रीलंका को उनके वित्तीय संकट के लिए कितनी ऋण राशि प्रदान की जानी है?
(a) $48 मिलियन (b) $28 मिलियन
(c) $58 मिलियन (d) $70 मिलियन

21. उस MD और CEO का नाम बताइए जिन्हें हाल ही में पंजाब एंड सिंध बैंक लिमिटेड में नियुक्त किया गया है:
(a) स्वरूप कुमार साहा (b) एस कृष्णन
(c) अजय कुमार श्रीवास्तव (d) ए मणिमेखलाई

22. 3 वर्ष की अवधि के लिए इंडियन ओवरसीज बैंक में कार्यकारी निदेशक के रूप में किसे नियुक्त किया गया है?
(a) ए के श्रीवास्तव (b) पी पी सेनगुप्ता
(c) स्वरूप कुमार साहा (d) राजकिरण राय जी

23. लापता बच्चों को खोजने के लिए किस प्लेटफॉर्म ने अपना नया फीचर ऐप 'अंबर अलर्ट' लॉन्च किया है?
(a) इंस्टाग्राम (b) टिंडर
(c) गूगल (d) व्हाट्सएप

24. मेटा के मुख्य परिचालन अधिकारी के रूप में किसे नियुक्त किया गया है?

(a) जेवियर ओलिवन (b) जुल्फिकार हसन
(c) डॉ. टेड्रोस घेब्रेयियस (d) पीटर एल्बर्स

25. 6 जून 2022 को अंतर्राष्ट्रीय एल्युमिनियम संस्थान (IAI) के नए अध्यक्ष के रूप में किसे नियुक्त किया गया है?
(a) स्वरूप कुमार साहा (b) माइल्स प्रॉसेर
(c) बेन कहारस (d) सतीश पाई

26. अल्बानिया के नवनिर्वाचित राष्ट्रपति का नाम क्या है?
(a) बुजर निशानी (b) इलिर मेटा
(c) बजराम बेगाजी (d) साली बेरीशा

27. हाल ही में किसे SBI का नया MD नियुक्त किया गया है?
(a) आलोक चौधरी (b) अश्वनी भाटिया
(c) सीएस सेट्टी (d) जे स्वामीनाथन

28. अंतर्राष्ट्रीय मुद्रा कोष (IMF) के एशिया और प्रशांत विभाग (APD) के निदेशक के रूप में किसे नियुक्त किया गया है?
(a) राजेश गेरा (b) स्वाति ढींगरा
(c) कृष्णा श्रीनिवासन (d) नटराजन सुंदर

29. जून 2022 में निम्नलिखित में से किसे गरुड़ एयरोस्पेस का ब्रांड एंबेसडर नियुक्त किया गया है?
(a) एम एस धोनी (b) जसप्रीत बुमराह
(c) विराट कोहली (d) रोहित शर्मा

30. विशेष ASEAN-भारत विदेश मंत्रियों की बैठक (SAIFMM) 16 और 17 जून 2022 को ________ में आयोजित की जाएगी।
(a) नई दिल्ली, भारत (b) इस्लामाबाद, पाकिस्तान
(c) ढाका, बग्लादेश (d) कोलंबो, श्रीलंका

31. महात्मा गांधी राष्ट्रीय ग्रामीण रोजगार गारंटी योजना (मनरेगा) के तहत लोकपाल के रूप में किसे नियुक्त किया गया है?
(a) एस. एल. थाओसेन (b) अजय कुमार श्रीवास्तव
(c) स्वरूप कुमार साहा (d) एन जे ओझा

32. जून 2022 में प्रसार भारती के मुख्य कार्यकारी अधिकारी (सीईओ) के रूप में किसे अतिरिक्त प्रभार दिया गया है?
(a) सतीश पाई (b) मयंक कुमार अग्रवाल
(c) आलोक चौधरी (d) आरजे उमर

33. कर्मचारी भविष्य निधि संगठन ने वर्ष 2021 – 22 के लिए ________ ब्याज दर तय की है।
(a) 8.5% (b) 8.1%
(c) 9.1% (d) 7.5%

34. 5 जून, 2022 को नॉर्वेजियन कैस्पर रूड को हराकर 14 वां फ्रेंच ओपन खिताब किसने जीता है?
(a) नोवाक जोकोविच (b) राफेल नडाल
(c) माइकल चांग (d) मैक्स डिकुगिस

35. RBI ने बेसिन कैथोलिक को-ऑपरेटिव बैंक और जिला सहकारी केंद्रीय बैंक मर्यादित पर नियम उल्लंघन के लिए मौद्रिक जुर्माना लगाया। जिला सहकारी केन्द्रीय बैंक, मर्यादित पर कितनी राशि का जुर्माना लगाया गया है?
(a) रु. 49, 000 (b) रु. 49, 00, 000
(c) रु. 50, 00, 000 (d) रु. 50, 000

36. वित्तीय वर्ष 2023 के लिए विश्व बैंक द्वारा अनुमानित सकल घरेलू उत्पाद वृद्धि प्रतिशत क्या है?
(a) 7.5% (b) 8.5%
(c) 6.5% (d) 9.5%

37. 6 – 8 जून, 2022 को आयोजित मौद्रिक नीति समिति की बैठक में, RBI ने रेपो दर को 50 bps बढ़ाकर _______ कर दिया है।
(a) 4.00% (b) 4.40%
(c) 4.50% (d) 4.90%

38. आवर्ती लेनदेन के लिए कार्ड और प्रीपेड भुगतान साधनों पर ई-जनादेश/स्थायी निर्देश की बढ़ी हुई सीमा क्या है?
(a) रु. 6, 000 (b) रु. 12, 000
(c) रु. 15, 000 (d) रु. 10, 000

39. भारतीय प्रतिभूति और विनिमय बोर्ड (SEBI) द्वारा म्यूचुअल फंड पर पुनर्गठित सलाहकार समिति के अध्यक्ष कौन हैं?
(a) विनय टोनसे (b) सुनील गुलाटी
(c) धर्मिष्ठा नरेंद्रप्रसाद रावल (d) उषा थोराट

40. आर्थिक सहयोग और विकास संगठन (OECD) ने वित्तीय वर्ष 23 में भारत के लिए आर्थिक विकास _____ होने का अनुमान लगाया है।
(a) 5.3% (b) 6.9%
(c) 7.5% (d) 8.2%

41. 24 जून, 2022 को भारतीय रिजर्व बैंक ने रुपये का जुर्माना लगाया है। 27.5 लाख किस बैंक पर 'बाहरी बेंचमार्क-आधारित उधार' पर उसके द्वारा जारी कुछ निर्देशों का अनुपालन न करने के लिए?
(a) बैंक ऑफ बड़ौदा (b) पंजाब एंड सिंध बैंक
(c) एचडीएफसी बैंक (d) इंडसइंड बैंक

42. रिजर्व बैंक ने किस राज्य के मुधोल सहकारी बैंक लिमिटेड का लाइसेंस रद्द कर दिया है, इस प्रकार इसे जमा के पुनर्भुगतान और नए धन की स्वीकृति से प्रतिबंधित कर दिया है?
(a) तेलंगाना (b) उत्तराखंड
(c) कर्नाटक (d) असम

43. हाल ही में 2022 स्क्रिप्स नेशनल स्पेलिंग बी ट्रॉफी किसने जीती है?
(a) कर्स्टन सैंटोस (b) विहान सिबाली
(c) अभिलाष पटेल (d) हरिनी लोग न

44. संयुक्त राष्ट्र विश्व शिखर सम्मेलन में किस राज्य ने सर्वश्रेष्ठ परियोजना का पुरस्कार जीता है?
(a) महाराष्ट्र (b) मेघालय
(c) असम (d) आंध्र प्रदेश

45. अबू धाबी में आयोजित अंतर्राष्ट्रीय भारतीय फिल्म अकादमी पुरस्कार 2022 में सर्वश्रेष्ठ पुरुष अभिनेता का पुरस्कार किसने जीता है?
(a) सलमान खान (b) शाहरुख खान
(c) विक्की कौशल (d) वरुण धवन

46. जून 2022 में किस शहर में औद्योगिक उपयोग के लिए भारत के पहले सरकारी एमएलडी डिसेलिनेशन प्लांट का उद्घाटन किया गया?
(a) कैगा, कर्नाटक (b) जोधपुर, राजस्थान
(c) हरिपुर, पश्चिम बंगाल (d) दहेज, गुजरात

47. हाल ही में किस हवाई अड्डे ने (जून' 2022 में) चेक-इन लगेज को ट्रैक करने के लिए रेडियो-फ्रीक्वेंसी आइडेंटिफिकेशन (RFID) सक्षम टैग पेश किया?
(a) सरदार वल्लभभाई पटेल अंतर्राष्ट्रीय हवाई अड्डा, अहमदाबाद
(b) छत्रपति शिवाजी महाराज अंतर्राष्ट्रीय हवाई अड्डा, मुंबई
(c) केम्पेगौड़ा अंतर्राष्ट्रीय हवाई अड्डा, बेंगलुरु
(d) इंदिरा गांधी अंतर्राष्ट्रीय हवाई अड्डा, दिल्ली

48. हाल ही में (जून' 2022 में) किस बीमा कंपनी ने फोन पे प्लेटफॉर्म पर मोटर बीमा की पेशकश करने के लिए फोन पे के साथ भागीदारी की?
(a) बजाज आलियांज जनरल इंश्योरेंस
(b) कोटक महिंद्रा जनरल इंश्योरेंस

(c) चोलामंडलम एमएस जनरल इंश्योरेंस
(d) एसबीआई जनरल इंश्योरेंस

49. हाल ही में किस भारतीय कंपनी ने (जून' 2022 में) पार्टीनाइट मेटावर्स प्लेटफॉर्म पर मेटावर्स में भारत का पहला मल्टीप्लेक्स 'एक्सस्ट्रीम मल्टीप्लेक्स' नाम दिया है?
(a) एमटीएनएल (b) बीएसएनएल
(c) भारती एयरटेल (d) वोडाफोन आइडिया

50. निम्नलिखित में से कौन सा बैंक, एनपीसीआई के सूचना प्रौद्योगिकी (आईटी) संसाधनों के साथ (जून' 2022 तक) को इलेक्ट्रॉनिक्स और आईटी मंत्रालय (एमईआईटीवाई) द्वारा 'महत्वपूर्ण सूचना अवसंरचना (सीआईआई)' के रूप में घोषित किया गया था?
(a) एचडीएफसी बैंक (b) आईसीआईसीआई बैंक
(c) येस बैंक (d) (A) और (B) दोनों

51. उस संगठन का नाम बताइए जिसने हाल ही में (जून' 2022 में) ने कृषि क्षेत्र में ई-कॉमर्स को सक्रिय करने के लिए ओपन नेटवर्क फॉर डिजिटल कॉमर्स (ओएनडीसी) के साथ भागीदारी की है।
(a) कृषि और किसान कल्याण मंत्रालय
(b) राष्ट्रीय कृषि और ग्रामीण विकास बैंक
(c) आईसीएआर - भारतीय कृषि अनुसंधान संस्थान
(d) भारतीय कृषि अनुसंधान परिषद

52. भारतीय रिजर्व बैंक (RBI) द्वारा अपर्याप्त पूंजी और कमाई की क्षमता के कारण हाल ही में (जून' 2022 में) किस सहकारी बैंक लाइसेंस को रद्द कर दिया गया था?
(a) अभ्युदय सहकारी बैंक
(b) मिलथ सहकारी बैंक
(c) जनता सहकारी बैंक
(d) सारस्वत को-ऑपरेटिव बैंक

53. हाल ही में (जून 2022 में) किस लघु वित्त बैंक (SFB) ने अपना डिजिटल बचत खाता 'फ्रीओ सेव' लॉन्च किया?
(a) कैपिटल एसएफबी (b) इक्विटास एसएफबी
(c) जन एसएफबी (d) उज्जीवन एसएफबी

54. हाल ही में (जून 2022 में) ने मॉन्ट्रियल में आयोजित फॉर्मूला वन ($F1$) कैनेडियन ग्रांड प्रिक्स 2022 जीता?
(a) लुईस हैमिल्टन (b) मैक्स वेर्स्टाप्पेन
(c) सर्जियो पेरेज़ (d) कार्लोस सैन्ज़

55. उस राज्य का नाम बताइए जो हाल ही में (जून 2022 में) बालिका पंचायत (लड़की पंचायत) शुरू करने वाला भारत का पहला राज्य बना।
(a) गुजरात (b) पश्चिम बंगाल
(c) पंजाब (d) तेलंगाना

56. जून ' 2022 में किस मंत्रालय ने वाणिज्यिक कमाई और गैर-किराया राजस्व (एनएफआर) अनुबंधों के लिए $e-$ नीलामी की नीति और पोर्टल लॉन्च किया?
(a) वाणिज्य एवं उद्योग मंत्रालय
(b) रेल मंत्रालय
(c) कृषि और किसान कल्याण मंत्रालय
(d) सड़क परिवहन और राजमार्ग मंत्रालय

57. जून 2022 में किस देश के संगठन ने भारतीय वायु सेना (आईएएफ) हेलीकॉप्टरों के लिए एयरबोर्न डिफेंस सूट की आपूर्ति के लिए भारत इलेक्ट्रॉनिक्स लिमिटेड (बीईएल) के साथ एक समझौता ज्ञापन पर हस्ताक्षर किए?
(a) जापान (b) संयुक्त राज्य अमेरिका
(c) बेलारूस (d) फ्रांस

58. जून 2022 में आवास और शहरी मामलों के मंत्रालय (MoHUA) द्वारा प्रधान मंत्री आवास योजना शहरी (PMAY-U) की ________ वर्षगांठ मनाई गई।
(a) 7 वीं (b) 5 वीं
(c) 8 वीं (d) 6 वीं

59. जून 2022 में किसने यूनाइटेड किंगडम (यूके) से 'मिस इंडिया वर्ल्डवाइड 2022' जीता?
(a) खुशी पटेल (b) करीना कोहली
(c) तनिष्क शर्मा (d) श्री सैनी

60. जून ' 2022 में किसे केंद्रीय प्रत्यक्ष कर बोर्ड (CBDT) के नए अध्यक्ष के रूप में नियुक्त किया गया है?
(a) संगीता सिंह (b) वाई.के. सिंह
(c) नितिन गुप्ता (d) अनुजा सारंगी

// स्मार्ट उत्तर पुस्तिका //

सही उत्तर — उन छात्रों का प्रतिशत जिन्होंने प्रश्न का सही उत्तर दिया।
छोड़ दिया — उन छात्रों का प्रतिशत जिन्होंने प्रश्न को छोड़ दिया।

प्रश्न संख्या	उत्तर	सही उत्तर	छोड़ दिया	प्रश्न संख्या	उत्तर	सही उत्तर	छोड़ दिया	प्रश्न संख्या	उत्तर	सही उत्तर	छोड़ दिया
1	A	69.28%	1.44%	2	C	87.97%	0.0%	3	C	49.94%	1.18%
4	C	27.0%	3.88%	5	A	52.36%	1.7%	6	B	86.19%	0.0%
7	D	68.56%	1.3%	8	D	61.31%	1.49%	9	C	44.76%	1.61%
10	D	19.46%	4.38%	11	A	58.52%	1.14%	12	B	83.81%	0.0%
13	D	63.39%	1.55%	14	D	16.54%	4.34%	15	A	63.57%	1.45%
16	D	55.69%	1.21%	17	D	59.92%	1.67%	18	C	16.06%	3.33%
19	D	41.24%	1.27%	20	A	61.93%	1.14%	21	A	53.8%	1.91%
22	A	65.1%	1.08%	23	A	84.52%	0.0%	24	A	13.81%	3.18%
25	D	68.19%	1.96%	26	C	56.01%	1.75%	27	A	60.15%	1.32%
28	C	51.91%	1.46%	29	A	60.34%	1.51%	30	A	47.56%	1.53%
31	D	50.76%	1.39%	32	B	56.34%	1.54%	33	B	41.98%	1.72%
34	B	85.84%	0.0%	35	D	88.58%	0.0%	36	A	53.14%	1.97%
37	D	48.86%	1.29%	38	C	51.85%	1.4%	39	D	78.72%	0.0%
40	B	57.88%	1.3%	41	B	53.92%	1.08%	42	C	45.26%	1.99%
43	D	60.47%	1.14%	44	B	43.63%	1.6%	45	C	50.35%	1.6%
46	D	57.03%	1.42%	47	D	65.33%	1.75%	48	B	12.5%	3.42%
49	C	69.32%	1.39%	50	D	55.37%	1.47%	51	B	84.75%	0.0%
52	B	63.95%	1.92%	53	B	27.83%	4.29%	54	B	43.53%	1.98%
55	A	56.67%	1.78%	56	B	55.47%	1.95%	57	C	61.87%	1.72%
58	A	22.72%	4.29%	59	A	40.42%	1.09%	60	C	41.58%	1.38%

// संकेत और समाधान //

1(A). सुजॉय लाल थाओसेन को हाल ही में सशस्त्र सीमा बल का नया महानिदेशक नियुक्त किया गया है।
नई दिल्ली, जून 2022 (PTI) IPS अधिकारी सुजॉय लाल थाओसेन को सशस्त्र सीमा बल (SSB) के नए महानिदेशक (DG)

के रूप में कार्यभार संभाला, जो नेपाल और भूटान के साथ भारतीय सीमाओं की रक्षा करता है। मध्य प्रदेश कैडर के एक 1988 -बैच भारतीय पुलिस सेवा (IPS) अधिकारी थाओसेन को आर के पुरम में बल के मुख्यालय में DG और ITBP प्रमुख संजय अरोड़ा को कार्यवाहक सौंपकर बैटन सौंपा गया था।

2(C). 21 जून, 2022 को मनाए जाने वाले अंतर्राष्ट्रीय योग दिवस के 8 वें संस्करण को मानवता के लिए योग के विषय द्वारा निर्देशित किया जाएगा।' COVID- 19 के ठीक होने की अवधि के दौरान सही योग आसनों का चयन और जागरूकता के साथ उनका अभ्यास करने से तेजी से उपचार के लिए आराम से शरीर और दिमाग के साथ प्रतिरक्षा का निर्माण करने में मदद मिलती है।

3(C). 4 जून को, टाटा प्रोजेक्ट्स ने जेवर में राष्ट्रीय राजधानी क्षेत्र के नए हवाई अड्डे के निर्माण के लिए बिड जीती है।
टाटा प्रोजेक्ट्स अनुबंध के लिए शापूरजी पल्लोनजी ग्रुप और लार्सन एंड टुब्रो को पछाड़कर जेवर में राष्ट्रीय राजधानी क्षेत्र के नए हवाई अड्डे का निर्माण करेगी। हालांकि सौदे के आकार का खुलासा नहीं किया गया है, लेकिन सूत्रों ने इसे 6, 000 करोड़ रुपये से अधिक का अनुमान लगाया है।

4(C). अनुराग ठाकुर ने जून 2022 में मेजर ध्यानचंद स्टेडियम, दिल्ली से साइकिल दिवस पर राष्ट्रव्यापी फिट इंडिया फ्रीडम राइडर साइकिल रैली का शुभारंभ किया।
केंद्रीय युवा मामले और खेल मंत्री अनुराग ठाकुर ने विश्व साइकिल दिवस 2022 के अवसर पर मेजर ध्यानचंद स्टेडियम, दिल्ली से एक राष्ट्रव्यापी 'फिट इंडिया फ्रीडम राइडर साइकिल रैली' का शुभारंभ किया। मेजर ध्यानचंद स्टेडियम से शुरू हुई साइकिल रैली के दौरान अनुराग ठाकुर ने 750 युवा साइकिल चालकों के साथ 7.5 Km की दूरी तय की।

5(A). केंद्रीय सामाजिक न्याय और अधिकारिता मंत्री डॉ. वीरेंद्र कुमार ने 3 जून, 2022 को लक्षित क्षेत्रों में हाई स्कूल में छात्रों के लिए आवासीय शिक्षा के लिए "श्रेष्ठ" योजना शुरू की है। लक्षित क्षेत्रों में छात्रों के लिए आवासीय शिक्षा योजना (श्रेष्टा) सबसे गरीब लोगों के लिए भी गुणवत्तापूर्ण शिक्षा और अवसर प्रदान करने के उद्देश्य से तैयार की गई है।

6(B). पंजाब सरकार ने दक्षता लाने और राज्य के राजस्व की चोरी को रोकने के प्रयास में भौतिक स्टाम्प पेपरों को समाप्त करने का निर्णय लिया है। पंजाब के राजस्व मंत्री ब्रैम शंकर जिम्पा ने 'ई-स्टांप सुविधा' की शुरुआत की।
इसके बाद किसी भी संप्रदाय का स्टांप पेपर अब 'ई-स्टाम्प' के माध्यम से प्राप्त किया जा सकता है जिसमें किसी भी स्टाम्प विक्रेता से या राज्य सरकार द्वारा अधिकृत बैंकों से कम्प्यूटरीकृत प्रिंट-आउट शामिल है।

7(D). उत्तराखंड ने देश का पहला और सबसे बड़ा लिक्विड मिरर टेलीस्कोप 3 जून 2022 को चालू किया है।
भारत ने उत्तराखंड में देवस्थल वेधशाला में अपना पहला 'लिक्विड मिरर टेलीस्कोप' स्थापित किया है। एशिया का सबसे बड़ा अंतर्राष्ट्रीय लिक्विड मिरर टेलीस्कोप (ILMT) 2, 450 मीटर की ऊंचाई पर स्थापित किया गया है।

8(D). दिल्ली सरकार बी.आर. अंबेडकर के नाम पर "हरिजन" शब्द के साथ कॉलोनियों और सड़कों के नाम बदलने की योजना बना रही है।
यह प्रस्ताव अनुसूचित जाति समुदायों द्वारा अपमानजनक माने जाने वाले 'हरिजन' शब्द के इस्तेमाल के खिलाफ केंद्र सरकार के दिशानिर्देश के बाद आया है। इस आशय का प्रस्ताव समाज कल्याण मंत्री राजेंद्र पाल गौतम ने पेश किया है।

9(C). आंध्र प्रदेश के मुख्यमंत्री जगन मोहन रेड्डी ने ' 14400 ' ऐप लॉन्च किया। इस ऐप को एंटी करप्शन ब्यूरो (ACB) ने डेवलप किया है। इस ऐप को लोगों के लिए राज्य में अधिकारियों के खिलाफ भ्रष्टाचार से संबंधित शिकायतें दर्ज करने के लिए अनुकूलित किया गया है। इस ऐप का उद्देश्य अदालत के समक्ष पेश करने के लिए फुलप्रूफ सबूत सुनिश्चित करना भी है। एक टोल-फ्री नंबर 14400 के माध्यम से शिकायत दर्ज की जा सकती है।

10(D). तमिलनाडु सरकार ने 'नान मुधलवन' के तहत छात्रों के लिए 'नलया थिरन' कौशल कार्यक्रम शुरू किया है।
इस कार्यक्रम में 5000 कॉलेज के छात्र कंप्यूटर विज्ञान इलेक्ट्रॉनिक्स और आईटी डोमेन में ज्ञान के साथ प्रौद्योगिकियों का उपयोग करके समस्या-समाधान में कौशल प्रदान करेंगे। तमिलनाडु सरकार ने उद्योग को कुशल छात्र प्राप्त करने में मदद करने के लिए नालया थिरन कार्यक्रम बनाया है।

11(A). जून 5 को उत्तर प्रदेश में, राष्ट्रपति कोविंद ने संत कबीर अकादमी और अनुसंधान केंद्र का उद्घाटन किया।
राष्ट्रपति राम नाथ कोविंद ने संत कबीर को श्रद्धांजलि अर्पित की और कबीर चौरा धाम, मगहर, उत्तर प्रदेश में संत कबीर अकादमी और अनुसंधान केंद्र और स्वदेश दर्शन योजना का उद्घाटन किया। उन्होंने कहा कि कबीर का जीवन मानवीय गुणों का प्रतीक है और उनकी शिक्षाएं आज भी 650 वर्षों के बाद भी प्रासंगिक हैं। उन्होंने कबीर के जीवन को साम्प्रदायिक एकता का आदर्श उदाहरण बताया।

12(B). नरेंद्र मोदी ने 9 जून को दिल्ली में बायोटेक स्टार्टअप एक्सपो 2022 का उद्घाटन किया।
बायोटेक क्षेत्र भारत को अवसर की भूमि के रूप में देख रहा है। मुख्य रूप से निम्नलिखित कारकों के कारण: एक विविध आबादी, विविध जलवायु और एक प्रतिभाशाली कार्यबल, कॉर्पोरेट नियमों में ढील देने की पहल, और जैव वस्तुओं की बढ़ती मांग।

13(D). दिल्ली में केंद्रीय गृह एवं सहकारिता मंत्री अमित शाह ने राष्ट्रीय जनजातीय अनुसंधान संस्थान का उद्घाटन किया है।
राष्ट्रीय जनजातीय अनुसंधान संस्थान आदिवासी विरासत और संस्कृति के संवर्धन और संरक्षण के लिए प्रमुख राष्ट्रीय संस्थान होगा और शैक्षणिक, कार्यकारी और विधायी क्षेत्रों में आदिवासी अनुसंधान मुद्दों और मामलों का प्रमुख केंद्र होगा।

14(D). जून 2022 में निर्मला सीतारमण ने फंड ट्रांसफर की निगरानी के लिए मंत्रालयों / विभागों के लिए एक मंच प्रदान करने के लिए सिंगल नोडल एजेंसी (SNA) डैशबोर्ड लॉन्च किया।
केंद्रीय वित्त मंत्री निर्मला सीतारमण ने जून 2022 में वित्त मंत्रालय द्वारा 'आज़ादी का अमृत महोत्सव' (AKAM) समारोह के एक भाग के रूप में नई दिल्ली में सार्वजनिक वित्तीय प्रबंधन प्रणाली (PFMS) के सिंगल नोडल एजेंसी (SNA) डैशबोर्ड लॉन्च किया। SNA डैशबोर्ड मंत्रालयों और विभागों को राज्यों को धन के हस्तांतरण और उनके उपयोग की निगरानी के लिए एक मंच प्रदान करेगा।

15(A). श्रेयस जी होसुर ने जर्मनी के हैम्बर्ग में "आयरनमैन ट्रायथलॉन" की फिनिश लाइन पार की। दक्षिण पश्चिम रेलवे के 34 वर्षीय उप वित्तीय सलाहकार शारीरिक रूप से मांग वाले कार्यक्रम को पूरा करने वाले पहले भारतीय रेलवे अधिकारी बन गए हैं।

16(D). आंध्र प्रदेश के मुख्यमंत्री, वाईएस जगन मोहन रेड्डी ने यंत्र सेवा योजना शुरू की है और आंध्र प्रदेश के गुंटूर में चुट्टुगुंटा केंद्र में ट्रैक्टर और कंबाइन हार्वेस्टर के वितरण को हरी झंडी दिखाई है। लगभग 3, 800 ट्रैक्टर और 320 संयुक्त हार्वेस्टर आंध्र प्रदेश के रायथू भरोसा केंद्रों (RBK) पर उपलब्ध कराए जाएंगे। 175 करोड़ की सब्सिडी 5, 260 किसान समूह के बैंक खातों में जमा की गई है। आंध्र प्रदेश सरकार का लक्ष्य कुल 10, 750 यंत्र सेवा केंद्र (CHCs) स्थापित करना है।

17(D). EASE 5.0 के तहत, PSB नए जमाने की क्षमताओं में निवेश करना जारी रखेंगे और ग्राहकों की बढ़ती जरूरतों, बदलती प्रतिस्पर्धा और प्रौद्योगिकी के माहौल का जवाब देने के लिए चल रहे सुधारों को गहरा करेंगे। EASE 5.0 छोटे व्यवसायों और कृषि का समर्थन करने पर जोर देने के साथ, डिजिटल ग्राहक अनुभव, और एकीकृत और समावेशी बैंकिंग पर ध्यान केंद्रित करेगा। साथ ही, सभी PSB बैंक-विशिष्ट 3 -वर्ष का रणनीतिक रोडमैप भी बनाएंगे। यह EASE 5.0 से परे रणनीतिक पहल करेगा। पहल विविध विषयों पर होगी - व्यवसाय वृद्धि, लाभप्रदता, जोखिम, ग्राहक सेवा, संचालन और क्षमता निर्माण।

18(C). संयुक्त राष्ट्र ने संगठन में तुर्की गणराज्य देश का नाम "तुर्की" से बदलकर "तुर्किये" कर दिया है।
संयुक्त राष्ट्र के प्रवक्ता स्टीफन दुजारिक ने कहा कि तुर्की के विदेश मंत्री मेवलुत कावुसोग्लू का एक पत्र महासचिव एंटोनियो गुटेरेस को संबोधित किया गया था, जिसमें सभी मामलों के लिए "तुर्की" के बजाय "तुर्किये" के उपयोग का अनुरोध किया गया था।

19(D). स्वीडन ने भारत के साथ स्टॉकहोम में जून 2022 में संयुक्त नेतृत्व (लीडआईटी) के एक भाग के रूप में उद्योग संक्रमण वार्ता की मेजबानी की।
भारत और स्वीडन ने अपनी संयुक्त पहल यानी लीडरशिप फॉर इंडस्ट्री ट्रांजिशन (लीडआईटी) के एक हिस्से के रूप में स्टॉकहोम में इंडस्ट्री ट्रांजिशन डायलॉग की मेजबानी की। लीडआईटी पहल उन क्षेत्रों पर विशेष ध्यान देती है जो वैश्विक जलवायु कार्रवाई में प्रमुख हितधारक हैं और विशिष्ट हस्तक्षेप की आवश्यकता है।

20(A). $48 मिलियन ऋण राशि संयुक्त राष्ट्र द्वारा श्रीलंका को उनके वित्तीय संकट के लिए प्रदान की जानी है।
श्रीलंका में गंभीर भोजन, बिजली और ईंधन की कमी के साथ चल रहे विनाशकारी वित्तीय संकट के बीच, प्रधान मंत्री रानिल विक्रमसिंघे ने संसद को बताया कि संयुक्त राष्ट्र ने द्वीप राष्ट्र के खाद्य, कृषि और स्वास्थ्य क्षेत्रों को चार महीने की अवधि में लगभग $48 मिलियन की मानवीय सहायता प्रदान करने की योजना बनाई है।

21(A). स्वरूप कुमार साहा MD और CEO हैं जिन्हें हाल ही में पंजाब एंड सिंध बैंक लिमिटेड में नियुक्त किया गया है।
स्वरूप कुमार साहा, 3 जून 2022 से प्रबंध निदेशक और मुख्य कार्यकारी अधिकारी (MD और CEO) के रूप में पंजाब एंड सिंध बैंक में शामिल हुए हैं। पंजाब एंड सिंध बैंक में शामिल होने से पहले, स्वरूप कुमार साहा पंजाब नेशनल बैंक के कार्यकारी निदेशक थे।

22(A). ए के श्रीवास्तव को 3 वर्ष की अवधि के लिए इंडियन ओवरसीज बैंक में कार्यकारी निदेशक के रूप में नियुक्त किया गया है।
इंडियन ओवरसीज बैंक के वर्तमान कार्यकारी निदेशक, अजय कुमार श्रीवास्तव को 1 जनवरी, 2023 से शुरू होने वाले तीन वर्षों के लिए इंडियन ओवरसीज बैंक के प्रमुख के रूप में पदोन्नत किया गया है। मौजूदा MD और CEO पार्थ प्रतिम सेनगुप्ता का कार्यकाल 31 दिसंबर को पूरा हो जाएगा।

23(A). इंस्टाग्राम ने लापता बच्चों को खोजने के लिए अपना नया फीचर ऐप 'अंबर अलर्ट' लॉन्च किया है।
इंस्टाग्राम अब लापता बच्चों को ढूंढने में लोगों की मदद करेगा। सोशल मीडिया प्लेटफॉर्म अपने प्लेटफॉर्म पर अंबर अलर्ट लेकर आया है, जिसके इस्तेमाल से लोग अपने क्षेत्र में लापता बच्चों के नोटिस देख और साझा कर सकेंगे। इंस्टाग्राम द्वारा दी गई जानकारी के अनुसार, एम्बर अलर्ट्स जून 1 , 2022 को रोल आउट किया गया। बुधवार और आने वाले हफ्तों में 25 देशों में पूरी तरह से उपलब्ध होगा।

24(A). जेवियर ओलिवन को मेटा का मुख्य परिचालन अधिकारी नियुक्त किया गया है।
मेटा प्लेटफॉर्म्स के वर्तमान मुख्य विकास अधिकारी जेवियर ओलिवन, शेरिल सैंडबर्ग के पद से हटने के बाद कंपनी के मुख्य परिचालन अधिकारी के रूप में कार्यभार संभालेंगे। ओलिवन कई वर्षों से मेटा के साथ हैं, जिसे पहले फेसबुक के नाम से जाना जाता था, इसके विस्फोटक प्रसरण में योगदान दिया। ओलिवन विज्ञापन और व्यावसायिक उत्पादों के लिए जिम्मेदार होगा, जबकि बुनियादी ढांचे और कॉर्पोरेट विकास को जारी रखेंगे।

25(D). 6 जून 2022 को अंतर्राष्ट्रीय एल्युमिनियम संस्थान (IAI) के नए अध्यक्ष के रूप में सतीश पाई को नियुक्त किया गया है।
वैश्विक प्राथमिक एल्युमिनियम उद्योग का प्रतिनिधित्व करने वाली एकमात्र संस्था इंटरनेशनल एल्युमिनियम इंस्टीट्यूट (IAI) ने सतीश पाई को अपना नया अध्यक्ष नियुक्त करने की घोषणा की है। वह हिंडाल्को इंडस्ट्रीज के प्रबंध निदेशक हैं, जो दुनिया के सबसे बड़े एल्युमिनियम उत्पादकों में से एक है।

26(C). अल्बानिया ने 4 जून को अल्बानियाई सशस्त्र बलों (AAF) के चीफ ऑफ जनरल स्टाफ का पद संभालने वाले बजराम बेगज को अपना नया अध्यक्ष चुना। अल्बानिया की संसद ने शनिवार को देश के नए राष्ट्रपति के रूप में एक शीर्ष सैन्य अधिकारी को चुना, क्योंकि तीन दौर के मतदान में कोई उम्मीदवार नामित नहीं किया गया था।

27(A). आलोक कुमार चौधरी ने स्टेट बैंक ऑफ इंडिया (SBI) के नए प्रबंध निदेशक (MD) के रूप में कार्यभार संभाला है। उनकी नियुक्ति 31 मई, 2022 को प्रबंध निदेशक के रूप में अश्वनी भाटिया के सुपरनेशन के सेवानिवृत्ति आती है। चौधरी पहले बैंक में डिप्टी मैनेजिंग डायरेक्टर (फाइनेंस) थे।

28(C). 8 जून, 2022 को आईएमएफ की प्रेस विज्ञप्ति के अनुसार, भारत के कृष्णा श्रीनिवासन को अंतर्राष्ट्रीय मुद्रा कोष के एशिया और प्रशांत विभाग के निदेशक के रूप में नियुक्त किया गया है। श्रीनिवासन की नई नियुक्ति 22 जून , 2022 से शुरू होगी। उनके पूर्ववर्ती, चांगयोंग री ने 23 मार्च, 2022 को अपनी सेवानिवृत्ति की घोषणा की।

29(A). जून 2022 में एमएस धोनी को गरुड़ एयरोस्पेस का ब्रांड एंबेसडर नियुक्त किया गया है।
गरुड़ एयरोस्पेस के CEO अग्निश्वर जयप्रकाश का कहना है कि एमएस धोनी को गरुड़ एयरोस्पेस परिवार का हिस्सा बनाना एक सपने के सच होने जैसा है। ड्रोन स्टार्टअप गरुड़ एयरोस्पेस ने क्रिकेटर महेंद्र सिंह धोनी को कंपनी का ब्रांड एंबेसडर नियुक्त किया है, कंपनी ने घोषणा की।

30(A). ASEAN-भारत वार्ता संबंधों के 30 साल पूरे होने के उपलक्ष्य में विशेष ASEAN-भारत विदेश मंत्रियों की बैठक (एसएआईएफएमएम) 16 और 17 जून 2022 को नई दिल्ली, भारत में आयोजित की जाएगी। इस ऐतिहासिक मान्यता में, वर्ष 2022 को ASEAN-भारत मैत्री वर्ष के रूप में मनाया जा रहा है, जैसा कि अक्टूबर 2021 में 18 वें आसियान-भारत शिखर सम्मेलन में आसियान और भारतीय नेताओं द्वारा घोषित किया गया था।

31(D). एन जे ओझा को महात्मा गांधी राष्ट्रीय ग्रामीण रोजगार गारंटी योजना के तहत दो साल के लिए लोकपाल नियुक्त किया गया है। ओझा के पास मनरेगा कर्मचारियों द्वारा लगाए गए आरोपों की जांच करने, उन पर विचार करने, शिकायत प्राप्त होने के 30 दिनों के भीतर पुरस्कार देने का अधिकार है।

32(B). दूरदर्शन के महानिदेशक मयंक कुमार अग्रवाल को सार्वजनिक प्रसारक प्रसार भारती के CEO के रूप में अतिरिक्त प्रभार दिया गया है। सूचना और प्रसारण मंत्री ने शशि शेखर वेम्पति के सीईओ के रूप में अपना पांच साल का कार्यकाल जून 2022 में समाप्त होने के बाद नियुक्ति को अपनी मंजूरी दे दी। प्रसार भारती अन्य चैनलों के अलावा दूरदर्शन, ऑल इंडिया रेडियो का प्रबंधन करता है।

33(B). कर्मचारी भविष्य निधि संगठन ने वर्ष 2021 – 22 के लिए 8.1% ब्याज दर तय की है।
सरकार ने 2021 – 22 के लिए कर्मचारी भविष्य निधि (EPF) जमा पर 8.1% ब्याज दर को मंजूरी दी है, जो सेवानिवृत्ति निधि निकाय EPFO के लगभग पांच करोड़ ग्राहकों के लिए चार दशक से अधिक कम है। इससे पहले इस साल मार्च में, कर्मचारी भविष्य निधि संगठन (EPFO) ने 2021 – 22 के लिए भविष्य निधि जमा पर ब्याज को 2020 – 21 में प्रदान किए गए 8.5% से घटाकर 8.1% करने का निर्णय लिया था।

34(B). 5 जून, 2022 को राफेल नडाल ने नॉर्वेजियन कैस्पर रूड को हराकर 14 वां फ्रेंच ओपन खिताब जीता है।
स्पेन के राफेल नडाल ने फ्रांस के पेरिस में रोलैंड गैरोस स्टेडियम में फ्रेंच ओपन टेनिस टूर्नामेंट में नॉर्वे के कैस्पर रूड के खिलाफ तीन सेट, 6 – 3, 6 – 3, 6 – 0 में फाइनल मैच जीतने के बाद

ट्रॉफी जीती।

35(D). RBI ने कहा कि उसने अपने ग्राहक को जानिए (KYC) से संबंधित निर्देशों के उल्लंघन के लिए जिला सहकारी केंद्रीय बैंक मर्यादित, मुरैना (मध्य प्रदेश) पर 50,000 का जुर्माना लगाया है।
RBI ने एक बयान में कहा कि उसके द्वारा 'आय पहचान, संपत्ति वर्गीकरण, प्रावधान और अन्य संबंधित मामलों' पर जारी निर्देशों का पालन न करने पर जुर्माना लगाया गया है।

36(A). वित्तीय वर्ष 2023 के लिए विश्व बैंक द्वारा अनुमानित सकल घरेलू उत्पाद वृद्धि प्रतिशत 7.5% है।
विश्व बैंक ने बढ़ती मुद्रास्फीति, आपूर्ति श्रृंखला में व्यवधान और भू-राजनीतिक तनाव में सुधार के रूप में चालू वित्त वर्ष के लिए भारत के आर्थिक विकास के अनुमान को घटाकर 7.5 प्रतिशत कर दिया। यह दूसरी बार है जब विश्व बैंक ने चालू वित्त वर्ष 2022 – 23 (अप्रैल 2022 से मार्च 2023) में भारत के लिए अपने सकल घरेलू उत्पाद के विकास के अनुमान को संशोधित किया है। अप्रैल में, इसने पूर्वानुमान को 8.7 प्रतिशत से घटाकर 8 प्रतिशत कर दिया था और अब यह 7.5 प्रतिशत रहने का अनुमान है।

37(D). 6 – 8 जून, 2022 को आयोजित मौद्रिक नीति समिति की बैठक में, RBI ने रेपो दर को 50 bps बढ़ाकर 4.90% कर दिया है।
वर्तमान और उभरती व्यापक आर्थिक स्थिति के आकलन के आधार पर, मौद्रिक नीति समिति (MPC) ने 8 जून, 2022 को अपनी बैठक में चलनिधि समायोजन सुविधा (LAF) के तहत पॉलिसी रेपो दर को तत्काल प्रभाव से 50 आधार अंकों से बढ़ाकर 4.90 प्रतिशत करने का फैसला किया।

38(C). आवर्ती लेनदेन के लिए कार्ड और प्रीपेड भुगतान साधनों पर ई-जनादेश/स्थायी निर्देश की बढ़ी हुई सीमा रु. 15,000 है।
रिजर्व बैंक (RBI) ने 16 जून, 2022 को कार्ड, प्रीपेड पेमेंट इंस्ट्रूमेंट्स (PPI) और UPI पर आवर्ती लेनदेन के लिए ई-मैंडेट्स के लिए अतिरिक्त फैक्टर ऑफ ऑथेंटिकेशन (AFA) की सीमा 5,000 रुपये से बढ़ाकर 15,000 रुपये कर दी।

39(D). बाजार नियामक SEBI ने म्यूचुअल फंड पर अपनी सलाहकार समिति का पुनर्गठन किया है। भारतीय प्रतिभूति और विनिमय बोर्ड (SEBI) के नवीनतम अपडेट के अनुसार, 25 -सदस्यीय सलाहकार समिति की अध्यक्षता भारतीय रिजर्व बैंक (RBI) की पूर्व डिप्टी गवर्नर उषा थोराट करेंगी।

40(B). आर्थिक सहयोग और विकास संगठन (OECD) ने वित्तीय वर्ष 23 में भारत के लिए आर्थिक विकास 6.9% होने का अनुमान लगाया है।
आर्थिक सहयोग और विकास संगठन (OECD) ने वित्त वर्ष 23 में भारत के लिए विकास दर को 6.9% तक कम कर दिया, जो पहले अनुमानित 8.1% और 2023 में 6.2% था। यह भारतीय रिज़र्व बैंक के 7.2% की वृद्धि के अनुमान से कम है।

41(B). 24 जून, 2022 को भारतीय रिजर्व बैंक ने रुपये का जुर्माना लगाया है। 27.5 लाख पंजाब एंड सिंध बैंक पर 'बाहरी बेंचमार्क-आधारित उधार' पर इसके द्वारा जारी कुछ निर्देशों के अनुपालन के लिए।
पंजाब एंड सिंध बैंक की एक वैधानिक जांच से पता चला कि निर्देशों का अनुपालन नहीं किया गया है, अन्य बातों के साथ-साथ, बैंक ने कुछ फ्लोटिंग रेट रिटेल लोन और फ्लोटिंग रेट लोन को सूक्ष्म और लघु उद्यमों से जोड़ा है, जो 1 अक्टूबर, 2019 के बाद उसके द्वारा विस्तारित किया गया था, एक बाहरी बेंचमार्क के बजाय एमसीएलआर से।

42(C). 8 जून को भारतीय रिजर्व बैंक ने "द मुधोल को-ऑपरेटिव बैंक लिमिटेड, बागलकोट (कर्नाटक)" का लाइसेंस रद्द कर दिया है, इस प्रकार इसे जमा के पुनर्भुगतान और नए धन की स्वीकृति से प्रतिबंधित कर दिया है। भारतीय रिजर्व बैंक (RBI) ने लाइसेंस रद्द करने की घोषणा करते हुए कहा कि बैंक के पास पर्याप्त पूंजी और कमाई की संभावनाएं नहीं हैं। RBI ने यह भी कहा कि बैंक अपनी वर्तमान वित्तीय स्थिति के साथ अपने वर्तमान जमाकर्ताओं को पूरा भुगतान करने में असमर्थ होगा।

43(D). भारतीय मूल की अमेरिकी किशोरी हरिनी लोगन ने प्रतियोगिता के पहले बिजली के दौर के टाईब्रेकर में 2022 स्क्रिप्स नेशनल स्पेलिंग बी जीता, जिसने उसे 90 सेकंड में शब्द दर शब्द खड़खड़ाहट करते देखा। सैन एंटोनियो, टेक्सास के 13 -वर्षीय आठवें-ग्रेडर ने तीन साल पहले अंतिम पूरी तरह से व्यक्तिगत स्पेलिंग बी में भाग लिया था। चार बार की स्पेलिंग बी प्रतिभागी, हरिनी को एक ट्रॉफी और जीत के लिए $50,000 का चेक मिला।

44(B). मेघालय ने संयुक्त राष्ट्र विश्व शिखर सम्मेलन में सर्वश्रेष्ठ परियोजना का पुरस्कार जीता है।
मेघालय ने ऑस्ट्रेलिया, चीन, अर्जेंटीना और तंजानिया की परियोजनाओं के साथ चुनाव लड़ा। मेघालय को श्रेणी में सर्वश्रेष्ठ परियोजना के रूप में घोषित किया गया था और मेघे इस वर्ष विजेता पुरस्कार जीतने वाली भारत की एकमात्र परियोजना है। मेघे परियोजना योजना विभाग, मेघालय सरकार द्वारा कार्यान्वित की जा रही है। इस परियोजना में कई घटक हैं जैसे सरकार से नागरिक या व्यावसायिक सेवाएं, सरकार से कर्मचारी सेवाएं और सरकार से सरकारी सेवाएं।

45(C). विक्की कौशल ने अबू धाबी में आयोजित अंतर्राष्ट्रीय भारतीय फिल्म अकादमी पुरस्कारों में सर्वश्रेष्ठ पुरुष अभिनेता का पुरस्कार जीता है। उन्हें अबू धाबी में आयोजित IIFA 2022 में एक प्रमुख भूमिका (पुरुष) के लिए सर्वश्रेष्ठ प्रदर्शन का पुरस्कार मिला है। उन्होंने शूजीत सरकार द्वारा निर्देशित फिल्म सरदार उधम के लिए पुरस्कार जीता।

46(D). केवल औद्योगिक उपयोग के लिए भारत के पहले सरकारी विलवणीकरण संयंत्र का उद्घाटन गुजरात के मुख्यमंत्री (सीएम) भूपेंद्र पटेल द्वारा भरूच (गुजरात) के दहेज में किया गया था। इसे रुपये 881.19 करोड़ के परिव्यय के साथ स्थापित किया गया था।
इसका निर्माण कार्य लार्सन एंड टुब्रो और टेक्टन की संयुक्त उद्यम कंपनी को सौंपा गया था।
गुजरात औद्योगिक विकास निगम (GIDC) और लाभार्थी औद्योगिक इकाइयों द्वारा संयंत्र के संचालन और रखरखाव के लिए एक विशेष प्रयोजन वाहन (SPV) दहेज देसल फाउंडेशन का गठन किया गया है।

47(D). भारत में पहली बार दिल्ली में इंदिरा गांधी अंतर्राष्ट्रीय हवाई अड्डे ने रेडियो-फ्रीक्वेंसी आइडेंटिफिकेशन (RFID) सक्षम बैगेज टैग पेश किए जो यात्रियों को उनके सामान के स्थान के बारे में वास्तविक समय की जानकारी देंगे। RFID तकनीक व्यक्तिगत होगी और आने वाले यात्रियों को उनके चेक-इन सामान पर नज़र रखने में मदद करेगी। बैग टैग को 'बैग ट्रैक्स' कहा जाएगा और यह न केवल घरेलू और अंतर्राष्ट्रीय आगमन यात्रियों को बल्कि उनके चेक-इन बैगेज को ट्रैक करने में भी मदद करेगा।

48(B). कोटक महिंद्रा जनरल इंश्योरेंस कंपनी लिमिटेड (कोटक जनरल इंश्योरेंस) ने फोन पे प्लेटफॉर्म पर 380 मिलियन ग्राहकों को मोटर बीमा की पेशकश करने के लिए एक डिजिटल भुगतान प्लेटफॉर्म फोन पे इंश्योरेंस ब्रोकिंग सर्विसेज प्राइवेट लिमिटेड (फोन पे) के साथ भागीदारी की है।
i. फोन पे के माध्यम से कोटक जनरल इंश्योरेंस अपने ग्राहकों को त्वरित और निर्बाध कार और दोपहिया बीमा पॉलिसी प्रदान करेगा।
ii. यह साझेदारी फोन पे ग्राहकों को अपने स्मार्टफोन के आराम से कुछ ही क्लिक में कार और दोपहिया बीमा पूरी तरह से ऑनलाइन खरीदने के लिए सशक्त बनाएगी।

49(C). भारती एयरटेल (एयरटेल) ने पार्टीनाइट मेटावर्स प्लेटफॉर्म पर मेटावर्स में एक्सस्ट्रीम मल्टीप्लेक्स भारत का पहला मल्टीप्लेक्स लॉन्च किया है। एक्सस्ट्रीम मल्टीप्लेक्स एयरटेल की एक्सस्ट्रीम प्रीमियम पेशकश का विस्तार है।

- एक्सस्ट्रीम एक 20 -स्क्रीन प्लेटफॉर्म है, जिसके आवेदन पर उपलब्ध प्रमुख (ओवर-द-टॉप) ओटीटी भागीदारों से सामग्री पोर्टफोलियो तक पहुंच है।
- एक्सस्ट्रीम मल्टीप्लेक्स कई जुड़ाव परतों के साथ उपयोगकर्ताओं को पार्टीनाइट मेटावर्स पर बातचीत करने

की अनुमति देता है।

- मल्टीप्लेक्स का विचार एयरटेल के रिकॉर्ड की एकीकृत मीडिया एजेंसी एसेंस द्वारा शुरू किया गया था और पार्टी नाइट के गैमेट्रोनिक्स निर्माता द्वारा एक ब्लॉकचेन-संचालित डिजिटल समानांतर ब्रह्मांड द्वारा विकसित किया गया था।

50(D). इलेक्ट्रॉनिक्स और आईटी मंत्रालय (एमईआईटीवाई) ने आईसीआईसीआई बैंक, एचडीएफसी बैंक और भारतीय राष्ट्रीय भुगतान निगम (एनपीसीआई) के सूचना प्रौद्योगिकी (आईटी) संसाधनों को आईटी की धारा 70 अधिनियम 2000 के तहत महत्वपूर्ण सूचना अवसंरचना (सीआईआई) के रूप में घोषित किया है। उनकी संबद्ध निर्भरता के कंप्यूटर संसाधनों को भी संरक्षित प्रणाली के रूप में माना जाएगा।

- सीआईआई का मतलब है कि इस बुनियादी ढांचे को कोई नुकसान राष्ट्रीय सुरक्षा पर असर डाल सकता है और इन संसाधनों तक पहुंचने वाले किसी भी अनधिकृत व्यक्ति को 10 साल तक की जेल हो सकती है और जुर्माना भी हो सकता है।
- आईटी अधिनियम 2000 के तहत केंद्र सरकार के पास उस डिजिटल संपत्ति की सुरक्षा के लिए किसी भी डेटा डेटाबेस आईटी नेटवर्क या संचार बुनियादी ढांचे को सीआईआई के रूप में घोषित करने की शक्ति है।

51(B). डिजिटल कॉमर्स के लिए एक ओपन नेटवर्क (ONDC) और नेशनल बैंक फॉर एग्रीकल्चर एंड रूरल डेवलपमेंट (NABARD) ने कृषि क्षेत्र में ई-कॉमर्स को सक्रिय करने के लिए हाथ मिलाया है। यह क्षेत्र में ओएनडीसी सक्षमता को बढ़ावा देने वाली पहली पहलों में से एक है।

इसके तहत दोनों संस्थाएं नाबार्ड-ओएनडीसी ग्रैंड हैकथॉन की मेजबानी करेंगी जिसका उद्देश्य भारत में बाजार के लिए तैयार किसान उत्पादक संगठनों (एफपीओ) के साथ खिलाड़ियों के लिए बाजार संबंध स्थापित करना है। तकनीक की दुनिया में एफपीओ को पेश करने वाली यह पहली ऐसी पहल है।

52(B). भारतीय रिजर्व बैंक (RBI) ने अपर्याप्त पूंजी और कमाई की क्षमता के कारण मिलथ को-ऑपरेटिव बैंक लिमिटेड दावणगेरे कर्नाटक का लाइसेंस रद्द कर दिया है और इसका निरंतर संचालन जमाकर्ताओं के हितों के लिए हानिकारक है।

- परिणामस्वरूप बैंक ने कारोबार की समाप्ति पर जून 18, 2022 को बैंकिंग परिचालन करना बंद कर दिया।
- बैंक के पास पर्याप्त पूंजी और लाभ क्षमता का अभाव है। परिणामस्वरूप यह बैंकिंग विनियमन अधिनियम 1949 की धारा 56 के साथ पठित धारा 11(1) और धारा $22(3)(d)$ के प्रावधानों का अनुपालन नहीं करता है।
- बैंक धारा $22(3)(a), 22(3)(b), 22(3)(c), 22(3)(d)$ और $22(3)(e)$ के साथ पठित धारा 56 बैंकिंग विनियमन अधिनियम 1949 का अनुपालन करने में विफल रहा है।

53(B). इक्विटास स्मॉल फाइनेंस बैंक के साथ साझेदारी में बेंगलुरु स्थित नियो बैंकिंग प्लेटफॉर्म फ्रियो ने अपना डिजिटल बचत खाता 'फ्रीओ सेव' लॉन्च किया। फ्रीओ सेव के लॉन्च के साथ यह भारत का पहला उपभोक्ता नियो बैंक बन गया है जो स्मार्ट बचत खाता क्रेडिट और भुगतान उत्पाद कार्ड और धन-विकास उत्पादों सहित पूर्ण-स्टैक नियो बैंकिंग उत्पाद प्रदान करता है। फ्रीओ सेव ऐप के बारे में:

i. फ्रीओ सेव ऐप निर्बाध यूपीआई एकीकरण के साथ 100 प्रतिशत डिजिटल है जो 5 लाख रुपये से 2 करोड़ रुपये तक की शेष राशि के लिए ग्राहक बचत पर 7 प्रतिशत तक ब्याज प्रदान करके क्रेडिट और खरीदारी तक त्वरित पहुंच प्रदान करता है।

ii. फ्रीओ सेव अंग्रेजी, हिंदी और तमिल सहित कई भारतीय भाषाओं में उपलब्ध होगा।

54(B). 2021 फॉर्मूला वन वर्ल्ड चैंपियन और नीदरलैंड के रेड बुल रेसर मैक्स वेर्स्टाप्पेन ने मॉन्ट्रियल कनाडा के सर्किट गिल्स विलेन्यूवे में कनाडाई ग्रां प्री 2022 में सीज़न का अपना छठा फॉर्मूला वन ($F1$) खिताब जीता है। वेर्स्टाप्पेन ने इस सीज़न के पिछले पांच ग्रां प्री में से चार जीते हैं।

- स्पेन के फेरारी ड्राइवर कार्लोस सैन्ज़ ने दूसरा और यूनाइटेड किंगडम के मर्सिडीज़ ड्राइवर के लुईस हैमिल्टन ने कनाडा के ग्रैंड प्रिक्स 2022 में तीसरा स्थान हासिल किया।
- वेर्स्टाप्पेन ने इस सीज़न (2022) में छह रेस जीती हैं - सऊदी अरब जीपी, एमिलिया रोमाग्ना जीपी, मियामी जीपी, स्पेनिश जीपी, अजरबैजान जीपी और अब कनाडाई जीपी।

55(A). बालिकाओं के सामाजिक और राजनीतिक विकास को बढ़ावा देने और बाल विवाह और समाज से दहेज प्रथा को खत्म करने के लिए गुजरात बालिका पंचायत (लड़की पंचायत) शुरू करने वाला भारत का पहला राज्य बन गया है।

- गुजरात के कच्छ जिले के कुनारिया, मस्का, मोटागुआ और वडसर गांवों में बालिका पंचायत की पहल शुरू की गई है और यह 'बेटी बचाओ बेटी पढाओ' अभियान के तहत गुजरात सरकार के महिला एवं बाल विकास कल्याण विभाग की एक पहल है।
- बालिका पंचायत के सदस्यों को ग्राम पंचायत की तरह ही मनोनीत किया जाता है और सदस्यों को 6 वार्डों से सर्वसम्मति से निर्विरोध चुना जाएगा। प्रतियोगी 10 और 21 वर्ष के बीच की युवा महिलाएं थीं।

56(B). केंद्रीय मंत्री अश्विनी वैष्णव रेल मंत्रालय ने रेल भवन नई दिल्ली (दिल्ली) में वाणिज्यिक कमाई और गैर-किराया राजस्व (एनएफआर) अनुबंधों के लिए ई-नीलामी शुरू की। स्क्रैप बिक्री की प्रचलित ई-नीलामी के अनुरूप भारतीय रेलवे ई-प्रोक्योरमेंट सिस्टम (आईआरईपीएस) के माध्यम से वाणिज्यिक आय और एनएफआर अनुबंधों को इलेक्ट्रॉनिक नीलामी के दायरे में लाने के लिए यह लॉन्च किया गया था। व्यावसायिक कमाई के लिए ई-नीलामी से रेलवे की कमाई बढ़ेगी और कारोबार करने में आसानी भी होगी।

57(C). भारत इलेक्ट्रॉनिक्स लिमिटेड (बीईएल) भारत सरकार के रक्षा मंत्रालय (एमओडी) के तहत एक रक्षा सार्वजनिक क्षेत्र की इकाई (पीएसयू) ने रक्षा पहल (डीआई) बेलारूस और रक्षा पहल एयरो प्राइवेट लिमिटेड इंडिया के साथ डीआई बेलारूस की सहायक कंपनी के साथ एक समझौता ज्ञापन पर हस्ताक्षर किए हैं। एमओयू तीन कंपनियों को भारतीय वायु सेना (आईएएफ) हेलीकॉप्टरों के लिए एयरबोर्न डिफेंस सूट (एडीएस) की आपूर्ति पर सहयोग करने का आह्वान करता है। एडीएस का प्रयोग हेलीकॉप्टरों को सुरक्षा प्रदान करने के लिए किया जाता है।

58(A). आवास और शहरी मामलों के मंत्रालय (MoHUA) ने PMAY-U मिशन के तहत लागू महत्वपूर्ण पहलों को उजागर करने के लिए प्रधान मंत्री आवास योजना-शहरी (PMAY-U) के 7 वर्ष मनाने के लिए एक आभासी कार्यक्रम का आयोजन किया। भारत के प्रधान मंत्री (पीएम) नरेंद्र मोदी द्वारा 25 जून 2015 को लॉन्च किया गया, यह दुनिया के सबसे बड़े शहरी आवास कार्यक्रमों में से एक है। सचिव MoHUA द्वारा PMAY(U) 2015 – 2022 की एक ई-बुक 7 वर्ष जारी की गई, जो PMAY(U) के विकास और उपलब्धियों को समेटे हुए एक संग्रह है।

8.31 लाख करोड़ रुपये के कुल निवेश के साथ पीएमएवाई-यू ने अब तक 122.69 लाख रुपये मंजूर किए हैं, जिनमें से 1 करोड़ से अधिक घर जमींदोज हो चुके हैं और 61 लाख से अधिक हो गए हैं। मकान बनकर तैयार हो गए हैं और लाभार्थियों तक पहुंचा दिए गए हैं।

59(A). न्यूयॉर्क स्थित इंडिया फेस्टिवल कमेटी (IFC) के अनुसार, यूनाइटेड किंगडम (यूके) की बायोमेडिकल छात्रा ख़ुशी पटेल को भारत के बाहर सबसे लंबे समय तक चलने वाली मिस इंडिया वर्ल्डवाइड 2022 की विजेता घोषित किया गया है। यह प्रतियोगिता का 29 वां संस्करण है। पिछला इवेंट (28 वां संस्करण) 2019 में आयोजित किया गया था। संयुक्त राज्य अमेरिका की वैदेही डोंगरे को प्रथम उपविजेता घोषित किया गया जबकि श्रुतिका माने (द्वितीय) उपविजेता बनी।

गुयाना की रोशनी रजाक को मिस टीन इंडिया वर्ल्डवाइड 2022 घोषित किया गया। अमेरिका की नव्या पिंगोल (पहली) उपविजेता रही जबकि सूरीनाम की चिक्किता मलाहा उपविजेता रही।

60(C). सचिवों की एक समिति ने नितिन गुप्ता को आयकर विभाग के एक शीर्ष निकाय केंद्रीय प्रत्यक्ष कर बोर्ड (सीबीडीटी) के नए अध्यक्ष के रूप में चुना है। उनकी नियुक्ति को कैबिनेट की नियुक्ति समिति (एसीसी) द्वारा अनुमोदित किया गया था। वह संगीता सिंह की जगह लेंगे, जो सीबीडीटी के एक मौजूदा अध्यक्ष हैं, जेबी महापात्र के बाद, एक पूर्णकालिक अध्यक्ष प्रत्यक्ष कर प्रशासन निकाय के प्रमुख के रूप में 30 अप्रैल 2022 को सेवानिवृत्त हुए।

नितिन गुप्ता वर्तमान में जांच का प्रभार संभालने वाले सीबीडीटी के सदस्य हैं। वह 1 सीबीडीटी सदस्य हैं जो 3 वर्षों के बाद जांच के स्वतंत्र प्रभार के लिए नियुक्त किए गए हैं।

वार्षिक समसामयिकी 07

1. चार्टर्ड एकाउंटेंट्स दिवस का कौन सा संस्करण 1 जुलाई 2022 को मनाया गया था?
(a) 70th (b) 72nd
(c) 74th (d) 76th

2. केंद्र सरकार ने जुलाई 2022 के 1 – 10th से अपनी 29 अधिकृत शाखाओं के माध्यम से चुनावी बांड जारी करने और भुनाने के लिए किस बैंक को अधिकृत किया है?
(a) भारतीय स्टेट बैंक (b) ऐक्सिस बैंक
(c) आईसीआईसीआई बैंक (d) एचडीएफसी बैंक

3. नेशनल हेल्थ अथॉरिटी (एनएचए) ने आयुष्मान भारत प्रधानमंत्री-जन आरोग्य योजना (एबी पीएम-जेएवाई) योजना के तहत जुलाई 2022 में लगभग ________ डॉक्टरों को उनके काम के लिए सम्मानित किया।
(a) 400 (b) 700
(c) 600 (d) 1000

4. जुलाई 2022 में, एक टेस्ट क्रिकेट मैच में एक ओवर में सबसे अधिक रन किसने बनाए?
(a) मोहम्मद शमी (b) हार्दिक पांड्या
(c) जसप्रीत बुमराह (d) भुवनेश्वर कुमार

5. किस फॉर्मूला वन रेसिंग ड्राइवर ने 3 जुलाई 2022 को ब्रिटिश F1 ग्रांड प्रिक्स जीता है?
(a) लुईस हैमिल्टन (b) सर्जीओ पेरेज़
(c) कार्लोस सैन्ज़ (d) मैक्स वेरस्टैपेन

6. 3 जुलाई 2022 को सीआईआई क्वालिटी रत्न पुरस्कार 2021 से किसे सम्मानित किया गया है?
(a) अशोक सूता (b) मुकेश अंबानी
(c) गौतम अडानी (d) अजीम प्रेमजी

7. जुलाई में फेमिना मिस इंडिया 2022 के खिताब की विजेता किसे घोषित किया गया था?
(a) बबीता सिंह (b) तारिणी गोयल
(c) सिनी शेट्टी (d) शिनाता चौहान

8. खाद्य और सार्वजनिक वितरण विभाग जुलाई 2022 में ______ में भारत में खाद्य और पोषण सुरक्षा पर एक राष्ट्रीय सम्मेलन का आयोजित करेगा।
(a) नई दिल्ली (b) पुणे
(c) हैदराबाद (d) मुंबई

9. किस इंडियन इंस्टिट्यूट ऑफ़ टेक्नोलॉजी (आईआईटी) परिसर में, केंद्रीय मंत्री जितेंद्र सिंह ने जुलाई 2022 को भारत की पहली स्वायत्त नेविगेशन सुविधा, 'TiHAN' का उद्घाटन किया?
(a) आईआईटी हैदराबाद (b) आईआईटी मद्रास
(c) आईआईटी जोधपुर (d) आईआईटी गुवाहाटी

10. इएन सुधीर का जुलाई 2022 में निधन हो गया। वह निम्नलिखित में से किस खेल से संबंधित थे?
(a) फुटबॉल (b) क्रिकेट
(c) शतरंज (d) टेनिस

11. जुलाई 2022 में, आरबीआई ने किस बैंक के अपनी मूल कंपनी के साथ विलय को मंजूरी दी है?
(a) आईसीआईसीआई बैंक (b) एचडीएफसी बैंक
(c) यस बैंक (d) ऐक्सिस बैंक

12. 4 जुलाई 2022 को एलोर्डा बॉक्सिंग कप के पहले संस्करण में महिला के 81kg वर्ग में स्वर्ण पदक किसने जीता है?
(a) निकहत जरीन (b) लवलीना बोर्गोहिन
(c) पिंकी जांगड़ा (d) अल्फिया पठान

13. जुलाई 2022 में किस इंश्योरेंस कंपनी ने साइबर वॉल्टएज बीमा योजना शुरू की है?
(a) एसबीआई जनरल इंश्योरेंस
(b) लाइफ इंश्योरेंस कॉरपोरेशन ऑफ इंडिया (एलआईसी)
(c) बजाज आलियांज जनरल इंश्योरेंस
(d) रिलायंस लाइफ इंश्योरेंस

14. जुलाई 2022 के 7 और 8 को आयोजित होने वाली G20 विदेश मंत्रियों की बैठक की मेजबानी कौन सा देश कर रहा है?
(a) रूस (b) चीन
(c) भारत (d) इंडोनेशिया

15. जुलाई 2022 में, उत्तर अटलांटिक संधि संगठन (नाटो) के सदस्य राज्यों ने _______ के लिए परिग्रहण प्रोटोकॉल पर हस्ताक्षर किए हैं।
(a) फिनलैंड और नॉर्वे (b) नॉर्वे और डेनमार्क
(c) फिनलैंड और स्वीडन (d) डेनमार्क और स्पेन

16. जुलाई 2022 में अमेरिका की सबसे अमीर स्व-निर्मित महिलाओं की फोर्ब्स सूची में किस भारतीय मूल के सीईओ को सूचीबद्ध किया गया है?
(a) मैकेंज़ी स्कॉट (b) जैकलीन मार्स
(c) जयश्री वी उल्लाल (d) अंजलि सुड

17. जुलाई 2022 में रक्षा वेतन पैकेज (डीएसपी) योजना के लिए भारतीय वायु सेना के साथ अपने समझौता ज्ञापन का नवीनीकरण किसने किया है?
(a) इंडसइंड बैंक (b) भारतीय स्टेट बैंक
(c) कोटक महिंद्रा बैंक (d) एचडीएफसी बैंक

18. जुलाई 2022 में एसबीआई जनरल इंश्योरेंस कंपनी लिमिटेड के प्रबंध निदेशक और मुख्य कार्यकारी अधिकारी के रूप में किसे नियुक्त किया गया है?
(a) टी राजा कुमार (b) परितोष त्रिपाठी
(c) विजय शेखर शर्मा (d) ज्ञानेश भारती

19. जुलाई 2022 में, उनके मौजूदा पोर्टफोलियो के अलावा, अल्पसंख्यक मामलों के मंत्रालय का प्रभार किसे सौंपा गया है?
(a) स्मृति ईरानी (b) पीयूष गोयल
(c) अमित शाह (d) निर्मला सीतारमण

20. गृह मंत्री अमित शाह ने जुलाई 2022 में स्वामी रामानुजाचार्य की 'स्टैच्यू ऑफ पीस' का अनावरण किस शहर में किया है?
(a) चेन्नई (b) इंदौर
(c) अयोध्या (d) श्रीनगर

21. जुलाई 2022 में इण्टरनेशनल मॉनिटरी फ़ण्ड (आईएमएफ़की) 'वाल ऑफ़ फॉर्मर चीफ इकोनॉमिक्स' पर प्रदर्शित होने वाली पहली महिला और दूसरी भारतीय कौन बनी हैं?
(a) किरण मजूमदार शॉ (b) हेमलता अन्नामलाई
(c) फाल्गुनी नायरी (d) गीता गोपीनाथ

22. जुलाई 2022 में शिंजो आबे का निधन हो गया। वह किस देश के पूर्व पीएम थे?
(a) रूस (b) जापान
(c) उत्तर कोरिया (d) दक्षिण कोरिया

23. साक्षी मलिक द्वारा 7 जुलाई 2022 को 'गेटिंग द ब्रेड: द जेन-जेड वे टू सक्सेस' शीर्षक से किसकी पहली पुस्तक का विमोचन किया गया?
(a) प्रार्थना बत्रा (b) डॉ. श्रीराम चौलिया
(c) ऋचा मिश्रा (d) रत्नाकर शेट्टी

24. ब्रिक्स संचार मंत्रियों की 8 वीं बैठक _______ की अध्यक्षता में जुलाई 2022 में वर्चुअल मोड में आयोजित की गई थी।
(a) ब्राज़िल (b) रूस
(c) चीन (d) दक्षिण अफ्रीका

25. जुलाई 2022 में रक्षा कर्मियों के वेतन खातों के प्रबंधन के लिए किस बैंक ने इंडियन एयर फोर्स (आइएफ) के साथ एक समझौता ज्ञापन पर हस्ताक्षर किए हैं?
(a) ऐक्सिस बैंक (b) कोटक महिंद्रा बैंक
(c) भारतीय स्टेट बैंक (d) एचडीएफसी बैंक

26. प्रधान मंत्री नरेंद्र मोदी ने जुलाई 2022 में नई दिल्ली में श्री थरमन शनमुगरत्नम, _______ के वरिष्ठ मंत्री द्वारा पहले 'अरुण जेटली मेमोरियल लेक्चर' (एजेएमएल) में भाग लिया।
(a) इंडोनेशिया (b) मलेशिया
(c) ब्रुनेई (d) सिंगापुर

27. जुलाई 2022 में टेस्ला के सीईओ एलोन मस्क _________ खरीदने के लिए अपने 44 बिलियन डॉलर के सौदे को समाप्त कर रहे हैं क्योंकि सोशल मीडिया कंपनी ने विलय समझौते के कई प्रावधानों का उल्लंघन किया था।
(a) फेसबुक (b) टैग
(c) गुडरीड्स (d) ट्विटर

28. जुलाई 2022 में भारत में टीबी को खत्म करने के उद्देश्य से केंद्रीय स्वास्थ्य मंत्रालय ने निम्नलिखित में से किसके साथ एक समझौता ज्ञापन पर हस्ताक्षर किए हैं?
(a) महिला एवं बाल विकास मंत्रालय
(b) पंचायती राज मंत्रालय
(c) जनजातीय मामलों के मंत्रालय
(d) आवास और शहरी मामलों के मंत्रालय

29. जुलाई 2022 में उप चुनाव आयुक्त के रूप में किसे नियुक्त किया गया है?
(a) आरके गुप्ता (b) परितोष त्रिपाठी
(c) वेंकट नागेश्वर चलसानी (d) सिंधु गंगाधरणी

30. जुलाई 2022 में विंबलडन महिला एकल का खिताब किसने जीता है?
(a) ऐलेना रयबकिना (b) ओन्स जबेउरी
(c) जेसिका पेगुला (d) सिमोना हालेपी

31. जुलाई 2022 में विंबलडन पुरुष एकल का खिताब किसने जीता है?
(a) राफेल नडाल (b) दिमित्री मेदवेदेव
(c) रोजर फ़ेडरर (d) नोवाक जोकोविच

32. किस फॉर्मूला वन रेसिंग ड्राइवर ने जुलाई 2022 को ऑस्ट्रियाई F1 ग्रांड प्रिक्स जीता है?
(a) मैक्स वर्स्टपेन (b) कार्लोस सैन्ज़
(c) लुईस हैमिल्टन (d) चार्ल्स लेक्लर

33. जुलाई 2022 में बेंगलुरु में IS4OM का उद्घाटन किसने किया?
(a) जितेंद्र सिंह (b) मनोज सिन्हा
(c) गिरिराज सिंह (d) गजेंद्र सिंह शेखावाट

34. भारत में किस नियामक संस्था ने जुलाई 2022 में अंतर्राष्ट्रीय व्यापार के लिए एक रुपया निपटान प्रणाली का अनावरण किया है?
(a) भारतीय प्रतिभूति और विनिमय बोर्ड (सेबी)
(b) भारतीय प्रतिस्पर्धा आयोग (सीसीआई)
(c) बीमा विनियामक एवं विकास प्राधिकरण
(d) भारतीय रिज़र्व बैंक (आरबीआई)

35. जुलाई 2022 में जापान सरकार द्वारा ऑर्डर ऑफ द राइजिंग सन, गोल्ड एंड सिल्वर स्टार से किसे सम्मानित किया गया है?
(a) कुशाल जैन (b) रवि परमार
(c) नारायणन कुमार (d) प्रमोद तोमर

36. जुलाई 2022 में नवीकरणीय ऊर्जा के लिए एक ज्वाइंट वेंचर (जेवी) कंपनी के गठन के लिए इंडियन ऑयल कॉर्पोरेशन के साथ किस कंपनी ने भागीदारी की है?
(a) एनटीपीसी लिमिटेड
(b) टाटा पावर सोलर सिस्टम्स लिमिटेड
(c) रिन्यू पावर वेंचर्स
(d) अदानी रिन्यूएबल्स

37. जुलाई 2022 को जारी ग्लोबल जेंडर गैप इंडेक्स 2022 में भारत का स्थान क्या है?
(a) 131 (b) 127
(c) 135 (d) 121

38. निम्नलिखित में से किसने जुलाई 2022 में अपना निफ्टी 50 ईटीएफ फंड ऑफ फंड लॉन्च किया है?
(a) एक्सिस म्यूचुअल फंड
(b) आईसीआईसीआई प्रूडेंशियल म्यूचुअल फंड
(c) क्वांटम म्यूचुअल फंड
(d) एसबीआई म्यूचुअल फंड

39. राष्ट्रीय सुरक्षा परिषद सचिवालय (एनएससीएस) ने जुलाई 2022 में साइबर सुरक्षा सहयोग पर _________ विशेषज्ञ समूह की बैठक की मेजबानी की है।
(a) एशियन (b) सार्क
(c) बिम्सटेक (d) ब्रिक्स

40. जुलाई 2022 में, आर्थिक मामलों की मंत्रिमंडलीय समिति ने तरंगा हिल-अंबाजी-आबू रोड नई रेल लाइन के निर्माण को रेल मंत्रालय द्वारा 2798.16 करोड़ की अनुमानित लागत से निर्माण की मंजूरी दी है। नई रेल लाइन की कुल लंबाई कितनी है?
(a) 101.25km (b) 116.65km
(c) 130.95km (d) 165.25km

41. जुलाई 2022 में कौन सा जिला देश का पहला 'हर घर जल' प्रमाणित जिला बन गया है?
(a) रेवा (b) गोरखपुर
(c) कोयंबटूर (d) बुरहानपुर

42. जुलाई 2022 में सामाजिक न्याय के लिए मदर टेरेसा मेमोरियल अवार्ड्स 2021 से किसे सम्मानित किया गया है?
(a) प्रियंका चोपड़ा (b) सनी लिओनी
(c) रितिक रोशन (d) दीया मिर्जा

43. कौन सा बैंक जुलाई 2022 में आयकर विभाग के नए ई-फाइलिंग पोर्टल के साथ तकनीकी एकीकरण पूर्ण करने वाला पहला निजी बैंक बन गया है?
(a) कोटक महिंद्रा बैंक (b) एचडीएफसी बैंक
(c) ऐक्सिस बैंक (d) बंधन बैंक

44. प्रधानमंत्री नरेंद्र मोदी ने किस स्थान पर 16 जुलाई 2022 को बुंदेलखंड एक्सप्रेसवे का उद्घाटन किया?
(a) कन्नौज (b) मिर्जापुर
(c) जालौन (d) लखनऊ

45. 17 जुलाई 2022 को सिंगापुर ओपन बैडमिंटन टूर्नामेंट का महिला एकल खिताब किसने जीता है?
(a) पीवी सिंधु (b) साइना नेहवाल
(c) एन से-यंग (d) कैरोलिना मारिन

46. जुलाई 2022 में नेशनल स्टॉक एक्सचेंज (एनएसई) के नए एमडी और सीईओ के रूप में किसे नियुक्त किया गया है?

(a) समीर गुप्ता (b) आशीष कुमार चौहान
(c) सतीश गुप्ता (d) रोहित सेमवाल

47. थल सेनाध्यक्ष (सीओएएस) जनरल मनोज पांडे जुलाई 2022 में किस देश की एक दिवसीय यात्रा पर गए?
(a) बांग्लादेश (b) म्यांमार
(c) भूटान (d) थाईलैंड

48. जुलाई 2022 में जारी फोर्ब्स की दुनिया की सबसे अमीर सूची में गौतम अडानी का स्थान क्या है?
(a) 1 (b) 2
(c) 3 (d) 4

49. जुलाई 2022 में भारतीय प्रतिभूति और विनिमय बोर्ड (सेबी) के कार्यकारी निदेशक के रूप में किसे नियुक्त किया गया है?
(a) सत्येंद्र गुप्ता (b) प्रमोद राव
(c) शेफाली शर्मा (d) सुशीला देवी

50. जुलाई 2022 में जारी किए गए हेनले पासपोर्ट इंडेक्स 2022 में भारतीय पासपोर्ट का रैंक क्या है?
(a) $77th$ रैंक (b) $107th$ रैंक
(c) $85th$ रैंक (d) $87th$ रैंक

51. निम्नलिखित में से किसे जुलाई 2022 में भारत के 15 वें राष्ट्रपति के रूप में चुना गया है?
(a) निर्मला सीतारमण (b) स्वाति पीरामली
(c) हिमा कोहली (d) द्रौपदी मुर्मू

52. जुलाई 2022 में संयुक्त अरब अमीरात (यूएई) सरकार द्वारा किस अभिनेता को "गोल्डन वीज़ा" से सम्मानित किया गया है?
(a) अमिताभ बच्चन (b) रजनीकांत
(c) राणा दग्गुबाती (d) कमल हासन

53. जुलाई 2022 में घोषित 68 वें राष्ट्रीय फिल्म पुरस्कारों में किस फिल्म ने सर्वश्रेष्ठ फीचर फिल्म का पुरस्कार जीता है?
(a) तन्हाजी (b) केजीएफ चैप्टर-1
(c) बधाई दो (d) सुरारी पोट्टरू

54. जुलाई 2022 में, कोचीन शिपयार्ड लिमिटेड (सीएसएल) और ________ ने समुद्री क्षेत्र में स्टार्ट-अप को बढ़ावा देने के लिए एक समझौते पर हस्ताक्षर किए हैं।
(a) इंडियन इंस्टीट्यूट ऑफ मैनेजमेंट-कलकत्ता
(b) इंडियन इंस्टीट्यूट ऑफ मैनेजमेंट-अहमदाबाद
(c) इंडियन इंस्टीट्यूट ऑफ मैनेजमेंट-कोझिकोड
(d) इंडियन इंस्टीट्यूट ऑफ मैनेजमेंट-लखनऊ

55. किस देश ने जुलाई 2022 में अपने स्थायी अंतरिक्ष स्टेशन के लिए दूसरा अंतरिक्ष मॉड्यूल सफलतापूर्वक लॉन्च किया है?
(a) जापान (b) चीन
(c) रूस (d) यूके

56. जुलाई 2022 में कौन सी अंतरराष्ट्रीय फंडिंग एजेंसी भारत के नेतृत्व वाली आपदा रेजिलिएंट इंफ्रास्ट्रक्चर (सीडीआरआई) के लिए गठबंधन में शामिल हो गई है?
(a) एशियाई विकास बैंक (एडीबी)
(b) विश्व बैंक
(c) न्यू डेवलपमेंट बैंक
(d) यूरोपीय निवेश बैंक (ईआईबी)

57. किस केंद्रीय मंत्री ने 24 जुलाई 2022 को अखिल भारतीय आयुर्वेद संस्थान (एआईआईए) में 'बाल रक्षा' मोबाइल ऐप लॉन्च किया?
(a) सर्बानंद सोनोवाल (b) अनुराग ठाकुर
(c) अमित शाह (d) राजनाथ सिंह

58. जुलाई 2022 में सभी अंतरराष्ट्रीय और घरेलू क्रिकेट मैचों के लिए बीसीसीआई के शीर्षक प्रायोजक के रूप में पेटीएम की जगह किस ब्रांड ने ले ली है?
(a) प्यूमा (b) नाइकी
(c) ओप्पो (d) मास्टरकार्ड

59. जुलाई 2022 में बढ़ती मुद्रास्फीति से निपटने के लिए किस देश ने सोने के सिक्के लॉन्च किए हैं?
(a) घाना (b) चाड
(c) जिम्बाब्वे (d) श्री लंका

60. 2021 – 2022 वित्तीय वर्ष के लिए आयकर रिटर्न की कुल संख्या जुलाई 2022 में ____________ से अधिक हो गई।
(a) 7.3 करोड़ (b) 1.2 करोड़
(c) 4.9 करोड़ (d) 5.73 करोड़

// स्मार्ट उत्तर पुस्तिका //

सही उत्तर — उन छात्रों का प्रतिशत जिन्होंने प्रश्न का सही उत्तर दिया।
छोड़ दिया — उन छात्रों का प्रतिशत जिन्होंने प्रश्न को छोड़ दिया।

प्रश्न संख्या	उत्तर	सही उत्तर	छोड़ दिया	प्रश्न संख्या	उत्तर	सही उत्तर	छोड़ दिया	प्रश्न संख्या	उत्तर	सही उत्तर	छोड़ दिया
1	C	52.37%	1.12%	2	A	54.41%	1.64%	3	D	89.9%	0.0%
4	C	76.59%	0.0%	5	C	27.49%	4.82%	6	A	50.54%	1.79%
7	C	85.73%	0.0%	8	A	85.21%	0.0%	9	A	16.86%	3.36%
10	A	61.85%	1.14%	11	B	54.68%	1.25%	12	D	83.07%	0.0%
13	A	68.67%	1.37%	14	D	20.17%	3.49%	15	C	23.71%	3.98%
16	C	61.9%	1.42%	17	B	88.8%	0.0%	18	B	48.08%	1.83%
19	A	76.93%	0.0%	20	D	47.65%	1.66%	21	D	42.44%	1.36%
22	B	80.44%	0.0%	23	A	67.5%	1.82%	24	C	82.51%	0.0%
25	A	41.88%	1.99%	26	D	57.34%	1.65%	27	D	84.46%	0.0%
28	B	61.37%	1.93%	29	A	69.03%	1.93%	30	A	58.73%	1.06%
31	D	41.54%	1.4%	32	D	42.59%	1.7%	33	A	57.7%	1.69%
34	D	61.76%	1.24%	35	C	14.76%	3.07%	36	A	65.91%	1.74%
37	C	40.93%	1.21%	38	C	59.48%	1.09%	39	C	18.03%	3.97%
40	B	13.29%	4.02%	41	D	63.86%	1.5%	42	D	89.45%	0.0%
43	A	84.19%	0.0%	44	C	58.7%	1.58%	45	A	83.56%	0.0%
46	B	54.1%	1.28%	47	A	64.64%	1.66%	48	D	76.91%	0.0%
49	B	53.64%	1.34%	50	D	27.73%	3.53%	51	D	52.77%	1.78%
52	D	60.54%	1.59%	53	D	15.92%	3.78%	54	C	62.75%	1.8%
55	B	44.02%	1.77%	56	D	19.34%	4.62%	57	A	81.62%	0.0%
58	D	53.33%	1.61%	59	C	68.69%	1.56%	60	D	26.17%	4.02%

// संकेत और समाधान //

1(C). 74th चार्टर्ड एकाउंटेंट दिवस का संस्करण 1 जुलाई 2022 को मनाया गया।
यह दिन इंस्टीट्यूट ऑफ चार्टर्ड अकाउंटेंट्स ऑफ इंडिया (ICAI)

द्वारा मनाया जाता है। ICAI की स्थापना भारत की संसद द्वारा 1949 में की गई थी। यह दुनिया भर में दूसरा सबसे बड़ा लेखा और वैधानिक निकाय है। भारत में, ICAI वित्तीय लेखा परीक्षा और लेखा पेशे के लिए एकमात्र लाइसेंसिंग और नियामक निकाय है।

2(A). केंद्र सरकार ने भारतीय स्टेट बैंक को जुलाई के 1 – 10th से अपनी 29 अधिकृत शाखाओं के माध्यम से चुनावी बांड जारी करने और भुनाने के लिए अधिकृत किया है।
चुनावी बांड जारी होने की तारीख से पंद्रह कैलेंडर दिनों के लिए वैध होंगे और वैधता अवधि की समाप्ति के बाद चुनावी बांड जमा किए जाने पर किसी भी राजनीतिक दल को कोई भुगतान नहीं किया जाएगा।
अतिरिक्त जानकारी:
स्टेट बैंक ऑफ इंडिया:
स्थापित - 1 जुलाई 1955
अध्यक्ष - दिनेश कुमार खारा

3(D). नेशनल हेल्थ अथॉरिटी (एनएचए) ने जुलाई 2022 में आयुष्मान भारत प्रधानमंत्री-जन आरोग्य योजना (एबी पीएम-जेएवाई) योजना के तहत लगभग 1000 डॉक्टरों को उनके काम के लिए सम्मानित किया। इसने आयुष्मान भारत उत्कृष्ट चिकित्सा सम्मान, आयुष्मान भारत उत्कृष्ट चिकित्सालय सम्मान और आयुष्मान भारत पीएम-जय फैलोशिप की भी घोषणा की। ये सभी पुरस्कार सितंबर 2022 में प्रदान किए जाएंगे।

4(C). जसप्रीत बुमराह ने 2 जुलाई 2022 को एक टेस्ट क्रिकेट मैच में एक ओवर में सबसे अधिक रन बनाए।
उन्होंने बर्मिंघम के एजबेस्टन में इंग्लैंड के खिलाफ पांचवें और अंतिम टेस्ट के दौरान यह रिकॉर्ड हासिल किया। इसी के साथ उन्होंने वेस्टइंडीज के दिग्गज बल्लेबाज ब्रायन लारा को पीछे छोड़ दिया है।
अत: विकल्प (D) सही है।

5(C). फेरारी के कार्लोस सैन्ज़ ने अपने करियर की पहली फॉर्मूला वन रेस 3 जुलाई 2022 को ब्रिटिश ग्रैंड प्रिक्स में जीत के साथ जीती। रेड बुल के सर्जियो पेरेज़ और मर्सिडीज के लुईस हैमिल्टन क्रमशः दूसरे और तीसरे स्थान पर रहे। चैंपियनशिप लीडर मैक्स वेरस्टापेन सातवें स्थान पर रहे। सैन्ज़ 2022 ड्राइवर स्टैंडिंग में चौथे स्थान पर पहुंच गया है।
अत: विकल्प (D) सही है।

6(A). हैप्पीएस्ट माइंड्स टेक्नोलॉजीज के संस्थापक और कार्यकारी अध्यक्ष अशोक सूता को 3 जुलाई 2022 को सीआईआई क्वालिटी रत्न पुरस्कार 2021 से सम्मानित किया गया है।
यह पुरस्कार भारत में गुणवत्ता आंदोलन में उत्कृष्ट नेतृत्व योगदान और विशिष्ट सेवा के लिए प्रतिवर्ष दिया जाता है। इसका गठन वर्ष 2019 में किया गया था।
कॉन्फेडरेशन ऑफ इंडियन इंडस्ट्री (सीआईआई) के अध्यक्ष - संजीव बजाज

7(C). सिनी शेट्टी को फेमिना मिस इंडिया 2022 के खिताब की विजेता घोषित किया गया।
यह इवेंट जियो वर्ल्ड कन्वेंशन सेंटर में 3 जुलाई 2022 को हुआ था। राजस्थान की रुबल शेखावत को फेमिना मिस इंडिया 2022 1st रनर अप का ताज पहनाया गया। उत्तर प्रदेश की शिनाता चौहान को फेमिना मिस इंडिया 2022 2nd उपविजेता का ताज पहनाया गया।

8(A). खाद्य और सार्वजनिक वितरण विभाग नई दिल्ली में 5 जुलाई 2022 को भारत में खाद्य और पोषण सुरक्षा पर एक राष्ट्रीय सम्मेलन का आयोजन करेगा।
इसका उद्देश्य सार्वजनिक वितरण प्रणाली के तहत योजनाओं के लिए क्रॉस लर्निंग की सुविधा देना, सर्वोत्तम प्रथाओं का प्रसार करना और पोषण सुरक्षा पर ध्यान केंद्रित करना है। उपभोक्ता मामलों के मंत्री पीयूष गोयल एक दिवसीय सम्मेलन को संबोधित करेंगे।

9(A). केंद्रीय मंत्री जितेंद्र सिंह ने 4 जुलाई 2022 को आईआईटी हैदराबाद परिसर में भारत की पहली स्वायत्त नेविगेशन सुविधा TiHAN का उद्घाटन किया।
TiHAN (स्वायत्त नेविगेशन पर प्रौद्योगिकी नवाचार हब) को केंद्रीय विज्ञान और प्रौद्योगिकी मंत्रालय द्वारा विकसित किया गया है। यह एक बहु-विषयक पहल है जो भारत को भविष्य की 'स्मार्ट मोबिलिटी' तकनीक में एक वैश्विक खिलाड़ी बनाएगी।
अतः विकल्प (D) सही है।

10(A). इएन सुधीर एक भारतीय अंतरराष्ट्रीय फुटबॉल खिलाड़ी थे, जो 1970s में भारत के लिए गोलकीपर के रूप में खेले थे, जुलाई 2022 में उनका निधन हो गया।
सुधीर, जिन्होंने इंडोनेशिया के खिलाफ रंगून (वर्तमान में यांगून) में ओलंपिक क्वालीफायर में अंतरराष्ट्रीय स्तर पर पदार्पण किया था, उन्होंने 9 मैचों में भारत का प्रतिनिधित्व किया। वह 1973 मर्डेका कप और 1974 में एशियाई खेलों की टीम में राष्ट्रीय टीम का भी हिस्सा थे।

11(B). एचडीएफसी बैंक ने सूचित किया है कि आरबीआई ने जुलाई 2022 में मूल और बंधक ऋणदाता हाउसिंग डेवलपमेंट फाइनेंस कॉर्प लिमिटेड (एचडीएफसी) के साथ उसके प्रस्तावित विलय को मंजूरी दे दी है।
एचडीएफसी बैंक और एचडीएफसी ने उत्पादों को बेचने के लिए कैप्टिव ग्राहक आधार तक पहुंच की अनुमति देने के लिए अप्रैल 2022 में एक सौदे की घोषणा की थी।
एचडीएफसी बैंक होम लोन बेचता है, जबकि एचडीएफसी स्वीकृत और वितरित करता है।

12(D). युवा विश्व मुक्केबाजी चैंपियन अल्फिया पठान और गीतिका ने 4 जुलाई 2022 को नूर-सुल्तान, कजाकिस्तान में एलोर्दा बॉक्सिंग कप के पहले संस्करण में स्वर्ण पदक जीते।
अल्फिया पठान ने महिलाओं के 81kg वर्ग में लज्जत कुंगेइबायेवा को हराया, जबकि गीतिका ने 48kg वर्ग में कलाइवानी श्रीनिवास को हराया।
भारत ने 14 पदक (2 स्वर्ण, 2 रजत और 10 कांस्य) की कुल संख्या के साथ अपने अभियान का समापन किया।

13(A). एसबीआई जनरल इंश्योरेंस ने जुलाई 2022 में साइबर वॉल्टएज बीमा योजना शुरू की है।
यह व्यक्तियों के लिए एक व्यापक साइबर बीमा कवर है जो साइबर जोखिमों और हमलों से होने वाले वित्तीय नुकसान से सुरक्षा प्रदान करता है।
इसमें अनधिकृत ई-लेनदेन, पहचान की चोरी के परिणामस्वरूप मजदूरी की हानि और सोशल मीडिया ट्रोलिंग और बदमाशी सहित ऑनलाइन प्रतिष्ठा को प्रभावित करने वाले उदाहरण शामिल हैं।

14(D). विदेश मंत्री डॉ. एस. जयशंकर G20 विदेश मंत्रियों की बैठक में भाग लेने के लिए जुलाई 2022 के 7 और 8 को इंडोनेशिया में बाली का दौरा करेंगे।
अपनी यात्रा के दौरान, डॉ जयशंकर अन्य G20 सदस्य राज्यों के अपने समकक्षों के साथ कई द्विपक्षीय बैठकें करेंगे। भारत पहली बार 2023 में जम्मू-कश्मीर में G20 नेताओं के शिखर सम्मेलन का भी आयोजन करेगा।

15(C). उत्तर अटलांटिक संधि संगठन (नाटो) के सदस्य राज्यों ने जुलाई 2022 में फिनलैंड और स्वीडन के लिए परिग्रहण प्रोटोकॉल पर हस्ताक्षर किए हैं।
अगला कदम प्रत्येक सदस्य राज्य के विधायी संस्थानों में दोनों देशों की सदस्यता का अनुमोदन होगा। हस्ताक्षर फिनिश विदेश मंत्री पेक्का हाविस्टो और स्वीडिश विदेश मंत्री एन लिंडे की उपस्थिति में आयोजित किया गया था।

16(C). अरिस्टा नेटवर्क्स की अध्यक्ष और सीईओ जयश्री वी उल्लाल को जुलाई 2022 में अमेरिका की सबसे अमीर स्व-निर्मित महिलाओं की फोर्ब्स सूची में सूचीबद्ध किया गया है।
फोर्ब्स की सूची में भारतीय मूल की जयश्री वी उल्लाल $1.9 बिलियन की कुल संपत्ति के साथ 15 वे स्थान पर हैं। वह 2018 में बैरन के "विश्व के सर्वश्रेष्ठ सीईओ" सहित कई पुरस्कारों की प्राप्तकर्ता भी हैं। एबीसी आपूर्ति के सहसंस्थापक और अध्यक्ष डायने हेंड्रिक्स ने फोर्ब्स 2022 सूची में शीर्ष स्थान हासिल किया

है।

17(B). भारतीय स्टेट बैंक ने जुलाई 2022 में रक्षा वेतन पैकेज (डीएसपी) योजना के लिए भारतीय वायु सेना के साथ अपने समझौता ज्ञापन का नवीनीकरण किया है।
इसके तहत देश का सबसे बड़ा ऋणदाता वायु सेना के सभी सेवारत और सेवानिवृत्त कर्मियों और उनके परिवारों को विभिन्न लाभ और सुविधाएँ प्रदान करेगा।
पंजाब नेशनल बैंक और बैंक ऑफ बड़ौदा ने भी सेवारत और सेवानिवृत्त आईएएफ कर्मियों को विभिन्न उत्पादों की पेशकश करने वाले समान समझौतों की घोषणा की है।

18(B). एसबीआई जनरल इंश्योरेंस कंपनी लिमिटेड ने जुलाई 2022 पर परितोष त्रिपाठी को प्रबंध निदेशक और मुख्य कार्यकारी अधिकारी के रूप में घोषित किया है।
उन्हें पद के लिए मूल कंपनी, भारतीय स्टेट बैंक द्वारा नामित किया गया था और पी.सी. कांडपाल को पीछे छोड़ दिया।
2017 से 2020 तक, वह प्रमुख - बैंकएश्योरेंस, पहले एसबीआई म्यूचुअल फंड और फिर एसबीआई जनरल इंश्योरेंस के साथ थे।

19(A). महिला एवं बाल विकास मंत्री स्मृति ईरानी को जुलाई 2022 में उनके मौजूदा पोर्टफोलियो के अलावा, अल्पसंख्यक मामलों के मंत्रालय का प्रभार सौंपा गया है।
नागरिक उड्डयन मंत्री ज्योतिरादित्य सिंधिया को इस्पात मंत्रालय का अतिरिक्त प्रभार दिया गया है।
अल्पसंख्यक मामलों के मंत्री मुख्तार अब्बास नकवी और इस्पात मंत्री राम चंद्र प्रसाद सिंह ने अपने पदों से इस्तीफा दे दिया है।

20(D). गृह मंत्री अमित शाह ने 7 जुलाई 2022 को जम्मू और कश्मीर के श्रीनगर में स्वामी रामानुजाचार्य की 'स्टैच्यू ऑफ पीस' का अनावरण किया।
रामानुजाचार्य एक वैदिक दार्शनिक और समाज सुधारक के रूप में प्रतिष्ठित हैं। उन्होंने भक्ति आंदोलन को पुनर्जीवित किया और उनके उपदेशों ने अन्य भक्ति विचारधाराओं को प्रेरित किया। उन्हें अन्नामाचार्य, भक्त रामदास, कबीर और मीराबाई जैसे कवियों के लिए प्रेरणा माना जाता है।

21(D). जुलाई 2022 में, भारत में जन्मी गीता गोपीनाथ अंतर्राष्ट्रीय मुद्रा कोष (आईएमएफ़की) के 'पूर्व मुख्य अर्थशास्त्रियों की दीवार' पर प्रदर्शित होने वाली पहली महिला और दूसरी भारतीय बन गई हैं।
रघुराम राजन इस दीवार पर अंकित होने वाले पहले भारतीय थे। गीता आईएमएफ की पहली महिला मुख्य अर्थशास्त्री थीं।
वर्तमान में, वह जनवरी 21, 2022 से आईएमएफ के उप प्रबंध निदेशक के रूप में कार्यरत हैं।
अंतर्राष्ट्रीय मुद्रा कोष (आईएमएफ):
प्रथम उप प्रबंध निदेशक: गीता गोपीनाथ
मुख्यालय: वाशिंगटन, डीसी, यू.एस
प्रबंध निदेशक: क्रिस्टालिना जॉर्जीवा
मुख्य अर्थशास्त्री: पियरे-ओलिवियर गौरिनचास

22(B). पूर्व जापानी प्रधान मंत्री शिंजो आबे का जुलाई 2022 में नारा क्षेत्र में एक अभियान कार्यक्रम में दो बार गोली लगने के बाद निधन हो गया।
जापान के सबसे लंबे समय तक रहने वाले प्रधान मंत्री शिंजो आबे ने 2006 में एक साल और फिर से 2012 से 2020 तक पद संभाला। उन्होंने जुनिचिरो कोइज़ुमी के तहत 2005 से 2006 तक मुख्य कैबिनेट सचिव के रूप में भी कार्य किया और कुछ समय के लिए विपक्ष के नेता थे।

23(A). प्रार्थना बत्रा की पहली किताब 'गेटिंग द ब्रेड: द जेन-जेड वे टू सक्सेस' शीर्षक से साक्षी मलिक ने 7 जुलाई 2022 को लॉन्च किया था।
प्रार्थना भारत में नारीवाद और महिलाओं के अधिकारों पर लिंग प्रवचन को सम्मानित करने के लिए एक ऑनलाइन प्लेटफॉर्म लज्जा डायरीज की सह-संस्थापक भी हैं।
उसे ब्लब वर्ल्ड के फरवरी 2021 संस्करण में युवा उद्यमी वर्ग में चित्रित किया गया था।

24(C). ब्रिक्स संचार मंत्रियों की 8 वीं बैठक चीन की अध्यक्षता में 6 जुलाई 2022 को वर्चुअल मोड में आयोजित की गई थी।
बैठक में रेल, संचार, इलेक्ट्रॉनिक्स और सूचना प्रौद्योगिकी मंत्री अश्विनी वैष्णव ने भाग लिया। मंत्रियों ने 14 वें ब्रिक्स शिखर सम्मेलन में चिन्हित क्षेत्रों में आईसीटी के क्षेत्र में काम करने का निर्णय लिया। मंत्रियों ने एक घोषणापत्र भी अपनाया।
अतिरिक्त जानकारी:
ब्रिक्स:
ब्रिक्स पांच प्रमुख उभरती अर्थव्यवस्थाओं का एक समूह है - ब्राजील, रूस, भारत, चीन और दक्षिण अफ्रीका।
2009 से, ब्रिक्स राज्यों की सरकारें सालाना औपचारिक शिखर सम्मेलनों में मिलती हैं।
भारत ने सबसे हालिया 13 वें ब्रिक्स शिखर सम्मेलन की मेजबानी 9 सितंबर 2021 को वस्तुतः की।
मूल रूप से पहले चार को 2010 में दक्षिण अफ्रीका के शामिल होने से पहले "BRIC" के रूप में वर्गीकृत किया गया था।

25(A). एक्सिस बैंक ने जुलाई 2022 में रक्षा कर्मियों के वेतन खातों के प्रबंधन के लिए भारतीय वायु सेना (आइएफ) के साथ एक समझौता ज्ञापन पर हस्ताक्षर किए हैं।
इन वेतन खातों में 56 लाख रुपये तक के व्यक्तिगत दुर्घटना कवर और अन्य लोगों के बीच 1 करोड़ रुपये के हवाई दुर्घटना कवर जैसे लाभ होंगे। बैंक अपनी 'पावर सैल्यूट' पहल के तहत 'रक्षा सेवा वेतन पैकेज' की पेशकश करेगा।
एक्सिस बैंक लिमिटेड:
सीईओ: अमिताभ चौधरी
मुख्यालय: मुंबई
स्थापित: 1993 , अहमदाबाद

26(D). प्रधान मंत्री नरेंद्र मोदी ने नई दिल्ली में 8 जुलाई 2022 को सिंगापुर सरकार के वरिष्ठ मंत्री श्री थरमन शनमुगरत्नम द्वारा पहले 'अरुण जेटली मेमोरियल लेक्चर' (एजेएमएल) में भाग लिया।
उन्होंने कार्यक्रम के दौरान सभा को संबोधित भी किया। वित्त मंत्रालय के आर्थिक मामलों के विभाग ने राष्ट्र के लिए अरुण जेटली के अमूल्य योगदान की मान्यता में इस कार्यक्रम का आयोजन किया।

27(D). जुलाई में 2022 टेस्ला के सीईओ एलोन मस्क ट्विटर को खरीदने के लिए अपने 44 अरब डॉलर के सौदे को समाप्त कर रहे हैं क्योंकि सोशल मीडिया कंपनी ने विलय समझौते के कई प्रावधानों का उल्लंघन किया था।
ट्विटर मंच पर नकली या स्पैम खातों की जानकारी के लिए कई अनुरोधों का जवाब देने में विफल रहा या मना कर दिया, जो कंपनी के व्यावसायिक प्रदर्शन के लिए मौलिक है।
ट्विटर ने उच्च पदस्थ अधिकारियों और प्रतिभा अधिग्रहण टीम के एक तिहाई को निकाल दिया, अपने वर्तमान व्यावसायिक संगठन के भौतिक घटकों को काफी हद तक बरकरार रखने के लिए ट्विटर के दायित्व का उल्लंघन किया।

28(B). केंद्रीय स्वास्थ्य मंत्रालय और पंचायती राज मंत्रालय ने जुलाई 2022 में भारत में टीबी को खत्म करने के उद्देश्य से एक समझौता ज्ञापन पर हस्ताक्षर किए हैं।
भारत में टीबी को 2025 तक खत्म करने के प्रधान मंत्री के महत्वाकांक्षी लक्ष्य को प्राप्त करने के उद्देश्य से समझौता ज्ञापन अंतर-मंत्रालयी सहयोग और रणनीतिक साझेदारी का निर्माण करेगा। यह टीबी मुक्त भारत अभियान के उद्देश्य और लक्ष्य को प्राप्त करने के लिए एक मील का पत्थर के रूप में भी काम करेगा।
महत्वपूर्ण बिंदु:
समझौता ज्ञापन पर पंचायती राज मंत्रालय की ओर से आर्थिक सलाहकार डॉ. बिजय कुमार बेहरा और स्वास्थ्य मंत्रालय की ओर से संयुक्त सचिव डॉ. पी अशोक बाबू ने हस्ताक्षर किए।
इस समझौता ज्ञापन से तपेदिक से जुड़े कलंक और भेदभाव को समाप्त करने के लिए ग्रामीण क्षेत्रों में जन जागरूकता पैदा करने के लिए जमीनी स्तर पर समन्वित प्रयासों का मार्ग प्रशस्त होने की उम्मीद है।

29(A). वरिष्ठ नौकरशाह आर के गुप्ता को जुलाई 2022 में उप चुनाव आयुक्त के रूप में नियुक्त किया गया है।
वह टी श्रीकांत की जगह लेंगे। केंद्रीय सचिवालय सेवा (सीएसएस) के अधिकारी आर के गुप्ता अपनी सेवानिवृत्ति की तारीख 28 फरवरी 2023 तक उप चुनाव आयुक्त (संयुक्त सचिव स्तर) के रूप में काम करेंगे।

30(A). कजाकिस्तान की एलेना रयबाकिना ने ट्यूनीशिया की ओन्स जबूर को 9 जुलाई 2022 को हराकर, 3 – 6, 6 – 2, 6 – 2 से विंबलडन महिला एकल खिताब जीता।
एलेना ग्रैंड स्लैम सिंगल्स चैंपियनशिप जीतने वाली कजाकिस्तान की पहली टेनिस खिलाड़ी बन गई हैं।
चूंकि महिला टेनिस संघ (डब्ल्यूटीए) की कंप्यूटर रैंकिंग 1975 में शुरू हुई थी, केवल एक महिला 23 वें नंबर से नीचे थी।

31(D). सर्बियाई स्टार नोवाक जोकोविच 10 जुलाई 2022 लंदन में ऑस्ट्रेलिया के निक किर्गियोस को 4 – 6, 6 – 3, 6 – 4, 7 – 6 से हराकर विंबलडन 2022 पुरुष एकल का खिताब जीता।
यह जोकोविच का 21 वां ग्रैंड स्लैम खिताब है, जो उन्हें रिकॉर्ड धारक राफेल नडाल से एक पीछे रखता है। यह जोकोविच का सातवां विंबलडन खिताब भी था। जोकोविच ने लगातार चौथे साल विंबलडन का ताज अपने नाम किया है।

32(D). फेरारी रेसर चार्ल्स लेक्लर ने 10 जुलाई 2022 को ऑस्ट्रियाई ग्रांड प्रिक्स जीता। यह लेक्लर की की तीसरी जीत थी।
रेड बुल के मैक्स वेरस्टापेन दूसरे और मर्सिडीज के ड्राइवर लुईस हैमिल्टन तीसरे स्थान पर रहे।
लेक्लर ने पहले क्रमशः 2022 में बहरीन जीपी और ऑस्ट्रेलियाई जीपी जीता था। कुल मिलाकर, लेक्लर ने 18 पोडियम फिनिश प्राप्त करने के अलावा, अपने करियर में पांच रेस जीत हासिल की हैं।

33(A). केंद्रीय अंतरिक्ष राज्य मंत्री जितेंद्र सिंह ने 11 जुलाई 2022 को बेंगलुरु में IS4OM का उद्घाटन किया।
IS4OM का मतलब सुरक्षित और सतत अंतरिक्ष संचालन और प्रबंधन के लिए ISRO सिस्टम है।
इसके अलावा, IS4OM के हिस्से के रूप में अंतरिक्ष मलबे के शमन और उपचार, संयुक्त राष्ट्र अंतर-एजेंसी अंतरिक्ष मलबे समन्वय समिति (IADC) के अनुपालन सत्यापन आदि के लिए समर्पित प्रयोगशालाएं भी स्थापित की गई हैं।

34(D). भारतीय रिज़र्व बैंक (आरबीआई) ने 11 जुलाई 2022 को अंतर्राष्ट्रीय व्यापार के लिए एक रुपया निपटान प्रणाली का अनावरण किया है।
इसका उद्देश्य भारत से निर्यात पर जोर देते हुए वैश्विक व्यापार के विकास को बढ़ावा देना और भारतीय रुपये में वैश्विक व्यापारिक समुदाय की बढ़ती रुचि का समर्थन करना है।
यह नया तंत्र भारतीय निर्यातकों को विदेशी आयातकों से निर्यात के बदले रुपये में अग्रिम भुगतान प्राप्त करने में सक्षम बनाएगा।

35(C). चेन्नई स्थित सनमार ग्रुप के उपाध्यक्ष, नारायणन कुमार को जुलाई 2022 में जापान सरकार द्वारा ऑर्डर ऑफ़ द राइजिंग सन, गोल्ड एंड सिल्वर स्टार से सम्मानित किया गया है।
उन्हें जापान और भारत के बीच आर्थिक संबंधों को मजबूत करने में उनके योगदान के लिए सम्मानित किया गया है। श्री कुमार इंडो-जापान चैंबर ऑफ कॉमर्स एंड इंडस्ट्री के अध्यक्ष भी हैं।

36(A). एनटीपीसी और इंडियन ऑयल कॉर्पोरेशन ने इंडियन ऑयल रिफाइनरियों की आगामी परियोजनाओं की बिजली आवश्यकताओं को पूरा करने के लिए जुलाई 2022 में एक ज्वाइंट वेंचर (जेवी) कंपनी के गठन के लिए एक समझौते पर हस्ताक्षर किए।
इंडियन ऑयल ने इस जेवी के माध्यम से दिसंबर 2024 तक नवीकरणीय ऊर्जा का उपयोग करके अपनी रिफाइनरियों की अतिरिक्त बिजली आवश्यकता को 650 MW पूरा करने की योजना बनाई है।

37(C). ग्लोबल जेंडर गैप इंडेक्स 2022 में कुल 146 देशों में भारत 135वें स्थान पर है।
सूचकांक विश्व आर्थिक मंच (डब्लूइऍफ़) द्वारा 13 जुलाई 2022 को जारी किया गया था। आइसलैंड ने वर्ष 2022 के लिए सूचकांक में शीर्ष स्थान प्राप्त किया है। 2021 में, भारत सूचकांक पर कुल 156 देशों में से 140 स्थान पर था। यह सूचकांक पहली बार डब्लूइऍफ़ द्वारा 2006 में प्रकाशित किया गया था। यह लैंगिक समानता को मापने के लिए बनाया गया एक सूचकांक है।

38(C). क्वांटम म्यूचुअल फंड (एमएफ) ने जुलाई 2022 में क्वांटम निफ्टी 50 ईटीएफ फंड ऑफ फंड लॉन्च किया है।
यह क्वांटम निफ्टी 50 ईटीएफ की इकाइयों में निवेश करने वाली फंड स्कीम का एक ओपन-एंडेड फंड है। यह भारत का अपनी तरह का पहला निफ्टी 50 ईटीएफ फंड ऑफ फंड (एफ़ओएफ) है।
न्यू फंड ऑफर (एनएफओ) जुलाई 18 , 2022 को खुलेगा और अगस्त 1 , 2022 को बंद होगा।

39(C). साइबर सुरक्षा सहयोग पर बिम्सटेक विशेषज्ञ समूह की 2 -दिन की बैठक नई दिल्ली में 14 जुलाई 2022 को शुरू हुई।
इसका आयोजन राष्ट्रीय सुरक्षा परिषद सचिवालय (एनएससीएस) कर रहा है। इसकी अध्यक्षता राष्ट्रीय साइबर सुरक्षा समन्वयक लेफ्टिनेंट जनरल राजेश पंत कर रहे हैं।
बैठक में विशेषज्ञ समूह बिम्सटेक क्षेत्र में साइबर सुरक्षा चुनौतियों से निपटने के लिए एक कार्य योजना तैयार करेगा।

40(B). नई रेल लाइन की कुल लंबाई 116.65km होगी और इसके 2026 – 27 में पूरा होने की संभावना है।
महत्वपूर्ण बिंदुः
परियोजना निर्माण के दौरान प्रत्यक्ष रोजगार पैदा करेगी।
यह परियोजना कनेक्टिविटी बढ़ाने और गतिशीलता में सुधार करने जा रही है जिससे क्षेत्र का समग्र सामाजिक आर्थिक विकास होगा।
अंबाजी एक प्रसिद्ध महत्वपूर्ण तीर्थ स्थल है और भारत में 51 शक्तिपीठों में से एक है।

41(D). मध्य प्रदेश का बुरहानपुर जुलाई 2022 में देश का पहला 'हर घर जल' प्रमाणित जिला बन गया है।
बुरहानपुर देश का एकमात्र जिला है जहां प्रत्येक 254 गांवों के लोगों को नल के माध्यम से सुरक्षित पेयजल उपलब्ध है।

42(D). संयुक्त राष्ट्र पर्यावरण कार्यक्रम (यूएनईपी) की राष्ट्रीय सद्भावना राजदूत दीया मिर्जा, और पर्यावरण कार्यकर्ता श्री अफरोज शाह को जुलाई 2022 में सामाजिक न्याय 2021 के लिए मदर टेरेसा मेमोरियल पुरस्कार से सम्मानित किया गया।
उन्हें पर्यावरणीय स्थिरता में उनकी सराहनीय और उल्लेखनीय उपलब्धियों के लिए सम्मानित किया गया। ये पुरस्कार महाराष्ट्र के राज्यपाल भगत सिंह कोश्यारी ने प्रदान किए।

43(A). कोटक महिंद्रा बैंक ने जुलाई 2022 में आयकर (आईटी) विभाग के नए ई-फाइलिंग पोर्टल के साथ तकनीकी एकीकरण पूरा कर लिया है। इसके बाद, यह इस पोर्टल के साथ पूरी तरह से एकीकृत होने वाला पहला निजी बैंक बन गया है।
इसके ग्राहक अब कोटक नेट बैंकिंग का उपयोग करके या किसी शाखा में जाकर पोर्टल पर ई-पे टैक्स टैब के माध्यम से अपने प्रत्यक्ष करों का भुगतान कर सकते हैं।

44(C). प्रधान मंत्री मोदी ने 16 जुलाई 2022 को उत्तर प्रदेश के जालौन जिले में बुंदेलखंड एक्सप्रेसवे का उद्घाटन किया।
296 किमी, 4 -लेन एक्सप्रेसवे का निर्माण लगभग ₹ 14850 करोड़ की लागत से किया गया है। यह आगरा-लखनऊ एक्सप्रेस-वे और यमुना एक्सप्रेस-वे के जरिए बुंदेलखंड इलाके को दिल्ली से जोड़ेगा। इसका निर्माण उत्तर प्रदेश एक्सप्रेसवे औद्योगिक विकास प्राधिकरण (यूपीईआईडी) द्वारा किया गया है।

45(A). भारतीय शटलर पीवी सिंधु ने 17 जुलाई 2022 को सिंगापुर ओपन बैडमिंटन टूर्नामेंट का अपना पहला महिला एकल खिताब जीता।
उन्होंने सिंगापुर ओपन के फाइनल में चीन की वांग झी यी को

हराया। सिंधु ने 2022 में तीन खिताब जीते हैं - स्विस ओपन, सैयद मोदी इंडिया इंटरनेशनल और अब सिंगापुर ओपन।

46(B). भारतीय प्रतिभूति और विनिमय बोर्ड (सेबी) ने आशीष कुमार चौहान को जुलाई 2022 में नेशनल स्टॉक एक्सचेंज (एनएसई) के नए एमडी और सीईओ के रूप में नियुक्त किया है।
वह विक्रम लिमये का स्थान लेंगे जिनका 5 -वर्ष का कार्यकाल 16 जुलाई 2022 को समाप्त हुआ।
श्री चौहान बॉम्बे स्टॉक एक्सचेंज (बीएसई) के वर्तमान एमडी और सीईओ हैं। उन्हें 'भारत के वित्तीय डेरिवेटिव के पिता' के रूप में जाना जाता है। वह एनएसई के संस्थापकों में से एक हैं।

47(A). थल सेनाध्यक्ष (सीओएएस) जनरल मनोज पांडे 3 -दिन के दौरे पर 18 – 20 जुलाई 2022 से बांग्लादेश के लिए रवाना हुए हैं।
सेना प्रमुख बनने के बाद जनरल मनोज पांडे का यह पहला विदेश दौरा है। वह सुरक्षा प्रतिष्ठान के वरिष्ठ अधिकारियों के साथ कई बैठकें करेंगे और रक्षा संबंधी विभिन्न मुद्दों पर विचारों का आदान-प्रदान करेंगे।

48(D). गौतम अडानी जुलाई 2022 में फोर्ब्स की दुनिया की सबसे अमीर सूची में माइक्रोसॉफ्ट के संस्थापक बिल गेट्स को पीछे छोड़ते हुए चौथे स्थान पर हैं।
फोर्ब्स की दुनिया के अरबपतियों की रीयलटाइम रैंकिंग में बिल गेट्स की अनुमानित \$102 अरब की संपत्ति है, जबकि फोर्ब्स के अनुसार गौतम अडानी की कुल संपत्ति \$114 अरब से अधिक है।
फोर्ब्स की सूची में, एलोन मस्क \$230 बिलियन की कुल संपत्ति के साथ सबसे अमीर व्यक्ति हैं।

49(B). प्रमोद राव ने 19 जुलाई 2022 को भारतीय प्रतिभूति और विनिमय बोर्ड (सेबी) के कार्यकारी निदेशक के रूप में पदभार ग्रहण किया।
वह ऋण और हाइब्रिड सिक्योरिटीज विभाग (डीडीएचएस) और पूछताछ और निर्णय विभाग (ईएडी) को संभालेंगे। इससे पहले, वह आईसीआईसीआई बैंक में ग्रुप जनरल काउंसल के पद पर थे।
अतिरिक्त जानकारी:
भारतीय प्रतिभूति और विनिमय बोर्ड भारत सरकार के वित्त मंत्रालय के स्वामित्व में भारत में प्रतिभूतियों और कमोडिटी बाजार के लिए नियामक संस्था है।
यह 12 अप्रैल 1988 को स्थापित किया गया था और सेबी अधिनियम, 1992 के माध्यम से 30 जनवरी 1992 को वैधानिक अधिकार दिए गए थे।
मुख्यालय: मुंबई
अध्यक्ष: माधबी पुरी बुचु

50(D). जुलाई 2022 में जारी किए गए हेनले पासपोर्ट इंडेक्स में भारतीय पासपोर्ट 87 स्थान पर था।
जापान, सिंगापुर और दक्षिण कोरिया के पास दुनिया के सबसे शक्तिशाली पासपोर्ट हैं। शेष शीर्ष 10 में जर्मनी, स्पेन, फ़िनलैंड, लक्ज़मबर्ग और इटली जैसे देश शामिल हैं।
ब्रिटेन 187 देशों तक पहुंच के साथ छठे स्थान पर है, जबकि अमेरिका 186 के स्कोर के साथ सातवें स्थान पर है।

51(D). झारखंड के पूर्व राज्यपाल और राष्ट्रीय जनतांत्रिक गठबंधन की उम्मीदवार द्रौपदी मुर्मू को 21 जुलाई 2022 को भारत के 15 वें राष्ट्रपति के रूप में चुना गया है।
वह इस पद के लिए चुनी जाने वाली पहली आदिवासी महिला हैं और सबसे कम उम्र की भी हैं।
उन्होंने निर्वाचक मंडल के वोटों का 64.03% जीतकर विपक्षी उम्मीदवार यशवंत सिन्हा को हराया।

52(D). संयुक्त अरब अमीरात (यूएई) ने 21 जुलाई 2022 को तमिल फिल्म उद्योग के शीर्ष सितारों में से एक कमल हासन को अपना प्रतिष्ठित 'गोल्डन वीजा' प्रदान किया।
यूएई गोल्डन वीज़ा एक दीर्घकालिक निवास वीज़ा प्रणाली है, जो 5 से 10 वर्षों तक फैली हुई है। यह विभिन्न क्षेत्रों के प्राप्तकर्ताओं, पेशेवरों और होनहार क्षमताओं वाले लोगों को दिया जाता है।

53(D). 68 वें राष्ट्रीय फिल्म पुरस्कार- 2022 के विजेताओं की घोषणा सूचना एवं प्रसारण मंत्रालय द्वारा नई दिल्ली में 22 जुलाई 2022 को की गई।
अतिरिक्त जानकारी:
सर्वश्रेष्ठ फीचर फिल्म: सोरारई पोट्टरू
सर्वश्रेष्ठ अभिनेता: सूर्या को सोरारई पोटरू के लिए और अजय देवगन को तन्हाजी के लिए
मध्य प्रदेश ने 'मोस्ट फिल्म फ्रेंडली स्टेट' का पुरस्कार जीता।
सर्वश्रेष्ठ अभिनेत्री: अपर्णा बालामुरली को सोरारई पोट्टरू के लिए।

54(C). कोचीन शिपयार्ड लिमिटेड (सीएसएल) और भारतीय प्रबंधन संस्थान-कोझीकोड (आईआईएमके) ने समुद्री क्षेत्र में स्टार्ट-अप को बढ़ावा देने के लिए एक समझौते पर हस्ताक्षर किए हैं।
इस पहल के तहत, स्टार्ट-अप्स को बीज अनुदान के रूप में 50 लाख रुपये, प्रोटोटाइप अनुदान के रूप में 1 करोड़ रुपये और स्टार्ट-अप के लिए इक्विटी फंडिंग स्केल अप स्टेज पर मिल सकते हैं।
आईआईएमके स्टार्टअप्स को इनक्यूबेशन, मेंटरशिप, ट्रेनिंग देगा।

55(B). चीन ने 24 जुलाई 2022 को अपने स्थायी अंतरिक्ष स्टेशन के लिए दूसरा अंतरिक्ष मॉड्यूल सफलतापूर्वक लॉन्च किया है।
23 -टन वेंटियन प्रयोगशाला मॉड्यूल रॉकेट, लॉन्ग मार्च 5 बी पर लॉन्च किया गया था।
वेंटियन लैब मॉड्यूल अन्य लैब मॉड्यूल के साथ अंतरिक्ष यात्रियों को वैज्ञानिक प्रयोग करने में सक्षम बनाएगा। यह अपने स्थायी अंतरिक्ष स्टेशन के लिए आवश्यक तीन अंतरिक्ष मॉड्यूल में से दूसरा है।

56(D). यूरोपीय निवेश बैंक (ईआईबी) जुलाई 2022 को भारत के नेतृत्व वाले आपदा रेजिलिएंट इंफ्रास्ट्रक्चर (सीडीआरआई) के गठबंधन में शामिल हो गया है।
जलवायु परिवर्तन से होने वाले नुकसान को सीमित करने के प्रयासों के तहत ईआईबी इस गठबंधन में शामिल हुआ है। यह जलवायु परिवर्तन के अनुकूल बुनियादी ढांचे के विकास को बढ़ावा देने के लिए काम करेगा। सीडीआरआई को भारत की पहल पर 2019 में यूएन क्लाइमेट एक्शन समिट में लॉन्च किया गया था।

57(A). केंद्रीय आयुष मंत्री, सर्बानंद सोनोवाल ने 24 जुलाई 2022 को अखिल भारतीय आयुर्वेद संस्थान (एआईआईए) में बाल रक्षा मोबाइल ऐप लॉन्च किया।
ऐप का उद्देश्य आयुर्वेदिक हस्तक्षेप के माध्यम से बाल रोग निवारक स्वास्थ्य देखभाल के बारे में माता-पिता की जागरूकता बढ़ाना है। श्री सोनोवाल ने एआईआईए में 'बच्चों के लिए टीकाकरण केंद्र' का भी उद्घाटन किया।
एआईआईए स्थापित: 2015
निर्देशक: डॉ तनुजा नेसारिक

58(D). मास्टरकार्ड ने भारतीय क्रिकेट कंट्रोल बोर्ड बीसीसीआई द्वारा आयोजित सभी अंतरराष्ट्रीय और घरेलू क्रिकेट मैचों के शीर्षक प्रायोजक के रूप में पेटीएम की जगह ले ली है।
सितंबर 2022 में ऑस्ट्रेलिया के खिलाफ श्रृंखला बीसीसीआई के शीर्षक प्रायोजक के रूप में मास्टरकार्ड की पहली श्रृंखला होगी।
पेटीएम 2015 से बीसीसीआई का टाइटल प्रायोजक रहा है, लेकिन 5 जुलाई 2022 को, इसने मास्टरकार्ड को अपने अधिकार हस्तांतरित करने का अनुरोध किया।

59(C). जिम्बाब्वे के केंद्रीय बैंक ने जुलाई 2022 में देश में बढ़ती मुद्रास्फीति से निपटने के लिए सोने के सिक्के लॉन्च किए हैं।
सिक्के को "मोसी-ओ-तुन्या" कहा जाता है जो स्थानीय टोंगा भाषा में विक्टोरिया फॉल्स को संदर्भित करता है।
सिक्कों की तरल संपत्ति की स्थिति होगी ताकि उन्हें आसानी से नकदी में परिवर्तित किया जा सके और स्थानीय और अंतरराष्ट्रीय स्तर पर व्यापार किया जा सके। लॉन्च के समय एक सिक्के की कीमत \$1, 824 थी।

60(D). वेतनभोगी व्यक्तियों द्वारा 2021 – 22 वित्तीय वर्ष के लिए

आईटीआर दाखिल करने के अंतिम दिन 31 जुलाई 2022 को रात 10 बजे तक 63.47 लाख से अधिक आयकर रिटर्न दाखिल किए गए थे।

2021 – 22 वित्तीय वर्ष के लिए 10 बजे तक आईटीआर की कुल संख्या पिछले 5.73 करोड़ हो गई।

वार्षिक समसामयिकी 08

1. किस देश ने 2 अगस्त 2022 को बर्मिंघम में राष्ट्रमंडल खेलों में पुरुषों की टेबल टेनिस स्पर्धा में स्वर्ण पदक जीता है?
   (a) मलेशिया (b) कनाडा
   (c) भारत (d) दक्षिण अफ्रीका

2. अगस्त 2022 में प्रधान मंत्री कार्यालय (PMO) में निदेशक के रूप में किसे नियुक्त किया गया है?
   (a) श्वेता सिंह (b) रवि कुमार
   (c) रुचि मिश्रा (d) अनूप कुमार पाठक

3. अगस्त 2022 में ऑयल इंडिया लिमिटेड (ओआईएल) के अध्यक्ष और प्रबंध निदेशक (सीएमडी) के रूप में किसने पदभार संभाला है?
   (a) रंजीत रथ (b) एस. रामास्वामी
   (c) सतीश गुप्ता (d) मधुकर सिंह

4. अगस्त 2022 में पहली बार फॉर्च्यून ग्लोबल 500 की सूची में किस भारतीय कंपनी ने प्रवेश किया है?
   (a) रिलायंस इंडस्ट्रीज (b) इन्फोसिस
   (c) टाटा मोटर्स (d) जीवन बीमा निगम

5. इंडियन ऑयल कॉर्पोरेशन लिमिटेड (IOCL) ने अगस्त 2022 में पेट्रोलियम सामानों की आपातकालीन आपूर्ति के लिए एक समझौता ज्ञापन पर हस्ताक्षर किए हैं।
   (a) नेपाल (b) म्यांमार
   (c) थाईलैंड (d) बांग्लादेश

6. अगस्त 2022 में रक्षा प्रौद्योगिकी विकसित करने के लिए किस भारतीय प्रौद्योगिकी संस्थान (आईआईटी) ने डीआरडीओ के साथ सहयोग किया है?
   (a) आईआईटी मद्रास (b) आईआईटी धनबाद
   (c) आईआईटी रुड़की (d) आईआईटी मुंबई

7. किस देश ने अगस्त 2022 में एक चंद्र परिक्रमा शुरू की है?
   (a) दक्षिण कोरिया (b) मालदीव
   (c) उत्तर कोरिया (d) इंडोनेशिया

8. अगस्त 2022 में वडोदरा में आईटी-सक्षम सेवा (आईटीईएस) पार्क स्थापित करने के लिए किस कंपनी ने गुजरात सरकार के साथ समझौता ज्ञापन पर हस्ताक्षर किए हैं?
   (a) आदित्य बिड़ला ग्रुप
   (b) रिलायंस इंडस्ट्रीज लिमिटेड
   (c) लार्सन एंड टुब्रो (एल एंड टी) लिमिटेड
   (d) अदानी ग्रुप

9. अगस्त 2022 में बर्मिंघम में राष्ट्रमंडल खेलों 2022 में पुरुषों की फ्रीस्टाइल 125 किग्रा वर्ग में कांस्य पदक किसने जीता है?
   (a) जेरेमी लाल्रीनुंगा (b) नवीन मलिक
   (c) अचिन्ता शुलि (d) मोहित ग्रेवाल

10. 6 अगस्त 2022 को बर्मिंघम में चल रहे राष्ट्रमंडल खेलों में महिलाओं की 53 किलोग्राम फ्रीस्टाइल कुश्ती में स्वर्ण पदक किसने जीता?
    (a) मीराबाई चानू (b) विनेश फोगाट
    (c) विद्यारानी देवी (d) शुशीला

11. 6 अगस्त 2022 को भारत के 14वें उपराष्ट्रपति के रूप में किसे चुना गया?
    (a) जगदीप धनखड़ (b) नलिन नेगी
    (c) आशीष कुमार चौहान (d) राम सुब्रमण्यम गांधी

12. भारतीय रिज़र्व बैंक (आरबीआई) ने 07 अगस्त 2022 को निर्देशों का पालन न करने के लिए ________ पर 32 लाख रुपये का जुर्माना लगाया।
    (a) इंडियन बैंक (b) बैंक ऑफ इंडिया
    (c) स्टेट बैंक ऑफ इंडिया (d) पंजाब नेशनल बैंक

13. प्रणव 7 अगस्त 2022 को भारत के ________ ग्रैंडमास्टर बने।
    (a) 70 वें (b) 72 वें
    (c) 75 वें (d) 78 वें

14. अगस्त 2022 में लद्दाख के सर्वोच्च नागरिक सम्मान - 'dPal rNgam डस्टन' पुरस्कार से किसे सम्मानित किया गया है?
    (a) राधा कृष्ण माथुर (b) नरेंद्र मोदी
    (c) सत्यपाल मलिक (d) दलाई लामा

15. प्रदीप पटवर्धन का अगस्त 2022 में निधन हो गया वह एक प्रसिद्ध ________ थे।
    (a) अभिनेता (b) शास्त्रीय नृत्यांगना
    (c) वकील (d) चिकित्सक

16. अगस्त 2022 में छोटे उद्योगों के लिए ई-कॉमर्स में तेजी लाने के लिए किस कंपनी ने सिडबी के साथ समझौता ज्ञापन (एमओयू) पर हस्ताक्षर किए हैं?
    (a) फ्लिपकार्ट (b) ज़ोमैटो
    (c) मिंत्रा (d) ओएनडीसी

17. अगस्त 2022 में, नीतीश कुमार ने ________ बार बिहार के मुख्यमंत्री के रूप में शपथ ली।
    (a) 6 वीं (b) 7 वीं
    (c) 8 वीं (d) 9 वीं

18. अगस्त 2022 में उत्तराखंड के ब्रांड एंबेसडर के रूप में किसे नियुक्त किया गया है?
    (a) ऋषभ पंत (b) उर्वशी रौतेला
    (c) आमिर खान (d) श्रेया घोषाल

19. भारतीय वायु सेना (आईएएफ) अगस्त 2022 में ________ में 'उदारशक्ति' नामक एक द्विपक्षीय अभ्यास में भाग लेने जा रही है।
    (a) ऑस्ट्रेलिया (b) मलेशिया
    (c) ताइवान (d) थाईलैंड

20. दलाल स्ट्रीट के 'बिग बुल' के रूप में लोकप्रिय, ________ का 14 अगस्त 2022 को निधन हो गया।
    (a) राधाकिशन दमानी (b) रेखा झुनझुनवाला
    (c) आशीष धवन (d) राकेश झुनझुनवाला

21. अगस्त 2022 में मेलबर्न 2022 के 13वें भारतीय फिल्म समारोह में किस फिल्म को सर्वश्रेष्ठ फिल्म का पुरस्कार दिया गया?
    (a) सरदार उधम (b) दा रेपिस्ट
    (c) जलसा (d) 83

22. कौन सा नियामक निकाय अगस्त 2022 में 'इनोवेशन इन इंश्योरेंस' थीम के साथ अपना पहला हैकथॉन "बीमा मंथन 2022" आयोजित कर रहा है?
    (a) भारतीय रिजर्व बैंक (आरबीआई)
    (b) भारतीय प्रतिभूति और विनिमय बोर्ड (सेबी)
    (c) भारतीय प्रतिस्पर्धा आयोग (सीसीएल)
    (d) भारतीय बीमा नियामक और विकास प्राधिकरण (आईआरडीएआई)

23. अगस्त 2022 में कौन सा भारतीय हवाई अड्डा डिजीयात्रा प्लेटफॉर्म के माध्यम से चेहरे की पहचान प्रणाली के माध्यम से यात्रियों की डिजिटल प्रोसेसिंग शुरू करने जा रहा है?
    (a) इंदिरा गांधी अंतर्राष्ट्रीय हवाई अड्डा
    (b) चेन्नई अंतर्राष्ट्रीय हवाई अड्डा

(c) केम्पेगौड़ा अंतरराष्ट्रीय हवाई अड्डा
(d) जीएमआर हैदराबाद अंतर्राष्ट्रीय हवाई अड्डा

24. अगस्त 2022 में किस राज्य सरकार ने राज्य की महिलाओं के कल्याण के लिए 'आमा योजना' और 'वात्सल्य योजना' शुरू की है?
(a) मणिपुर (b) सिक्किम
(c) पश्चिम बंगाल (d) असम

25. अरुणाचल प्रदेश ने अगस्त 2022 में किस जिले में सेप्पा से च्यांग ताजो तक ड्रोन सेवा की पहली उड़ान - 'आकाश से दवा' शुरू की?
(a) अंजाव (b) पूर्वी कामेन्ग
(c) कुरुंग कुमेयू (d) अपर सियांग

26. केंद्रीय मंत्री नितिन गडकरी ने किस शहर में 18 अगस्त 2022 को भारत की पहली इलेक्ट्रिक डबल डेकर बस का अनावरण किया है?
(a) बेंगलुरु (b) भोपाल
(c) मुंबई (d) नागपुर

27. अगस्त 2022 में, बजाज इलेक्ट्रिकल्स के प्रबंध निदेशक और मुख्य कार्यकारी अधिकारी (सीईओ) के रूप में किसे नियुक्त किया गया है?
(a) अनुज पोद्दार (b) आर के त्यागी
(c) अलकेश कुमार शर्मा (d) गोपाल विट्ठल

28. किस देश में, हिंदुस्तान एयरोनॉटिक्स लिमिटेड (एचएएल) ने 18 अगस्त 2022 को अपना पहला अंतर्राष्ट्रीय विपणन और बिक्री कार्यालय खोलने की घोषणा की है?
(a) थाईलैंड (b) श्री लंका
(c) मलेशिया (d) लाओस

29. गिरफ्तार नशीले पदार्थों के अपराधियों के भारत के पहले पोर्टल का नाम क्या है, जिसे अगस्त 2022 में चालू किया गया था?
(a) निदान (b) स्वयं
(c) नार्कोस (d) इनमें से कोई नहीं

30. अगस्त 2022 में किस देश के संग्रहालय ने भारत सरकार के साथ चोरी की गई सात कलाकृतियों को वापस लाने के लिए एक समझौते पर हस्ताक्षर किए हैं?
(a) डेनमार्क (b) स्विट्ज़रलैंड
(c) स्कॉटलैंड (d) कनाडा

31. पुडुचेरी के मुख्यमंत्री एन रंगासामी ने वित्तीय वर्ष 2022-23 के लिए 22 अगस्त 2022 को ₹ ________ करोड़ का कर-मुक्त बजट पेश किया।
(a) 9,234.23 (b) 10,696.61
(c) 12,908.90 (d) 14,674.02

32. केंद्र सरकार ने अगस्त 2022 में 'ग्रामीण उद्यमी परियोजना' का दूसरा चरण शुरू किया है। इसे किस राज्य में लागू नहीं किया जा रहा है?
(a) महाराष्ट्र (b) राजस्थान
(c) उत्तर प्रदेश (d) छत्तीसगढ

33. कौन सा देश अगस्त 2022 में 65वें राष्ट्रमंडल संसदीय सम्मेलन (सीपीए) की मेजबानी कर रहा है?
(a) थाईलैंड (b) मालदीव
(c) कनाडा (d) फ्रांस

34. अगस्त 2022 में वित्तीय सेवा मंच पेटीएम के प्रबंध निदेशक और मुख्य कार्यकारी अधिकारी के रूप में किसे फिर से नियुक्त किया गया है?
(a) शेरी सैफी (b) सैयद अर्सलान अली
(c) कृतिका त्यागी (d) विजय शेखर शर्मा

35. केंद्रीय मंत्री जितेंद्र सिंह ने किस शहर में 21 अगस्त 2022 को "भारत की पहली स्वदेशी रूप से विकसित हाइड्रोजन ईंधन सेल बस" लॉन्च की है?
(a) पुणे (b) मुंबई
(c) अहमदाबाद (d) कोलकाता

36. केंद्र सरकार ने अगस्त 2022 में भौगोलिक संकेत (जीआई) टैग से किसको सम्मानित किया है?
(a) तेजपुर लीची (b) मलिहाबादी आम
(c) मिथिला मखाना (d) मुगा सिल्क

37. अगस्त 2022 में भोपाल में 23वीं केंद्रीय क्षेत्रीय परिषद की बैठक की अध्यक्षता किसने की?
(a) अमित शाह (b) हरदीप सिंह पुरी
(c) पीयूष गोयल (d) किरण रिजिजू

38. अगस्त 2022 में किस राज्य ने 'दही-हांडी' को राज्य में एक आधिकारिक खेल के रूप में मान्यता दी है?
(a) महाराष्ट्र (b) गुजरात
(c) पंजाब (d) हरयाणा

39. अगस्त 2022 में राष्ट्रपति द्रौपदी मुर्मू के सचिव के रूप में किसे नियुक्त किया गया है?
(a) अवनीश मिश्रा (b) जयराम पाई
(c) सौम्यपाद मोहंती (d) राजेश वर्मा

40. अगस्त 2022 में देश भर में 1,000 हरित ऊर्जा उद्यम शुरू करने के लिए किस कंपनी ने सिडबी के साथ भागीदारी की है?
(a) ग्रीनको ग्रुप
(b) टाटा पावर सोलर सिस्टम्स लिमिटेड
(c) रिन्यू पावर वेंचर्स
(d) टीपी रिन्यूएबल माइक्रोग्रिड (टीपीआरएमजी)

41. अगस्त 2022 में किस भारतीय नौसेना जहाज (INS), अपनी तरह का पहला, समग्र इंडोर शूटिंग रेंज (CISR) का उद्घाटन किया गया?
(a) INS तलवार (b) INS कर्ण
(c) INS गोदावरी (d) INS मोरमुगांव

42. अगस्त 2022 में, भारत ने यूनेस्को की अमूर्त सांस्कृतिक विरासत सूची में अंकित होने के लिए किस नृत्य शैली को नामित किया है?
(a) लूर (b) गरबा
(c) खोर (d) घूमर

43. किस बीमा कंपनी ने अगस्त 2022 में इलेक्ट्रिक वाहनों (ईवी) के लिए वन-स्टॉप-सॉल्यूशन पोर्टल 'ऑल थिंग्स ईवी' लॉन्च किया है?
(a) बजाज आलियांज लाइफ इंश्योरेंस
(b) आईसीआईसीआई प्रूडेंशियल लाइफ इंश्योरेंस
(c) एसबीआई जनरल इंश्योरेंस
(d) एचडीएफसी एर्गो

44. 23 अगस्त 2022 को किस शहर में 'इंडिया क्लीन एयर समिट' (आईसीएएस) का चौथा संस्करण आयोजित किया जा रहा है?
(a) इन्दौर (b) मुंबई
(c) अहमदाबाद (d) बेंगलुरु

45. हिंदुस्तान पेट्रोलियम कॉर्पोरेशन लिमिटेड ने अगस्त 2022 में किस राज्य में अपनी काउडुंग टू कंप्रेस्ड बायोगैस परियोजना शुरू की?
(a) पंजाब (b) गुजरात
(c) राजस्थान (d) उड़ीसा

46. अगस्त 2022 में भारत में निम्नलिखित में से कौन सा नया वायरस पाया गया है?
(a) हनी फ्लू (b) टोमैटो फ्लू
(c) ब्लू फ़्लू (d) एप्पल फ्लू

47. निम्नलिखित में से किसे अगस्त 2022 में 2022 लिबर्टी मेडल से

सम्मानित किया गया है?
(a) व्लादिमीर पुतिन (b) डोनल्ड ट्रंप
(c) एन्जेला मार्केल (d) वलोडिमिर ज़ेलेंस्की

48. भारतीय रिजर्व बैंक (आरबीआई) ने अगस्त 2022 में 16 महीने के बाद ________ पर लगाए गए व्यावसायिक प्रतिबंधों को हटा दिया है।
(a) ऐक्सिस बैंक
(b) एचएसबीसी बैंक
(c) डीबीएस बैंक
(d) अमेरिकन एक्सप्रेस बैंकिंग कार्पोरेशन

49. अगस्त 2022 में, निम्नलिखित में से किसने भारत में साइबर सुरक्षा शोधकर्ताओं और डेवलपर्स को अपस्किल करने के लिए एक अभियान की घोषणा की है?
(a) माइक्रोसॉफ्ट (b) गूगल
(c) इंफोसिस (d) एप्पल

50. अगस्त 2022 में ए 'न्यू इंडिया: सेलेक्टेड राइटिंग 2014-19' नामक पुस्तक का विमोचन किसने किया?
(a) एम वेंकैया नायडू (b) द्रौपदी मुर्मू
(c) राजनाथ सिंह (d) जगदीप धनखड़

51. अगस्त 2022 में किस देश ने रूसी राज्य द्वारा संचालित परमाणु ऊर्जा कंपनी 'एएसई' के साथ 2.25 बिलियन डॉलर का समझौता किया है?
(a) भारत (b) चीन
(c) जापान (d) दक्षिण कोरिया

52. अगस्त 2022 में अंतर्राष्ट्रीय मुद्रा कोष (आईएमएफ) में भारत के कार्यकारी निदेशक के रूप में किसे नियुक्त किया गया है?
(a) सुरजीत भल्ला (b) हेमलता अन्नामलाई
(c) कृष्णमूर्ति सुब्रमण्यम (d) गीता गोपीनाथ

53. 25 अगस्त 2022 को 31वें व्यास सम्मान से किसे सम्मानित किया गया है?
(a) डॉ. असगर वजाहत (b) सुधा मूर्ति
(c) देवदत्त पटनायक (d) आर.के. नारायण

54. अगस्त 2022 में रक्षा अनुसंधान और विकास संगठन (डीआरडीओ) के नए अध्यक्ष के रूप में किसे नियुक्त किया गया है?
(a) डॉ समीर वी कामत (b) डॉ प्रवीण के मेहता
(c) सुश्री सुमा वरुघिस (d) डॉ जी सतीश रेड्डी

55. अगस्त 2022 में दुनिया भर में अकेले उड़ान भरने वाले सबसे कम उम्र के व्यक्ति कौन बने हैं?
(a) अमेलिया ईअरहार्ट (b) चार्ल्स लिंडबर्ग
(c) पॉल तिब्बेट्स (d) मैक रदरफोर्ड

56. 27 अगस्त 2022 को भारत के मुख्य न्यायाधीश के रूप में किसने शपथ ली?
(a) उदय उमेश ललित (b) दीक्षित जोशी
(c) अनुज पोद्दार (d) अलकेश कुमार शर्मा

57. अगस्त 2022 में टोक्यो में विश्व बैडमिंटन चैंपियनशिप में ऐतिहासिक पदक किसने जीता?
(a) सात्विकसाईराज रंकीरेड्डी और चिराग शेट्टी
(b) एन. सिक्की रेड्डी और प्रणय एच.एस
(c) प्रणय एचएस और चिराग शेट्टी
(d) सात्विकसाईराज रंकीरेड्डी और एन. सिक्की रेड्डी

58. अगस्त 2022 में, निम्नलिखित में से किसने राजस्थान में पोखरण फायरिंग रेंज में पिनाका विस्तारित रेंज रॉकेट का परीक्षण किया?
(a) इसरो (b) एचएएल
(c) बीईएमएल (d) डीआरडीओ

59. 28 अगस्त 2022 को किस फॉर्मूला वन रेसिंग ड्राइवर ने बेल्जियम F1 ग्रांड प्रिक्स जीता?
(a) कार्लोस सैन्ज़ (b) चार्ल्स लेक्लर्क
(c) लुईस हैमिल्टन (d) मैक्स वेरस्टैपेन

60. अगस्त 2022 में, खेल के तीनों प्रारूपों में प्रत्येक में 100 मैच खेलने वाले पहले भारतीय खिलाड़ी कौन बने हैं?
(a) एम एस धोनी (b) विराट कोहली
(c) रोहित शर्मा (d) शिखर धवन

// स्मार्ट उत्तर पुस्तिका //

सही उत्तर — उन छात्रों का प्रतिशत जिन्होंने प्रश्न का सही उत्तर दिया।
छोड़ दिया — उन छात्रों का प्रतिशत जिन्होंने प्रश्न को छोड़ दिया।

प्रश्न संख्या	उत्तर	सही उत्तर छोड़ दिया	प्रश्न संख्या	उत्तर	सही उत्तर छोड़ दिया	प्रश्न संख्या	उत्तर	सही उत्तर छोड़ दिया
1	C	56.77% 1.17%	2	A	55.55% 1.46%	3	A	84.82% 0.0%
4	D	64.01% 1.16%	5	D	13.15% 3.45%	6	C	66.66% 1.48%
7	A	56.48% 1.17%	8	C	51.96% 1.71%	9	D	17.96% 3.72%
10	B	56.06% 1.4%	11	A	44.67% 1.12%	12	A	53.81% 1.27%
13	C	32.28% 4.82%	14	D	45.27% 1.83%	15	A	49.92% 1.76%
16	D	69.48% 1.9%	17	C	51.92% 1.55%	18	A	89.12% 0.0%
19	B	28.63% 3.92%	20	D	59.93% 1.73%	21	D	63.8% 1.85%
22	D	84.78% 0.0%	23	D	29.18% 3.27%	24	B	43.31% 1.0%
25	B	48.64% 1.14%	26	C	55.43% 1.01%	27	A	19.98% 4.19%
28	C	47.56% 1.73%	29	A	23.11% 3.5%	30	C	22.75% 4.19%
31	B	24.52% 3.99%	32	C	52.11% 1.2%	33	C	61.8% 1.02%
34	D	48.8% 1.67%	35	A	78.64% 0.0%	36	C	50.06% 1.85%
37	A	59.72% 1.97%	38	A	78.7% 0.0%	39	D	27.97% 3.35%
40	D	29.67% 3.91%	41	B	12.97% 4.54%	42	B	84.95% 0.0%
43	D	67.3% 1.21%	44	D	40.18% 1.16%	45	C	59.53% 1.75%
46	B	45.92% 1.27%	47	D	58.78% 1.02%	48	D	24.01% 3.91%
49	B	47.99% 1.04%	50	A	55.19% 1.4%	51	D	59.28% 1.37%
52	C	53.17% 1.59%	53	A	19.65% 4.79%	54	A	32.54% 4.68%
55	D	31.83% 4.3%	56	A	44.52% 1.34%	57	A	54.7% 1.86%
58	D	54.96% 1.63%	59	D	45.49% 1.07%	60	B	78.26% 0.0%

// संकेत और समाधान //

1(C). भारतीय पुरुष टेबल टेनिस टीम ने 2022 बर्मिंघम में 2 अगस्त 2022 राष्ट्रमंडल खेलों में स्वर्ण पदक जीता।
- भारत ने फाइनल में सिंगापुर को 3-1 से हराया।
- पुरुषों की टीम स्पर्धा में राष्ट्रमंडल खेलों में भारत का यह तीसरा स्वर्ण पदक है, जो इससे पहले 2010 और 2018 में जीता था।
- 2 अगस्त 2022 को, भारतीय महिला लॉन बॉल टीम ने भी

राष्ट्रमंडल खेलों में अपना पहला स्वर्ण पदक जीता।

2(A). भारतीय विदेश सेवा (IFS) अधिकारी श्वेता सिंह को 2 अगस्त 2022 को प्रधान मंत्री कार्यालय (PMO) में निदेशक के रूप में नियुक्त किया गया था।

- सिंह 2008-बैच के IFS अधिकारी हैं।
- कैबिनेट की नियुक्ति समिति (एसीसी) ने सिंह की नियुक्ति की तारीख से तीन साल की अवधि के लिए उनकी नियुक्ति को मंजूरी दी।

3(A). रंजीत रथ ने अगस्त 2022 में ऑयल इंडिया लिमिटेड (ओआईएल) के अध्यक्ष और प्रबंध निदेशक (सीएमडी) के रूप में पदभार संभाला है।
रंजीत रथ, ऑयल इंडिया के सीएमडी के रूप में अपनी नियुक्ति से पहले, वह मिनरल एक्सप्लोरेशन एंड कंसल्टेंसी लिमिटेड के सीएमडी थे। उन्होंने भारत गोल्ड माइन्स लिमिटेड के प्रबंध निदेशक, खनिज बिदेश इंडिया लिमिटेड के सीईओ के पदों पर भी कार्य किया है। उन्होंने सुशील चंद्र मिश्रा की जगह ली जो 30 जून, 2022 को सेवानिवृत्त हुए थे।

4(D). जीवन बीमा निगम ने अगस्त 2022 में पहली बार फॉर्च्यून ग्लोबल 500 सूची में प्रवेश किया।
भारतीय जीवन बीमा निगम (LIC) एक भारतीय वैधानिक बीमा और निवेश निगम है जिसका मुख्यालय भारत के मुंबई शहर में है। यह भारत सरकार के स्वामित्व में है। भारतीय जीवन बीमा निगम की स्थापना 1 सितंबर 1956 को हुई, जब भारत की संसद ने भारतीय जीवन बीमा अधिनियम पारित किया जिसने भारत में बीमा उद्योग का राष्ट्रीयकरण किया।

- इस बीच, रिलायंस इंडस्ट्रीज जो भारत में बाजार पूंजीकरण के मामले में सबसे बड़ी कंपनी है, ने 51 स्थान की छलांग लगाई।
- हालांकि, एलआईसी भारत से सूची में सबसे ऊपर था।
- कुल नौ भारतीय कंपनियों ने सूची में प्रवेश किया है, जिनमें से पांच राज्य के स्वामित्व वाली और चार निजी क्षेत्र की कंपनियां थीं।

5(D). इंडियन ऑयल कॉर्पोरेशन लिमिटेड (IOCL) ने अगस्त 2022 में ढाका में बांग्लादेश सड़क और राजमार्ग विभाग के साथ एक समझौता ज्ञापन पर हस्ताक्षर किए हैं।

- भारत में बांग्लादेश क्षेत्र के माध्यम से पेट्रोलियम सामानों की आपातकालीन आपूर्ति के लिए इस पर हस्ताक्षर किए गए हैं।
- यह असम में बाढ़ से हुए नुकसान के कारण पेट्रोलियम उत्पादों की तत्काल आपूर्ति की सुविधा के लिए एक अंतरिम व्यवस्था है।

6(C). रक्षा प्रौद्योगिकी विकसित करने और स्वदेशी रक्षा उपकरणों का उत्पादन करने के उद्देश्य से, डीआरडीओ ने अगस्त 2022 में आईआईटी रुड़की के साथ सहयोग किया है।
आईआईटी रुड़की ने डीआरडीओ की डिफेंस इलेक्ट्रॉनिक्स एप्लीकेशन लेबोरेटरी (डीइएएल) के सहयोग से प्रोग्राम योग्य रेडियो की भविष्य की आवश्यकताओं को पूरा करने के लिए स्वदेशी रेडियो फ्रीक्वेंसी पावर एम्पलीफायरों का विकास किया है।

7(A). दक्षिण कोरिया ने अगस्त 2022 में एक चंद्र ऑर्बिटर लॉन्च किया है।

- दक्षिण कोरिया का 180 मिलियन डॉलर का मिशन - चंद्र अन्वेषण में देश का पहला कदम - चंद्र सतह से सिर्फ 62 मील (100 किलोमीटर) ऊपर स्किम करने के लिए डिज़ाइन किया गया एक बॉक्सी, सौर ऊर्जा से चलने वाला उपग्रह है।
- सफल होने पर, यह अमेरिका और भारत के अंतरिक्ष यान में शामिल हो जाएगा, जो पहले से ही चंद्रमा के चारों ओर काम कर रहा है, और एक चीनी रोवर चंद्रमा के दूर की ओर की खोज कर रहा है।

8(C). लार्सन एंड टुब्रो (एल एंड टी) लिमिटेड ने अगस्त 2022 में वडोदरा में एक आईटी और आईटी-सक्षम सेवा (आईटीईएस) पार्क स्थापित करने के लिए गुजरात सरकार के साथ एक समझौता ज्ञापन पर हस्ताक्षर किए हैं।

- पार्क की स्थापना राज्य सरकार की हाल ही में घोषित आईटी/आईटीईएस नीति के तहत की जा रही है।
- यह नीति फरवरी 2022 में अगले पांच वर्षों में आईटी क्षेत्र में एक लाख 'उच्च कुशल रोजगार' पैदा करने के उद्देश्य से शुरू की गई थी।

9(D). मोहित ग्रेवाल ने अगस्त 2022 में बर्मिंघम में कॉमनवेल्थ गेम्स 2022 में पुरुषों की फ्रीस्टाइल 125 किग्रा वर्ग में कांस्य पदक जीता है।

- उन्होंने जमैका के आरोन जॉनसन को हराया।
- भारतीय पहलवान ने केवल 3 मिनट और 30 सेकंड में पदक प्राप्त किया।
- भारतीय पहलवान दिव्या काकरान ने राष्ट्रमंडल खेलों 2022 में महिला 68 किग्रा फ्रीस्टाइल वर्ग में कांस्य पदक जीता।

10(B). भारत की विनेश फोगाट ने 6 अगस्त 2022 को बर्मिंघम में चल रहे राष्ट्रमंडल खेलों में महिलाओं की 53 किलोग्राम फ्रीस्टाइल कुश्ती में स्वर्ण पदक जीता।

- उन्होंने फाइनल में श्रीलंका की चामोद्या केशानी मदुरवलगे को हराया।
- यह लगातार तीसरी बार है जब फोगट ने राष्ट्रमंडल खेलों में स्वर्ण पदक जीता है।
- फोगट के अलावा, भारत के रवि दहिया ने पुरुषों की 57 किग्रा कुश्ती में भी स्वर्ण पदक जीता।

11(A). पश्चिम बंगाल के पूर्व राज्यपाल और राष्ट्रीय जनतांत्रिक गठबंधन (एनडीए) के उम्मीदवार जगदीप धनखड़ 6 अगस्त 2022 को भारत के 14 वें उपराष्ट्रपति चुने गए।

- श्री धनखड़ ने विपक्ष की उम्मीदवार सुश्री मार्गरेट अल्वा को 346 मतों के अंतर से हराया।
- वह एम वेंकैया नायडू का स्थान लेंगे।
- श्री धनखड़ ने 11 अगस्त 2022 को पद की शपथ ली

12(A). भारतीय रिजर्व बैंक (आरबीआई) ने अगस्त 2022 में धोखाधड़ी के वर्गीकरण और रिपोर्टिंग पर निर्देशों के उल्लंघन के लिए इंडियन बैंक पर ₹ 32 लाख का जुर्माना लगाया।

- इसके अतिरिक्त, आरबीआई ने क्रेडिट जानकारी जमा करने पर मानदंडों के उल्लंघन के लिए बेंगलुरु स्थित जुपिटर कैपिटल पर ₹ 82 लाख का जुर्माना भी लगाया।
- इंडियन बैंक के सीईओ: शांति लाल जैन

13(C). प्रणव 7 अगस्त 2022 को भारत के 75वें ग्रैंडमास्टर (जीएम) बने।

- उन्होंने अपने तीसरे और अंतिम जीएम मानदंड को सुरक्षित करने और ग्रैंडमास्टर खिताब हासिल करने के लिए रोमानिया के बाया मारे में लिम्पेडिया ओपन जीता।
- उन्होंने जीएम मानक आवश्यकताओं को पूरा करने के लिए नौ राउंड से 7 अंकों के साथ टूर्नामेंट समाप्त किया।
- उन्होंने 2021 में सर्बिया ओपन में अपना पहला जीएम मानदंड प्राप्त किया था।

14(D). तिब्बती आध्यात्मिक नेता दलाई लामा को अगस्त 2022 में लद्दाख के सर्वोच्च नागरिक सम्मान 'dPal rNgam डस्टन' पुरस्कार से सम्मानित किया गया है।

- उन्हें मानवता के लिए उनके अपार योगदान के लिए सम्मानित किया गया है।
- यह पुरस्कार लद्दाख स्वायत्त पहाड़ी विकास परिषद (LAHDC), लेह द्वारा प्रदान किया गया।
- यह पुरस्कार लद्दाख के नायकों के उल्लेखनीय योगदान और उपलब्धि के उत्सव का प्रतीक है।

15(A). वयोवृद्ध मराठी अभिनेता प्रदीप पटवर्धन का अगस्त 2022 में निधन हो गया।

- उन्हें "चश्मे बहादुर", "एक शोध" और "मी शिवाजीराजे भोसले बोल्तॉय" जैसी फिल्मों में उनके प्रदर्शन के लिए जाना जाता था।
- अभिनेता ने अनुराग कश्यप की बॉम्बे वेलवेट सहित बॉलीवुड फिल्मों में भी अभिनय किया।
- प्रदीप पटवर्धन थिएटर में अपने काम के लिए जाने जाते थे, मोरुची मावाशी उनका सबसे लोकप्रिय नाटक था।

16(D). ओएनडीसी ने अगस्त 2022 में इसी तरह की गतिविधियों में लगे संस्थानों के कार्यों के समन्वय के लिए सिडबी के साथ एक समझौता ज्ञापन (एमओयू) पर हस्ताक्षर किए हैं।
- साझेदारी का उद्देश्य एमएसएमई को ओएनडीसी नेटवर्क में लाकर और ई-कॉमर्स में उनकी भागीदारी में तेजी लाकर उनके परिदृश्य को बदलना है।
- समझौता ज्ञापन पर सिडबी के अध्यक्ष और एमडी शिवसुब्रमण्यम रमन और ओएनडीसी के एमडी और सीईओ टी कोशी ने हस्ताक्षर किए।

17(C). 10 अगस्त 2022 को नीतीश कुमार ने 8वीं बार बिहार के मुख्यमंत्री के रूप में शपथ ली।
- नीतीश कुमार इससे पहले पीएम अटल बिहारी वाजपेयी के नेतृत्व में केंद्रीय मंत्री रह चुके हैं।
- राजभवन में आयोजित एक समारोह में तेजस्वी यादव को डिप्टी सीएम पद की शपथ भी दिलाई गई.

18(A). उत्तराखंड के सीएम पुष्कर सिंह धामी ने 11 अगस्त 2022 को क्रिकेटर ऋषभ पंत को राज्य का ब्रांड एंबेसडर नामित किया।
- पंत का जन्म उत्तराखंड के हरिद्वार जिले के रुड़की में हुआ था।
- वह भारतीय क्रिकेट टीम के लिए मध्य क्रम के विकेटकीपर-बल्लेबाज के रूप में खेलते हैं।
- आईपीएल में, वह दिल्ली कैपिटल का प्रतिनिधित्व करते हैं और टीम के कप्तान हैं।

19(B). भारतीय वायु सेना (आईएएफ) का एक दल 12 अगस्त 2022 को 'उदारशक्ति' नामक द्विपक्षीय अभ्यास में भाग लेने के लिए मलेशिया के लिए रवाना हुआ।
- यह भारतीय वायु सेना और रॉयल मलेशियाई वायु सेना (RMAF) के बीच आयोजित किया जा रहा पहला द्विपक्षीय अभ्यास है।
- IAF Su-30 MKI और C-17 विमानों के साथ अभ्यास में भाग ले रहा है, जबकि RMAF Su 30 MKM विमान उड़ाएगा।

20(D). दलाल स्ट्रीट के 'बिग बुल' के नाम से मशहूर निवेशक राकेश झुनझुनवाला का 14 अगस्त 2022 को 62 साल की उम्र में निधन हो गया।
- लगभग 5.8 बिलियन डॉलर की अनुमानित संपत्ति के साथ, झुनझुनवाला भारत के 36वें सबसे अमीर अरबपति थे।
- अकासा एयर - भारत की नवीनतम बजट वाहक एयरलाइन - झुनझुनवाला के व्यावसायिक उपक्रमों में से एक थी।
- वह हंगामा मीडिया एंड एप्टेक लिमिटेड के अध्यक्ष भी थे।

21(D). अगस्त 2022 में मेलबर्न 2022 के 13वें भारतीय फिल्म समारोह में '83' को सर्वश्रेष्ठ फिल्म का पुरस्कार दिया गया।
- 14 अगस्त, 2022 को त्योहार की पुरस्कार रात पालिस थिएटर में आयोजित की गई थी।
- मेलबर्न का 13वां भारतीय फिल्म महोत्सव 12 अगस्त 2022 को शुरू हुआ।

22(D). भारतीय बीमा नियामक और विकास प्राधिकरण (आईआरडीएआई) अगस्त 2022 में 'बीमा में नवाचार' विषय के साथ अपना पहला हैकथॉन "बीमा मंथन 2022" आयोजित कर रहा है।
हैकाथॉन प्रतिभागियों को ऐसे समाधानों की पहचान करने और विकसित करने के लिए आमंत्रित करता है जिनमें प्रौद्योगिकी के उपयोग के साथ हर व्यक्ति को सहज और तेज तरीके से बीमा उपलब्ध कराने की क्षमता है।

23(D). यहां जीएमआर हैदराबाद अंतरराष्ट्रीय हवाईअड्डा अगस्त 2022 में डिजीयात्रा प्लेटफॉर्म के माध्यम से अवधारणा के प्रमाण के रूप में चेहरे की पहचान प्रणाली के माध्यम से यात्रियों की डिजिटल प्रसंस्करण शुरू करेगा।
2019 में फेस रिकग्निशन का ट्रायल करने वाला देश का पहला हवाईअड्डा था। इस कार्यक्रम के लिए एक विशेष मोबाइल ऐप स्वतंत्रता दिवस पर प्रधान मंत्री नरेंद्र मोदी द्वारा लॉन्च किया गया था।

24(B). सिक्किम के मुख्यमंत्री पी एस तमांग ने 15 अगस्त 2022 को राज्य की महिलाओं के कल्याण के लिए 2 योजनाओं, 'आमा योजना' और 'वात्सल्य योजना' का शुभारंभ किया।
आमा योजना के तहत राज्य की सभी बेरोजगार माताओं को सालाना 20,000 रुपये मिलेंगे जो उनके बैंक खातों में जमा किए जाएंगे।
वात्सल्य योजना के तहत निःसंतान महिलाओं को इन विट्रो फर्टिलाइजेशन उपचार के लिए 3 लाख रुपये की सहायता प्रदान की जाएगी।

25(B). अरुणाचल प्रदेश ने अगस्त 2022 में पूर्वी कामेंग जिले के सेप्पा से च्यांग ताजो तक ड्रोन सेवा 'द मेडिसिन फ्रॉम द स्काई' की पहली उड़ान सफलतापूर्वक शुरू की।
पायलट प्रोजेक्ट को यूनाइटेड स्टेट्स एजेंसी फॉर इंटरनेशनल डेवलपमेंट (यूएसएआईडी) द्वारा वित्त पोषित किया गया है और बेंगलुरु स्थित स्टार्टअप रेडविंग लैब्स द्वारा निष्पादित किया गया है।
इसे विश्व आर्थिक मंच (डब्ल्यूइएफ) के सहयोग से लॉन्च किया गया था।

26(C). राजमार्ग और सड़क परिवहन मंत्री नितिन गडकरी ने 18 अगस्त 2022 को मुंबई में भारत की पहली इलेक्ट्रिक डबल डेकर बस का अनावरण किया।
अशोक लीलैंड की सहायक कंपनी स्विच मोबिलिटी लिमिटेड ने 'स्विच ईआईवी 22' नामक इस अनूठी इलेक्ट्रिक डबल डेकर बस का निर्माण किया है।
स्विच इलेक्ट्रिक डबल-डेकर सिंगल-डेकर बस की तुलना में लगभग दोगुने यात्रियों को ले जा सकता है।

27(A). बजाज इलेक्ट्रिकल्स ने अगस्त 2022 में अपने कार्यकारी निदेशक अनुज पोद्दार को प्रबंध निदेशक और मुख्य कार्यकारी अधिकारी (सीईओ) के रूप मे पदोन्नत किया है।
कंपनी ने अध्यक्ष और प्रबंध निदेशक के पद को अलग कर दिया है और इसके संरक्षक शेखर बजाज कंपनी के कार्यकारी अध्यक्ष के रूप में बने रहेंगे।
व्यापार समूह बजाज समूह का हिस्सा बजाज इलेक्ट्रिकल्स का वित्त वर्ष 22 में 4,813 करोड़ रुपये का कारोबार हुआ था।

28(C). हिंदुस्तान एयरोनॉटिक्स लिमिटेड (एचएएल) ने 18 अगस्त 2022 को मलेशिया के कुआलालंपुर में अपना पहला अंतरराष्ट्रीय विपणन और बिक्री कार्यालय खोलने के लिए एक समझौता ज्ञापन पर हस्ताक्षर किए।
- मलेशिया में यह कार्यालय एचएएल को फाइटर लीड इन ट्रेनर (एफएलआईटी) एलसीए के लिए नए व्यावसायिक अवसरों का दोहन करने में मदद करेगा।
- यह एचएएल को दक्षिण पूर्व एशिया में अपनी सेवाओं का विस्तार करने में भी मदद करेगा।
- एचएएल मुख्यालय: बैंगलोर
- अध्यक्ष: आर माधवानी

29(A). गिरफ्तार किए गए नशीले पदार्थों के अपराधियों का अपनी तरह का पहला डेटाबेस विभिन्न केंद्रीय और राज्य अभियोजन एजेंसियों द्वारा उपयोग के लिए चालू किया गया है।
पोर्टल-निदान या गिरफ्तार नार्को अपराधियों पर राष्ट्रीय एकीकृत डेटाबेस नारकोटिक्स कंट्रोल ब्यूरो (एनसीबी) द्वारा विकसित किया गया है।
निदान प्लेटफॉर्म आईसीजेएस (इंटर-ऑपरेबल क्रिमिनल जस्टिस सिस्टम) से अपना डेटा सोर्स करता है।

30(C). 19 अगस्त 2022 को स्कॉटिश शहर ग्लासगो में संग्रहालयों ने भारत सरकार के साथ सात चोरी की कलाकृतियों को भारत वापस लाने के लिए एक समझौते पर हस्ताक्षर किए।
यह स्कॉटलैंड का एकल संग्रह से वस्तुओं का "अब तक का सबसे बड़ा" प्रत्यावर्तन है।
सात पुरावशेषों में 14 वीं शताब्दी की औपचारिक इंडो-फ़ारसी तलवार और 11 वीं शताब्दी की नक्काशीदार पत्थर की चौखट कानपुर के एक मंदिर से ली गई है।

31(B). पुडुचेरी के मुख्यमंत्री एन रंगासामी ने वित्तीय वर्ष 2022-23 के लिए 22 अगस्त 2022 को ₹10,696.61 करोड़ का कर-मुक्त बजट पेश किया।
- बजट में केंद्र शासित प्रदेश में स्वतंत्रता सेनानियों के लिए फ्री हाउस साइट पट्टे सहित कई प्रमुख घोषणाएं शामिल थीं।
- पुडुचेरी में एक राष्ट्रीय विधि विश्वविद्यालय भी स्थापित किया जाएगा।

अतः विकल्प (C) सही है।

32(C). राष्ट्रीय कौशल विकास निगम ने 20 अगस्त '22 को सेवा भारती और युवा विकास सोसाइटी के साथ साझेदारी में झारखंड के रांची में 'ग्रामीण उद्यमी परियोजना' के दूसरे चरण की शुरुआत की।
उद्देश्य: आदिवासी समुदायों के समावेशी और सतत विकास के लिए कौशल प्रशिक्षण को बढ़ाना।
यह परियोजना महाराष्ट्र, राजस्थान, छत्तीसगढ़, मध्य प्रदेश, झारखंड और गुजरात में लागू की जा रही है।

33(C). लोकसभा अध्यक्ष ओम बिरला के नेतृत्व में एक भारतीय संसदीय प्रतिनिधिमंडल कनाडा के हैलिफ़ैक्स में 65वें राष्ट्रमंडल संसदीय सम्मेलन (सीपीए) में भाग लिया था।
यह सम्मेलन 20-26 अगस्त 2022 तक आयोजित हुआ था।
सम्मेलन में भारत के 23 पीठासीन अधिकारी और राज्य विधानमंडलों के 16 सचिव भी शामिल होंगे जो सीपीए के सदस्य भी हैं।

34(D). विजय शेखर शर्मा को अगस्त 2022 में वित्तीय सेवा मंच पेटीएम के प्रबंध निदेशक और मुख्य कार्यकारी अधिकारी के रूप में फिर से नियुक्त किया गया है।
वन97 कम्युनिकेशंस लिमिटेड (ओसीएल) पेटीएम ब्रांड का मालिक है।
यह भारत की अग्रणी डिजिटल भुगतान और वित्तीय सेवा कंपनी है और क्यूआर और मोबाइल भुगतान में अग्रणी है।
पेटीएम कंपनी की स्थापना विजय शेखर शर्मा ने 2010 में की थी।

35(A). केंद्रीय मंत्री जितेंद्र सिंह ने 21 अगस्त 2022 को पुणे में "भारत की पहली स्वदेशी रूप से विकसित हाइड्रोजन ईंधन सेल बस" का शुभारंभ किया।
- बस को वैज्ञानिक और औद्योगिक अनुसंधान परिषद (सीएसआईआर) और निजी फर्म केपीआईटी लिमिटेड द्वारा विकसित किया गया है।
- ईंधन सेल बस को बिजली देने के लिए बिजली उत्पन्न करने के लिए हाइड्रोजन और वायु का उपयोग करता है।

36(C). केंद्र सरकार ने अगस्त 2022 में मिथिला मखाना को भौगोलिक संकेत (जीआई) टैग से सम्मानित किया है। मिथिला मखाना बिहार और नेपाल के मिथिला क्षेत्र में उगाई जाने वाली मखाना की एक विशेष किस्म है। बिहार कृषि विश्वविद्यालय, सबौर ने मिथिला मखाना के लिए भौगोलिक संकेत टैगिंग की सुविधा दी।
- इस कदम से उत्पादकों को उनकी प्रीमियम उपज का अधिकतम मूल्य मिलेगा।
- इस निर्णय से बिहार के मिथिला क्षेत्र के पांच लाख से अधिक किसान लाभान्वित होंगे।
- एक बार किसी उत्पाद को जीआई टैग मिल जाने के बाद, कोई भी व्यक्ति या कंपनी उस नाम से समान वस्तु नहीं बेच सकती है।
- यह 10 साल की अवधि के लिए वैध रहता है।

37(A). केंद्रीय गृह मंत्री अमित शाह ने 22 अगस्त 2022 को भोपाल में 23वीं केंद्रीय क्षेत्रीय परिषद की बैठक की अध्यक्षता की।
- उन्होंने राष्ट्रीय फोरेंसिक विज्ञान विश्वविद्यालय के भोपाल परिसर की आधारशिला भी रखी।
- उन्होंने नई शिक्षा नीति और कृषि विपणन में सहकारिता की भूमिका जैसे विषयों पर संगोष्ठियों को भी संबोधित किया।

38(A). 'दही-हांडी' को अब अगस्त 2022 में महाराष्ट्र में एक आधिकारिक खेल के रूप में मान्यता दी जाएगी।
- प्रदेश में प्रो-दही-हांडी प्रतियोगिता का भी आयोजन किया जाएगा।
- महाराष्ट्र में खेल श्रेणी के तहत दही-हांडी को मान्यता दी जाएगी।
- 'गोविंदा' को खेल श्रेणी के तहत नौकरी मिलेगी।
- "दही हांडी", जिसका अर्थ है "मिट्टी के बर्तन में दही", जन्माष्टमी से जुड़ा राज्य में एक लोकप्रिय कार्यक्रम है।

39(D). ओडिशा कैडर के आईएएस अधिकारी राजेश वर्मा को अगस्त 2022 में राष्ट्रपति द्रौपदी मुर्मू का सचिव नियुक्त किया गया है।
- वह 1980 बैच के आईएएस अधिकारी कपिल देव त्रिपाठी की जगह लेंगे।
- वह वर्तमान में कॉर्पोरेट मामलों के मंत्रालय के सचिव के रूप में कार्यरत हैं और उन्होंने ओडिशा के सीएम नवीन पटनायक के प्रमुख सचिव के रूप में भी काम किया है।

40(D). सिडबी ने अगस्त 2022 में देश भर में 1,000 हरित ऊर्जा उद्यम शुरू करने के लिए टाटा पावर की सहायक कंपनी टीपी रिन्यूएबल माइक्रोग्रिड (टीपीआरएमजी) के साथ गठजोड़ किया है।
भारत सरकार के आत्मानिर्भर भारत के विजन को इस पहल का समर्थन मिलेगा क्योंकि यह देश भर में स्थायी उद्यमिता मॉडल को बढ़ावा देगा जिससे ग्रामीण उद्यमियों का सशक्तिकरण होगा।

41(B). 18 अगस्त 2022 को INS कर्ण में वाइस एडमिरल बिस्वजीत दासगुप्ता द्वारा अपनी तरह की पहली, समग्र इंडोर शूटिंग रेंज (CISR) का उद्घाटन किया गया।
(CISR) नौसेना में सभी प्राथमिक और द्वितीयक हथियारों के लिए एक अत्याधुनिक, स्व-निहित, 25 मीटर, छह लेन, लाइव फायरिंग रेंज है। INS कर्ण नौसेना में पहला और इस तरह की सुविधा स्थापित करने और उपयोग करने वाली देश की एकमात्र सैन्य इकाई है।

42(B). भारत ने अगस्त 2022 में यूनेस्को की अमूर्त सांस्कृतिक विरासत सूची में अंकित होने के लिए नृत्य रूप गरबा को नामांकित किया है।
2021 में, 'दुर्गा पूजा' को यूनेस्को की अमूर्त सांस्कृतिक विरासत प्रतिनिधि में शामिल किया गया था।
भारत को जुलाई 2022 में अमूर्त सांस्कृतिक विरासत की सुरक्षा के लिए 2003 के कन्वेंशन की विशिष्ट अंतर सरकारी समिति में सेवा देने के लिए यूनेस्को द्वारा चुना गया था।

43(D). एचडीएफसी एर्गो जनरल इंश्योरेंस कंपनी ने अगस्त 2022 में इलेक्ट्रिक वाहनों (ईवी) के लिए वन-स्टॉप-सॉल्यूशन पोर्टल 'ऑल थिंग्स ईवी' लॉन्च किया है।
उद्देश्य: वर्तमान और भविष्य के ईवी मालिकों की जरूरतों को पूरा करके इलेक्ट्रिक वाहनों को अपनाने की सुविधा और गति प्रदान करना।
इस प्लेटफॉर्म में चार्जिंग स्टेशनों पर स्लॉट बुकिंग, सड़क के किनारे सहायता, आरटीओ सेवाओं और ईवी समुदाय के निर्माण जैसी सुविधाओं के साथ एक रोडमैप है।

44(D). 'इंडिया क्लीन एयर समिट' (आईसीएएस) का चौथा संस्करण 23 अगस्त 2022 को बेंगलुरु में शुरू हुआ।
- इसका आयोजन सेंटर फॉर एयर पॉल्यूशन स्टडीज और सेंटर फॉर स्टडी ऑफ साइंस, टेक्नोलॉजी एंड पॉलिसी द्वारा किया गया है।
- इस 4 दिवसीय शिखर सम्मेलन में, वैश्विक विशेषज्ञ वायु प्रदूषण और जलवायु परिवर्तन को हल करने के लिए एक एकीकृत दृष्टिकोण पर चर्चा करेंगे।
- थीम: "जीवन का अधिकार: विज्ञान के केंद्र में नागरिक"

45(C). हिंदुस्तान पेट्रोलियम कॉर्पोरेशन लिमिटेड ने अगस्त 2022 में राजस्थान के सांचोर में अपनी काउडुंग टू कंप्रेस्ड बायोगैस परियोजना शुरू की।
- अपशिष्ट से ऊर्जा पोर्टफोलियो के तहत यह एचपीसीएल की पहली परियोजना होगी।
- बायोगैस का उत्पादन करने के लिए संयंत्र में प्रति दिन 100

टन गोबर का उपयोग करने का प्रस्ताव है, जिसे मोटर वाहन ईंधन के रूप में उपयोग किया जा सकता है।
- परियोजना को गोबर-धन योजना के तहत विकसित किया जा रहा है।

46(B). अगस्त 2022 में भारत में एक नए वायरस टोमैटो फ्लू का पता चला है।
- दस साल तक के 26 बच्चों को 'टोमैटो फ्लू' है, जबकि पांच साल से कम उम्र के 82 बच्चे अब तक संक्रमित हो चुके हैं।
- 'टोमैटो फ्लू' से संक्रमित लोगों को त्वचा पर लाल छाले, जोड़ों में दर्द और बुखार जैसे लक्षणों की शिकायत होती है।
- वायरल संक्रमण दुर्लभ है और एक स्थानिक स्थिति में है।

47(D). 2022 का लिबर्टी मेडल अगस्त 2022 में यूक्रेन के राष्ट्रपति वलोडिमिर ज़ेलेंस्की को दिया जाएगा।
ज़ेलेंस्की को "रूसी अत्याचार के सामने स्वतंत्रता की उनकी वीर रक्षा" के लिए सम्मानित किया गया था।
लिबर्टी मेडल, 1988 में स्थापित, स्वतंत्रता की खोज में नेतृत्व को मान्यता देने के लिए अमेरिका के राष्ट्रीय संविधान केंद्र द्वारा प्रशासित एक वार्षिक पुरस्कार है।

48(D). आरबीआई ने अगस्त 2022 में 16 महीने के बाद अमेरिकन एक्सप्रेस (एमेक्स) बैंकिंग कॉर्प पर लगाए गए व्यापारिक प्रतिबंधों को हटा दिया है।
- एमेक्स अब भारत में नए ग्राहकों को कार्ड जारी कर सकता है।
- पिछले साल 23 अप्रैल, 2021 को, आरबीआई ने भुगतान प्रणाली डेटा के संग्रहण पर आरबीआई के परिपत्र का अनुपालन न करने के लिए अमेरिकन एक्सप्रेस पर 01 मई, 2021 से अपने कार्ड नेटवर्क पर नए घरेलू ग्राहकों को शामिल करने पर प्रतिबंध लगा दिया था।

49(B). गूगल ने अगस्त 2022 में भारत में साइबर सुरक्षा शोधकर्ताओं और डेवलपर्स को अपस्किल करने के लिए एक अभियान की घोषणा की है।
- यह कंपनी के साइबर सुरक्षा रोड शो का हिस्सा होगा, जो भारत भर के कई शहरों को कवर करेगा और उपभोक्ता ऐप के निर्माण के लिए सुरक्षा प्रथाओं पर उपकरण, ट्यूटोरियल और सलाह प्रदान करेगा, साथ ही साथ उद्यम कार्यक्रम भी।
- अपस्किलिंग प्रोग्राम भारत में 1 लाख डेवलपर्स को लक्षित करेगा।

50(A). पूर्व उपराष्ट्रपति एम वेंकैया नायडू ने 24 अगस्त 2022 को ए 'न्यू इंडिया: सेलेक्टेड राइटिंग 2014-19' नामक पुस्तक का विमोचन किया।
- यह पूर्व केंद्रीय मंत्री और पद्म विभूषण अरुण जेटली के चुनिंदा लेखों का संकलन है।
- 24 अगस्त 2022 को उनकी पुण्यतिथि के रूप में चिह्नित किया गया।
- जेटली ने 2014 से 2019 तक भारत सरकार के वित्त और कॉर्पोरेट मामलों के मंत्री के रूप में कार्य किया।

51(D). दक्षिण कोरिया ने अगस्त 2022 में एक रूसी राज्य द्वारा संचालित परमाणु ऊर्जा कंपनी 'एएसई' के साथ 2.25 अरब डॉलर के समझौते पर हस्ताक्षर किए हैं।
- मिस्र के पहले परमाणु ऊर्जा संयंत्र के लिए घटक प्रदान करने के लिए इस पर हस्ताक्षर किए गए हैं।
- एएसई एक सरकारी स्वामित्व वाले रूसी परमाणु समूह रोसाटॉम की सहायक कंपनी है।
- दक्षिण कोरिया ने संयुक्त अरब अमीरात में परमाणु ऊर्जा रिएक्टर बनाने के लिए 20 अरब डॉलर के अनुबंध पर भी हस्ताक्षर किए हैं।

52(C). पूर्व मुख्य आर्थिक सलाहकार (सीईए) कृष्णमूर्ति सुब्रमण्यम को अगस्त 2022 में अंतर्राष्ट्रीय मुद्रा कोष (आईएमएफ) में भारत के कार्यकारी निदेशक के रूप में नियुक्त किया गया है।
- उनका कार्यकाल नवंबर 2022 से शुरू होगा और 3 साल की अवधि तक चलेगा।
- वह आईएमएफ में भारत के वर्तमान कार्यकारी निदेशक सुरजीत भल्ला का स्थान लेंगे।
- सुब्रमण्यम 2018 और 2021 के बीच वित्त मंत्रालय में सबसे कम उम्र के सीईए थे।

53(A). हिंदी के जाने-माने लेखक डॉ असगर वजाहत को 25 अगस्त 2022 को 31वें व्यास सम्मान से सम्मानित किया गया।
उन्हें उनके नाटक 'महाबली' के लिए प्रतिष्ठित पुरस्कार के लिए चुना गया है, जो मुगल सम्राट अकबर और कवि तुलसीदास पर केंद्रित है। व्यास सम्मान भारत में एक हिंदी साहित्यिक पुरस्कार है, जिसे पहली बार 1991 में प्रदान किया गया था। यह के.के. बिड़ला फाउंडेशन द्वारा प्रतिवर्ष प्रदान किया जाता है और इसमें 4 लाख रुपये का पुरस्कार दिया जाता है।

54(A). प्रतिष्ठित वैज्ञानिक डॉ समीर वी कामत को अगस्त 2022 में रक्षा अनुसंधान और विकास संगठन (डीआरडीओ) का नया अध्यक्ष नियुक्त किया गया है।
कामत डॉ जी सतीश रेड्डी का स्थान लेंगे जिन्हें रक्षा मंत्री के वैज्ञानिक सलाहकार के रूप में नियुक्त किया गया है। इससे पहले, डॉ कामत जुलाई 2017 से डीआरडीओ में नौसेना प्रणाली और सामग्री के महानिदेशक थे।

55(D). 17 वर्षीय ब्रिटिश पायलट मैक रदरफोर्ड अगस्त 2022 में एक छोटे से विमान में दुनिया भर में अकेले उड़ान भरने वाले सबसे कम उम्र के व्यक्ति बन गए हैं।
उन्होंने यह रिकॉर्ड महज 150 दिनों में बनाया। उन्होंने 23 मार्च 2022 को अपनी यात्रा शुरू की और अगस्त 2022 में बल्गेरियाई राजधानी सोफिया में अपने विमान को उतारा। उड़ान ने रदरफोर्ड को पांच महाद्वीपों में 52 देशों के माध्यम से ले लिया।

56(A). न्यायाधीश उदय उमेश ललित ने 27 अगस्त 2022 को भारत के मुख्य न्यायाधीश के रूप में शपथ ली।
वह न्यायाधीश एनवी रमना का स्थान लेंगे, जो 26 अगस्त को सेवानिवृत्त हुए थे। वह 74 दिनों के लिए पद पर रहेंगे, औसत से कम कार्यकाल। अतीत में, वह ट्रिपल तालक मामले में ऐतिहासिक फैसले में शामिल था।

57(A). सात्विकसाईराज रंकीरेड्डी और चिराग शेट्टी की भारतीय जोड़ी ने अगस्त 2022 में टोक्यो में विश्व बैडमिंटन चैंपियनशिप में ऐतिहासिक पदक जीता।
वे पुरुष युगल प्रतियोगिता में पदक जीतने वाली पहली भारतीय जोड़ी बनीं। विश्व में सातवें नंबर पर काबिज भारतीय जोड़ी ने क्वार्टर फाइनल में दुनिया के दूसरे नंबर के खिलाड़ी जापान के ताकुरो होकी और यूगो कोबायाशी को हराया।

58(D). डीआरडीओ ने अगस्त 2022 में राजस्थान के पोखरण फायरिंग रेंज में पिनाका विस्तारित रेंज रॉकेट का परीक्षण किया।
पिनाका रॉकेट को डीआरडीओ ने विकसित किया है। हालांकि, वे निजी क्षेत्र की फर्म द्वारा उत्पादित किए गए हैं। पिनाका एक आर्टिलरी मिसाइल सिस्टम है जो उच्च परिशुद्धता के साथ 75 किलोमीटर की सीमा तक दुश्मन के इलाके में हमला करने में सक्षम है।

59(D). रेड बुल के मैक्स वर्स्टापेन ने 28 अगस्त 2022 को बेल्जियम फॉर्मूला 1 ग्रांड प्रिक्स जीता।
रेड बुल के सर्जियो पेरेज़ और फेरारी के कार्लोस सैन्ज़ क्रमशः दूसरे और तीसरे स्थान पर रहे। वेरस्टैपेन ने अब इस सीज़न की 14 में से नौ रेस जीत ली हैं। यह उनका 71वां पोडियम फिनिश था और उन्होंने इस दौड़ से 26 अंक बटोरे। वेरस्टैपेन ने 2021 में भी बेल्जियम जीपी जीता था।

60(B). विराट कोहली अगस्त 2022 में खेल के तीनों प्रारूपों में 100 मैच खेलने वाले अंतरराष्ट्रीय क्रिकेट इतिहास में पहले भारतीय और दूसरे खिलाड़ी बन गए हैं।
अगस्त 2008 में अंतरराष्ट्रीय क्रिकेट में पदार्पण करने के बाद से कोहली के नाम अब 102 टेस्ट और 262 एकदिवसीय मैचों के अलावा 100 टी20 हैं। रिकॉर्ड के साथ पहले खिलाड़ी न्यूजीलैंड के बल्लेबाज रॉस टेलर थे जो हाल ही में सेवानिवृत्त हुए थे।

वार्षिक समसामयिकी 09

1. भारत के राष्ट्रीय सुरक्षा परिषद सचिवालय (एनएससीएस) और बीएई सिस्टम्स ने सितंबर 2022 में किस देश के साथ 26 देशों के लिए साइबर सुरक्षा अभ्यास, वर्चुअल रैंसमवेयर ड्रिल का आयोजन किया?
   (a) ऑस्ट्रेलिया (b) यूनाइटेड किंगडम
   (c) फ्रांस (d) रूस

2. भारत में तटीय सफाई दिवस अभियान का नेतृत्व कौन सा संस्थान करता है?
   (a) भारतीय तट रक्षक (b) एनसीसी
   (c) भारतीय नौसेना (d) एनएसएस

3. वर्ष 2022 में, कौन से भारतीय शहर ने 'ग्लोबल फिनटेक सम्मेलन' की मेजबानी की?
   (a) मुंबई (b) नई दिल्ली
   (c) अहमदाबाद (d) बेंगलुरु

4. निम्नलिखित में से किस राज्य का पुलिस बल देश का पहला पुलिस बल है, जिसने छह साल से अधिक की सजा के साथ दंडनीय अपराधों में न्याय-संबंधी साक्ष्य के संग्रह को अनिवार्य बनाया है?
   (a) तमिलनाडु (b) दिल्ली
   (c) कर्नाटक (d) उड़ीसा

5. न्यू नेवल एनसाइन किस आकार के अंदर राष्ट्रीय प्रतीक को दर्शाता है?
   (a) हरा षट्कोण (b) नीला अष्टकोण
   (c) नारंगी षट्कोण (d) सफेद अष्टकोण

6. किस केंद्रीय मंत्रालय/मंत्रालय ने 'जलदूत' ऐप विकसित किया है?
   (a) ग्रामीण विकास मंत्रालय
   (b) ग्रामीण विकास मंत्रालय और पंचायती राज मंत्रालय
   (c) जल शक्ति मंत्रालय
   (d) कृषि और किसान कल्याण मंत्रालय

7. सितंबर 2022 में लॉन्च किए गए भारतीय सांकेतिक भाषा (आईएसएल) डिक्शनरी मोबाइल एप्लिकेशन का नाम क्या है?
   (a) ईएसएल ऐप (b) साइन लर्न ऐप
   (c) भारत साइन ऐप (d) इंडिया साइन लैंग्वेज ऐप

8. भारत में सोलर फार्म स्थापित करने वाली पहली ई-कॉमर्स कंपनी कौन सी है?
   (a) वालमार्ट (b) अमेज़न
   (c) फ्लिपकार्ट (d) ईबे

9. रक्षा मंत्रालय ने किस कंपनी के साथ सतह से सतह पर मार करने वाली ब्रह्मोस मिसाइल की दोहरी भूमिका के लिए समझौते पर हस्ताक्षर किए हैं?
   (a) दसॉल्ट एविएशन (b) ध्रुव एयरोस्पेस
   (c) डीआरडीओ (d) बीएपीएल

10. निम्नलिखित में से कौन सा राज्य 'पर्यावरण मंत्रियों के राष्ट्रीय सम्मेलन' का मेजबान था?
    (a) महाराष्ट्र (b) गोवा
    (c) गुजरात (d) केरल

11. रुपये में व्यापार के लिए भारतीय रिजर्व बैंक (RBI) की मंजूरी प्राप्त करने वाला पहला भारतीय बैंक कौन सा है?
    (a) भारतीय स्टेट बैंक (b) एचडीएफसी बैंक
    (c) यूको बैंक (d) फेडरल बैंक

12. लिज़ ट्रस किस देश की नई प्रधानमंत्री बनी हैं?
    (a) फ्रांस (b) ऑस्ट्रेलिया
    (c) यूनाइटेड किंगडम (d) जर्मनी

13. 36वें राष्ट्रीय खेल अहमदाबाद के शुभंकर का क्या नाम है?
    (a) शेर (b) सवज
    (c) विकास (d) लियो

14. किस राज्य ने 'राज्य विज्ञान और प्रौद्योगिकी (एस एंड टी) मंत्रियों का सम्मेलन' आयोजित किया?
    (a) महाराष्ट्र (b) गुजरात
    (c) बिहार (d) मध्य प्रदेश

15. कोविड-19 वैक्सीन के सुई-मुक्त इनहेल्ड वर्जन को मंजूरी देने वाला पहला देश कौन सा है?
    (a) अमेरीका (b) चीन
    (c) रूस (d) इजराइल

16. संयुक्त राष्ट्र महासचिव एंटोनियो गुटेरेस ने किस देश के पूर्व राष्ट्रपति को अफगानिस्तान के लिए अपना नया विशेष दूत नियुक्त किया?
    (a) किर्गिस्तान (b) पाकिस्तान
    (c) कजाकिस्तान (d) थाईलैंड

17. कौन से शहर यूनेस्को ग्लोबल नेटवर्क ऑफ लर्निंग सिटीज में शामिल हो गए हैं?
    (a) वारंगल, त्रिशूर और नीलांबुर
    (b) मैसूर, वाराणसी और जयपुर
    (c) कोच्चि, मैसूर और वाराणसी
    (d) कांचीपुरम, डोलावीरा और मैसूर

18. सरकार ने किस शहर में एक इलेक्ट्रॉनिक्स विनिर्माण क्लस्टर (ईएमसी) को मंजूरी दी है?
    (a) चेन्नई (b) पुणे
    (c) नई दिल्ली (d) बेंगलुरु

19. इसरो ने बेंगलुरु स्पेस एक्सपो के दौरान अंतरिक्ष प्रौद्योगिकी में किस देश की अंतरिक्ष एजेंसी के साथ भागीदारी की?
    (a) अमेरिका (b) जापान
    (c) ऑस्ट्रेलिया (d) फ्रांस

20. सितंबर में शुरू की गई पीएम श्री योजना निम्नलिखित में से किस क्षेत्र से संबंधित है?
    (a) इलेक्ट्रानिक्स (b) निर्यात
    (c) शिक्षा (d) अनुसंधान और विकास

21. केंद्रीय पर्यावरण मंत्रालय ने किस राज्य के लिए नई तटीय क्षेत्र प्रबंधन योजना को मंजूरी दी?
    (a) केरल (b) कर्नाटक
    (c) गोवा (d) महाराष्ट्र

22. किस देश ने भारत की रियायती वित्तपोषण योजना के तहत निर्मित मैत्री सुपर थर्मल पावर प्रोजेक्ट का उद्घाटन किया?
    (a) श्रीलंका (b) बांग्लादेश
    (c) नेपाल (d) म्यांमार

23. किस कंपनी ने भारत का पहला इंट्रा नेज़ल कोरोना वैक्सीन, iNCOVACC विकसित किया?
    (a) बायोकॉन
    (b) डॉ. रेड्डीज लेबोरेटरीज
    (c) भारत बायोटेक
    (d) सीरम इंस्टीट्यूट ऑफ इंडिया

24. सितंबर 2022 में शुरू किया गया 'निक्षय 2.0 पोर्टल' किस रोग से संबंधित है?
    (a) कैंसर (b) तपेदिक

(c) कोविड-19 (d) एनीमिया

25. यूजी कार्यक्रमों को पूरा करने के लिए महिला छात्रों को मासिक वित्तीय सहायता प्रदान करने के लिए किस राज्य ने 'पुधुमई पेन योजना' शुरू की?
(a) उड़ीसा (b) तमिलनाडु
(c) कर्नाटक (d) आंध्र प्रदेश

26. प्रधानमंत्री गति शक्ति के लिए रेलवे भूमि को दीर्घकालीन पट्टे पर देने की नीति के अनुसार, भूमि पट्टा किस अवधि तक प्रदान किया जाता है?
(a) 10 वर्ष (b) 15 वर्ष
(c) 25 वर्ष (d) 35 वर्ष

27. कौन सा राज्य 9 सितंबर को 'हिमालय दिवस' के रूप में मनाता है?
(a) बिहार (b) असम
(c) उत्तराखंड (d) सिक्किम

28. सितंबर 2022 में भारत का कौन सा खिलाड़ी 'डायमंड लीग चैंपियन' बना?
(a) पी. वी. सिंधु (b) नीरज चोपड़ा
(c) एच. एस. प्रणय (d) हिमा दास

29. किस राज्य ने 'निवासी सुरक्षा और सुरक्षा अधिनियम' नामक एक बहुउद्देश्यीय ऑनलाइन पोर्टल लॉन्च किया?
(a) पश्चिम बंगाल (b) मेघालय
(c) सिक्किम (d) उड़ीसा

30. डब्ल्यूएचओ ने 2030 तक पूरे अफ्रीका में किस बीमारी के लिए एक टीका शामिल करने के लिए 1.5 बिलियन अमेरिकी डॉलर का अभियान शुरू किया?
(a) बैक्टीरियल मैनिंजाइटिस (b) कोविड-19
(c) पोलियो (d) हेपेटाइटिस

31. किस केंद्रीय मंत्रालय ने 'ईयू-इंडिया ग्रीन हाइड्रोजन फोरम' का आयोजन किया था?
(a) बिजली मंत्रालय
(b) नवीन और नवीकरणीय ऊर्जा मंत्रालय
(c) विदेश मंत्रालय
(d) वाणिज्य और उद्योग मंत्रालय

32. Qimingxing-50 किस देश के पहले पूर्ण सौर-संचालित मानव रहित हवाई वाहन (UAV) का नाम है?
(a) जापान (b) इजराइल
(c) चीन (d) दक्षिण कोरिया

33. भारत के सबसे लंबे रबर बांध 'गयाजी बांध' का उद्घाटन किस राज्य/केंद्र शासित प्रदेश में किया गया?
(a) सिक्किम (b) उड़ीसा
(c) अरुणाचल प्रदेश (d) बिहार

34. कौन सा भारतीय शहर 'राष्ट्रीय रक्षा एमएसएमई कॉन्क्लेव और प्रदर्शनी' का मेजबान है?
(a) गांधीनगर (b) बेंगलुरु
(c) कोटा (d) विशाखापत्तनम

35. यूएस ओपन टेनिस टूर्नामेंट 2022 का विजेता कौन है?
(a) कैस्पर रूड (b) कार्लोस अल्काज़
(c) नोवाक जोकोविच (d) राफेल नडाल

36. किस भारतीय सशस्त्र बल ने 'पर्वत प्रहार' अभ्यास किया?
(a) भारतीय वायु सेना
(b) भारतीय सेना
(c) भारतीय नौसेना
(d) भारत-तिब्बत सीमा पुलिस

37. अंतर्राष्ट्रीय डेयरी महासंघ विश्व डेयरी शिखर सम्मेलन (IDF WDS) 2022 कहाँ आयोजित किया गया था?
(a) वाराणसी (b) ग्रेटर नोएडा
(c) अमृतसर (d) नैनीताल

38. निम्नलिखित में से किस राष्ट्रीय उद्यान में आठ अफ्रीकी चीतों को स्थानांतरित किया गया था?
(a) कुनो पालपुर नेशनल पार्क (b) जिम कॉर्बेट नेशनल पार्क
(c) रणथंभौर नेशनल पार्क (d) काजीरंगा नेशनल पार्क

39. किस संगठन ने अपनी रिपोर्ट में कहा कि 'दुनिया भर में 50 मिलियन लोग 'आधुनिक गुलामी' में फसे हुए हैं'?
(a) एफएओ (b) आईएमएफ
(c) आईएलओ (d) डब्ल्यूईएफ

40. उद्यम पूंजी (वीसी) और निजी इक्विटी (पीई) के सामने आने वाले मुद्दों के समाधान के लिए वित्त मंत्रालय द्वारा गठित समिति का प्रमुख कौन है?
(a) अजय त्यागी (b) महालिंगम
(c) एम. दामोदरन (d) सुभाष चंद्र गर्ग

41. 'नेशनल लिस्ट ऑफ एसेंशियल मेडिसिन (NLEM)' में कितनी दवाएं शामिल हैं?
(a) 84 (b) 184
(c) 284 (d) 384

42. 2022 में आयोजित 'अखिल भारतीय राजभाषा सम्मेलन' का मेजबान कौन सा शहर है?
(a) सूरत (b) अहमदाबाद
(c) बेंगलुरु (d) पुणे

43. MeitY स्टार्टअप हब (MSH) ने 'XR स्टार्टअप प्रोग्राम' लॉन्च करने के लिए किस कंपनी के साथ भागीदारी की?
(a) अमेज़न (b) एप्पल
(c) मेटा (d) आईबीएम

44. निम्नलिखित में से किस देश ने शंघाई सहयोग शिखर सम्मेलन 2022 की मेजबानी की है?
(a) भारत (b) कजाकिस्तान
(c) बांग्लादेश (d) उज़्बेकिस्तान

45. नीति आयोग ने आरएमआई और आरएमआई इंडिया के समर्थन से _______ शून्य अभियान शुरू किया था।
(a) पटाखों पर प्रतिबंध लगाकर वायु प्रदूषण को कम करने के लिए
(b) ईवीएस का उपयोग करके वायु प्रदूषण को कम करने के लिए
(c) वर्षा जल संचयन को बढ़ावा देने के लिए
(d) वनरोपण को बढ़ावा देने के लिए

46. केंद्रीय चिड़ियाघर प्राधिकरण की हालिया रैंकिंग में कौन सा भारतीय प्राणी उद्यान शीर्ष पर है?
(a) अरिग्नार अन्ना जूलॉजिकल पार्क, चेन्नई
(b) पद्मजा नायडू हिमालयन जूलॉजिकल पार्क, दार्जिलिंग
(c) चामराजेंद्र प्राणी उद्यान, मैसूर
(d) तिरुवनंतपुरम चिड़ियाघर

47. भारत ने किस राज्य से वनस्पति आधारित मांस उत्पादों की पहली खेप का निर्यात किया?
(a) बिहार (b) आंध्र प्रदेश

(c) गुजरात (d) कर्नाटक

48. कौन सा देश विश्व जल कांग्रेस और प्रदर्शनी 2022 का मेजबान था?
(a) स्पेन (b) जर्मनी
(c) डेनमार्क (d) हंगरी

49. निम्नलिखित में से किस संस्थान के साथ, ग्रीन फिन्स हब' संबद्ध है, जो अब तक का पहला वैश्विक समुद्री पर्यटन उद्योग मंच है?
(a) डब्ल्यूईएफ (b) आईएमएफ
(c) यूएनईपी (d) यूनिसेफ

50. किस राज्य ने सरकारी स्कूल के छात्रों के लिए भारत की पहली 'नाश्ता योजना' की घोषणा की है?
(a) तमिलनाडु (b) केरल
(c) आंध्र प्रदेश (d) तेलंगाना

51. किस संस्थान ने 'आंगन सम्मेलन 2022' के दूसरे संस्करण का आयोजन किया?
(a) भारतीय रिजर्व बैंक (b) ऊर्जा दक्षता ब्यूरो
(c) नीति आयोग (d) केंद्रीय अप्रत्यक्ष कर बोर्ड

52. तमिलनाडु में तिरुनेलवेली के जिला प्रशासन और बेंगलुरु स्थित एनजीओ अशोका ट्रस्ट फॉर रिसर्च इन इकोलॉजी एंड द एनवायरनमेंट द्वारा संयुक्त रूप से शुरू की गई 'TamiraSES परियोजना' निम्नलिखित में से किस नदी से संबंधित है?
(a) थामिराबरानी नदी (b) गोदावरी नदी
(c) नागवली नदी (d) पेरियार नदी

53. किस राज्य ने सुधारवादी नेता ई वी रामासामी (पेरियार) के जन्मदिन पर 'सामाजिक न्याय दिवस' मनाया?
(a) तमिलनाडु (b) केरल
(c) आंध्र प्रदेश (d) कर्नाटक

54. 'जिला विकलांगता पुनर्वास केंद्र (डीडीआरसी)' किस केंद्रीय मंत्रालय की पहल है?
(a) सामाजिक न्याय और अधिकारिता मंत्रालय
(b) कानून और न्याय मंत्रालय
(c) विज्ञान और प्रौद्योगिकी मंत्रालय
(d) स्वास्थ्य और परिवार कल्याण मंत्रालय

55. कौन सा शहर 'ग्लोबल क्लीन एनर्जी एक्शन फोरम' का मेजबान है?
(a) नई दिल्ली (b) पिट्सबर्ग
(c) पेरिस (d) रोम

56. किस राज्य ने नीति आयोग जैसा राज्य स्तरीय संस्थान स्थापित करने की घोषणा की है?
(a) केरल (b) महाराष्ट्र
(c) तेलंगाना (d) पश्चिम बंगाल

57. 2022 तक कौन सा देश श्रीलंका का सबसे बड़ा द्विपक्षीय ऋणदाता है?
(a) चीन (b) भारत
(c) ऑस्ट्रेलिया (d) अमेरीका

58. विश्व कुश्ती चैंपियनशिप में चार पदक जीतने वाले पहले भारतीय कौन हैं?
(a) विनेश फोगाट (b) बजरंग पुनिया
(c) बबिता कुमारी (d) गीता फोगाट

59. 'राष्ट्रीय भ्रष्टाचार विरोधी आयोग विधेयक' किस देश से संबंधित है?
(a) यूएसए (b) भारत
(c) ऑस्ट्रेलिया (d) पाकिस्तान

60. भारत, संयुक्त अरब अमीरात और फ्रांस ने किस शहर में अपनी पहली त्रिपक्षीय विदेश मंत्रियों की बैठक आयोजित की?
(a) नई दिल्ली (b) दुबई
(c) न्यूयॉर्क (d) पेरिस

// स्मार्ट उत्तर पुस्तिका //

सही उत्तर — उन छात्रों का प्रतिशत जिन्होंने प्रश्न का सही उत्तर दिया।

छोड़ दिया — उन छात्रों का प्रतिशत जिन्होंने प्रश्न को छोड़ दिया।

प्रश्न संख्या	उत्तर	सही उत्तर / छोड़ दिया	प्रश्न संख्या	उत्तर	सही उत्तर / छोड़ दिया	प्रश्न संख्या	उत्तर	सही उत्तर / छोड़ दिया
1	B	42.23% / 1.01%	2	A	52.38% / 1.44%	3	A	50.06% / 1.48%
4	B	54.4% / 1.28%	5	B	62.88% / 1.31%	6	B	86.4% / 0.0%
7	B	64.36% / 1.76%	8	B	82.21% / 0.0%	9	D	46.0% / 1.86%
10	C	57.92% / 1.11%	11	C	56.1% / 1.29%	12	C	50.06% / 1.61%
13	B	85.77% / 0.0%	14	B	64.27% / 1.02%	15	B	51.18% / 1.21%
16	A	46.17% / 1.66%	17	A	22.1% / 3.39%	18	B	45.06% / 1.59%
19	C	60.59% / 1.96%	20	C	40.41% / 1.48%	21	B	44.98% / 1.74%
22	B	21.67% / 4.3%	23	C	17.85% / 3.13%	24	B	40.02% / 1.92%
25	B	64.44% / 1.63%	26	D	88.42% / 0.0%	27	C	76.93% / 0.0%
28	B	45.45% / 1.01%	29	B	68.98% / 1.89%	30	A	48.55% / 1.97%
31	B	53.4% / 1.62%	32	C	56.46% / 1.85%	33	D	69.87% / 1.32%
34	C	53.71% / 1.21%	35	B	59.47% / 1.65%	36	B	17.04% / 3.02%
37	B	51.15% / 1.93%	38	A	69.24% / 1.44%	39	C	88.9% / 0.0%
40	C	11.07% / 3.83%	41	D	76.24% / 0.0%	42	A	85.9% / 0.0%
43	C	68.55% / 1.71%	44	D	65.74% / 1.46%	45	B	49.4% / 1.25%
46	B	56.82% / 1.56%	47	C	40.16% / 1.02%	48	C	40.22% / 1.14%
49	C	45.78% / 1.99%	50	A	84.2% / 0.0%	51	B	50.66% / 1.94%
52	A	45.83% / 1.4%	53	A	69.07% / 1.38%	54	A	28.68% / 4.23%
55	B	47.84% / 1.99%	56	B	66.8% / 1.2%	57	B	88.76% / 0.0%
58	B	52.04% / 1.52%	59	C	78.91% / 0.0%	60	C	64.7% / 1.46%

// संकेत और समाधान //

1(B). भारत के राष्ट्रीय सुरक्षा परिषद सचिवालय (एनएससीएस) और यूनाइटेड किंगडम (यूके) सरकार ने बीएई सिस्टम्स के सहयोग से साइबर सुरक्षा अभ्यास, 26 देशों के लिए एक आभासी रैंसमवेयर ड्रिल को सफलतापूर्वक डिजाइन और संचालित किया।
(i). यह अभ्यास इंटरनेशनल काउंटर रैनसमवेयर इनिशिएटिव (सीआरआई) - रेजिलिएशन वर्किंग ग्रुप के हिस्से के रूप में आयोजित किया गया था, जिसका नेतृत्व एनसीएससी के नेतृत्व में भारत ने किया था।
(ii). इसका उद्देश्य संबंधित देश के भीतर संगठनों को प्रभावित करने वाली एक बड़ी, व्यापक साइबर सुरक्षा घटना का अनुकरण करना था।

2(A). अंतर्राष्ट्रीय तटीय सफाई दिवस (ICC) सितंबर के तीसरे शनिवार को दुनिया भर में मनाया जाता है।
भारतीय तट रक्षक बल (आईसीजी) ने 2006 से भारत में इस अभियान का नेतृत्व किया है। वर्ष 2022 में, अंतर्राष्ट्रीय तटीय

सफाई दिवस और 'स्वच्छ सागर अभियान' के हिस्से के रूप में तटरक्षक बल ने देश भर में 75 स्थानों पर समुद्र तटों को संभाला है। भारतीय तट रक्षक बल के प्रयास पृथ्वी विज्ञान मंत्रालय के कार्यक्रम 'स्वच्छ सागर-सुरक्षित सागर' के अनुरूप हैं।

3(A). वर्ष 2022 में, भारतीय शहर मुंबई ने 'ग्लोबल फिनटेक सम्मेलन' की मेजबानी की।
ग्लोबल फिनटेक फेस्ट का आयोजन नेशनल पेमेंट्स कॉरपोरेशन ऑफ इंडिया (एनपीसीआई), पेमेंट्स काउंसिल ऑफ इंडिया (पीसीआई) और फिनटेक कन्वर्जेंस काउंसिल (एफसीसी) द्वारा किया गया था।
इसमें केंद्रीय वित्त मंत्री निर्मला सीतारमण और आरबीआई गवर्नर शक्तिकांत दास ने भाग लिया। वित्त मंत्री ने फिनटेक उद्योग से एक स्थायी वित्तीय वातावरण के निर्माण के लिए हरित वित्त में अवसरों का लाभ उठाने का आह्वान किया।

4(B). दिल्ली पुलिस छह साल से अधिक की सजा के साथ दंडनीय अपराधों में न्याय-संबंधी साक्ष्य के संग्रह को अनिवार्य बनाने वाली देश की पहली पुलिस बल बन गई है।
यह सजा दर बढ़ाने और आपराधिक न्याय प्रणाली को फोरेंसिक विज्ञान जांच के साथ एकीकृत करने के लिए किया गया है। दिल्ली पुलिस ने आपराधिक न्याय प्रणाली (आईसीजेएस) को फोरेंसिक विज्ञान जांच के साथ एकीकृत किया है और अपने अधिकारियों को प्रशिक्षित करने के लिए राष्ट्रीय फोरेंसिक विज्ञान विश्वविद्यालय (एनएफएसयू), गांधीनगर के साथ सहयोग किया है।

5(B). प्रधान मंत्री नरेंद्र मोदी ने 2 सितंबर, 2022 को कोच्चि में कोचीन शिपयार्ड लिमिटेड में नए नेवल एनसाइन (ध्वज) का अनावरण किया, जो दृढ़ता को दर्शाता है। अष्टकोणीय आकार को आठ दिशाओं का प्रतिनिधित्व करने के लिए डिज़ाइन किया गया है, जो बहु-दिशात्मक पहुंच और भारतीय नौसेना को दर्शाता है। इसके चारों ओर दो सुनहरी सीमाएँ छत्रपति शिवाजी से प्रेरित हैं।

6(B). 'जलदूत' ऐप को ग्रामीण विकास मंत्रालय और पंचायती राज मंत्रालय द्वारा संयुक्त रूप से विकसित किया गया है।
इस ऐप का इस्तेमाल पूरे देश में एक गांव में चयनित कुओं के जल स्तर की समीक्षा के लिए किया जाएगा। खुले कुओं में जल स्तर की मैनुअल निगरानी जलदूत, (जल स्तर को मापने के लिए नियुक्त अधिकारी) द्वारा दो बार मापी जाएगी। वे ऐप के माध्यम से जियो-टैग की गई तस्वीरें अपलोड करेंगे।

7(B). भारतीय सांकेतिक भाषा(आईएसएल) डिक्शनरी मोबाइल एप्लिकेशन का नाम 'साइन लर्न ऐप' है जिसे 23 सितंबर 2022 को लॉन्च किया गया है।
ऐप को सामाजिक न्याय और अधिकारिता राज्य मंत्री प्रतिमा भौमिक द्वारा लॉन्च किया गया था। यह भारतीय सांकेतिक भाषा अनुसंधान और प्रशिक्षण केंद्र (आईएसएलआरटीसी) के भारतीय सांकेतिक भाषा शब्दकोश पर आधारित है जिसमें 10,000 शब्द हैं। इससे पहले, 6 अक्टूबर, 2020 को, ISLRTC और NCERT ने कक्षा 1 से 12 तक की NCERT पाठ्यपुस्तकों को भारतीय सांकेतिक भाषा (डिजिटल प्रारूप) में बदलने के लिए एक समझौता ज्ञापन (MoU) पर हस्ताक्षर किए थे, ताकि पाठ्य पुस्तकों को श्रवण दोष वाले बच्चों के लिए सुलभ बनाया जा सके। 2022 में, ऐप के लॉन्च के साथ, कक्षा 6 एनसीईआरटी पाठ्यपुस्तकों के लिए आईएसएल ई-कंटेंट पेश किया गया है।

8(B). ई-कॉमर्स कंपनी अमेज़न ने राजस्थान में तीन नए सोलर फार्म के साथ भारत में अपनी पहली सौर परियोजना की घोषणा की, जिसमें 420 मेगावाट की संयुक्त ऊर्जा क्षमता है।
अमेज़न का लक्ष्य 2025 तक अपने व्यवसाय में 100% नवीकरणीय ऊर्जा का उपयोग करना है। भारतीय परियोजना में रीन्यू पावर द्वारा विकसित की जाने वाली 210 मेगावाट की परियोजना, एएमपी एनर्जी इंडिया द्वारा विकसित की जाने वाली 100 मेगावाट की परियोजना और 110 मेगावाट की परियोजना शामिल है। इसे ब्रुकफील्ड रिन्यूएबल पार्टनर्स द्वारा विकसित किया जाएगा।

9(D). रक्षा मंत्रालय ने बीएपीएल (ब्रह्मोस एयरोस्पेस प्राइवेट लिमिटेड) के साथ सतह से सतह पर मार करने वाली ब्रह्मोस मिसाइल की दोहरी भूमिका के लिए समझौते पर हस्ताक्षर किए।
अतिरिक्त दोहरी भूमिका (भूमि और जहाज-रोधी) सक्षम ब्रह्मोस मिसाइलों को 'बाय-इंडियन' श्रेणी के तहत 1,700 करोड़ रुपये में अधिग्रहित किया जाएगा। ब्रह्मोस एयरोस्पेस (बीएपीएल) भारत और रूस के बीच एक संयुक्त उद्यम है।

10(C). प्रधान मंत्री नरेंद्र मोदी ने 22 सितंबर 2022 को गुजरात के एकता नगर में पर्यावरण मंत्रियों के राष्ट्रीय सम्मेलन का उद्घाटन किया।
दो दिवसीय सम्मेलन में छह विषयगत सेशन हैं, जिसमें लाइफ-कॉम्बैटिंग क्लाइमेट चेंज परिवेश-सिंगल विंडो सिस्टम फॉर इंटीग्रेटेड ग्रीन क्लीयरेंस, फॉरेस्ट्री मैनेजमेंट, प्रिवेंशन एंड कंट्रोल ऑफ पॉल्यूशन, वाइल्डलाइफ मैनेजमेंट, प्लास्टिक और वेस्ट मैनेजमेंट पर ध्यान केंद्रित करने वाले विषय होंगे।

11(C). भारत का सार्वजनिक क्षेत्र का ऋणदाता यूको बैंक रुपये में व्यापार के लिए भारतीय रिजर्व बैंक (RBI) की मंजूरी प्राप्त करने वाला पहला बैंक है।
कोलकाता स्थित बैंक भारतीय रुपये में व्यापार निपटान के लिए रूस के गज़प्रॉमबैंक के साथ एक विशेष वोस्ट्रो खाता खोलेगा। जुलाई में, RBI ने भारतीय बैंकों को जुलाई में भारतीय मुद्रा में व्यापार करने की अनुमति देने के अपने निर्णय की घोषणा की थी। आरबीआई ने भारत और श्रीलंका और रूस सहित अन्य देशों के बीच व्यापार समझौते की भी अनुमति दी।

12(C). कंजर्वेटिव पार्टी की नेता लिज़ ट्रस यूनाइटेड किंगडम की नई प्रधान मंत्री बनी हैं।
47 वर्षीय नेता ने जुलाई में बोरिस जॉनसन के इस्तीफे के बाद सत्तारूढ़ कंजरवेटिव पार्टी की आंतरिक नेतृत्व प्रतियोगिता में अपने प्रतिद्वंद्वी, पूर्व वित्त मंत्री ऋषि सुनक को हराया। थेरेसा मे और मार्गरेट थैचर के बाद लिज़ ट्रस केवल यूके की तीसरी महिला प्रधान मंत्री बनी हैं।

13(B). केंद्रीय गृह मंत्री अमित शाह ने अहमदाबाद में 36वें राष्ट्रीय खेलों के शुभंकर और गान का शुभारंभ किया।
शुभंकर को 'सवज' नाम दिया गया है जिसका गुजराती में अर्थ होता है शावक। राष्ट्रगान की थीम 'एक भारत श्रेष्ठ भारत' है। राष्ट्रीय खेलों का आयोजन 29 सितंबर से 12 अक्टूबर तक राज्य के छह शहरों में किया जाएगा।

14(B). राज्य विज्ञान और प्रौद्योगिकी (एस एंड टी) मंत्रियों के गुजरात विज्ञान सम्मेलन का उद्घाटन प्रधान मंत्री नरेंद्र मोदी द्वारा साइंस सिटी, अहमदाबाद में किया गया था।
सम्मेलन में '2030 तक आर एंड डी में निजी क्षेत्र के निवेश को दोगुना करना' विषय पर चर्चा शामिल हुई। सभी राज्यों और केंद्र शासित प्रदेशों को राष्ट्रीय एसटीआई नीति की तर्ज पर व्यक्तिगत एसटीआई नीति बनाने के लिए कहा गया।

15(B). चीन, तिआंजिन स्थित कैनसिनो बायोलॉजिक्स द्वारा बनाए गए कोविड-19 वैक्सीनके सुई-मुक्त इनहेल्ड वर्जन को मंजूरी देने वाला पहला देश बन गया।
चीन ने बूस्टर वैक्सीन के रूप में आपातकालीन उपयोग के लिए कैनसिनो के Ad5-nCoV को मंजूरी दी। इनहेल्ड वर्जन सेलुलर प्रतिरक्षा को उत्तेजित कर सकता है और इंट्रामस्क्युलर इंजेक्शन के बिना सुरक्षा को बढ़ावा देने के लिए म्यूकोसल प्रतिरक्षा को प्रेरित कर सकता है।

16(A). संयुक्त राष्ट्र महासचिव एंटोनियो गुटेरेस ने किर्गिस्तान के एक पूर्व राष्ट्रपति को अफगानिस्तान के लिए अपना नया विशेष दूत नियुक्त किया।
रोजा ओटुनबायेवा, जिन्होंने किर्गिस्तान के विदेश मंत्री के रूप में भी काम किया, ने डेबोरा लियोन की जगह ली, जिन्होंने जून 2022 में पद छोड़ दिया था।

17(A). तेलंगाना के वारंगल और केरल के त्रिशूर और नीलांबुर यूनेस्को ग्लोबल नेटवर्क ऑफ लर्निंग सिटीज (जीएनएलसी) में शामिल हो गए हैं।
44 देशों के 77 शहर इस सूची में शामिल हुए, जिसमें दुनिया भर के 294 शहर शामिल हैं। शहरों को स्थानीय स्तर पर अपने

समुदायों में आजीवन सीखने को बढ़ावा देने के उनके उत्कृष्ट प्रयासों के सम्मान में शामिल किया गया है।

18(B). सरकार ने 500 करोड़ रुपये की लागत से पुणे में एक इलेक्ट्रॉनिक्स विनिर्माण क्लस्टर (ईएमसी) को मंजूरी दी है।
इलेक्ट्रॉनिक्स और सूचना प्रौद्योगिकी मंत्रालय द्वारा अनुमोदित प्रस्ताव से 2,000 करोड़ रुपये तक के निवेश को आकर्षित करने की उम्मीद है। क्लस्टर 297 एकड़ के क्षेत्र में स्थापित किया जाएगा।

19(C). बेंगलुरु स्पेस एक्सपो में भारतीय और ऑस्ट्रेलियाई अंतरिक्ष स्टार्ट-अप के बीच छह समझौता ज्ञापनों पर हस्ताक्षर किए गए।
भारतीय अंतरिक्ष अनुसंधान संगठन (इसरो) और ऑस्ट्रेलियाई अंतरिक्ष एजेंसी (एएसए) ने भारत और ऑस्ट्रेलिया दोनों के लिए अंतरिक्ष प्रौद्योगिकी बाजार विकसित करने के लिए साझेदारी करने का फैसला किया है। एएसए ऑस्ट्रेलिया के वाणिज्यिक अंतरिक्ष क्षेत्र के विकास के लिए जिम्मेदार एक संस्था है।

20(C). प्रधान मंत्री नरेंद्र मोदी ने राइजिंग इंडिया (पीएम-श्री) योजना के लिए प्रधान मंत्री स्कूल की घोषणा की।
इस योजना के तहत, देश भर के 14,500 स्कूलों को पीएम-श्री स्कूलों के रूप में अपग्रेड किया जाएगा। उनके पास शिक्षा प्रदान करने का एक आधुनिक और परिवर्तनकारी तरीका होगा। पीएम श्री स्कूल राष्ट्रीय शिक्षा नीति 2020 के सभी घटकों का प्रदर्शन करेंगे।

21(B). सितंबर 2022 में वन पर्यावरण और जलवायु परिवर्तन मंत्रालय ने कर्नाटक के लिए नई तटीय क्षेत्र प्रबंधन योजना को मंजूरी दी।
प्रधान मंत्री नरेंद्र मोदी ने कर्नाटक के गोल्डफिंच शहर में 3,800 करोड़ रुपये के विभिन्न कार्यों की आधारशिला रखी। कर्नाटक दक्षिणी भारत का पहला राज्य है और देश में केवल दूसरा राज्य है जिसने नई तटीय विनियमन क्षेत्र (सीआरजेड) अधिसूचना के अनुसार योजना तैयार और अनुमोदित की है।

22(B). प्रधान मंत्री नरेंद्र मोदी और बांग्लादेश की प्रधान मंत्री शेख हसीना ने संयुक्त रूप से मैत्री सुपर थर्मल पावर प्रोजेक्ट की यूनिट-I का अनावरण किया।
इस परियोजना का निर्माण भारत की रियायती वित्त पोषण योजना के तहत किया जा रहा है। यह बांग्लादेश के नेशनल ग्रिड में 1320 मेगावाट जोड़ेगा। प्रधानमंत्रियों के बीच जल संसाधन, रेलवे, विज्ञान और प्रौद्योगिकी, अंतरिक्ष प्रौद्योगिकी सहित सात समझौतों का आदान-प्रदान किया गया।

23(C). भारत के औषधि महानियंत्रक (DCGI) ने 18 वर्ष से अधिक आयु के लोगों में प्रतिबंधित आपातकालीन उपयोग के लिए देश के पहले इंट्रा नेज़ल कोविड -19 वैक्सीन को मंजूरी दी।
भारत बायोटेक द्वारा 'iNCOVACC' नाम का वैक्सीन विकसित किया गया था और यह चीन में कैनसिनो बायोलॉजिक्स वैक्सीन के बाद दुनिया का एकमात्र ऐसा वैक्सीन है, जिसे नियामकीय मंजूरी मिली है। iNCOVACC एक चिंपैंजी एडेनोवायरस वेक्टरेड रीकॉम्बिनेंट नेज़ल वैक्सीन है जिसे नाक में बूंदों के माध्यम से डिलीवर करने की अनुमति देने के लिए तैयार किया गया है।

24(B). भारत की राष्ट्रपति द्रौपदी मुर्मू ने सितंबर 2022 में प्रधानमंत्री टीबी मुक्त भारत अभियान 'निक्षय 2.0 पोर्टल' लांच किया।
केंद्रीय स्वास्थ्य और परिवार कल्याण मंत्रालय ने 2025 तक तपेदिक के उन्मूलन का लक्ष्य रखा है। 'निक्षय 2.0' टीबी वाले व्यक्तियों के सामुदायिक समर्थन के लिए एक डिजिटल मंच है। यह तपेदिक रोगियों के उपचार के परिणाम में सुधार के लिए अतिरिक्त रोगी सहायता प्रदान करता है।

25(B). तमिलनाडु सरकार ने मुवलुर रामामिरथम अम्मैयार उच्च शिक्षा आश्वासन योजना शुरू की, जिसे 'पुधुमाई पेन योजना' के रूप में भी जाना जाता है।
यह स्नातक की डिग्री, डिप्लोमा, आईटीआई, या किसी अन्य मान्यता प्राप्त पाठ्यक्रम को आगे बढ़ाने के लिए महिला छात्रों को 1,000 रुपये का मासिक अनुदान प्रदान करता है। कक्षा 6 से 12 तक सरकारी स्कूलों में पढ़ने वाले लोग वित्तीय सहायता के लिए पात्र होंगे।

26(D). केंद्रीय मंत्रिमंडल ने पीएम गति शक्ति कार्यक्रम के लिए रेलवे की जमीन को लंबी अवधि के पट्टे पर देने की नीति को मंजूरी दी।
नई नीति वर्तमान में पांच साल की तुलना में 35 साल तक की लंबी अवधि के लिए भूमि पट्टा प्रदान करने की सुविधा प्रदान करेगी। नई नीति बुनियादी ढांचे और अधिक कार्गो टर्मिनलों के विकास को सक्षम करेगी। साथ ही जमीन की लीज फीस 6 फीसदी से घटाकर 1.5 फीसदी कर दी है।

27(C). हिमालयी पारिस्थितिकी तंत्र और क्षेत्र को संरक्षित करने के उद्देश्य से, हिमालय दिवस हर साल 9 सितंबर को उत्तराखंड राज्य में मनाया जाता है। इसे 2015 में राज्य के तत्कालीन मुख्यमंत्री द्वारा आधिकारिक तौर पर हिमालय दिवस के रूप में घोषित किया गया था।
राष्ट्रीय स्वच्छ गंगा मिशन ने नौला फाउंडेशन के सहयोग से 09 सितंबर को हिमालय दिवस का आयोजन किया। यह दिन हिमालयी पारिस्थितिकी तंत्र और क्षेत्र को संरक्षित करने के उद्देश्य से मनाया जाता है। यह दिन हिमालय के महत्व को चिह्नित करने के लिए मनाया जाता है। खराब भवन योजना और डिजाइन, खराब बुनियादी ढांचे, पानी की आपूर्ति, सीवेज आदि और पेड़ों की अभूतपूर्व कटाई के कारण हिमालय के पहाड़ी शहरों को कई चुनौतियों का सामना करना पड़ता है।

28(B). सितंबर 2022 में नीरज चोपड़ा 88.44 मीटर के थ्रो के साथ भारत की ओर से पहले डायमंड लीग चैंपियन चैंपियन बने।
चोपड़ा ने इससे पहले 89.08 मीटर थ्रो के साथ लुसाने डायमंड लीग जीती थी। उन्होंने पावो नूरमी खेलों में 89.30 मीटर रिकॉर्ड किया, जबकि उन्होंने जुलाई में विश्व चैंपियनशिप में ऐतिहासिक रजत पदक जीता।

29(B). मेघालय सरकार ने एक बहुउद्देश्यीय ऑनलाइन पोर्टल 'मेघालय निवासी सुरक्षा और सुरक्षा अधिनियम (MRSSA)' लॉन्च किया।
डिजिटलीकरण प्रक्रिया पूरे मेघालय में 6,000 से अधिक गांवों और इलाकों को ऑनलाइन प्रणाली से जोड़ेगी। इसका उद्देश्य निवासियों की सुरक्षा और सुरक्षा सुनिश्चित करना, कई सरकारी सेवाओं के बेहतर वितरण के लिए खुफिया जानकारी एकत्र करना है।

30(A). विश्व स्वास्थ्य संगठन ने 2030 तक पूरे अफ्रीका में बैक्टीरियल मैनिंजाइटिस के प्रकोप को खत्म करने के लिए एक नया टीका शामिल करने के लिए 1.5 बिलियन अमरीकी डालर का अभियान शुरू किया है।
डब्ल्यूएचओ 2023 की पहली तिमाही तक वैक्सीन को अधिकृत करने की उम्मीद करता है, जिससे डोनर इसे अफ्रीका के लिए खरीद सकेंगे। कोविड-19 महामारी के कारण, अफ्रीका में 50 मिलियन से अधिक बच्चों के लिए मेनिनजाइटिस के टीकाकरण में देरी हुई है।

31(B). नवीन और नवीकरणीय ऊर्जा मंत्रालय ने 'ईयू-इंडिया ग्रीन हाइड्रोजन फोरम' का आयोजन किया था।
पहला ईयू-इंडिया ग्रीन हाइड्रोजन फोरम यूरोपीय संघ के प्रतिनिधिमंडल और नवीन और नवीकरणीय ऊर्जा मंत्रालय द्वारा संयुक्त रूप से आयोजित किया गया था।
इसे भारतीय उद्योग परिसंघ (CII) और हाइड्रोजन यूरोप के सहयोग से लॉन्च किया गया था। यह कार्यक्रम हाइड्रोजन और अंतर्राष्ट्रीय हाइड्रोजन व्यापार पर संयुक्त परियोजनाओं पर चर्चा करने के लिए यूरोपीय संघ-भारत के व्यवसायों को एक साथ लाया गया था।

32(C). चीन ने अपने पहले पूरी तरह से सौर ऊर्जा से चलने वाले मानवरहित हवाई वाहन (UAV) का सफल परीक्षण किया है। Qimingxing-50 'नाम से, UAV महीनों तक उड़ान भरने में सक्षम है और आवश्यकता पड़ने पर उपग्रह के रूप में भी कार्य कर सकता है।
यह केवल सौर ऊर्जा द्वारा संचालित पहला बड़े आकार का UAV है। यह तकनीक चीन के रक्षा कौशल को बढ़ावा देगी। इसका उपयोग अक्षय ऊर्जा, नई सामग्री और वैमानिकी इंजीनियरिंग के क्षेत्र में भी किया जा सकता है।

33(D). बिहार के मुख्यमंत्री नीतीश कुमार ने बिहार में विष्णुपद मंदिर के

पास फल्गू नदी पर देश के सबसे बड़े रबर बांध और स्टील पुल का उद्घाटन किया। सीएम नीतीश कुमार ने 22 सितंबर 2020 को इसका शिलान्यास किया था।
उन्होंने पितृपक्ष मेले के दौरान आने वाले आगंतुकों की सुविधा के लिए स्टील फुट उपरिगामी पुल का भी उद्घाटन किया। "बांध को IIT (रुड़की) के मार्गदर्शन में 324 करोड़ रुपये की अनुमानित लागत से बनाया गया है।

34(C). दो दिवसीय राष्ट्रीय रक्षा एमएसएमई कॉन्क्लेव और प्रदर्शनी का उद्घाटन कोटा, राजस्थान में किया गया था। प्रदेश में पहली बार कॉन्क्लेव का आयोजन किया गया है।
प्रदर्शनी में **टी**-90 और **बीएमपी**-2 टैंक, आर्टिलरी गन, स्नाइपर और मशीन गन और सैन्य पुलों सहित कई रक्षा उपकरण प्रदर्शित किए गए हैं। इसमें कई स्टार्ट-अप और एमएसएमई अपने उत्पादों का प्रदर्शन किया।

35(B). स्पेनिश युवा टेनिस खिलाड़ी कार्लोस अल्कार्ज़ ने यूएस ओपन के फाइनल में नॉर्वे के कैस्पर रूड को हराकर अपना पहला ग्रैंड स्लैम खिताब जीता।
प्रमुख फाइनल में अपनी पहली उपस्थिति के बाद, युवा खिलाड़ी विश्व रैंकिंग में शीर्ष पर पहुंच गया। 19 वर्षीय खिलाड़ी ने छह एटीपी टूर एकल खिताब और दो मास्टर्स 1000 खिताब जीते हैं।

36(B). पर्वत प्रहार अभ्यास भारतीय सेना द्वारा पूर्वी लद्दाख में पेट्रोलिंग प्वाइंट 15 से विघटन करने के लिए आयोजित 20 दिनों तक चलने वाला नियमित अभ्यास है। सेना प्रमुख जनरल मनोज पांडे ने पर्वत प्रहार अभ्यास का जायजा लेने के लिए लद्दाख सेक्टर का दौरा किया। इस अभ्यास में सेना के सभी नए प्रमुख शामिल किए गए। यह सैन्य-दल चीन या पाकिस्तान दोनों देशों में से किसी भी खतरे को खत्म करने वाला पहला सैन्य-दल है।
यह अभ्यास 14,000 फीट की ऊंचाई पर आयोजित किया गया था।
सभी नए इलाके के वाहनों को चिनूक हेवी लिफ्ट हेलीकॉप्टर और K9 वज्र हॉवित्जर द्वारा ले जाया गया।

37(B). प्रधान मंत्री नरेंद्र मोदी ने ग्रेटर नोएडा में अंतर्राष्ट्रीय डेयरी फेडरेशन वर्ल्ड डेयरी समिट (IDF WDS) 2022 का उद्घाटन किया।
भारतीय डेयरी उद्योग वैश्विक दूध का लगभग 23% हिस्सा है, जो सालाना लगभग 210 मिलियन टन का उत्पादन करता है। विगत आठ वर्षों में विभिन्न योजनाओं से दुग्ध उत्पादन में 44 प्रतिशत से अधिक की वृद्धि हुई है।

38(A). दक्षिण अफ्रीका के नामीबिया के आठ अफ्रीकी चीतों को मध्य प्रदेश के कुनो पालपुर राष्ट्रीय उद्यान में स्थानांतरित किया गया है।
चीतों के राष्ट्रीय उद्यान में आने के बाद, वे बड़े बाड़ों में स्थानांतरित होने से पहले संगरोध चरण के दौरान छोटे बाड़ों में रहेंगे। 1952 के बाद से भारत में धीरे-धीरे चीते विलुप्त होने शरू हो गए, उसके बाद तब 2009 में 'अफ्रीकी चीता इंट्रोडक्शन प्रोजेक्ट इन इंडिया' शुरू किया गया था।

39(C). संयुक्त राष्ट्र के अंतर्राष्ट्रीय श्रम संगठन (आईएलओ) ने एक रिपोर्ट जारी की, जिसमें उसने कहा कि 'दुनिया भर में 50 मिलियन लोग 'आधुनिक गुलामी' में फसे हुए हैं'।
जबरन मजदूरी या जबरन शादी और अन्य संकटों में फंसे लोगों की संख्या हाल के वर्षों में बढ़कर एक दिन में लगभग 50 मिलियन हो गई है। यह अध्ययन वॉक फ्री फाउंडेशन के साथ मिलकर किया गया।

40(C). वित्त मंत्रालय ने सेबी के पूर्व प्रमुख एम. दामोदरन की अध्यक्षता में एक विशेषज्ञ समिति का गठन किया, जो उद्यम पूंजी (वीसी) और निजी इक्विटी (पीई) द्वारा निवेश को बढ़ाने के लिए नियामक मुद्दों को संबोधित करने के उपायों की जांच और सुझाव देगी।
समिति के अन्य सदस्यों में जी. महालिंगम, सेबी के पूर्व पूर्णकालिक सदस्य और आरबीआई के कार्यकारी निदेशक शामिल हैं; सीबीआईसी के प्रतिनिधि; आयकर विभाग; दूसरों के बीच में एनसीईआर। वित्तीय-वर्ष 2023 के बजट में ऐसी समिति गठित करने का प्रस्ताव रखा गया है।

41(D). केंद्रीय स्वास्थ्य और परिवार कल्याण मंत्री डॉ मनसुख मंडाविया ने आवश्यक दवाओं की राष्ट्रीय सूची (एनएलईएम) 2022 का शुभारंभ किया।
एनएलईएम सस्ती गुणवत्ता वाली दवाओं की पहुंच सुनिश्चित करता है और नागरिकों के लिए स्वास्थ्य देखभाल पर जेब से खर्च को कम करने में मदद करता है। इस सूची में 34 दवाओं को मिलाकर 384 दवाओं को शामिल किया गया है, जबकि पिछली सूची से 26 को हटा दिया गया है।

42(A). केंद्रीय गृह मंत्री अमित शाह ने गुजरात के सूरत में अखिल भारतीय राजभाषा सम्मेलन में भाग लिया।
सम्मेलन का आयोजन हिंदी दिवस के अवसर पर किया जा गया, जो पूरे देश में प्रतिवर्ष 14 सितंबर को मनाया जाता है।

43(C). इलेक्ट्रॉनिक्स और सूचना प्रौद्योगिकी मंत्रालय (MeitY) और मेटा की एक पहल, MeitY स्टार्टअप हब (MSH) ने भारत भर में XR प्रौद्योगिकी स्टार्टअप में तेजी लाने के लिए एक त्वरक कार्यक्रम शुरू करने की घोषणा की।
'XR स्टार्टअप प्रोग्राम' 20 लाख रुपये के अनुदान के साथ ऑगमेंटेड रियलिटी (एआर) और वर्चुअल रियलिटी (वीआर) सहित एक्सआर प्रौद्योगिकियों में काम कर रहे 40 शुरुआती चरण के स्टार्ट-अप का समर्थन करेगा।

44(D). शंघाई सहयोग संगठन (SCO) शिखर सम्मेलन 2022 उज्बेकिस्तान के समरकंद में आयोजित किया गया था। समरकंद घोषणा पर सदस्य राज्यों द्वारा हस्ताक्षर किए गए थे। भारत 2023 के लिए एससीओ की अध्यक्षता संभालेगा।
सदस्य देशों ने आतंकवादियों, अलगाववादी और चरमपंथी संगठनों की एक एकीकृत सूची बनाने के लिए सामान्य सिद्धांतों और दृष्टिकोणों को विकसित करने की योजना बनाई है जिनकी गतिविधियां एससीओ सदस्य राज्यों के क्षेत्रों में प्रतिबंधित हैं। भारत ने शंघाई सहयोग संगठन के सदस्य देशों से एक-दूसरे को पारगमन का पूरा अधिकार देने का आग्रह किया, क्योंकि इससे संपर्क बढ़ेगा और क्षेत्र में विश्वसनीय और लचीला आपूर्ति श्रृंखला स्थापित करने में मदद मिलेगी।

45(B). नीति आयोग ने आरएमआई और आरएमआई इंडिया के समर्थन से 15 सितंबर 2022 को शून्य-उपभोक्ताओं और उद्योग के साथ काम करके शून्य-प्रदूषण वितरण वाहनों को बढ़ावा देने की पहल शुरू की। अभियान का उद्देश्य शहरी डिलीवरी सेगमेंट में इलेक्ट्रिक वाहनों (ईवी) को अपनाने में तेजी लाना और शून्य-प्रदूषण वितरण के लाभों के बारे में उपभोक्ता जागरूकता पैदा करना है। कार्यक्रम के दौरान नेशनल प्रोग्राम ऑन एडवांस्ड केमिस्ट्री सेल (एसीसी) एनर्जी स्टोरेज रिपोर्ट भी लॉन्च की गई।

46(B). पश्चिम बंगाल के दार्जिलिंग में पद्मजा नायडू हिमालयन जूलॉजिकल पार्क (PNHZP) को देश का सर्वश्रेष्ठ चिड़ियाघर घोषित किया गया है। केंद्रीय चिड़ियाघर प्राधिकरण द्वारा जारी सूची के अनुसार, प्रबंधन और प्रभावशीलता के आधार पर, पद्मजा नायडू हिमालयन जूलॉजिकल पार्क, दार्जिलिंग को उच्चतम 83 प्रतिशत दिया गया था। प्राणी उद्यान को अंतरराष्ट्रीय स्तर पर लुप्तप्राय हिम तेंदुआ और लाल पांडा सहित पूर्वी हिमालय की पशु प्रजातियों के प्रजनन और संरक्षण कार्यक्रमों के लिए मान्यता प्राप्त है।

47(C). सितंबर, 2022 को भारत ने गुजरात के खेड़ा जिले से संयुक्त राज्य अमेरिका में कैलिफोर्निया के लिए पौधे आधारित मांस उत्पादों की पहली खेप का निर्यात किया है।
कृषि और प्रसंस्कृत खाद्य उत्पाद निर्यात प्राधिकरण (APEDA) ने शाकाहारी खाद्य श्रेणी के तहत पौधे आधारित मांस उत्पादों की पहली खेप के निर्यात की सुविधा प्रदान की। APEDA ने ऑस्ट्रेलिया, इज़राइल, न्यूजीलैंड और अन्य में विभिन्न प्रकार के शाकाहारी खाद्य उत्पादों को बढ़ावा देने की योजना बनाई है।

48(C). अंतर्राष्ट्रीय जल संघ (आईडब्ल्यूए) विश्व जल कांग्रेस और प्रदर्शनी 2022 कोपेनहेगन, डेनमार्क द्वारा आयोजित किया गया था।
भारतीय प्रतिनिधिमंडल ने अंतर्राष्ट्रीय प्रदर्शनी में 'भारत में शहरी अपशिष्ट जल परिदृश्य' पर एक श्वेतपत्र लॉन्च किया। अटल इनोवेशन मिशन (एआईएम), नीति आयोग, जल शक्ति मंत्रालय

और राष्ट्रीय स्वच्छ गंगा मिशन (एनएमसीजी), अंतरराष्ट्रीय एजेंसी इनोवेशन सेंटर डेनमार्क (आईसीडीके) और अकादमिक भारतीय प्रौद्योगिकी संस्थान बॉम्बे (आईआईटीबी) ने श्वेतपत्र तैयार किया।

49(C). ग्रीन फिन्स हब अब तक का पहला वैश्विक समुद्री पर्यटन उद्योग मंच है। टूल को द रीफ-वर्ल्ड फाउंडेशन द्वारा संयुक्त राष्ट्र पर्यावरण कार्यक्रम (यूएनईपी) के साथ साझेदारी में विकसित किया गया है।
उपकरण समुद्री संरक्षण पर्यटन उद्योग में स्थिरता चुनौतियों को दूर करने में मदद करता है। यह प्रचालक को उनकी दैनिक प्रथाओं में सरल अभ्यास करने, उनके वार्षिक सुधारों पर नज़र रखने और अपने समुदायों और ग्राहकों के साथ संवाद करने में मदद करता है।

50(A). तमिलनाडु के मुख्यमंत्री एम. के. स्टालिन ने मदुरै में कक्षा 1 से 5 तक के सरकारी स्कूल के छात्रों के लिए 'नाश्ता योजना' शुरू की।
मुख्यमंत्री ने घोषणा की कि कई अध्ययनों ने निष्कर्ष निकाला है कि नाश्ते के कार्यक्रमों से सीखने के कौशल और स्कूल में उपस्थिति में सुधार हुआ है। पहली बार दोपहर भोजन योजना 1922 में चेन्नई में द्रविड़ आंदोलन के अग्रदूत जस्टिस पार्टी द्वारा शुरू की गई थी।

51(B). अंतर्राष्ट्रीय सम्मेलन आंगन 2022 (ऑगमेंटिंग नेचर बाय ग्रीन अफोर्डेबल न्यू-हैबिटेट) का दूसरा संस्करण "मेकिंग द जीरो-कार्बन ट्रांजिशन इन बिल्डिंग्स" शीर्षक के साथ आयोजित किया गया था।
भारत-स्विस बिल्डिंग एनर्जी एफिशिएंसी प्रोजेक्ट (बीईईपी) के तहत स्विस एजेंसी फॉर डेवलपमेंट एंड कोऑपरेशन (एसडीसी) के सहयोग से ऊर्जा मंत्रालय के ब्यूरो ऑफ एनर्जी एफिशिएंसी (बीईई) द्वारा आंगन 2.0 का आयोजन किया गया था। सम्मेलन में ऊर्जा दक्षता के निर्माण और इमारतों से कार्बन उत्सर्जन को कम करने से संबंधित चर्चा हुई।

52(A). तमिलनाडु में तिरुनेलवेली के जिला प्रशासन और बेंगलुरु स्थित एनजीओ अशोका ट्रस्ट फॉर रिसर्च इन इकोलॉजी एंड द एनवायरनमेंट द्वारा संयुक्त रूप से शुरू की गई 'TamiraSES परियोजना', थामिराबरानी नदी से संबंधित है।
इस परियोजना में एक थामिराबरानी नदी को पुनर्स्थापित करने के लिए "हाइपर-लोकल" दृष्टिकोण का उपयोग शामिल है। इसका उद्देश्य थामिराबरानी नदी के रिवरस्केप के सामाजिक पारिस्थितिक तंत्र को पुनर्स्थापित करना है, जिसमें हेड-वाटर और आसपास के क्षेत्रों को कवर किया गया है ताकि जैव विविधता की मूल स्थितियों को पनपने में सक्षम बनाया जा सके। यह थमिराबरानी के साथ-साथ नदी के दृश्य में सभी जल निकायों को पुनर्स्थापित करेगा।

53(A). तमिलनाडु सरकार ने सुधारवादी नेता ई. वी. रामासामी (पेरियार) के जन्मदिन को राज्य में 'सामाजिक न्याय दिवस' के रूप में मनाया। हर साल इस दिन, राज्य सचिवालय सहित सभी सरकारी कार्यालयों के कर्मचारी नेता के आदर्शों पर आधारित मूल्यों का पालन करने का संकल्प लेंगे, जिसमें भाईचारा, समानता, स्वाभिमान और तर्कवाद शामिल हैं।

54(A). जिला विकलांगता पुनर्वास केंद्र (डीडीआरसी)' सामाजिक न्याय और अधिकारिता की एक पहल है।
डीडीआरसी की स्थापना पिछले बीस वर्षों से विकलांग व्यक्तियों (पीडब्ल्यूडी) को प्रभावी पुनर्वास सेवाएं प्रदान करने के लिए की गई थी।
नौ ऐसे मॉडल डीडीआरसी, बदायूं, पीलीभीत, बरेली, बालाघाट, गोलाघाट, अहमदाबाद, अमरावती, कुल्लू और रामपुर को पहले चरण में मॉडल डीडीआरसी स्तर पर अपग्रेड किया गया है और डीडीआरसी के इन 9 मॉडल का उद्घाटन 18 सितंबर को सामाजिक न्याय और अधिकारिता मंत्री, भारत सरकार डॉ वीरेंद्र कुमार द्वारा किया गया था।

55(B). केंद्रीय विज्ञान और प्रौद्योगिकी मंत्री जितेंद्र सिंह ने 21-23 सितंबर 2022 को अमेरिका के पिट्सबर्ग में ग्लोबल क्लीन एनर्जी एक्शन फोरम में एक भारतीय प्रतिनिधिमंडल का नेतृत्व किया।
स्वच्छ ऊर्जा नवाचार और तैनाती में तेजी लाने के तरीकों पर चर्चा करने के लिए 30 से अधिक देशों के मंत्रियों ने इस कार्यक्रम में भाग लिया था।

56(B). महाराष्ट्र सरकार ने घोषणा की है कि वह नीति आयोग की तर्ज पर एक संस्थान स्थापित करने की योजना बना रही है।
संस्थान व्यापक डेटा विश्लेषण करने और राज्य में विभिन्न क्षेत्रों पर निर्णय लेने के लिए जिम्मेदार होगा। नीति आयोग ने भी इसी तरह के मुद्दों पर एक व्यापक अध्ययन किया है और एक उपकरण विकसित किया है, जहां बेहतर निर्णय लेने की प्रक्रिया के लिए विभिन्न विभागों के अंतर-संबंधित डेटा का विश्लेषण किया जाता है।

57(B). भारत 2022 के चार महीनों में चीन को पीछे छोड़ते हुए कुल 968 मिलियन अमेरिकी डॉलर का ऋण देकर श्रीलंका का सबसे बड़ा द्विपक्षीय ऋणदाता बन गया है।
चीन ने 2017 से 2021 तक पिछले पांच वर्षों में श्रीलंका के सबसे बड़े द्विपक्षीय ऋणदाता के रूप में अपनी स्थिति बनाए रखी है। एशियाई विकास बैंक (एडीबी) 2021 में 610 मिलियन अमरीकी डालर की राशि का वितरण करके पिछले पांच वर्षों में सबसे बड़ा बहुपक्षीय ऋणदाता रहा है।

58(B). भारत के बजरंग पुनिया ने बेलग्रेड में विश्व कुश्ती चैंपियनशिप में पुरुषों के 65 किलोग्राम वर्ग में कांस्य पदक जीता था।
इस पदक के साथ बजरंग पुनिया विश्व कुश्ती चैंपियनशिप में चार पदक जीतने वाले पहले भारतीय बन गए हैं। उन्होंने 2013 में कांस्य, 2018 में रजत और 2019 में कांस्य जीता। एक अन्य भारतीय पहलवान विनेश फोगाट ने महिलाओं के 53 किलोग्राम वर्ग में कांस्य पदक जीता।
2022 विश्व कुश्ती चैंपियनशिप संयुक्त आयोजनों की विश्व कुश्ती चैंपियनशिप का 17 वां संस्करण था और 10 से 18 सितंबर 2022 के बीच बेलग्रेड, सर्बिया में आयोजित किया गया था।

59(C). 'राष्ट्रीय भ्रष्टाचार विरोधी आयोग विधेयक' ऑस्ट्रेलिया से संबंधित है।
ऑस्ट्रेलिया के अटॉर्नी जनरल ने हाल ही में राष्ट्रीय भ्रष्टाचार विरोधी आयोग विधेयक पेश किया। राष्ट्रीय भ्रष्टाचार विरोधी आयोग सार्वजनिक क्षेत्र में गंभीर या प्रणालीगत भ्रष्टाचार की जांच और रिपोर्ट करने के लिए एक निकाय है।
इसका नेतृत्व एक आयुक्त द्वारा किया जाएगा, जो पांच साल की एक निश्चित अवधि की सेवा करेगा। एनएसीसी के पास राष्ट्रमंडल मंत्रियों, सांसदों, कर्मचारियों, राष्ट्रमंडल एजेंसियों के प्रमुखों और कर्मचारियों, सरकारी ठेकेदारों और उनके कर्मचारियों, रक्षा बल के सदस्यों, वैधानिक कार्यालय धारकों की जांच करने का व्यापक अधिकार क्षेत्र है।

60(C). भारत, संयुक्त अरब अमीरात और फ्रांस ने संयुक्त राष्ट्र महासभा (यूएनजीए) सत्र के इतर न्यूयॉर्क में अपनी पहली त्रिपक्षीय विदेश मंत्रियों की बैठक आयोजित की।
मंत्रियों ने सामरिक भागीदारों और यूएनएससी सदस्यों के बीच विचारों के सक्रिय आदान-प्रदान पर ध्यान केंद्रित करते हुए राजनैतिक कौशल के समकालीन तरीकों पर चर्चा की। भारत के विदेश मंत्री एस जयशंकर ने भी संयुक्त राष्ट्र महासभा के अध्यक्ष से मुलाकात की और दुनिया भर के अपने समकक्षों के साथ द्विपक्षीय बैठकें कीं।

वार्षिक समसामयिकी 10

1. 30 सितंबर 2022 को गुजरात के अहमदाबाद में 36वें राष्ट्रीय खेलों में पुरुषों की रैपिड फायर पिस्टल स्पर्धा में स्वर्ण पदक किसने जीता है?
   (a) अनीश (b) अंकुर गोयल
   (c) गुरमीत (d) सतीश गुप्ता

2. सितंबर 2022 में जारी 2022 ग्लोबल इनोवेशन इंडेक्स में भारत का रैंक क्या है?
   (a) 30वीं (b) 10वीं
   (c) 20वीं (d) 40वीं

3. 2 अक्टूबर 2022 को किस फॉर्मूला वन रेसिंग ड्राइवर ने 2022 सिंगापुर फॉर्मूला1 ग्रांड प्रिक्स जीता?
   (a) चार्ल्स लेक्लर (b) जॉर्ज रसेल
   (c) सर्जियो पेरेज़ (d) मैक्स वर्स्टापेन

4. 400 टी20 मैच खेलने वाले पहले भारतीय क्रिकेटर कौन बने हैं?
   (a) रोहित शर्मा (b) सचिन तेंदुलकर
   (c) विराट कोहली (d) सुरेश रैना

5. अक्टूबर 2022 में गेल (इंडिया) लिमिटेड के अध्यक्ष और प्रबंध निदेशक के रूप में किसने पदभार संभाला?
   (a) धर्मवीर सिंह (b) रवि कुमार पासवान
   (c) कृपा शंकर (d) संदीप कुमार गुप्ता

6. व्यापार और विकास पर संयुक्त राष्ट्र सम्मेलन (यूएनसीटीएडी) की रिपोर्ट के अनुसार, 2022 में भारत की अनुमानित सकल घरेलू उत्पाद (जीडीपी) वृद्धि दर क्या है?
   (a) 5.7 प्रतिशत (b) 9.6 प्रतिशत
   (c) 7.1 प्रतिशत (d) 6.2 प्रतिशत

7. भारत वन्यजीवों की सुरक्षा और संरक्षण के प्रयास में हर साल 2 अक्टूबर से 8 अक्टूबर तक राष्ट्रीय वन्यजीव सप्ताह मनाता है। वर्ष 2022 में, यह वन्यजीव सप्ताह का ________ संस्करण है।
   (a) 75 वां (b) 100 वां
   (c) 68 वां (d) 125 वां

8. रसायन विज्ञान में 2022 का नोबेल पुरस्कार संयुक्त रूप से कैरोलिन बर्टोज़ी, मॉर्टन मेल्डाल, बैरी शार्पलेस को क्लिपिंग अणुओं पर उनके काम के लिए दिया गया है। इनमें से किसने पहले भी 2001 में रसायन विज्ञान में नोबल पुरस्कार जीता है?
   (a) कैरोलिन बर्टोज़ी (b) मॉर्टन मेल्डाल
   (c) बैरी शार्पलेस (d) इनमें से कोई नहीं

9. 5 अक्टूबर 2022 को नासा के प्रक्षेपण के बाद अंतरिक्ष में जाने वाली पहली मूल अमेरिकी महिला कौन बनी है?
   (a) एंड्रयू लुइस (b) निकोल औनापु मान
   (c) डायना (d) बेथेनी मोंटेक

10. सितंबर 2022 में जारी नमूना पंजीकरण प्रणाली (एसआरएस) 2020 के आंकड़ों के अनुसार, पिछले 10 वर्षों में भारत में सामान्य उर्वरता दर (जीएफआर) में ____ की गिरावट आई है।
    (a) 15 प्रतिशत (b) 30 प्रतिशत
    (c) 25 प्रतिशत (d) 20 प्रतिशत

11. अक्टूबर 2022 में एसोसिएशन ऑफ म्यूचुअल फंड्स इन इंडिया (एएमएफआई) के अध्यक्ष के रूप में किसे फिर से चुना गया है?
    (a) ए बालसुब्रमण्यन (b) राधिका गुप्ता
    (c) एम सुब्रमण्यम (d) सिद्धार्थ राजू

12. 6 अक्टूबर 2022 को किस राज्य के मुख्यमंत्री ने राज्य ओलंपिक का उद्घाटन किया?
    (a) पंजाब (b) हरियाणा
    (c) छत्तीसगढ़ (d) गुजरात

13. प्रधान मंत्री नरेंद्र मोदी ने 9 अक्टूबर 2022 को गुजरात के मेहसाणा जिले में ________ को भारत के पहले 24 × 7 सौर ऊर्जा संचालित गांव के रूप में घोषित किया।
    (a) रामपुर (b) बाबरा
    (c) अमरेली (d) मोढेरा

14. ________ का 73वां स्थापना दिवस 9 अक्टूबर 2022 को मनाया गया।
    (a) भारतीय तटरक्षक (b) भारतीय वायु सेना
    (c) भारतीय नौसेना (d) प्रादेशिक सेना

15. केंद्रीय पर्यावरण मंत्री भूपेंद्र यादव ने सतत पर्वतीय विकास शिखर सम्मेलन-XI (एसएमडीएस-XI) के उद्घाटन सत्र में भाग लिया। शिखर सम्मेलन ________ में आयोजित किया गया था।
    (a) लेह (b) श्रीनगर
    (c) जम्मू (d) शिमला

16. अक्टूबर 2022 में पीएम नरेंद्र मोदी ने जरूरतमंद छात्रों के लिए शैक्षिक परिसर, मोदी शैक्षणिक संकुल के चरण -1 का उद्घाटन किस स्थान पर किया?
    (a) अहमदाबाद (b) गांधीनगर
    (c) नागपुर (d) जयपुर

17. भारत ने अक्टूबर 2022 में ______ में भारतीय व्यवसायों और निवेशकों के सामने आने वाले मुद्दों को हल करने के लिए एक फास्ट ट्रैक तंत्र स्थापित करने का निर्णय लिया है।
    (a) ऑस्ट्रेलिया
    (b) जापान
    (c) कनाडा
    (d) संयुक्त अरब अमीरात (यूएई)

18. लड़कियों को सशक्त बनाने और दुनिया भर में उनकी आवाज को बुलंद करने के लिए हर साल 11 अक्टूबर को अंतर्राष्ट्रीय बालिका दिवस मनाया जाता है। अंतर्राष्ट्रीय बालिका दिवस पहली बार ________ में मनाया गया था।
    (a) 2007 (b) 2012
    (c) 2013 (d) 2005

19. केंद्रीय मंत्री और भारतीय लोक प्रशासन संस्थान (आईआईपीए) के राष्ट्रीय अध्यक्ष जितेंद्र सिंह ने 12 अक्टूबर 2022 को IIPA के 111 नए सदस्यों को मंजूरी दी। आईआईपीए के अध्यक्ष कौन हैं?
    (a) जगदीप धनखड़ (b) अमित शाह
    (c) नरेंद्र मोदी (d) राजनाथ सिंह

20. निम्नलिखित में से किस कंपनी ने अक्टूबर 2022 में कोयला गैसीकरण आधारित संयंत्र स्थापित करने के लिए कोल इंडिया लिमिटेड (सीआईएल) और एनएलसी इंडिया लिमिटेड (एनएलसीआईएल) के साथ समझौता ज्ञापन पर हस्ताक्षर किए हैं?
    (a) हैवेल्स इंडिया लिमिटेड
    (b) बजाज इलेक्ट्रिकल्स
    (c) लार्सन एंड टुब्रो
    (d) भारत हेवी इलेक्ट्रिकल्स लिमिटेड (भेल)

21. निम्नलिखित में से किसने 13 अक्टूबर 2022 को आईआईटी गुवाहाटी में एक सुपर कंप्यूटर सुविधा 'परम कामरूप' का उद्घाटन किया है?
    (a) राष्ट्रपति द्रौपदी मुर्मू (b) पीएम नरेंद्र मोदी
    (c) गृह मंत्री अमित शाह (d) रक्षा मंत्री राजनाथ सिंह

22. निम्नलिखित में से किसे अक्टूबर 2022 में कुवैत में भारत का अगला राजदूत नियुक्त किया गया है?
(a) रवि प्रकाश (b) सतीश सिंह
(c) कुमार रंजन (d) आदर्श स्विका

23. अक्टूबर 2022 में किस देश ने तेजी से परिवर्तन करने वाले और अधिक विषाक्त वाले ऑमिक्रॉन संस्करण BF.7 का पता लगाया है?
(a) भारत (b) चीन
(c) इटली (d) जापान

24. निम्नलिखित में से किसके साथ भारतीय नौसेना ने उभरते क्षेत्रों में सशस्त्र बल कर्मियों, विशेष रूप से भारतीय नौसेना कर्मियों को प्रशिक्षित, अप-कौशल और पुन: कौशल के अवसरों का पता लगाने के लिए एक समझौता ज्ञापन पर हस्ताक्षर किए हैं?
(a) आईआईएम तिरुचिरापल्ली
(b) आईआईएम नागपुर
(c) आईआईएम रायपुर
(d) आईआईएम शिलॉग

25. किस दिन को विश्व खाद्य दिवस के रूप में मनाया जाता है?
(a) 17 अक्टूबर (b) 16 अक्टूबर
(c) 18 अक्टूबर (d) 15 अक्टूबर

26. भारतीय महिला क्रिकेट टीम ने 15 अक्टूबर 2022 को श्रीलंका की टीम को हराकर महिला एशिया कप टी20 का खिताब अपने नाम किया। फाइनल मैच किस देश में आयोजित किया गया था?
(a) श्रीलंका (b) यूएई
(c) भारत (d) बांग्लादेश

27. निम्नलिखित में से किसने नई दिल्ली में दो दिवसीय पीएम किसान सम्मान सम्मेलन 2022 का उद्घाटन किया है?
(a) प्रधानमंत्री नरेंद्र मोदी
(b) राष्ट्रपति द्रौपदी मुर्मू
(c) उप-राष्ट्रपति जगदीप धनखड़
(d) गृह मंत्री अमित शाह

28. अक्टूबर 2022 में भारत के 50वें मुख्य न्यायाधीश (सीजेआई) के रूप में किसे नियुक्त किया गया है?
(a) रंजन गोगोई (b) डी. वाई चंद्रचूड़
(c) एन. वी. रमना (d) शरद अरविंद बोबडे

29. अक्टूबर 2022 में नए लेखा महानियंत्रक (सीजीए) के रूप में किसने कार्यभार संभाला है?
(a) भारती दास (b) सीएस स्वामीनाथन
(c) गिरिराज प्रसाद गुप्ता (d) जे.पी.एस. चावला

30. अक्टूबर 2022 में भारतीय क्रिकेट कंट्रोल बोर्ड (बीसीसीएल) के 36वें अध्यक्ष के रूप में किसे चुना गया है?
(a) रोजर बिन्नी (b) मदन लाल
(c) संदीप पाटिल (d) कपिल देव

31. प्रधान मंत्री नरेंद्र मोदी ने 19 अक्टूबर 2022 को गुजरात के गांधीनगर में 12वें डिफेंस एक्सपो में एक स्वदेशी ट्रेनर विमान एचटीटी -40 का अनावरण किया। विमान _______ द्वारा विकसित किया गया है।
(a) डसॉल्ट-रिलायंस एयरोस्पेस
(b) अदानी रक्षा और एयरोस्पेस
(c) रक्षा अनुसंधान एवं विकास संगठन
(d) हिंदुस्तान एयरोनॉटिक्स लिमिटेड (एचएएल)

32. गुजरात के निम्नलिखित में से किस जिले में, प्रधान मंत्री नरेंद्र मोदी ने भारतीय वायु सेना (IAF) के नए एयरबेस की आधारशिला रखी?
(a) बनासकांठा (b) राजकोट
(c) वडोदरा (d) आनंद

33. कौन सा मंत्रालय 16 नवंबर 2022 से वाराणसी में एक महीने तक चलने वाले कार्यक्रम 'काशी तमिल संगमम' का आयोजन करने जा रहा है?
(a) शिक्षा मंत्रालय (b) वाणिज्य मंत्रालय
(c) पर्यटन मंत्रालय (d) गृह मंत्रालय

34. निम्नलिखित में से किस कंपनी को भारतीय प्रतिस्पर्धा आयोग (CCI) द्वारा कई बाजारों में अपनी प्रमुख स्थिति का दुरुपयोग करने के लिए दंडित किया गया है?
(a) गूगल (b) माइक्रोसॉफ्ट
(c) मेटा (d) एप्पल

35. मर्सर सीएफएस ग्लोबल पेंशन इंडेक्स 2022 में भारत कौन से स्थान पर है?
(a) 41वें (b) 32वें
(c) तीसरे (d) 19वें

36. 19 अक्टूबर 2022 को गृह मंत्रालय के सहयोग से युवा मामले और खेल मंत्रालय ने किस शहर में 14वें जनजातीय युवा विनिमय कार्यक्रम का आयोजन किया?
(a) नई दिल्ली (b) कोलकाता
(c) इंदौर (d) मुंबई

37. इंटरनेशनल फेडरेशन ऑफ फिल्म क्रिटिक्स (एफआईपीआरईएससीआई) द्वारा प्रतिष्ठित फिल्म "पाथेर पांचाली" को अब तक की सर्वश्रेष्ठ भारतीय फिल्म घोषित किया गया है। फिल्म के निर्देशक कौन थे?
(a) सत्यजीत रे (b) रमेश सिप्पी
(c) दादासाहेब फाल्के (d) अनुराग बसु

38. निम्नलिखित में से कौन ब्रिटेन के नए प्रधान मंत्री हैं?
(a) पेनी मॉर्डेंट (b) ऋषि सुनक
(c) बोरिस जॉनसन (d) लिज़ ट्रस

39. अक्टूबर 2022 में किस स्टॉक एक्सचेंज ने अपने प्लेटफॉर्म पर इलेक्ट्रॉनिक गोल्ड रिसीट (ईजीआर) लॉन्च किगा है?
(a) टोक्यो स्टॉक एक्सचेंज (b) लंदन स्टॉक एक्सचेंज
(c) हांगकांग स्टॉक एक्सचेंज (d) बॉम्बे स्टॉक एक्सचेंज

40. भारत के पूर्व क्रिकेटर युवराज सिंह को नेत्रहीनों के लिए तीसरे टी20 विश्व कप का ब्रांड एंबेसडर नियुक्त किया गया है। नेत्रहीनों के लिए तीसरा टी20 विश्व कप _________ में आयोजित किया जाएगा।
(a) भारत (b) बांग्लादेश
(c) ऑस्ट्रेलिया (d) न्यूजीलैंड

41. किस बैंक ने संदीप बख्शी को 3 साल की अवधि के लिए अपने प्रबंध निदेशक (एमडी) और मुख्य कार्यकारी अधिकारी (सीईओ) के रूप में फिर से नियुक्त किया है?
(a) ऐक्सिस बैंक (b) एचडीएफसी बैंक
(c) आईसीआईसीआई बैंक (d) पंजाब नेशनल बैंक

42. 28 और 29 अक्टूबर, 2022 को आयोजित संयुक्त राष्ट्र सुरक्षा परिषद (यूएनएससी) की आतंकवाद-विरोधी समिति की एक विशेष बैठक किस स्थान पर आयोजित की गई?
(a) मुंबई (b) दिल्ली
(c) जयपुर (d) दोनों (A) और (B)

43. टाटा समूह ने एयरबस के साथ साझेदारी में भारतीय वायु सेना के लिए गुजरात में ______ में C-295 परिवहन विमान बनाने की घोषणा की है।

(a) वडोदरा (b) भरूच
(c) जामनगर (d) सूरत

44. यूके स्थित एविएशन एनालिटिक्स फर्म ओएजी की एक रिपोर्ट के अनुसार, अक्टूबर 2022 में कौन सा भारतीय हवाई अड्डा दुनिया का 10 वां सबसे व्यस्त हवाई अड्डा बनकर उभरा है?
(a) छत्रपति शिवाजी महाराज अंतर्राष्ट्रीय हवाई अड्डा
(b) इंदिरा गांधी अंतर्राष्ट्रीय हवाई अड्डा
(c) कोचीन अंतर्राष्ट्रीय हवाई अड्डा
(d) तिरुवनंतपुरम अंतर्राष्ट्रीय हवाई अड्डा

45. किस चीनी स्मार्टफोन निर्माता ने लॉन्च के चार साल बाद भारत में अपना वित्तीय सेवा कारोबार बंद कर दिया है?
(a) श्याओमी (b) ओप्पो
(c) वीवो (d) हुवाई

46. कोटे डी आइवर गणराज्य में भारत के अगले राजदूत के रूप में किसे नियुक्त किया गया है?
(a) डॉ राजेश रंजन (b) ज्योति सेमवाल
(c) शरत चंद्र (d) अविनाश शरण

47. किस पहल के लिए, केंद्रीय शिक्षा मंत्री धर्मेंद्र प्रधान ने 30 अक्टूबर 2022 में फीफा और अखिल भारतीय फुटबॉल महासंघ (एआईएफएफ) के साथ एक समझौता ज्ञापन पर हस्ताक्षर किए हैं?
(a) स्कूलों के लिए फुटबॉल (b) धूम स्ट्राइक
(c) मनोरंजन के लिए फुटबॉल (d) बच्चों के लिए फुटबॉल

48. भारत का चुनाव आयोग किस शहर में 31 अक्टूबर से 1 नवंबर तक 'चुनाव प्रबंधन निकायों की भूमिका, रूपरेखा और क्षमता' विषय पर एक अंतरराष्ट्रीय सम्मेलन की मेजबानी कर रहा है?
(a) नई दिल्ली (b) लखनऊ
(c) भोपाल (d) मुंबई

49. एनएसडीसी इंटरनेशनल (एनएसडीसीआई) और पेरदामन ने किस देश में भारतीय कुशल युवाओं और बाजार के अवसरों के बीच एक इंटरफेस बनाने के लिए भागीदारी की है?
(a) ऑस्ट्रेलिया (b) जापान
(c) दक्षिण कोरिया (d) न्यूजीलैंड

50. पेंशन फंड नियामक और विकास प्राधिकरण (पीएफआरडीए) 1 अक्टूबर को 2022 में राष्ट्रीय पेंशन प्रणाली दिवस के रूप में मना रहा है।
उपरोक्त कथन के संबंध में निम्नलिखित में से कौन-सा/से विकल्प सही है/हैं?
(a) यह नागरिकों के बीच पेंशन और सेवानिवृत्ति योजना को बढ़ावा देने के लिए किया जा रहा है।
(b) पेंशन फंड नियामक और विकास प्राधिकरण (पीएफआरडीए) की स्थापना 2002 में हुई थी।
(c) पीएफआरडीए इस अभियान का आयोजन 'आजादी का अमृत महोत्सव' के तहत कर रहा है
(d) दोनों (A) और (B)

51. अक्टूबर 2022 में किस देश के साथ, भारत ने मिसाइलों, रॉकेटों और गोला-बारूद के निर्यात आदेश पर हस्ताक्षर किए हैं?
(a) आज़रबाइजान (b) ईरान
(c) मंगोलिया (d) आर्मेनिया

52. पेयू पेमेंट्स ने सौदे की शर्तों को पूरा नहीं करने के बाद भारतीय भुगतान एग्रीगेटर बिल डेस्क का अधिग्रहण करने के सौदे को समाप्त कर दिया। पेयू पेमेंट्स कंपनी ________ में स्थित है।
(a) नीदरलैंड (b) यूनाइटेड किंगडम
(c) रूस (d) जर्मनी

53. अक्टूबर 2022 में भारतीय अमेरिकी चैंबर्स ऑफ कॉमर्स (आईएसीसी) के राष्ट्रीय अध्यक्ष के रूप में किसे नियुक्त किया गया है?
(a) ललित भसीन (b) सचिन दवे
(c) रवि बजाज (d) मोहन बंसाली

54. अक्टूबर 2022 में ऑकलैंड, न्यूजीलैंड में "मोदी@20: ड्रीम्स मीट डिलीवरी" पुस्तक का विमोचन किसने किया?
(a) डॉ एस जयशंकर (b) अमित शाह
(c) नितिन गडकरी (d) सर्बानंद सोनोवाल

55. अंतर्राष्ट्रीय सौर गठबंधन (आईएसए) की 5वीं विधानसभा 17 से 20 अक्टूबर 2022 तक नई दिल्ली में आयोजित हुई। इस सभा की अध्यक्षता किसने की थी?
(a) केंद्रीय मंत्री आरके सिंह (b) पीएम नरेंद्र मोदी
(c) राष्ट्रपति द्रौपदी मुर्मू (d) रक्षा मंत्री राजनाथ सिंह

56. 8 अक्टूवर 2022 को भारत ने वायु सेना की स्थापना को चिहित करने के लिए वायु सेना दिवस मनाया है। इसके सम्बंध में कौन सा विकल्प सही है?
(a) भारतीय वायु सेना (आईएएफ) की स्थापना 1947 में हुई थी
(b) 2022 में, आईएएफ अपना 95 वां स्थापना दिवस मना रहा है
(c) वायु सेना प्रमुख वीआर चौधरी हैं
(d) ये सभी

57. निम्नलिखित में से कौन अक्टूबर 2022 में 36वें राष्ट्रीय खेलों में योगासन में स्वर्ण पदक जीतने वाला पहला एथलीट बन गया है?
(a) रवि कुमार (b) प्रिया सिंह
(c) उदय कांबले (d) पूजा पटेल

58. पावर फाउंडेशन ऑफ इंडिया ने विज्ञान भारती (विभा) के साथ मिलकर लाइफ-लाइफस्टाइल फॉर एनवायरनमेंट मिशन के तहत अग्नि तत्व पर जागरूकता पैदा करने के लिए एक अभियान का आयोजन किया। पहला सम्मेलन 7 अक्टूबर 2022 को ________ में आयोजित किया गया था।
(a) लेह (b) चंडीगढ़
(c) नई दिल्ली (d) जम्मू

59. किस बीमा कंपनी ने किशोर कुमार पोलुदासु को अपना नया प्रबंध निदेशक और मुख्य कार्यकारी अधिकारी नियुक्त करने की घोषणा की है?
(a) बजाज आलियांज जीवन बीमा
(b) एसबीआई जनरल बीमा
(c) अवीवा लाइफ बीमा
(d) आईसीआईसीआई लोम्बार्ड

60. कितने भारतीय बैंकों के साथ, भारतीय सेना ने एग्निवर्स को नामांकन पर बैंकिंग सुविधाएं प्रदान करने के लिए समझौता ज्ञापन पर हस्ताक्षर किए हैं?
(a) 5 बैंक (b) 14 बैंक
(c) 17 बैंक (d) 11 बैंक

// स्मार्ट उत्तर पुस्तिका //

सही उत्तर — उन छात्रों का प्रतिशत जिन्होंने प्रश्न का सही उत्तर दिया।

छोड़ दिया — उन छात्रों का प्रतिशत जिन्होंने प्रश्न को छोड़ दिया।

प्रश्न संख्या	उत्तर	सही उत्तर / छोड़ दिया	प्रश्न संख्या	उत्तर	सही उत्तर / छोड़ दिया	प्रश्न संख्या	उत्तर	सही उत्तर / छोड़ दिया
1	A	60.84% / 1.4%	2	D	59.13% / 1.27%	3	C	43.74% / 1.63%
4	A	59.25%	5	D	40.54%	6	A	23.23%

		1.95%			1.0%			3.92%
7	C	59.72% 1.53%	8	C	60.58% 1.57%	9	B	58.92% 1.35%
10	D	44.99% 1.93%	11	A	52.63% 1.94%	12	C	43.9% 1.73%
13	D	89.64% 0.0%	14	D	46.89% 1.19%	15	A	54.23% 1.4%
16	A	60.94% 1.84%	17	D	52.07% 1.56%	18	B	87.77% 0.0%
19	A	44.04% 1.87%	20	D	16.58% 4.32%	21	A	48.28% 1.88%
22	D	40.35% 1.92%	23	A	46.81% 2.0%	24	B	43.2% 1.74%
25	B	78.86% 0.0%	26	D	41.74% 1.62%	27	A	51.28% 1.01%
28	B	89.31% 0.0%	29	A	40.16% 1.6%	30	A	50.37% 1.31%
31	D	69.48% 1.87%	32	A	61.63% 1.68%	33	A	40.09% 1.86%
34	A	44.24% 1.42%	35	A	45.98% 1.49%	36	A	65.93% 1.63%
37	A	67.02% 1.34%	38	B	81.53% 0.0%	39	D	60.08% 1.11%
40	A	56.36% 1.29%	41	C	77.2% 0.0%	42	D	46.55% 1.97%
43	A	51.89% 1.01%	44	B	76.06% 0.0%	45	A	87.34% 0.0%
46	A	52.67% 1.1%	47	A	52.35% 1.25%	48	A	86.79% 0.0%
49	A	32.59% 3.01%	50	A	55.98% 1.56%	51	D	65.96% 1.1%
52	A	89.69% 0.0%	53	A	68.96% 1.06%	54	A	64.8% 1.7%
55	A	28.38% 4.67%	56	C	69.44% 1.91%	57	D	45.63% 1.1%
58	A	56.06% 1.12%	59	B	80.09% 0.0%	60	D	58.95% 1.23%

// संकेत और समाधान //

1(A). 36वें राष्ट्रीय खेलों में हरियाणा के अनीश ने 30 सितंबर 2022 को गुजरात के अहमदाबाद में पुरुषों की रैपिड फायर पिस्टल स्पर्धा में स्वर्ण पदक जीता। उत्तराखंड के अंकुर गोयल ने क्रमश: रजत और कांस्य पदक जीता। वहीं पुरुषों की 1500 मीटर दौड़ में परवेज खान ने गोल्ड मेडल जीता। पीएम मोदी ने 29 सितंबर 2022 को गुजरात के अहमदाबाद में नरेंद्र मोदी स्टेडियम में 36वें राष्ट्रीय खेलों का उद्घाटन किया था।

2(D). जिनेवा स्थित विश्व बौद्धिक संपदा संगठन की एक रिपोर्ट के अनुसार, भारत वैश्विक नवाचार सूचकांक 2022 में छह पायदान चढ़कर 40वें स्थान पर पहुंच गया है। तुर्की भारत ने पहली बार शीर्ष 40 में प्रवेश किया, क्रमशः 37वें और 40वें स्थान पर रहा। स्विट्जरलैंड लगातार 12वें साल रैंकिंग में शीर्ष पर है। सूचकांक 2007 में शुरू किया गया था सौमित्र दत्ता द्वारा बनाया गया था।

3(C). रेड बुल के सर्जियो पेरेज़ ने 2 अक्टूबर 2022 को 2022 सिंगापुर फॉर्मूला1 ग्रांड प्रिक्स जीता। पेरेज़ दूसरे स्थान पर आए फेरारी के चार्ल्स लेक्लर से 7.5 सेकंड आगे रहे। पेरेज़ की टीम के साथी 2022 इतालवी जीपी विजेता मैक्स वेरस्टैपेन दौड़ में सातवें स्थान पर रहे। फॉर्मूला वन ओपन-व्हील सिंगल-सीटर फॉर्मूला रेसिंग कारों के लिए अंतरराष्ट्रीय रेसिंग का सर्वोच्च वर्ग है।

4(A). रोहित शर्मा 2 अक्टूबर 2022 को 400 टी20 मैच खेलने वाले देश के पहले खिलाड़ी बने। उन्होंने 2 अक्टूबर को दक्षिण अफ्रीका के खिलाफ दूसरे टी20 में टीम इंडिया की अगुवाई करते हुए यह उपलब्धि हासिल की। रोहित शर्मा, दिनेश कार्तिक, विराट कोहली और एमएस धोनी एकमात्र भारतीय क्रिकेटर हैं जिन्होंने टी20 में 350 से अधिक मैच खेले हैं।

5(D). अनुभवी वित्त पेशेवर संदीप कुमार गुप्ता ने 3 अक्टूबर 2022 को देश की सबसे बड़ी गैस उपयोगिता गेल (इंडिया) लिमिटेड के अध्यक्ष और प्रबंध निदेशक के रूप में पदभार ग्रहण किया। संदीप कुमार गुप्ता, जो पहले इंडियन ऑयल कॉर्पोरेशन में निदेशक (वित्त) थे, मनोज जैन की जगह लेंगे, जो 31 अगस्त 2022 को सेवानिवृत्त हुए। गुप्ता का कार्यकाल फरवरी 2026 तक होगा। गेल के प्राकृतिक गैस पाइपलाइन नेटवर्क में 21 राज्य शामिल हैं।

6(A). व्यापार और विकास पर संयुक्त राष्ट्र सम्मेलन (यूएनसीटीएडी) रिपोर्ट 2022 के अनुसार, भारत की आर्थिक वृद्धि 2022 में 8.2 प्रतिशत से घटकर 5.7 प्रतिशत होने की उम्मीद है। इस रिपोर्ट के अनुसार, 2023 में भारत की जीडीपी और घटकर 4.7% हो जाएगी। रिपोर्ट में विकास में इस गिरावट के लिए उच्च वित्तपोषण लागत कमजोर सार्वजनिक व्यय का उल्लेख किया गया है।

7(C). भारत वन्यजीवों की सुरक्षा और संरक्षण के प्रयास में हर साल 2 अक्टूबर से 8 अक्टूबर तक राष्ट्रीय वन्यजीव सप्ताह मनाता है। वर्ष 2022 में राष्ट्रीय वन्यजीव सप्ताह का 68वां संस्करण मनाया जा रहा है। 1952 में भारतीय वन्यजीव बोर्ड द्वारा 'राष्ट्रीय वन्यजीव सप्ताह' का विचार प्रस्तावित किया गया था, जबकि पहला 'वन्यजीव सप्ताह' 1957 में मनाया गया था।

8(C). रसायन विज्ञान में 2022 का नोबेल पुरस्कार संयुक्त रूप से कैरोलिन बर्टोज़ी, मॉर्टन मेल्डल, बैरी शार्पलेस को अणुओं को एक साथ स्निपिंग पर उनके काम के लिए दिया गया है, जिसे 'क्लिक केमिस्ट्री' के रूप में जाना जाता है। उनके काम का उपयोग कोशिकाओं का पता लगाने के लिए जैविक प्रक्रियाओं को ट्रैक करने के लिए किया जाता है और कैंसर उपचार दवाओं में लागू किया जा सकता है। बैरी शार्पलेस ने चिरली उत्प्रेरित ऑक्सीकरण प्रतिक्रियाओं पर अपने काम के लिए 2001 में नोबेल पुरस्कार भी जीता।

9(B). अमेरिकी अंतरिक्ष यात्री निकोल मान 5 अक्टूबर 2022 को नासा के प्रक्षेपण के बाद अंतरिक्ष में जाने वाली पहली मूल अमेरिकी महिला बन गई हैं। 45 वर्षीय मान, उन चार अंतरिक्ष यात्रियों में से एक हैं, जिन्होंने 5 अक्टूबर को फ्लोरिडा से अंतर्राष्ट्रीय अंतरिक्ष स्टेशन (आईएसएस) के लिए उड़ान भरी थी। मान ने जिस मिशन में भाग लिया, उसका नाम 'क्रू 5' है और यह एक लॉन्च वाहन का उपयोग करता था जिसमें स्पेसएक्स फाल्कन 9 रॉकेट शामिल था।

10(D). सितंबर 2022 में जारी नमूना पंजीकरण प्रणाली (एसआरएस) डेटा 2020 के अनुसार, पिछले एक दशक में भारत में सामान्य उर्वरता दर (जीएफआर) में 20 प्रतिशत की गिरावट आई है। जीएफआर एक वर्ष में प्रति 1,000 महिलाओं पर पैदा होने वाले बच्चों की संख्या को संदर्भित करता है। भारत में औसत जीएफआर 2008 से 2010 तक 86.1 था और 2018-20 के दौरान घटकर 68.7 हो गया है।

11(A). आदित्य बिड़ला सन लाइफ के एमडी और सीईओ ए बालसुब्रमण्यन को एसोसिएशन ऑफ म्यूचुअल फंड्स इन इंडिया (एएमएफआई) के अध्यक्ष के रूप में फिर से चुना गया है। जबकि एडलवाइस की एमडी राधिका गुप्ता को एएमएफएल की उपाध्यक्ष के रूप में फिर से चुना गया है। एएमएफआई भारत में सेबी-पंजीकृत म्यूचुअल फंड की सभी एसेट मैनेजमेंट कंपनियों (एएमसी) का संघ है।

12(C). छत्तीसगढ़ के मुख्यमंत्री भूपेश बघेल ने 6 अक्टूबर 2022 को छत्तीसगढ़ ओलंपिक का उद्घाटन किया। यह आयोजन राज्य में 6 अक्टूबर 2022 से 6 जनवरी 2023 तक आयोजित किया जाएगा। ओलंपिक में टीम और सिंगल कैटेगरी में 14 तरह के पारंपरिक खेलों को शामिल किया गया है। इसका उद्देश्य ग्रामीण स्तर के खेलों को एक केंद्रीय मंच प्रदान करना है ताकि संस्कृति के लिए गर्व की भावना पैदा हो।

13(D). 9 अक्टूबर 2022 को प्रधान मंत्री मोदी ने गुजरात के मेहसाणा जिले में मोढेरा को भारत का पहला 24 × 7 सौर ऊर्जा संचालित गांव घोषित किया। गांव में बिजली पैदा करने के लिए घरों में ग्राउंड-माउंटेड सोलर पावर प्लांट और 1,300 से अधिक

रूफटॉप सोलर सिस्टम लगाए गए हैं। इस परियोजना में केंद्र और राज्य दोनों सरकारों ने 80 करोड़ रुपये से अधिक का निवेश किया है।

14(D). प्रादेशिक सेना का 73 वां स्थापना दिवस 9 अक्टूबर 2022 को मनाया गया था। इसका उद्घाटन 9 अक्टूबर 1949 को पहले भारतीय गवर्नर-जनरल, सी राजगोपालाचारी ने किया था। इसमें स्वयंसेवक शामिल होते हैं जो राष्ट्रीय आपातकाल की स्थिति में अपनी सेवाओं के लिए सीमित सैन्य प्रशिक्षण प्राप्त करते हैं।

15(A). केंद्रीय पर्यावरण मंत्री भूपेंद्र यादव ने 10-12 अक्टूबर 2022 तक लेह, लद्दाख में आयोजित सतत पर्वतीय विकास शिखर सम्मेलन-XI (एसएमडीएस-XI) के उद्घाटन सत्र में भाग लिया। थीम: 'सतत पर्वत विकास के लिए पर्यटन का दोहन'। एसएमडीएस, इंटीग्रेटेड माउंटेन इनिशिएटिव (आईएमआई) का एक प्रमुख वार्षिक आयोजन है, जो एक नागरिक समाज के नेतृत्व वाला मंच है जिसमें 10 पर्वतीय राज्य 2 केंद्र शासित प्रदेश शामिल हैं।

16(A). पीएम मोदी ने 10 अक्टूबर 2022 को अहमदाबाद, गुजरात में जरूरतमंद छात्रों के लिए एक शैक्षिक परिसर, मोदी शैक्षणिक संकुल के चरण 1 का उद्घाटन किया। इस परियोजना का उद्देश्य छात्रों को समग्र विकास के लिए सुविधाएं प्रदान करना है। बाद में, पीएम ने जामनगर में 1,460 करोड़ रुपये से अधिक की परियोजनाओं की आधारशिला रखी।

17(D). भारत ने संयुक्त अरब अमीरात में भारतीय व्यवसायों और निवेशकों के सामने आने वाले मुद्दों को हल करने के लिए एक फास्ट ट्रैक तंत्र स्थापित करने का निर्णय लिया है। केंद्रीय मंत्री पीयूष गोयल ने 11 अक्टूबर 2022 को मुंबई में निवेश पर इंडिया-यूएई उच्च स्तरीय संयुक्त कार्य बल की 10वीं बैठक की सह-अध्यक्षता करते हुए यह घोषणा की। इस संयुक्त कार्य बल की स्थापना 2013 में यूएई और भारत के बीच व्यापार, निवेश और आर्थिक संबंधों को बढ़ावा देने के लिए की गई थी।

18(B). लड़कियों को सशक्त बनाने और दुनिया भर में उनकी आवाज को बुलंद करने के लिए हर साल 11 अक्टूबर को अंतर्राष्ट्रीय बालिका दिवस मनाया जाता है। यह दिन बालिकाओं के अधिकारों और दुनिया भर में उनके सामने आने वाली चुनौतियों को मान्यता देता है। यह दिन संयुक्त राष्ट्र महासभा द्वारा 2011 में स्थापित किया गया था और पहली बार 2012 में मनाया गया था।

19(A). आईआईपीए के अध्यक्ष जगदीप धनखड़ (भारत के उपराष्ट्रपति) हैं। केंद्रीय मंत्री और भारतीय लोक प्रशासन संस्थान (आईआईपीए) के राष्ट्रीय अध्यक्ष जितेंद्र सिंह ने 12 अक्टूबर 2022 को आईआईपीए के 111 नए सदस्यों को मंजूरी दी। इसमें केंद्र में सहायक सचिव के रूप में कार्यरत 9 नवनियुक्त आईएएस अधिकारी शामिल हैं। आईआईपीए की सदस्यता पहले केवल सेवानिवृत्त अधिकारियों के लिए आरक्षित थी।

20(D). कोयला और लिग्नाइट के देश के विशाल भंडार का उपयोग करने के उद्देश्य से, भारत हेवी इलेक्ट्रिकल्स लिमिटेड (भेल) ने कोयला गैसीकरण आधारित संयंत्रों की स्थापना के लिए कोल इंडिया लिमिटेड (भेल) और एनएलसी इंडिया लिमिटेड (एनएलसीआईएल) के साथ समझौता ज्ञापन पर हस्ताक्षर किए हैं। इन समझौता ज्ञापनों के तहत, बीएचईएल संयुक्त रूप से सीआईएल के साथ कोल टू अमोनियम नाइट्रेट परियोजना और बिजली उत्पादन के लिए एनएलसीआईएल के साथ एक लिग्नाइट आधारित गैसीकरण पायलट प्लांट स्थापित करेगा।

21(A). राष्ट्रपति द्रौपदी मुर्मू ने 13 अक्टूबर 2022 को आईआईटी गुवाहाटी में एक सुपर कंप्यूटर सुविधा 'परम कामरूप' का उद्घाटन किया। परम कामरूप, पूर्वोत्तर क्षेत्र में अपनी तरह का एक सुपर कंप्यूटर है, जो विभिन्न वैज्ञानिक क्षेत्रों में उन्नत अनुसंधान करने में सक्षम होगा।
परम-कामरूप राष्ट्रीय सुपरकंप्यूटिंग मिशन (एनएसएम) के तहत स्थापित एक अत्याधुनिक सुपर कंप्यूटर है। इस सुविधा से, आईआईटी गुवाहाटी मौसम और जलवायु, जैव सूचना विज्ञान, कम्प्यूटेशनल रसायन विज्ञान, आणविक गतिकी, कृत्रिम बुद्धिमत्ता (एआई), मशीन लर्निंग, डेटा साइंस आदि पर शोध करने में सक्षम होगा।

22(D). विदेश मंत्रालय में संयुक्त सचिव डॉ आदर्श स्विका को कुवैत में भारत का अगला राजदूत नियुक्त किया गया है। स्विका ने कुवैत में भारतीय दूत के रूप में सिबी जॉर्ज का स्थान लिया है। साथ ही, विदेश मंत्रालय में निदेशक अवतार सिंह को गिनी गणराज्य में भारत का अगला राजदूत नियुक्त किया गया है।

23(A). गुजरात बायोटेक्नोलॉजी रिसर्च सेंटर द्वारा भारत में सब-वेरिएंट के पहले मामले का पता लगाने के बाद तेजी से परिवर्तनशील और अधिक विषाक्त ऑमिक्रॉन संस्करण BF.7 से एक नए खतरे की सूचना मिली थी। कथित तौर पर चीन में कोविड -19 के बढ़ते हुए मामलों के पीछे संस्करण BF.7 और BA.5.1.7 हैं।

24(B). भारतीय नौसेना और आईआईएम नागपुर ने 13 अक्टूबर 2022 को एक समझौता ज्ञापन पर हस्ताक्षर किए। सशस्त्र बलों के कर्मियों, विशेष रूप से भारतीय नौसेना के कर्मियों, विशेष रूप से उभरते क्षेत्रों में प्रशिक्षण, अप-कौशल और पुन: कौशल के अवसरों का पता लगाने के लिए इस पर हस्ताक्षर किए गए हैं। यह उद्योग की आवश्यकता को पूरा करने के लिए सेवारत कर्मियों और कौशल सेवानिवृत्त अधिकारियों के कैरियर में वृद्धि / प्रगति की सुविधा प्रदान करेगा।

25(B). विश्व खाद्य दिवस हर साल 16 अक्टूबर को दुनिया भर में भूख और भोजन की बर्बादी के मुद्दे पर जागरूकता बढ़ाने के लिए मनाया जाता है। यह संयुक्त राष्ट्र के खाद्य और कृषि संगठन का स्थापना दिवस (16 अक्टूबर 1945) भी मनाता है। इस दिन की स्थापना 1979 में हंगरी के पूर्व कृषि मंत्री डॉ पाल रोमानी के सुझाव पर की गई थी।

26(D). भारतीय महिला क्रिकेट टीम ने 15 अक्टूबर 2022 को बांग्लादेश के सिलहट इंटरनेशनल क्रिकेट स्टेडियम में फाइनल में श्रीलंका महिला टीम को हराकर महिला एशिया कप टी20 खिताब जीता। भारतीय टीम ने एशिया कप के फाइनल में पांचवीं बार श्रीलंकाई टीम को हराया है। यह भारत का रिकॉर्ड सातवां महिला एशिया कप खिताब है। भारत की रेणुका सिंह ने प्लेयर ऑफ द मैच का पुरस्कार जीता।

27(A). 17 अक्टूबर 2022 को प्रधानमंत्री नरेंद्र मोदी ने नई दिल्ली में भारतीय कृषि अनुसंधान संस्थान में दो दिवसीय पीएम किसान सम्मान सम्मेलन 2022 का उद्घाटन किया। इस आयोजन का उद्देश्य किसानों के जीवन को आसान बनाना, उनकी क्षमताओं को बढ़ाना और उन्नत कृषि तकनीकों को बढ़ावा देना है। प्रधानमंत्री ने कार्यक्रम के दौरान प्रधानमंत्री भारतीय जन उर्वरक परियोजना - एक राष्ट्र एक उर्वरक का भी शुभारंभ किया।

28(B). राष्ट्रपति द्रौपदी मुर्मू ने 17 अक्टूबर 2022 को न्यायमूर्ति डी वाई चंद्रचूड़ को भारत का नया मुख्य न्यायाधीश (सीजेआई) नियुक्त किया। जस्टिस चंद्रचूड़ 9 नवंबर 2022 को 50वें सीजेआई के रूप में पदभार ग्रहण करेंगे। वह वर्तमान सीजेआई जस्टिस यू यू ललित का स्थान लेंगे। न्यायमूर्ति चंद्रचूड़ को 2016 में सर्वोच्च न्यायालय के न्यायाधीश के रूप में नियुक्त किया गया था।

29(A). सिविल लेखा सेवा अधिकारी भारती दास ने 18 अक्टूबर 2022 को नए लेखा महानियंत्रक (सीजीए) के रूप में कार्यभार संभाला। दास सीजीए का पद संभालने वाले 27वें अधिकारी हैं। इससे पहले, दास ने केंद्रीय प्रत्यक्ष कर बोर्ड में प्रधान मुख्य लेखा नियंत्रक के रूप में कार्य किया है। सीजीए केंद्र सरकार के लेखा मामलों पर 'प्रधान सलाहकार' है।

30(A). पूर्व क्रिकेटर रोजर बिन्नी को भारतीय क्रिकेट कंट्रोल बोर्ड बीसीसीआई का 36वां अध्यक्ष चुना गया है। वह सौरव गांगुली की जगह लेते हैं, जिन्होंने 2019 से इस पद पर काबिज हैं। 67 वर्षीय बिन्नी, भारत की 1983 विश्व कप जीत के वास्तुकारों में से एक थे और कर्नाटक राज्य क्रिकेट संघ के अध्यक्ष थे।

31(D). 19 अक्टूबर 2022 को पीएम मोदी ने गुजरात के गांधीनगर

में 12वें डिफेंस एक्सपो में हिंदुस्तान एयरोनॉटिक्स लिमिटेड (एचएएल) द्वारा डिजाइन और विकसित एक स्वदेशी ट्रेनर विमान एचटीटी -40 का अनावरण किया। एचटीटी -40 का इस्तेमाल बुनियादी उड़ान प्रशिक्षण, एरोबेटिक्स, इंस्ट्रूमेंट फ्लाइंग और क्लोज फॉर्मेशन फ्लाइट्स के लिए। किया जाएगा। इसमें पायलटों के चेंज-ओवर, हॉट-रीफ्यूलिंग और शॉर्ट-टर्नअराउंड समय जैसी अनूठी विशेषताएं हैं।

32(A). 19 अक्टूबर 2022 को पीएम मोदी ने गुजरात के बनासकांठा जिले के दीसा में भारतीय वायु सेना (IAF) के नए एयरबेस की आधारशिला रखी। दीसा हवाई अड्डा, भारत-पाक सीमा से मात्र 130 किमी दूर, गुजरात के भुज एयरबेस और राजस्थान के उत्तरलाई एयरबेस के बीच महत्वपूर्ण अंतर को पाट देगा। इसे कुल 1000 करोड़ रुपये की लागत से बनाया जाएगा और इसके 2024 में चालू होने की उम्मीद है।

33(A). शिक्षा मंत्रालय 16 नवंबर 2022 से वाराणसी में एक महीने तक चलने वाले कार्यक्रम 'काशी तमिल संगमम' का आयोजन करेगा। उद्देश्य: वाराणसी और तमिलनाडु के बीच सदियों पुराने ज्ञान और प्राचीन सभ्यतागत संबंधों के बंधन को फिर से खोजना। समाज के विभिन्न वर्गों के 2400 से अधिक तमिल लोग इन दोनों शहरों द्वारा साझा किए गए प्राचीन ज्ञान से परिचित होने के लिए काशी का दौरा करेंगे।

34(A). भारतीय प्रतिस्पर्धा आयोग (सीसीएल) ने कई बाजारों में अपनी प्रमुख स्थिति का दुरुपयोग करने के लिए गूगल पर 1337.76 करोड़ रुपये का जुर्माना लगाया है। अपने आदेश में, सीसीएल ने कहा, गूगल ने ऑनलाइन खोज बाजार में अपनी प्रमुख स्थिति को कायम रखा है जिसके परिणामस्वरूप प्रतिस्पर्धी खोज ऐप्स के लिए बाजार पहुंच से इनकार किया गया है।

35(A). मर्सर सीएफएस ग्लोबल पेंशन इंडेक्स 2022 में भारत 41वें स्थान पर है। रिपोर्ट के अनुसार, भारत को निजी पेंशन व्यवस्था के तहत कवरेज को बढ़ावा देने की जरूरत है। 2021 के सूचकांक में 43 देशों में भारत का स्थान 40वां था। मर्सर सीएफएस ग्लोबल पेंशन इंडेक्स 44 देशों का अध्ययन करता है जो दुनिया की 65% आबादी के लिए जिम्मेदार हैं।

36(A). युवा मामले और खेल मंत्रालय ने 19 अक्टूबर 2022 को गृह मंत्रालय के सहयोग से नई दिल्ली में 14वें जनजातीय युवा विनिमय कार्यक्रम का आयोजन किया। उद्देश्य: आदिवासी युवाओं को देश की समृद्ध सांस्कृतिक विरासत के प्रति संवेदनशील बनाना और उन्हें विविधता में एकता की अवधारणा की सराहना करने में सक्षम बनाना। कार्यक्रम में 18 से 22 वर्ष के आयु वर्ग के 220 चयनित युवाओं ने भाग लिया।

37(A). महान फिल्म निर्माता सत्यजीत रे की फिल्म "पाथेर पांचाली" को इंटरनेशनल फेडरेशन ऑफ फिल्म क्रिटिक्स (एफआईपीआरईएससीआई) द्वारा अब तक की सर्वश्रेष्ठ भारतीय फिल्म घोषित किया गया है। इसने भारतीय सिनेमा सूची के इतिहास में शीर्ष दस फिल्मों में नंबर एक स्थान प्राप्त किया है, जिसे एफआईपीआरईएससीआई के भारत अध्याय द्वारा किए गए एक सर्वेक्षण के बाद घोषित किया गया था।

38(B). पेनी मॉर्डंट के कंजरवेटिव पार्टी नेतृत्व की दौड़ से बाहर होने के बाद, पूर्व ब्रिटिश वित्त मंत्री ऋषि सुनक ब्रिटेन के नए प्रधान मंत्री हैं। बोरिस जॉनसन और लिज़ ट्रस के अपने पदों से इस्तीफा देने के बाद सनक दो महीने से भी कम समय में ब्रिटेन के तीसरे प्रधान मंत्री बने।

39(D). बीएसई (बॉम्बे स्टॉक एक्सचेंज) ने 24 अक्टूबर 2022 को अपने प्लेटफॉर्म पर इलेक्ट्रॉनिक गोल्ड रिसीप्ट (ईजीआर) लॉन्च किया। ये इलेक्ट्रॉनिक गोल्ड प्राप्तियां सभी बाजार सहभागियों के साथ-साथ मूल्य श्रृंखला के साथ वाणिज्यिक प्रतिभागियों को भी पूरा करेंगी। ईजीआर निवेशकों को कुशल मूल्य खोज और सोने के मानकीकरण, सोने के लेनदेन में पारदर्शिता और निपटान गारंटी की अनुमति देता है।

40(A). क्रिकेट एसोसिएशन फॉर द ब्लाइंड इन इंडिया (सीएबीआई) ने भारत के पूर्व क्रिकेटर युवराज सिंह को नेत्रहीनों के लिए तीसरे टी 20 विश्व कप के लिए ब्रांड एंबेसडर घोषित किया है। नेत्रहीनों के लिए तीसरा टी20 विश्व कप 5 से 17 दिसंबर 2022 तक भारत में होगा। इसमें भाग लेने वाले देश हैं: भारत, नेपाल, बांग्लादेश, ऑस्ट्रेलिया, दक्षिण अफ्रीका, पाकिस्तान और श्रीलंका।

41(C). आईसीआईसीआई बैंक ने संदीप बख्शी को 3 साल की अवधि के लिए प्रबंध निदेशक (एमडी) और मुख्य कार्यकारी अधिकारी (सीईओ) के रूप में फिर से नियुक्त किया है। संदीप बख्शी का कार्यकाल 3 अक्टूबर 2023 तक था। पुनर्नियुक्ति अवधि 4 अक्टूबर 2023 से 3 Oct 2026 तक है, जो आरबीआई से अनुमोदन के अधीन है। उन्हें 15 अक्टूबर 2018 को बैंक के एमडी और सीईओ के रूप में नियुक्त किया गया था।

42(D). संयुक्त राष्ट्र सुरक्षा परिषद (यूएनएससी) की आतंकवाद-विरोधी समिति की एक विशेष बैठक 28 और 29 अक्टूबर, 2022 को मुंबई और दिल्ली में आयोजित की गई थी।
बैठक का विषय 'आतंकवादी उद्देश्यों के लिए नई और उभरती प्रौद्योगिकियों के उपयोग का मुकाबला' था। भारत वर्तमान में वर्ष 2022 के लिए संयुक्त राष्ट्र सुरक्षा परिषद की आतंकवाद विरोधी समिति का अध्यक्ष है।

43(A). भारतीय बहुराष्ट्रीय समूह टाटा एयरबस के साथ साझेदारी में गुजरात के वडोदरा में भारतीय वायु सेना के लिए C-295 परिवहन विमान का निर्माण करेगा। यह अपनी तरह की पहली परियोजना है जिसमें एक निजी कंपनी द्वारा भारत में एक सैन्य विमान का निर्माण किया जाएगा। अनुबंध के हिस्से के रूप में, 16 विमान फ्लाईअवे स्थिति में वितरित किए जाएंगे और 40 भारत में निर्मित किए जाएंगे।

44(B). यूके स्थित एविएशन एनालिटिक्स फर्म ओएजी की एक रिपोर्ट के अनुसार, इंदिरा गांधी अंतर्राष्ट्रीय हवाई अड्डा, नई दिल्ली अक्टूबर 2022 में दुनिया के 10 वें सबसे व्यस्त हवाई अड्डे के रूप में उभरा है। रिपोर्ट के अनुसार, दिल्ली हवाई अड्डे ने अक्टूबर 2019 में 14वें स्थान से अपनी स्थिति में सुधार किया है। अमेरिका में हर्ट्सफील्ड-जैक्सन अटलांटा अंतर्राष्ट्रीय हवाई अड्डा अक्टूबर 2022 में दुनिया के सबसे व्यस्ततम हवाई अड्डे के रूप में उभरा है।

45(A). चीनी स्मार्टफोन निर्माता क्सिओमी ने लॉन्च के चार साल बाद भारत में अपना वित्तीय सेवा कारोबार बंद कर दिया है। कंपनी का एमआई पे ऐप, जिसने उपयोगकर्ताओं को बिल भुगतान और धन हस्तांतरण करने की अनुमति दी थी, अब भारतीय राष्ट्रीय भुगतान निगम (एनपीसीआई) की वेबसाइट पर सूचीबद्ध नहीं है। भारत में, क्सिओमी कथित रूप से कर नियामकों को चकमा देने के लिए सरकारी जांच के अधीन है।

46(A). 2001 बैच के आईएफएस अधिकारी डॉ राजेश रंजन को कोटे डी'लवॉयर गणराज्य में भारत के अगले राजदूत के रूप में नियुक्त किया गया है। वह वाई के सैलास थंगल की जगह लेंगे। डॉ रंजन वर्तमान में बोत्सवाना गणराज्य में भारत के उच्चायुक्त हैं। कोटे डी आइवर पश्चिम अफ्रीका के दक्षिणी तट पर स्थित एक देश है।

47(A). केंद्रीय शिक्षा मंत्री धर्मेंद्र प्रधान ने 30 अक्टूबर 2022 को फीफा और अखिल भारतीय के साथ मुंबई में एक समझौता ज्ञापन पर हस्ताक्षर किए। भारत में 'स्कूलों के लिए फुटबॉल' पहल के लिए फुटबॉल महासंघ (एआईएफएफ)। 'फुटबॉल फॉर स्कूल्स' का उद्देश्य भारत में खेल एकीकृत शिक्षा के माध्यम से 2.5 करोड़ युवा लड़कों और लड़कियों को सशक्त बनाना है।

48(A). भारत का चुनाव आयोग (ईसीआई) 31 अक्टूबर से 1 नवंबर तक नई दिल्ली में 'चुनाव प्रबंधन निकायों की भूमिका, रूपरेखा और क्षमता' विषय पर अंतर्राष्ट्रीय सम्मेलन की मेजबानी करेगा। ईसीआई, 'चुनाव अखंडता' पर कोहोर्ट के नेतृत्व के रूप में, ग्रीस, मॉरीशस और आईएफईएस को कोहोर्ट के लिए सह-नेतृत्व के लिए आमंत्रित किया है। सम्मेलन का उद्घाटन मुख्य चुनाव आयुक्त राजीव कुमार करेंगे।

49(A). एनएसडीसी इंटरनेशनल (एनएसडीसीआई) और पेरदामन ने भारतीय कुशल युवाओं और ऑस्ट्रेलिया में बाजार के अवसरों के बीच एक इंटरफेस बनाने के लिए भागीदारी की है। एनएसडीसीआई विदेशों में रोजगार के लिए राष्ट्रीय और अंतर्राष्ट्रीय भागीदारी को संचालित करने में भूमिका निभाता है। पेरदामन पश्चिमी ऑस्ट्रेलिया में स्थित एक बहुराष्ट्रीय समूह है, जिसका विभिन्न प्रकार के बाजारों में भागीदारी में लंबे समय से ट्रैक रिकॉर्ड है।

50(A). शन फंड नियामक और विकास प्राधिकरण (पीएफआरडीए) 1 अक्टूबर को राष्ट्रीय पेंशन प्रणाली दिवस के रूप में मनाएगा। इसका उद्देश्य नागरिकों के बीच पेंशन और सेवानिवृत्ति योजना को बढ़ावा देना है। पीएफआरडीए इस अभियान का आयोजन 'आजादी का अमृत महोत्सव' के तहत कर रहा है। पीएफआरडीए भारत में पेंशन के समग्र पर्यवेक्षण और विनियमन के लिए नियामक निकाय है।

51(D). रक्षा निर्यात को बढ़ावा देने के लिए एक महत्वपूर्ण कदम में, भारत ने आर्मेनिया को मिसाइलों, रॉकेटों और गोला-बारूद के निर्यात आदेश पर हस्ताक्षर किए हैं। इस सौदे के तहत भारत द्वारा आर्मेनिया को 2,000 करोड़ रुपये से अधिक के सैन्य उपकरण निर्यात किए जाएंगे। इसमें स्वदेशी पिनाका रॉकेट लांचर के छह अतिरिक्त निर्यात भी शामिल हैं।

52(A). पेयू पेमेंट्स की मूल कंपनी नीदरलैंड स्थित प्रोसस एनवी ने 3 अक्टूबर 2022 को सौदे की शर्तों को पूरा नहीं करने के बाद भारतीय भुगतान एग्रीगेटर बिल डेस्क का अधिग्रहण करने के सौदे को समाप्त कर दिया। 31 अगस्त 2021 को घोषित, 2018 में वॉलमार्ट द्वारा फ्लिपकार्ट का अधिग्रहण करने के बाद, अधिग्रहण भारत का दूसरा सबसे बड़ा इंटरनेट सौदा था। 2000 में स्थापित, बिल डेस्क भुगतान स्वीकार करने और एकत्र करने पर केंद्रित है।

53(A). प्रख्यात वकील ललित भसीन को इंडियन अमेरिकन चैंबर्स ऑफ कॉमर्स (आईएसीसी) का राष्ट्रीय अध्यक्ष नियुक्त किया गया है। भसीन इस पद के लिए चुने जाने से पहले आईएसीसी के कार्यकारी उपाध्यक्ष थे। भसीन आईएसीसी के 54वें राष्ट्रीय अध्यक्ष हैं, जिसे अक्टूबर 1968 में स्थापित किया गया था और इसका मुख्यालय मुंबई में है।

54(A). विदेश मंत्री डॉ एस जयशंकर ने 6 अक्टूबर 2022 को कीवी इंडियन हॉल ऑफ फेम अवार्ड्स 2022 में भाग लिया और ऑकलैंड, न्यूजीलैंड में "मोदी@20: ड्रीम्स मीट डिलीवरी" पुस्तक का शुभारंभ किया। इस कार्यक्रम ने न्यूजीलैंड में भारतीय समुदाय के सदस्यों को उनकी असाधारण उपलब्धियों और योगदान के लिए सम्मानित किया।

55(A). अंतर्राष्ट्रीय सौर गठबंधन (आईएसए) की 5वीं विधानसभा 17 से 20 अक्टूबर 2022 तक नई दिल्ली में आयोजित हुई। केंद्रीय ऊर्जा, नवीन और नवीकरणीय ऊर्जा मंत्री आर.के सिंह ने विधानसभा की अध्यक्षता की थी। वर्तमान में, भारत के पास आईएसए असेंबली के अध्यक्ष का पद है। इस बैठक में 109 सदस्य देशों के प्रतिनिधि भाग लेते हैं।

56(C). भारत में वायु सेना की स्थापना को चिह्नित करने के लिए भारत प्रतिवर्ष 8 अक्टूबर को वायु सेना दिवस मनाता है। भारतीय वायु सेना (IAF) की स्थापना 8 अक्टूबर 1932 को ब्रिटिश साम्राज्य द्वारा देश में की गई थी। 2022 में, IAF ने अपना 90 वां स्थापना दिवस 8 अक्टूबर को चंडीगढ़ में एक शानदार परेड और फ्लाई-पास्ट के साथ मनाया। वर्तमान वायु सेना प्रमुख वीआर चौधरी हैं।

57(D). 36वें राष्ट्रीय खेलों में गुजरात की पूजा पटेल योगासन में स्वर्ण जीतने वाली पहली एथलीट बन गई हैं। पूजा ने पारंपरिक योगासन वर्ग में स्वर्ण पदक जीता। योगासन 2022 में पहली बार राष्ट्रीय खेलों में खेले जाने वाले पांच खेलों में से एक है। इस भारतीय स्वदेशी खेल ने 2022 की शुरुआत में खेलो इंडिया यूनिवर्सिटी गेम्स में अपनी शुरुआत की।

58(A). पावर फाउंडेशन ऑफ इंडिया ने विज्ञान भारती (विभा) के साथ मिलकर लाइफ-लाइफस्टाइल फॉर एनवायरनमेंट मिशन के तहत अग्नि तत्व पर जागरूकता पैदा करने के लिए एक अभियान का आयोजन किया। इस अभियान का उद्देश्य अग्नि तत्व की मूल अवधारणा के बारे में जागरूकता पैदा करना है, एक ऐसा तत्व जो ऊर्जा का पर्याय है। पहला सम्मेलन लेह में 7 अक्टूबर 2022 को 'स्थिरता और संस्कृति' की थीम पर आयोजित किया गया था।

59(B). एसबीआई जनरल बीमा कंपनी ने किशोर कुमार पोलुदासु को अपना नया प्रबंध निदेशक और मुख्य कार्यकारी अधिकारी नियुक्त करने की घोषणा की है। उन्हें 4 अक्टूबर 2022 से प्रभावी रूप से नियुक्त किया गया है। इससे पहले, वे भारतीय स्टेट बैंक, सिंगापुर परिचालन के कंट्री हेड के रूप में उप प्रबंध निदेशक थे।

60(D). भारतीय सेना ने एग्निवर्स को नामांकन पर बैंकिंग सुविधाएं प्रदान करने के लिए 11 बैंकों के साथ ऐतिहासिक समझौता ज्ञापन पर हस्ताक्षर किए हैं। बैंक एसबीआई, पीएनबी, बैंक ऑफ बड़ौदा, आईडीबीआई बैंक, आईसीआईसीआई बैंक, एचडीएफसी बैंक, एक्सिस बैंक, यस बैंक, कोटक महिंद्रा बैंक, आईडीएफसी फर्स्ट बैंक और बंधन बैंक हैं।

वार्षिक समसामयिकी 11

1. उच्च शिक्षण संस्थानों के मूल्यांकन और मान्यता को मजबूत करने के लिए गठित पैनल के प्रमुख के रूप में किसे नियुक्त किया गया है?
(a) के. राधाकृष्णन (b) कस्तूरी रंगन
(c) अमिताभ कांत (d) वी. के. पॉल

2. कॉलिन्स डिक्शनरी द्वारा किस शब्द को 'वर्ड ऑफ द ईयर 2022' के रूप में चुना गया है?
(a) लॉकडाउन (b) पर्माक्राइसिस
(c) पैनडेमिक (d) नॉन-फंगीबल टोकन

3. नवंबर 2022 तक पृथ्वी से प्रक्षेपित सबसे शक्तिशाली रॉकेट कौन सा है?
(a) मिनटमैन हेवी (b) फॉल्कन हेवी
(c) लॉन्ग मार्च 5बी (d) पीएसएलवी 52

4. 'फोर्ब्स' वर्ल्ड्स बेस्ट एम्प्लॉयर्स रैंकिंग 2022' के शीर्ष -100 रैंक में एकमात्र भारतीय कंपनी कौन सी है?
(a) टाटा कंसल्टेंसी सर्विसेज (b) रिलायंस इंडस्ट्रीज
(c) आदित्य बिड़ला ग्रुप (d) एचडीएफसी बैंक

5. UNFCCC के 27वें कांफ्रेंस ऑफ द पार्टीज (COP) का मेजबान कौन सा देश था?
(a) यूएई (b) मिस्र
(c) ऑस्ट्रेलिया (d) ब्राज़ील

6. किस संगठन ने 2022 में 'वैश्विक जलवायु की अस्थायी स्थिति' रिपोर्ट जारी की?
(a) संयुक्त राष्ट्र पर्यावरण कार्यक्रम
(b) विश्व मौसम विज्ञान संगठन
(c) खाद्य और कृषि संगठन
(d) जलवायु परिवर्तन पर संयुक्त राष्ट्र फ्रेमवर्क कन्वेंशन

7. किस केंद्रीय मंत्रालय ने नवंबर 2022 में 'भारतीय मातृभाषा सर्वेक्षण (MTSI)' आयोजित किया था?
(a) शिक्षा मंत्रालय (b) गृह मंत्रालय
(c) संस्कृति मंत्रालय (d) विदेश मंत्रालय

8. 2022 में भारत की G20 अध्यक्षता का विषय क्या था?
(a) जन भागीदारी (b) वसुधैव कुटुम्बकम
(c) भारत माता (d) इनमें से कोई नहीं

9. 'नेशनल फ्लोरेंस नाइटिंगेल अवार्ड्स' किस क्षेत्र में प्रदान की गई सराहनीय सेवाओं के लिए दिए जाते हैं?
(a) अर्थशास्त्र (b) कला और संस्कृति
(c) नर्सिंग (d) विज्ञान और तकनीक

10. नवंबर 2022 में, भारत ने किस देश के साथ "इंडो-जर्मन वीक ऑफ़ द यंग रिसर्चर्स 2022 प्रोग्राम" कार्यक्रम आयोजित किया?
(a) संयुक्त राज्य अमेरिका (b) जर्मनी
(c) फ्रांस (d) यूनाइटेड किंगडम

11. किस केंद्रीय मंत्रालय द्वारा 'राष्ट्रीय जैव ऊर्जा कार्यक्रम' को अधिसूचित किया गया है?
(a) नवीन और नवीकरणीय ऊर्जा मंत्रालय
(b) ऊर्जा मंत्रालय
(c) वाणिज्य और उद्योग मंत्रालय
(d) एमएसएमई मंत्रालय

12. किस केंद्रीय मंत्रालय ने 'ट्रांसपोर्ट 4 ऑल चैलेंज स्टेज-2 और सिटीजन परसेप्शन सर्वे-2022' लॉन्च किया?
(a) आवास और शहरी मामलों के मंत्रालय
(b) सड़क परिवहन और राजमार्ग मंत्रालय
(c) ग्रामीण विकास मंत्रालय
(d) विदेश मंत्रालय

13. COP-27 के दौरान किस संस्थान ने 'सभी के लिए प्रारंभिक चेतावनी की कार्यकारी कार्य योजना' शुरू की?
(a) अंतर्राष्ट्रीय मुद्रा कोष
(b) विश्व आर्थिक मंच
(c) विश्व मौसम विज्ञान संगठन
(d) संयुक्त राष्ट्र पर्यावरण कार्यक्रम

14. किस संस्थान ने इन्फ्रास्ट्रक्चर रेजिलिएंस एक्सेलेरेटर फंड (IRAF) की घोषणा की?
(a) डब्ल्यूईएफ (b) सीडीआरआई
(c) आईएसए (d) बिम्सटेक

15. QS एशिया यूनिवर्सिटी रैंकिंग में भारत से कौन सा संस्थान शीर्ष स्थान पर है?
(a) आईआईटी दिल्ली (b) आईआईटी मद्रास
(c) आईआईटी बॉम्बे (d) आईआईएससी बेंगलुरु

16. किस एशियाई देश को 2023 आईबीए महिला विश्व मुक्केबाजी चैम्पियनशिप के मेजबान के रूप में नामित किया गया है?
(a) श्रीलंका (b) पाकिस्तान
(c) भारत (d) नेपाल

17. किस राज्य में 'इंडियन बायोलॉजिकल डेटा सेंटर' (IBDC) का उद्घाटन किया गया है?
(a) उत्तराखंड (b) हरियाणा
(c) सिक्किम (d) केरल

18. 'समन्वय 2022' किस सशस्त्र बल द्वारा आयोजित एक मानवीय सहायता और आपदा राहत (HADR) अभ्यास है?
(a) भारतीय थलसेना (b) भारतीय नौसेना
(c) भारतीय वायुसेना (d) भारतीय तटरक्षक बल

19. निम्नलिखित में से किस बैंक ने डीलर वित्त प्रदान करने के लिए 'actyv.ai' के साथ भागीदारी की है?
(a) भारतीय स्टेट बैंक (b) एचडीएफसी बैंक
(c) कोटक महिंद्रा बैंक (d) फेडरल बैंक

20. 'मानसिक स्वास्थ्य और सामाजिक देखभाल नीति' लॉन्च करने वाला पहला उत्तर-पूर्वी राज्य कौन सा है?
(a) असम (b) सिक्किम
(c) मणिपुर (d) मेघालय

21. संभावित लिथियम निक्षेप का आकलन करने के लिए भारत ने निम्नलिखित में से किस देश में एक टीम भेजी है?
(a) ऑस्ट्रेलिया (b) ब्राज़ील
(c) अर्जेंटीना (d) मिस्र

22. भारत ने निम्नलिखित में से किस समूह के विज्ञान और प्रौद्योगिकी कोष में 5 मिलियन अमेरिकी डॉलर के योगदान की घोषणा की है?
(a) सार्क (b) आसियान
(c) जी-20 (d) आईएसए

23. निम्नलिखित में से किस देश की टीम ने 'टी20 विश्व कप 2022' का ख़िताब जीता है?
(a) इंग्लैंड (b) ऑस्ट्रेलिया
(c) भारत (d) पाकिस्तान

24. निम्नलिखित में से कौन सा राज्य 'भारत के अंतर्राष्ट्रीय फिल्म महोत्सव के 53 वें संस्करण' का मेजबान था?
(a) पश्चिम बंगाल (b) गोवा
(c) कर्नाटक (d) ओडिशा

25. G-20 शिखर सम्मेलन 2022 में किस देश ने 'जस्ट एनर्जी ट्रांजिशन पार्टनरशिप (JETP)' पर हस्ताक्षर किए?
(a) भारत (b) इंडोनेशिया
(c) चीन (d) जापान

26. किस वैश्विक समूह ने 'ग्लोबल शील्ड' बीमा पहल की घोषणा की?
(a) जी-7 और वी20
(b) विश्व आर्थिक मंच
(c) संयुक्त राष्ट्र पर्यावरण कार्यक्रम
(d) जी-20 और वी20

27. जलवायु परिवर्तन प्रदर्शन सूचकांक (CCPI) के अनुसार, जलवायु परिवर्तन में कौन सा देश सबसे आगे है?
(a) नॉर्वे (b) जर्मनी
(c) डेनमार्क (d) ऑस्ट्रेलिया

28. भारत ने किस देश के साथ COP27 की तर्ज पर 'लीडआईटी समिट' की मेजबानी की?
(a) स्वीडन (b) जापान
(c) ऑस्ट्रेलिया (d) डेनमार्क

29. किस देश द्वारा लॉन्च किए गए मून रॉकेट का नाम 'आर्टेमिस' है?
(a) इजराइल (b) यूएई
(c) यूएसए (d) चीन

30. CITES के लिए पार्टियों के 19वें सम्मेलन का मेजबान कौन सा देश था?
(a) जापान (b) पनामा
(c) मालदीव (d) पापुआ न्यू गिनी

31. किस संस्था ने 'डिजिटल शक्ति अभियान 4.0' अभियान शुरू किया?
(a) नीति आयोग
(b) राष्ट्रीय महिला आयोग
(c) महिला एवं बाल विकास मंत्रालय
(d) विश्व आर्थिक मंच

32. नेशनल पेंशन सिस्टम ट्रस्ट (एनपीएस ट्रस्ट) के अध्यक्ष के रूप में किसे नियुक्त किया गया है?
(a) सूरज भान (b) सुभाष चंद्र गर्ग
(c) उर्जित पटेल (d) अरविंद सुब्रमण्यम

33. किस राज्य ने अपने टेक समिट के रजत जयंती संस्करण का आयोजन किया था?
(a) ओडिशा (b) बेंगलुरु
(c) महाराष्ट्र (d) गुजरात

34. नीति आयोग के चौथे पूर्णकालिक सदस्य के रूप में किसे नियुक्त किया गया है?
(a) रघुराम राजन (b) उर्जित पटेल
(c) डॉ अरविंद विरमानी (d) अरुंधति भट्टाचार्य

35. यूनेस्को में किस शहर के संग्रहालय की जीर्णोद्धार परियोजना को 'उत्कृष्टता पुरस्कार' से सम्मानित किया गया है?
(a) बेंगलुरु (b) मुंबई
(c) कोच्चि (d) अहमदाबाद

36. निम्नलिखित में से किस पुस्तक ने साहित्य 2022 के लिए 5वां जेसीबी पुरस्कार जीता है?
(a) सॉन्ग ऑफ़ द सॉइल (b) द पैराडाइज़ ऑफ़ फ़ूड
(c) टॉम्ब ऑफ़ सैंड (d) द फार फील्ड

37. किस संस्थान ने 'भारतीय राज्यों पर सांख्यिकी की हैंडबुक 2021-22' जारी की?
(a) भारतीय प्रतिभूति और विनिमय बोर्ड
(b) भारतीय रिजर्व बैंक
(c) नीति आयोग
(d) आर्थिक मामलों का विभाग

38. 53वें भारतीय अंतर्राष्ट्रीय फिल्म महोत्सव (IFFI) में इंडियन फिल्म पर्सनैलिटी ऑफ द ईयर 2022 पुरस्कार से किसे सम्मानित किया गया?
(a) अमिताभ बच्चन (b) चिरंजीवी
(c) कमल हासन (d) मोहनलाल

39. किस फोरम ने गरीब देशों का समर्थन करने के लिए "नुकसान और क्षति कोष" लॉन्च किया?
(a) COP-27 (b) G-20
(c) आसियान (d) विश्व आर्थिक मंच

40. ITTF-ATTU एशियाई कप में पदक जीतने वाले पहले भारतीय टेबल टेनिस खिलाड़ी कौन हैं?
(a) शरत कमल (b) मनिका बत्रा
(c) श्रीजा अकुला (d) साथियान गणानाशेखरन

41. 2022 में आर्टिफिशियल इंटेलिजेंस (GPAI) पर ग्लोबल पार्टनरशिप का अध्यक्ष कौन सा देश है?
(a) श्रीलंका (b) बांग्लादेश
(c) भारत (d) यूनाइटेड किंगडम

42. 'कर्मयोगी प्रारंभ' किस वर्ग के लोगों के लिए तैयार किया गया पाठ्यक्रम है?
(a) अप्रवासी भारतीय
(b) सरकारी कर्मचारी
(c) एमएसएमई
(d) असंगठित क्षेत्र के कर्मचारी

43. निम्नलिखित में से किस शहर ने 2022 में इंडो-पैसिफिक रीजनल डायलॉग का उद्घाटन किया है?
(a) कोलंबो (b) नई दिल्ली
(c) ढाका (d) इस्लामाबाद

44. 2022 में किस भारतीय को UNEP 'चैंपियंस ऑफ द अर्थ' पुरस्कार से सम्मानित किया गया?
(a) पूर्णिमा देवी बर्मन (b) नरेंद्र मोदी
(c) के. के. शैलजा (d) पीयूष गोयल

45. किस एशियाई देश ने वर्ष 2022 में 'आत्महत्या रोकथाम नीति' जारी की है?
(a) अफ़ग़ानिस्तान (b) श्रीलंका
(c) भारत (d) नेपाल

46. किस देश ने वर्ष 2022 में भारत के साथ अपना मुक्त व्यापार समझौता (FTA) पारित किया है?
(a) श्रीलंका (b) ऑस्ट्रेलिया
(c) फ्रांस (d) जर्मनी

47. अरिट्टापट्टी को किस राज्य के पहले जैव विविधता विरासत स्थल के रूप में अधिसूचित किया गया है?
(a) केरल (b) तमिलनाडु
(c) तेलंगाना (d) उड़ीसा

48. वर्ष 2022 OECD रिपोर्ट के अनुसार, वित्त वर्ष 2023 के लिए भारत

के लिए सकल घरेलू उत्पाद पूर्वानुमान क्या है?

(a) 6.1 % (b) 6.6 %

(c) 7.2 % (d) 7.5 %

49. किस संस्था ने वैश्विक सूचकांकों पर भारत की रैंकिंग में गिरावट पर एक वर्किंग पेपर जारी किया?

(a) नीति आयोग

(b) प्रधानमंत्री का आर्थिक सलाहकार परिषद

(c) आर्थिक मामलों का विभाग

(d) प्रशासनिक सुधार और लोक शिकायत विभाग

50. ऑडिट महानिदेशक की भूमिका सृजित करने वाला पहला राज्य कौन सा है?

(a) ओडिशा (b) तमिलनाडु

(c) केरल (d) राजस्थान

51. किस देश ने 'ओरियन अंतरिक्ष यान' का प्रक्षेपण किया?

(a) जापान (b) यूएसए

(c) यूएई (d) इजराइल

52. 'सोनजल-2022' किस राज्य/केंद्र शासित प्रदेश में आयोजित होने वाला वार्षिक युवा उत्सव है?

(a) आंध्र प्रदेश (b) हिमाचल प्रदेश

(c) जम्मू और कश्मीर (d) उत्तराखंड

53. 27 साल के प्राकृतिक गैस आपूर्ति सौदे के लिए किस देश ने चीन के साथ साझेदारी की है?

(a) संयुक्त अरब अमीरात (b) कतर

(c) ईरान (d) रूस

54. 'विश्व बौद्धिक संपदा संकेतक' किस संस्था द्वारा जारी की गई रिपोर्ट है?

(a) विश्व आर्थिक मंच

(b) एशियाई विकास बैंक

(c) नीति आयोग

(d) विश्व बौद्धिक संपदा संगठन (डब्ल्यूआईपीओ)

55. ISRO द्वारा PSLV-C54 रॉकेट पर किस उपग्रह को लॉन्च किया गया था?

(a) ओशियनसैट-3 (b) आईसीआरआईसैट-3

(c) एस्ट्रोसैट-3 (d) रिसैट-3

56. टीबी मुक्त भारत अभियान के राष्ट्रीय राजदूत के रूप में किसे नामित किया गया है?

(a) विराट कोहली (b) दीपिका पादुकोण

(c) दीपा मलिक (d) पीवी सिंधु

57. कौन सा शहर 'इंडिया केम 2022' सम्मेलन का मेजबान है?

(a) बेंगलुरु (b) नई दिल्ली

(c) हैदराबाद (d) मुंबई

58. रंजनगांव, जहां ग्रीनफील्ड इलेक्ट्रॉनिक्स मैन्युफैक्चरिंग क्लस्टर (ईएमसी) स्थापित किया जाना है, किस राज्य में है?

(a) तमिलनाडु (b) महाराष्ट्र

(c) गुजरात (d) मध्य प्रदेश

59. किस स्पेस-टेक स्टार्ट-अप ने नवंबर 2022 में सतीश धवन अंतरिक्ष केंद्र (SDSC), श्रीहरिकोटा में भारत के पहले लॉन्चपैड और मिशन कंट्रोल सेंटर का उद्घाटन किया है?

(a) स्काईरूट एयरोस्पेस (b) बेलैट्रिक्स एयरोस्पेस

(c) अग्निकुल कॉस्मॉस (d) ध्रुव स्पेस

60. SEWA की संस्थापक और महिला कार्यकर्ता इला भट्ट, जिनका नवंबर 2022 में निधन हो गया, निम्नलिखित में से किस राज्य से संबंधित हैं?

(a) मुंबई (b) अहमदाबाद

(c) मध्य प्रदेश (d) आंध्र प्रदेश

// स्मार्ट उत्तर पुस्तिका //

सही उत्तर उन छात्रों का प्रतिशत जिन्होंने प्रश्न का सही उत्तर दिया।

छोड़ दिया उन छात्रों का प्रतिशत जिन्होंने प्रश्न को छोड़ दिया।

प्रश्न संख्या	उत्तर	सही उत्तर / छोड़ दिया	प्रश्न संख्या	उत्तर	सही उत्तर / छोड़ दिया	प्रश्न संख्या	उत्तर	सही उत्तर / छोड़ दिया
1	A	69.68% / 1.5%	2	B	57.35% / 1.29%	3	B	44.94% / 1.79%
4	B	67.64% / 1.75%	5	B	57.24% / 1.29%	6	B	67.62% / 1.38%
7	B	47.7% / 1.63%	8	B	76.03% / 0.0%	9	C	65.4% / 1.19%
10	B	45.55% / 1.4%	11	A	44.71% / 1.07%	12	A	40.32% / 1.01%
13	C	79.42% / 0.0%	14	B	20.12% / 3.25%	15	C	67.44% / 1.79%
16	C	42.12% / 1.84%	17	B	16.69% / 4.57%	18	C	76.34% / 0.0%
19	C	48.92% / 1.61%	20	D	45.78% / 1.0%	21	C	85.01% / 0.0%
22	B	47.07% / 1.6%	23	A	57.3% / 1.13%	24	B	64.25% / 1.98%
25	B	55.47% / 1.91%	26	A	16.83% / 3.51%	27	C	50.54% / 1.3%
28	A	54.52% / 1.91%	29	C	46.96% / 1.19%	30	B	45.64% / 1.5%
31	B	55.97% / 1.56%	32	A	65.81% / 1.61%	33	B	59.23% / 1.31%
34	C	47.68% / 1.09%	35	B	49.55% / 1.53%	36	B	44.59% / 1.94%
37	B	50.69% / 1.54%	38	B	17.93% / 3.62%	39	A	15.13% / 3.61%
40	B	40.65% / 1.24%	41	C	80.76% / 0.0%	42	B	88.86% / 0.0%
43	B	47.7% / 1.85%	44	A	89.34% / 0.0%	45	C	18.38% / 3.84%
46	B	68.59% / 1.18%	47	B	46.3% / 1.37%	48	B	55.41% / 1.97%
49	B	30.56% / 3.18%	50	B	85.57% / 0.0%	51	B	11.64% / 4.62%
52	C	61.45% / 1.91%	53	B	78.79% / 0.0%	54	D	56.87% / 1.8%
55	A	53.19% / 1.67%	56	C	56.71% / 1.59%	57	B	57.42% / 1.74%
58	B	49.2% / 1.77%	59	C	13.34% / 4.27%	60	B	42.18% / 1.64%

// संकेत और समाधान //

1(A). केंद्र सरकार ने उच्च शिक्षण संस्थानों के मूल्यांकन और मान्यता को मजबूत करने के लिए एक उच्च स्तरीय पैनल का गठन किया है। समिति का गठन आईआईटी कानपुर के बोर्ड ऑफ गवर्नर्स के अध्यक्ष के राधाकृष्णन की अध्यक्षता में किया गया है। वह आईआईटी काउंसिल की स्थायी समिति के अध्यक्ष भी हैं।

2(B). कॉलिन्स डिक्शनरी द्वारा 'पर्माक्राइसिस' शब्द को 'वर्ड ऑफ द ईयर 2022' चुना गया है।
यह शब्द जलवायु परिवर्तन, यूरोप में युद्ध, जीवन की लागत के संकट और राजनीतिक अराजकता से उत्पन्न चुनौतियों से संबंधित है। यह पहली बार 1970 के दशक में अकादमिक संदर्भ में इस्तेमाल किया गया था। 2020 में, कॉलिन्स ने "लॉकडाउन" को वर्ष के अपने शब्द के रूप में चुना था और 2021 में "NFT-नॉन-फंगीबल टोकन" शब्द चुना था।

3(B). फॉल्कन हेवी नवंबर 2022 तक पृथ्वी से लॉन्च किया गया सबसे शक्तिशाली रॉकेट है।
स्पेसएक्स ने कई अमेरिकी सैन्य उपग्रहों को कक्षा में भेजकर अपना फॉल्कन हेवी रॉकेट लॉन्च किया। यह पृथ्वी से अब तक का सबसे शक्तिशाली प्रक्षेपण है।
यह स्पेसएक्स का 2022 का 50 वां लॉन्च था क्योंकि स्पेसएक्स के वर्कहॉर्स फाल्कन 9 रॉकेट ने इस साल अब तक 49 मिशन लॉन्च किए हैं। अंतरिक्ष कंपनी की वर्तमान गति हर 6.10 दिनों में एक प्रक्षेपण है।

4(B). 'फोर्ब्स' वर्ल्ड्स बेस्ट एम्प्लॉयर्स रैंकिंग 2022' के अनुसार, रिलायंस इंडस्ट्रीज भारत की सबसे अच्छी नियोक्ता और साथ काम करने वाली दुनिया की 20वीं सबसे अच्छी फर्म है।
यह राजस्व, लाभ और बाजार मूल्य के हिसाब से देश की सबसे बड़ी कंपनी है। टॉप-100 रैंक में भारत से रिलायंस अकेली कंपनी है। वैश्विक रैंकिंग में दक्षिण कोरियाई दिग्गज सैमसंग इलेक्ट्रॉनिक्स सबसे ऊपर है, इसके बाद अमेरिकी दिग्गज माइक्रोसॉफ्ट, आईबीएम, अल्फाबेट और ऐप्पल का स्थान है।

5(B). जलवायु परिवर्तन पर संयुक्त राष्ट्र फ्रेमवर्क कन्वेंशन के पक्षकारों का 27वां सम्मेलन नवंबर 2022 में शर्म अल-शेख, मिस्र में आयोजित किया गया था।
कई वर्षों की चर्चा के बाद, पहली बार जलवायु सम्मेलन के औपचारिक मुख्य एजेंडा में 'नुकसान और क्षति का मुद्दा' शामिल किया गया था। यह जलवायु आपदाओं के कारण पीड़ित गरीब देशों की क्षतिपूर्ति के लिए एक अंतरराष्ट्रीय तंत्र के निर्माण पर चर्चा करने का मार्ग प्रशस्त करेगा।

6(B). विश्व मौसम विज्ञान संगठन ने '2022 में वैश्विक जलवायु की अस्थायी स्थिति' रिपोर्ट जारी की।
रिपोर्ट के अनुसार, 2022 में वैश्विक औसत तापमान वर्तमान में पूर्व-औद्योगिक औसत से लगभग 1.15 डिग्री सेल्सियस ऊपर रहने का अनुमान है। अत्यधिक गर्मी, सूखा और विनाशकारी बाढ़, ग्रीनहाउस गैस सांद्रता और संचित गर्मी का प्रभाव है।

7(B). नवंबर 2022 में, गृह मंत्रालय (एमएचए) ने 576 भाषाओं की फील्ड वीडियोग्राफी के साथ भारतीय मातृभाषा सर्वेक्षण (MTSI) का आयोजन किया था।
गृह मंत्रालय द्वारा 576 भाषाओं का सर्वेक्षण, राष्ट्रीय सूचना विज्ञान केंद्र (एनआईसी) में एक वेब-संग्रह है, ताकि प्रत्येक मातृभाषा के मूल महत्व को संरक्षित संरक्षित किया जा सके। 2018 में 2011 की भाषाई जनगणना के आंकड़ों के विश्लेषण के अनुसार, भारत में मातृभाषा के रूप में 19,500 से अधिक भाषाएँ या बोलियाँ बोली जाती हैं।

8(B). भारत के G20 अध्यक्षता का विषय "वसुधैव कुटुम्बकम" या "एक पृथ्वी एक परिवार एक भविष्य" है।
G20 बाली शिखर सम्मेलन की सत्रहवीं बैठक थी, जो 15-16 नवंबर 2022 को नुसा दुआ, बाली, इंडोनेशिया में आयोजित की गई थी। G20 लोगो भारत के राष्ट्रीय ध्वज के रंगों से प्रेरणा लेता है। पृथ्वी जीवन के प्रति भारत के ग्रह-समर्थक दृष्टिकोण को दर्शाती है और G20 लोगो के नीचे 'भारत' है। लोगो में myGov पोर्टल के माध्यम से आयोजित एक खुली प्रतियोगिता के विभिन्न घटक हैं।

9(C). नवंबर 2022 में, भारत की राष्ट्रपति द्रौपदी मुर्मू ने नर्सिंग पेशेवरों को वर्ष 2021 के लिए राष्ट्रीय फ्लोरेंस नाइटिंगेल पुरस्कार प्रदान किए।
राष्ट्रीय फ्लोरेंस नाइटिंगेल पुरस्कारों की स्थापना वर्ष 1973 में स्वास्थ्य और परिवार कल्याण मंत्रालय द्वारा नर्सों और नर्सिंग पेशेवरों द्वारा समाज को प्रदान की गई सराहनीय सेवाओं के लिए मान्यता के रूप में की गई थी।

10(B). नवंबर 2022 में, भारत ने जर्मनी के साथ "इंडो-जर्मन वीक ऑफ़ द यंग रिसर्चर्स 2022 प्रोग्राम" का आयोजन किया।
इंडो-जर्मन वीक ऑफ द यंग रिसर्चर्स 2022 विज्ञान और इंजीनियरिंग अनुसंधान बोर्ड (एसईआरबी) भारत और जर्मन रिसर्च फाउंडेशन (डीएफजी) द्वारा संयुक्त रूप से आयोजित किया गया था। भारत और जर्मनी के 30 होनहार युवा शोधकर्ताओं ने रासायनिक विज्ञान में समकालीन मामलों पर बारीकी से चर्चा की और बातचीत की। कॉन्क्लेव का मुख्य लक्ष्य शुरुआती और मध्य-कैरियर शोधकर्ताओं और वैज्ञानिकों के बीच सहयोग को बढ़ावा देना है।

11(A). भारत सरकार के नवीन और नवीकरणीय ऊर्जा मंत्रालय (एमएनआरई) ने राष्ट्रीय जैव ऊर्जा कार्यक्रम को अधिसूचित किया है।
मंत्रालय ने वित्त वर्ष 2021-22 से 2025-26 की अवधि के लिए राष्ट्रीय जैव-ऊर्जा कार्यक्रम को जारी रखा है। कार्यक्रम को दो चरणों में लागू करने की सिफारिश की गई है और कार्यक्रम के पहले चरण को 858 करोड़ रुपये के बजट परिव्यय के साथ मंजूरी दी गई है। इसमें तीन उप-योजनाएं: अपशिष्ट से ऊर्जा कार्यक्रम, बायोमास कार्यक्रम और बायोगैस कार्यक्रम शामिल हैं।

12(A). केंद्रीय आवास और शहरी मामलों के मंत्री हरदीप सिंह पुरी ने ट्रांसपोर्ट 4 ऑल चैलेंज स्टेज -2 और सिटीजन परसेप्शन सर्वे 2022 को वस्तुतः लॉन्च किया।
ट्रांसपोर्ट 4 ऑल चैलेंज एक पहल है जिसका उद्देश्य सार्वजनिक परिवहन में सुधार के लिए डिजिटल समाधान विकसित करना है। स्टेज-2 को 46 शहरों में परिवहन समस्याओं के समाधान विकसित करने के लिए स्टार्टअप्स के लिए खोल दिया गया है। सिटीजन परसेप्शन सर्वे 264 शहरों के लिए ईज ऑफ लिविंग इंडेक्स-2022 के तहत शुरू किया गया है ताकि नागरिकों की उनके शहर के बारे में फीडबैक हासिल की जा सके।

13(C). विश्व मौसम विज्ञान संगठन (WMO) ने जलवायु परिवर्तन पर संयुक्त राष्ट्र फ्रेमवर्क कन्वेंशन के लिए पार्टियों के 27वें सम्मेलन (COP-27) में एक गोलमेज बैठक के दौरान 'सभी के लिए प्रारंभिक चेतावनियों की कार्यकारी कार्य योजना' जारी की।
WMO के अनुसार, 2027 तक सभी के लिए प्रारंभिक चेतावनी प्रणाली देने के लिए प्रारंभिक निवेश लगभग 3.1 बिलियन अमरीकी डॉलर होगा।

14(B). कोएलिशन फॉर डिजास्टर रेजिलिएंट इन्फ्रास्ट्रक्चर (सीडीआरआई) ने एक सीडीआरआई मल्टी-पार्टनर ट्रस्ट फंड, इंफ्रास्ट्रक्चर रेजिलिएशन एक्सेलेरेटर फंड (आईआरएएफ) की घोषणा की।
इसे इंडिया पवेलियन, कांफ्रेंस ऑफ पार्टीज COP-27, शर्म अल शेख, मिस्र में लॉन्च किया गया था। आईआरएएफ के लिए पांच वर्षों की प्रारंभिक अवधि में लगभग 50 मिलियन अमरीकी डालर की वित्तीय प्रतिबद्धताओं की घोषणा पहले ही की जा चुकी है।

15(C). आईआईटी बॉम्बे संस्थान QS एशिया यूनिवर्सिटी रैंकिंग में भारत से शीर्ष स्थान पर है।
क्वाक्वेरेली साइमंड्स (QS) एशिया यूनिवर्सिटी रैंकिंग के 2023 संस्करण में कुल 118 भारतीय विश्वविद्यालयों को शामिल किया गया है।
आईआईटी बॉम्बे को वर्ष 2022 में 40वीं रैंक पर रखा गया है। यह भारत का शीर्ष रैंकिंग संस्थान है। आईआईटी बॉम्बे के बाद आईआईटी दिल्ली (46), भारतीय विज्ञान संस्थान (आईआईएससी), बैंगलोर (52) और आईआईटी मद्रास (59) हैं। शीर्ष 10 में पांच विश्वविद्यालय चीन के हैं।

16(C). भारत को 2023 आईबीए महिला विश्व मुक्केबाजी चैम्पियनशिप के लिए मेजबान देश के रूप में नामित किया गया है।
इस आयोजन के संबंध में समझौता ज्ञापन (MoU) पर अंतर्राष्ट्रीय मुक्केबाजी संघ (IBA) और भारतीय मुक्केबाजी महासंघ (BFI) के बीच हस्ताक्षर किए गए थे। यह भारत में आयोजित होने वाली तीसरी महिला विश्व चैंपियनशिप होगी और छह साल के भीतर दूसरी प्रतियोगिता होगी।

17(B). केंद्रीय विज्ञान और प्रौद्योगिकी राज्य मंत्री, जितेंद्र सिंह ने हरियाणा के फरीदाबाद में जीवन विज्ञान डेटा 'इंडियन बायोलॉजिकल डेटा सेंटर' (आईबीडीसी) के लिए भारत के पहले राष्ट्रीय भंडार का उद्घाटन किया।

आईबीडीसी की स्थापना रीजनल सेंटर ऑफ बायोटेक्नोलॉजी (आरसीबी), फरीदाबाद में राष्ट्रीय सूचना विज्ञान केंद्र (एनआईसी), भुवनेश्वर में डेटा 'डिजास्टर रिकवरी' साइट के साथ की गई है। इसमें लगभग 4 पेटाबाइट की डेटा भंडारण क्षमता और 'ब्रह्म' जैसी उच्च प्रदर्शन कंप्यूटिंग (एचपीसी) सुविधा है।

18(C). भारतीय वायुसेना ने 28 से 30 नवंबर, 2022 तक वायु सेना स्टेशन आगरा में वार्षिक संयुक्त मानवीय सहायता और आपदा राहत (HADR) अभ्यास 'समन्वय 2022' का आयोजन किया।
इस अभ्यास के साथ, भारतीय वायुसेना का लक्ष्य संस्थागत आपदा प्रबंधन संरचनाओं और आकस्मिक उपायों की प्रभावकारिता का आकलन करना है। इस अभ्यास में आसियान देशों के प्रतिनिधियों ने भाग लिया था।

19(C). कोटक महिंद्रा बैंक लिमिटेड (KMBL) ने 'actyv.ai', एक आर्टिफिशियल इंटेलिजेंस (AI)-संचालित उद्यम 'सॉफ्टवेयर के रूप में एक सेवा'(SaaS) प्लेटफॉर्म के साथ साझेदारी की है।
KMBL डीलरों की कार्यशील पूंजी की जरूरतों के लिए 'बाय नाउ पे लेटर' (अभी खरीदें, बाद में भुगतान करें) श्रेणी के तहत अल्पकालिक वित्त प्रदान करेगा।

20(D). मेघालय 'मानसिक स्वास्थ्य और सामाजिक देखभाल नीति' लॉन्च करने वाला पहला उत्तर-पूर्वी राज्य और भारत का तीसरा राज्य बन गया है।
मेघालय मंत्रिमंडल ने 29 नवंबर 2022 को मेघालय मानसिक स्वास्थ्य और सामाजिक देखभाल नीति को मंजूरी दे दी है। नीति का दृष्टिकोण समग्र मानसिक स्वास्थ्य और कल्याण को बढ़ावा देना और उचित पहुंच और देखभाल के रास्ते की सुविधा प्रदान करना है।

21(C). 20 नवंबर, 2022 को भारत ने देश में संभावित लिथियम निक्षेप और संभावित अर्जित पदार्थ के अवसरों का आकलन करने के लिए अर्जेंटीना में तीन भूवैज्ञानिकों की एक टीम भेजी है।
टीम में मिनरल एक्सप्लोरेशन कॉरपोरेशन लिमिटेड (MECL), KABIL (खनिज बिदेश इंडिया लिमिटेड) और भारतीय भूवैज्ञानिक सर्वेक्षण (GSI) के एक-एक भूविज्ञानी शामिल हैं। भारत के पास कोई लिथियम संसाधन नहीं है और खनिज मुख्य रूप से आयात किया जाता है। लिथियम ईवीएस में प्रयुक्त रिचार्जेबल बैटरी का प्रमुख घटक है।

22(B). भारत ने आसियान-भारतीय विज्ञान और प्रौद्योगिकी कोष में 5 मिलियन अमेरिकी डॉलर के योगदान की घोषणा की।
योगदान का उद्देश्य सार्वजनिक स्वास्थ्य, नवीकरणीय ऊर्जा और स्मार्ट कृषि के क्षेत्रों में सहयोग बढ़ाना है। आसियान-भारत विज्ञान और प्रौद्योगिकी सहयोग 1996 में आसियान भारत S&T कार्य समूह (एआईडब्ल्यूजीएसटी) की स्थापना के साथ शुरू हुआ। की स्थापना के साथ शुरू हुआ।

23(A). इंग्लैंड की टीम ने मेलबर्न क्रिकेट ग्राउंड पर पाकिस्तान पर पांच विकेट से जीत के साथ अपना दूसरा टी-20 विश्व कप खिताब जीता।
बेन स्टोक्स ने नाबाद अर्धशतकीय पारी बनाकर देश को खिताब दिलाया। सैम कुरेन को प्लेयर ऑफ द मैच और प्लेयर ऑफ द टूर्नामेंट चुना गया।

24(B). 20 नवंबर, 2022 को गोवा राज्य में 'भारत के अंतर्राष्ट्रीय फिल्म महोत्सव का 53वां संस्करण' आयोजित किया गया था।
सत्यजीत रे लाइफटाइम अचीवमेंट पुरस्कार स्पेनिश फिल्म निर्देशक कार्लोस सौरा को दिया गया। फ्रांस इस आयोजन का 'स्पॉटलाइट' देश है। प्रसारण और सूचना मंत्रालय की एक पहल '75 क्रिएटिव माइंड्स ऑफ टुमॉरो' के दूसरे संस्करण का भी आयोजन किया जाएगा।

25(B). इंडोनेशिया ने बाली में जी-20 शिखर सम्मेलन के मौके पर अंतरराष्ट्रीय ऋणदाताओं और प्रमुख देशों के साथ जस्ट एनर्जी ट्रांजिशन पार्टनरशिप या जेईटीपी पर हस्ताक्षर किए।
20 बिलियन अमेरिकी डॉलर का समझौता देश को अक्षय ऊर्जा के उपयोग को बढ़ाने और कोयले पर निर्भरता को कम करने में मदद करने के लिए धन मुहैया कराएगा।

26(A). जी-7 और वी20 वैश्विक समूह ने 'ग्लोबल शील्ड' बीमा पहल की घोषणा की।
ग्लोबल शील्ड 'बीमा पहल आधिकारिक तौर पर मिस्र में COP-27 जलवायु शिखर सम्मेलन में जी-7 और 58 जलवायु कमजोर देशों के वी20 समूह द्वारा शुरू की गई थी।
जर्मनी कम आय वाले और कमजोर देशों को जलवायु आपदाओं की स्थिति में उबरने में मदद करने की पहल के लिए 172 मिलियन अमेरिकी डालर प्रदान करेगा। कनाडा, आयरलैंड और डेनमार्क जैसे देशों ने अब तक इस पहल के लिए 40 मिलियन यूरो और देने का वादा किया है। अमेरिकी राष्ट्रपति ने भी इस पहल का समर्थन करने की घोषणा की।

27(C). जलवायु परिवर्तन प्रदर्शन सूचकांक (CCPI) के अनुसार, जलवायु परिवर्तन में सबसे आगे डेनमार्क बना हुआ है।
डेनमार्क एकमात्र ऐसा देश है जहां 'उच्च' राष्ट्रीय और यहां तक कि 'बहुत उच्च' रेटेड अंतरराष्ट्रीय जलवायु नीति है। कोई भी देश पहले से तीसरे स्थान पर नहीं है जबकि डेनमार्क चौथे स्थान पर है और उसके बाद स्वीडन है। भारत आठवें स्थान पर है।

28(A). भारत और स्वीडन ने COP27 की तर्ज पर लीडआईटी शिखर सम्मेलन की मेजबानी की। लीडआईटी (उद्योग संक्रमण के लिए नेतृत्व) पहल सितंबर 2019 में संयुक्त राष्ट्र जलवायु कार्रवाई शिखर सम्मेलन में स्वीडन और भारत की सरकारों द्वारा शुरू की गई थी और यह विश्व आर्थिक मंच द्वारा समर्थित है।
यह औद्योगिक क्षेत्र को कम करने के लिए कड़ी मेहनत के कम कार्बन संक्रमण पर केंद्रित है। शिखर सम्मेलन के बाद COP-27 में इंडिया पवेलियन में लीडआईटी समिट स्टेटमेंट 2022 का सार्वजनिक शुभारंभ किया गया।

29(C). यूएसए द्वारा लॉन्च किए गए मून रॉकेट का नाम 'आर्टेमिस' है।
अमेरिकी अंतरिक्ष एजेंसी नासा ने चंद्रमा पर अपना सबसे शक्तिशाली रॉकेट 'आर्टेमिस' लॉन्च किया है।
100 मीटर लंबे आर्टेमिस वाहन का उद्देश्य चंद्रमा की दिशा में एक अंतरिक्ष यात्री कैप्सूल भेजना है। अंतरिक्ष यान में स्पेस लॉन्च सिस्टम (SLS) रॉकेट और ओरियन कैप्सूल शामिल हैं।

30(B). CITES के लिए पार्टियों का 19वां सम्मेलन 14 से 25 नवंबर 2022 तक मध्य अमेरिकी देश पनामा में आयोजित किया गया था। CITES कुछ जंगली जानवरों और पौधों की प्रजातियों की अंतर्राष्ट्रीय सीमाओं पर आवाजाही को विनियमित करने वाला एक समझौता है।
भारत ने लुप्तप्राय प्रजातियों (CITES) में अंतर्राष्ट्रीय व्यापार पर कन्वेंशन के तहत मीठे पानी के सरीसृप की एक प्रजाति की रक्षा करने का प्रस्ताव दिया है, जिसे रेड-क्राउन रूफ्ड टर्टल कहा जाता है। भारत और बांग्लादेश में मुख्यतः पाए जाने वाले कछुए के विलुप्त होने का खतरा अधिक है।

31(B). महिलाओं को किसी भी अवैध या अनुचित ऑनलाइन गतिविधि के खिलाफ खड़े होने के लिए जागरूक करने के लिए राष्ट्रीय महिला आयोग (NCW) ने 'डिजिटल शक्ति अभियान 4.0' शुरू किया।
यह साइबर स्पेस में महिलाओं को डिजिटल रूप से सशक्त और कुशल बनाने पर एक अखिल भारतीय परियोजना है। डिजिटल शक्ति अभियान 2018 में साइबरपीस फाउंडेशन और मेटा के सहयोग से शुरू किया गया था। कार्यक्रम का तीसरा चरण मार्च 2021 में शुरू किया गया था।

32(A). पेंशन फंड नियामक एवं विकास प्राधिकरण ने सूरज भान को नेशनल पेंशन सिस्टम ट्रस्ट (एनपीएस ट्रस्ट) का अध्यक्ष नियुक्त किया है।
ट्रस्ट राष्ट्रीय पेंशन प्रणाली (एनपीएस) के तहत धन के प्रबंधन के लिए जिम्मेदार है। वह 1983 में भारतीय आर्थिक सेवा में शामिल हुए और श्रम ब्यूरो, चंडीगढ़ के महानिदेशक के रूप में सेवानिवृत्त हुए।

33(B). प्रधानमंत्री नरेंद्र मोदी ने बेंगलुरु टेक समिट (बीटीएस 22) के

रजत जयंती संस्करण का उद्घाटन किया।
रजत जयंती समारोह को चिह्नित करने के लिए कर्नाटक के मुख्यमंत्री बसवराज बोम्मई ने एक पट्टिका जारी की। उद्घाटन समारोह में फ्रांस के राष्ट्रपति इमैनुएल मैक्रों और संयुक्त अरब अमीरात, ऑस्ट्रेलिया और फिनलैंड के मंत्रियों ने भाग लिया। यह कार्यक्रम राज्य के आईटी विभाग, जैव प्रौद्योगिकी और विज्ञान और प्रौद्योगिकी द्वारा सॉफ्टवेयर टेक्नोलॉजी पार्क्स ऑफ इंडिया (एसटीपीआई) के सहयोग से आयोजित किया गया था।

34(C). भारत सरकार ने वरिष्ठ अर्थशास्त्री डॉ. अरविंद विरमानी को नीति आयोग का पूर्णकालिक सदस्य नियुक्त किया है।
वह गैर-लाभकारी सार्वजनिक नीति संगठन 'फाउंडेशन फॉर इकोनॉमिक ग्रोथ एंड वेलफेयर' के संस्थापक-अध्यक्ष थे। उन्होंने 2007-09 से वित्त मंत्रालय में मुख्य आर्थिक सलाहकार के रूप में भी काम किया है। वर्तमान में, नीति आयोग के तीन सदस्य- डॉ वी. के. सारस्वत, प्रोफेसर रमेश चंद और डॉ वी. के. पॉल हैं।

35(B). 26 नवंबर, 2022 को मुंबई के छत्रपति शिवाजी महाराज वास्तु संग्रहालय (CSMVS) को सांस्कृतिक विरासत संरक्षण -2022 के लिए संयुक्त राष्ट्र शैक्षिक, वैज्ञानिक और सांस्कृतिक संगठन (यूनेस्को) एशिया-प्रशांत पुरस्कारों में 'उत्कृष्टता पुरस्कार' से सम्मानित किया गया।
सांस्कृतिक विरासत संरक्षण के लिए यूनेस्को एशिया-पैसिफिक अवार्ड्स 2021 से यूनेस्को और एनजी टेंग फोंग चैरिटेबल फाउंडेशन के बीच एक साझेदारी द्वारा समर्थित है।

36(B). प्रसिद्ध उर्दू लेखक खालिद जावेद द्वारा लिखित और बरन फारूकी द्वारा उर्दू से अंग्रेजी में अनुवादित "द पैराडाइज़ ऑफ़ फूड" ने साहित्य 2022 के लिए 5वां जेसीबी पुरस्कार जीता है।
जगरनॉट बुक्स द्वारा प्रकाशित पुस्तक मूल रूप से 2014 में उर्दू में "नेमत खाना" के रूप में लिखी गई थी। 'द पैराडाइज़ ऑफ़ फूड' चौथा अनुवाद है और पुरस्कार जीतने वाला उर्दू का पहला कार्य है।

37(B). भारतीय रिजर्व बैंक ने अपने सांख्यिकीय प्रकाशन का सातवां संस्करण 'भारतीय राज्यों पर सांख्यिकी की हैंडबुक 2021-22' जारी की है।
रिपोर्ट के अनुसार, भारत के सकल घरेलू उत्पाद (जीडीपी) में 2022-23 में लगभग 7% की वृद्धि दर और वित्त वर्ष की जून-सितंबर तिमाही में 6.1% से 6.3% के बीच रहने की उम्मीद है। हैंडबुक के वर्तमान संस्करण में, दो नए खंड नामत: स्वास्थ्य और पर्यावरण शामिल किए गए हैं।

38(B). 53वें भारतीय अंतर्राष्ट्रीय फिल्म महोत्सव (IFFI) के उद्घाटन समारोह में तेलुगु सुपरस्टार चिरंजीवी को इंडियन फिल्म पर्सनैलिटी ऑफ द ईयर 2022 के पुरस्कार से सम्मानित किया गया।
IFFI गोवा की शुरुआत एक उद्घाटन समारोह से हुई जिसमें केंद्रीय सूचना और प्रसारण मंत्री अनुराग ठाकुर, गोवा के राज्यपाल पीएस श्रीधरन पिल्लई, मुख्यमंत्री प्रमोद सावंत शामिल हुए।

39(A). संयुक्त राष्ट्र जलवायु शिखर सम्मेलन COP-27 में लगभग 200 देशों ने जलवायु प्रभावों से प्रभावित गरीब देशों का समर्थन करने के लिए "नुकसान और क्षति कोष" स्थापित करने पर सहमति व्यक्त की।
'नुकसान और क्षति' का तात्पर्य जलवायु-ईंधन वाले मौसम की चरम सीमाओं या समुद्र के बढ़ते स्तर जैसे प्रभावों से होने वाली लागत से है। यह कोष उस क्षति की लागत को कवर करता है जिससे गरीब देश बच नहीं सकते या उसके अनुकूल नहीं बन सकते।

40(B). मनिका बत्रा बैंकॉक, थाईलैंड में आयोजित ITTF-ATTU एशियन कप टेबल टेनिस टूर्नामेंट में पदक जीतने वाली पहली भारतीय टेबल टेनिस खिलाड़ी बनीं।
उन्होंने जापान की विश्व नंबर 6 हिना हयाता को हराकर कांस्य पदक जीता है। 1997 में रजत और 2000 में कांस्य के साथ चेतन बाबूर इससे पहले एशियाई कप में पदक जीतने वाले एकमात्र भारतीय टेबल टेनिस खिलाड़ी थे।

41(C). 2022 में, भारत ने निवर्तमान अध्यक्ष फ्रांस से आर्टिफिशियल इंटेलिजेंस (GPAI) पर वैश्विक भागीदारी की अध्यक्षता ग्रहण की। GPAI अमेरिका, ब्रिटेन, यूरोपीय संघ, ऑस्ट्रेलिया, कनाडा, फ्रांस, जर्मनी, इटली, जापान, मैक्सिको, न्यूजीलैंड, कोरिया गणराज्य और सिंगापुर सहित 25 सदस्य देशों का एक संघ है। भारत GPAI में 2020 में संस्थापक सदस्य के रूप में शामिल हुआ था।

42(B). प्रधानमंत्री नरेंद्र मोदी ने सरकारी कर्मचारियों के लिए तैयार एक ऑनलाइन ओरिएंटेशन कोर्स कर्मयोगी प्रारंभ मॉड्यूल लॉन्च किया।
उन्होंने प्रधानमंत्री रोजगार मेले के तहत 71 हजार से अधिक युवाओं को नियुक्ति पत्र प्रदान करने के कार्यक्रम का भी शुभारंभ किया।

43(B). इंडो-पैसिफिक रीजनल डायलॉग (IPRD) के चौथे संस्करण का उद्घाटन नई दिल्ली में "इंडो-पैसिफिक ओशन इनिशिएटिव के संचालन" के विषय पर किया गया है।
IPRD भारतीय नौसेना का एक शीर्ष स्तरीय अंतरराष्ट्रीय वार्षिक सम्मेलन है। नेशनल मैरीटाइम फाउंडेशन इस कार्यक्रम का नॉलेज पार्टनर और मुख्य आयोजक है।

44(A). असम की वन्यजीव जीव-विज्ञानी पूर्णिमा देवी बर्मन को इस वर्ष 'चैंपियंस ऑफ द अर्थ' पुरस्कार से सम्मानित किया गया।
यह संयुक्त राष्ट्र पर्यावरण कार्यक्रम (UNEP) द्वारा प्रस्तुत किया जाता है। बर्मन ने असमिया में 'हर्गिला' कहे जाने वाले 'ग्रेटर एडजुटेंट स्टॉर्क' की सुरक्षा में अपने काम के लिए 'एंटरप्रेन्योरियल विजन' श्रेणी में पुरस्कार जीता।

45(C). भारत के केंद्रीय स्वास्थ्य और परिवार कल्याण मंत्रालय ने राष्ट्रीय आत्महत्या रोकथाम रणनीति की घोषणा की।
देश की अपनी तरह की पहली नीति में 2030 तक आत्महत्या मृत्यु दर में 10% की कमी लाने के लिए समयबद्ध कार्य योजना और बहु-क्षेत्रीय सहयोग है। यह सभी जिलों में, अगले तीन वर्षों के भीतर आत्महत्या के लिए प्रभावी निगरानी तंत्र स्थापित करने, अगले पांच वर्षों के भीतर मनोरोग बाह्य रोगी विभाग स्थापित करने और अगले आठ वर्षों के भीतर सभी शैक्षणिक संस्थानों में एक मानसिक कल्याण पाठ्यक्रम को एकीकृत करने का प्रयास करता है।

46(B). आस्ट्रेलियन संसद ने भारत के साथ देश के मुक्त व्यापार समझौते (FTA) को पारित किया है।
एक बार लागू होने के बाद, व्यापार समझौता कपड़ा, चमड़ा, फर्नीचर, आभूषण और मशीनरी सहित भारत के 6,000 से अधिक क्षेत्रों के लिए ऑस्ट्रेलियाई बाजार में शुल्क-मुक्त पहुंच प्रदान करेगा। ऑस्ट्रेलिया पहले दिन से लगभग 96.4% निर्यात के लिए भारत को शून्य-शुल्क पहुंच की पेशकश करता है।

47(B). मदुरई जिले के अरितापट्टी गांव को तमिलनाडु में पहली जैव विविधता विरासत स्थल के रूप में अधिसूचित किया गया है।
लगभग 250 पक्षियों की प्रजातियों की उपस्थिति के साथ इसका एक समृद्ध जैविक और ऐतिहासिक महत्व है, जिसमें 3 रैप्टर प्रजातियां- लैगर फाल्कन, शाहीन फाल्कन, बोनेली का ईगल शामिल हैं। इसमें पैंगोलिन, अजगर और स्लेंडर लोरिस जैसे वन्य जीव भी हैं। अधिसूचना जैविक विविधता अधिनियम, 2002 के अंतर्गत आती है।

48(B). वर्ष 2022 OECD रिपोर्ट के अनुसार, वित्त वर्ष 2023 के लिए भारत के लिए सकल घरेलू उत्पाद पूर्वानुमान 6.6% है। इसने वित्त वर्ष 2023 के लिए भारत के सकल घरेलू विकास के अनुमान को 6.9% से घटाकर 6.6% कर दिया है।
इसका कारण उच्च मध्यम अवधि की वैश्विक अनिश्चितता और घरेलू आर्थिक गतिविधियों का धीमा होना है। वैश्विक मांग में गिरावट और मौद्रिक नीति के कड़े होने के बावजूद भारत वित्त वर्ष 2023 में G-20 में दूसरी सबसे तेजी से बढ़ती अर्थव्यवस्था बनने के लिए तैयार है।

49(B). प्रधान मंत्री का आर्थिक सलाहकार परिषद (EAC-PM), ने 'वैश्विक धारणा सूचकांकों पर भारत का प्रदर्शन खराब क्यों है:

तीन राय-आधारित सूचकांकों का केस स्टडी' शीर्षक से एक वर्किंग पेपर जारी किया है।

इसमें कहा गया है कि कई वैश्विक सूचकांकों पर भारत की रैंकिंग में गिरावट इन राय-आधारित सूचकांकों में उपयोग की जाने वाली कार्यप्रणाली की समस्याओं के कारण है। पेपर ने - फ्रीडम इन द वर्ल्ड इंडेक्स, V-DEM इंडेक्स और EIU डेमोक्रेसी इंडेक्स का विश्लेषण किया है।

50(B). तमिलनाडु भारत में ऑडिट महानिदेशक की भूमिका सृजित करने वाला पहला राज्य है। इस भूमिका के लिए राज्य ने प्रतिनियुक्ति पर भारतीय लेखापरीक्षा और लेखा सेवा से एक अधिकारी नियुक्त किया है। अधिकारी की जिम्मेदारी राज्य में आंतरिक लेखापरीक्षा विभागों के कामकाज को मजबूत और सुव्यवस्थित करना होगा।

51(B). यूएसए देश ने 'ओरियन अंतरिक्ष यान' का प्रक्षेपण किया।

संयुक्त राज्य अमेरिका की अंतरिक्ष एजेंसी नासा ने कैनेडी स्पेस सेंटर, फ्लोरिडा से अपना **आर्टेमिस**-1 मिशन लॉन्च किया है।

लॉन्च के लगभग आठ मिनट बाद, कोर स्टेज के इंजन कट गए और कोर स्टेज बाकी रॉकेट से अलग हो गया। इसके बाद ओरियन अंतरिक्ष यान को इंटरिम क्रायोजेनिक प्रोपल्शन स्टेज (आईसीपीएस) द्वारा प्रक्षेपित किया गया।

यह चांद की सतह के 130 किलोमीटर के दायरे से गुजरा है। अपोलो 13 द्वारा निर्धारित रिकॉर्ड को पार करते हुए, ओरियन चंद्रमा से अपने सबसे दूर बिंदु पर चंद्रमा से लगभग 57,287 मील की यात्रा की।

52(C). जम्मू और कश्मीर के उपराज्यपाल मनोज सिन्हा ने कश्मीर विश्वविद्यालय में 23 नवंबर, 2022 को वार्षिक युवा उत्सव **'सोनजल-2022'** का उद्घाटन किया।

यह महोत्सव युवा कलाकारों के लिए अपनी प्रतिभा दिखाने का एक अवसर है और 'सोनज़ल' उन्हें 'एक भारत, श्रेष्ठ भारत' के सपने को साकार करने के लिए एक मंच प्रदान करता है।

53(B). 27 साल के प्राकृतिक गैस आपूर्ति सौदे के लिए कतर ने चीन के साथ साझेदारी की है। यह अब तक का सबसे लंबा गैस समझौता है जिस पर हस्ताक्षर किया गया है।

राज्य की ऊर्जा कंपनी अपनी नई नॉर्थ फील्ड ईस्ट परियोजना से चीन पेट्रोलियम और केमिकल कॉर्पोरेशन (सिनोपेक) को सालाना चार मिलियन टन तरलीकृत प्राकृतिक गैस भेजेगी।

54(D). जेनेवा स्थित विश्व बौद्धिक संपदा संगठन (डब्ल्यूआईपीओ) ने विश्व बौद्धिक संपदा संकेतक (डब्ल्यूआईपीआई) रिपोर्ट जारी की।

रिपोर्ट के अनुसार, 2021 में पेटेंट, ट्रेडमार्क और डिजाइन के रिकॉर्ड स्तर पर वैश्विक बौद्धिक संपदा फाइलिंग बड़े पैमाने पर भारत, चीन और दक्षिण कोरिया के एशियाई देशों से वृद्धि से प्रेरित हैं।

55(A). भारतीय अंतरिक्ष अनुसंधान संगठन (ISRO) ने सफलतापूर्वक PSLV-C54 को **ओशियनसैट**-3, जिसे अर्थ ऑब्जर्वेशन **सैटेलाइट**-6 और 8 नैनो-उपग्रहों के रूप में भी जाना जाता है, लॉन्च किया।

उपग्रह को आंध्र प्रदेश के श्रीहरिकोटा में सतीश धवन अंतरिक्ष केंद्र से लॉन्च किया गया था। आठ नैनो उपग्रहों में भूटान के लिए इसरो नैनो **सैटेलाइट**-2 (आईएनएस-2B), आनंद, एस्ट्रोकास्ट (चार उपग्रह) और दो थायबोल्ट उपग्रह शामिल हैं।

56(C). पद्मश्री, मेजर ध्यानचंद खेल रत्न और अर्जुन पुरस्कार विजेता दीपा मलिक को टीबी मुक्त भारत अभियान के तहत नि-क्षय मित्र और राष्ट्रीय राजदूत नामित किया गया है।

दीपा मलिक भारत की पहली महिला पैरालंपिक पदक विजेता और भारत की पैरालंपिक समिति की अध्यक्ष हैं। नि-क्षय मित्र भारत की राष्ट्रपति द्रौपदी मुर्मू द्वारा शुरू की गई एक पहल है जो टीबी पीड़ित रोगियों को पोषण, अतिरिक्त नैदानिक और व्यावसायिक सहायता के तीन स्तरों पर सहायता प्रदान करने के लिए है।

57(B). केंद्रीय रसायन और उर्वरक मंत्री डॉ. मनसुख मंडाविया ने प्रगति मैदान, नई दिल्ली में इंडिया केम 2022 का उद्घाटन 'विजन 2030: केमिकल्स एंड पेट्रोकेमिकल्स बिल्ड इंडिया' थीम के साथ किया।

इंडिया केम के 12वें संस्करण का आयोजन फेडरेशन ऑफ इंडियन चैंबर्स ऑफ कॉमर्स एंड इंडस्ट्री (FICCI) के सहयोग से किया गया था। 2021-22 के लिए भारत का रसायनों का निर्यात 29,296 मिलियन अमेरिकी डॉलर के रिकॉर्ड स्तर पर पहुंच गया है।

58(B). इलेक्ट्रॉनिक्स और आईटी मंत्रालय ने महाराष्ट्र में पुणे के पास रंजनगांव फेज III में स्थापित होने वाले ग्रीनफील्ड इलेक्ट्रॉनिक्स मैन्युफैक्चरिंग क्लस्टर (ईएमसी) को मंजूरी दे दी है।

क्लस्टर की परियोजना लागत 492.85 करोड़ रुपये है। नोएडा, तिरुपति, कर्नाटक और तमिलनाडु में ईएमसी हैं, जहां बहुराष्ट्रीय कंपनियों और भारतीय स्टार्ट-अप ने अपनी इकाइयां स्थापित की हैं।

59(C). अग्निकुल कॉस्मॉस प्राइवेट लिमिटेड, चेन्नई स्थित एक अंतरिक्ष-तकनीक स्टार्ट-अप ने 28 नवंबर 2022 को भारत के पहले लॉन्चपैड का उद्घाटन किया, जिसे श्रीहरिकोटा के सतीश धवन अंतरिक्ष केंद्र (एसडीएससी) में डिज़ाइन और संचालित किया गया है।

इसमें अग्निकुल लॉन्चपैड (एएलपी) और अग्निकुल मिशन कंट्रोल सेंटर (एएमसीसी) सहित दो खंड हैं। इस सुविधा का उद्घाटन भारतीय अंतरिक्ष अनुसंधान संगठन (ISRO) के अध्यक्ष एस. सोमनाथ द्वारा किया गया था और अग्निकुल द्वारा डिजाइन किया गया था और इसरो और भारतीय राष्ट्रीय अंतरिक्ष संवर्धन और प्राधिकरण केंद्र (IN-SPACe) के समर्थन में निष्पादित किया गया था।

60(B). SEWA की संस्थापक और महिला कार्यकर्ता इला भट्ट, जिनका नवंबर 2022 में निधन हो गया, अहमदाबाद राज्य से संबंधित हैं। इला भट्ट एक भारतीय सहकारी आयोजक, कार्यकर्ता थीं, जिन्होंने 1972 में स्व-नियोजित महिला संघ (SEWA) की स्थापना की, और 1972 से 1996 तक इसके महासचिव के रूप में कार्य किया। वह 7 मार्च 2015 से 19 अक्टूबर 2022 तक गुजरात विद्यापीठ की कुलाधिपति थीं। वह पद्म भूषण, रेमन मैग्सेसे पुरस्कार, इंदिरा गांधी शांति पुरस्कार सहित राष्ट्रीय और अंतर्राष्ट्रीय पुरस्कारों की प्राप्तकर्ता थीं।

वार्षिक समसामयिकी 12

1. विश्व एड्स दिवस 2022 की थीम क्या है?
   (a) एंड इनइक्वालिटीज़ एंड एड्स
   (b) ग्लोबल सॉलिडेरिटी, रेसिलिएंट सर्विसेज
   (c) इक्वालाइज़
   (d) नो योर स्टेटस

2. जियांग जेमिन का 96 वर्ष की आयु में 30 नवंबर 2022 को निधन हो गया। वह किस देश के पूर्व राष्ट्रपति थे?
   (a) जापान (b) मंगोलिया
   (c) चीन (d) ब्रुनेई

3. निम्नलिखित में से किसने नवंबर 2022 में एक रिपोर्ट जारी की, जिसमें खतरे में विश्व धरोहर स्थलों की सूची में ऑस्ट्रेलिया के ग्रेट बैरियर रीफ (जीबीआर) की सिफारिश की गई?
   (a) यूनिसेफ (b) यूएनडीपी
   (c) यूनेस्को (d) यूएनईपी

4. कौन सा देश दिसंबर 2017 में वासेनार अरेंजमेंट में अपने 42 वें भाग लेने वाले राज्य के रूप में शामिल हुआ?
   (a) संयुक्त राज्य अमेरिका (b) जापान
   (c) भारत (d) यूके

5. 01 दिसंबर 2022 को स्कूली शिक्षा एवं साक्षरता विभाग के सचिव के रूप में किसने कार्यभार ग्रहण किया?
   (a) संजय कुमार (b) संजीव चोपड़ा
   (c) उमेश मिश्रा (d) बंडारू विल्सनबाबू

6. विश्व मृदा दिवस (डब्ल्यूएसडी) 2022 की थीम क्या है?
   (a) मिट्टी की लवणता रोकें, मिट्टी की उत्पादकता बढ़ाएँ
   (b) मिट्टी: जहां भोजन शुरू होता है
   (c) मिट्टी को जीवित रखें, मिट्टी की जैव विविधता की रक्षा करें
   (d) मिट्टी का कटाव रोकें, अपना भविष्य बचाएं

7. 4 दिसंबर 2022 को एशियाई जूनियर बैडमिंटन चैंपियनशिप में पदक जीतने वाले पहले भारतीय अंडर -17 शटलर कौन बने?
   (a) सिमरनप्रीत कौर बराड़ (b) उन्नति हुड्डा
   (c) ज्योति याराजी (d) सिफ्ट कौर समरा

8. अंतर्राष्ट्रीय स्वयंसेवक दिवस (आईवीडी) 2022 का विषय क्या है?
   (a) बेहतर कल के लिए स्वयंसेवक
   (b) एक साथ हम स्वयंसेवा के माध्यम से कर सकते हैं
   (c) स्वेच्छा से एकता
   (d) स्वयंसेवक लचीले समुदायों का निर्माण करते हैं

9. विश्व बैंक की रिपोर्ट "माइग्रेशन एंड डेवलपमेंट ब्रीफ' के अनुसार, भारत को 2022 में प्रेषण के रूप में कितने बिलियन डॉलर प्राप्त हुए?
   (a) $75 बिलियन (b) $100 बिलियन
   (c) $125 बिलियन (d) $150 बिलियन

10. डोमिनिक लैपियर का दिसंबर 2022 में निधन हो गया। निम्नलिखित में से कौन सी पुस्तक उनके द्वारा नहीं लिखी गई थी?
    (a) फ्रीडम एट मिडनाइट (b) सिटी ऑफ जॉय
    (c) कैंडी हाउस (d) उपरोक्त में से कोई नहीं

11. केंद्रीय मंत्री अनुराग ठाकुर ने दिसंबर 2022 में किस शहर में भारत के पहले ड्रोन कौशल प्रशिक्षण सम्मेलन का उद्घाटन किया?
    (a) पटना (b) चेन्नई
    (c) कोलकाता (d) बेंगलुरु

12. 6 दिसंबर 2022 को किसे भारतीय महिला टीम का नया बल्लेबाजी कोच नियुक्त किया गया है?
    (a) राजेश चौहान (b) नयन मोंगिया
    (c) शिव सुंदर दास (d) ऋषिकेश कानिटकर

13. योगिंदर के. अलघ का दिसंबर 2022 में निधन हो गया था। वह किस क्षेत्र से संबंधित था?
    (a) गणित (b) अर्थशास्त्र
    (c) इतिहास (d) दवा

14. 'मिरेकल ऑफ फेस योगा' पुस्तक के लेखक कौन हैं?
    (a) मानसी गुलाटी (b) पवन सी. लाल
    (c) आराधना जौहरी (d) डॉ श्रीराम चौलिया

15. 7 दिसंबर 2022 को भारत की जी20 अध्यक्षता के दौरान बी20 इंडिया का अध्यक्ष किसे नियुक्त किया गया था और व्यापार एजेंडे का नेतृत्व किया गया था?
    (a) अरुण कुमार सिंह (b) राजीव लक्ष्मण करंदीकर
    (c) एन चंद्रशेखरन (d) विजेंद्र शर्मा

16. वयोवृद्ध कन्नड़ अभिनेता ________, जिन्हें केजीएफ फ्रेंचाइज़ी में दृष्टिबाधित व्यक्ति की भूमिका निभाने के लिए जाना जाता है, का 8 दिसंबर 2022 को निधन हो गया।
    (a) कृष्णा जी राव (b) श्रीनिवासन
    (c) अंबिकापति (d) जेमिनी गणेशन

17. एशियाई विकास बैंक (एडीबी) ने दिसंबर 2022 में चेन्नई के मेट्रो रेल निगम के लिए कितने मिलियन डॉलर के वित्त पोषण को मंजूरी दी?
    (a) 780 (b) 750
    (c) 700 (d) 718

18. 8 दिसंबर 2022 को राष्ट्रीय कृषि और ग्रामीण विकास बैंक (नाबार्ड) के अध्यक्ष के रूप में किसे नियुक्त किया गया था?
    (a) मीनेश सी शाह (b) हंसराज गंगाराम अहीर
    (c) शाजी के वी (d) प्रशांत कुमार

19. दिसंबर 2022 में राष्ट्रीय डेयरी विकास बोर्ड (एनडीडीबी) के प्रबंध निदेशक के रूप में किसे नियुक्त किया गया है?
    (a) अरुण कुमार सिंह (b) विजेंद्र शर्मा
    (c) प्रसून जोशी (d) मीनेश सी शाह

20. जमनालाल बजाज फाउंडेशन ने जमनालाल बजाज पुरस्कार 2022 के विजेताओं की घोषणा की है।
    फाउंडेशन विभिन्न श्रेणियों में कितने पुरस्कार देता है?
    (a) 2 (b) 3
    (c) 4 (d) 5

21. दिसंबर 2022 में, किस राज्य के मुख्यमंत्री ने अलुवा में स्थित एक बीज फार्म को देश का पहला कार्बन-तटस्थ खेत घोषित किया?
    (a) केरल (b) ओडिशा
    (c) गुजरात (d) पंजाब

22. दिसंबर 2022 में राज्यसभा में पेश किए गए राष्ट्रीय न्यायिक आयोग विधेयक की विशेषताओं में निम्नलिखित में से कौन सा/से है/हैं?
    (a) न्यायाधीशों के स्थानांतरण को विनियमित करें
    (b) न्यायिक मानक निर्धारित करें
    (c) न्यायाधीशों की जवाबदेही का प्रावधान
    (d) सभी 1, 2 और 3

23. भारतीय नौसेना और इंडोनेशियाई नौसेना के बीच भारत-इंडोनेशिया समन्वित गश्ती (भारत-इंडो कॉर्पेट) का कौन सा संस्करण 08 - 19 दिसंबर 2022 से आयोजित किया जा रहा है?
    (a) 37वां (b) 38वां

(c) 39वां (d) 40वां

24. निम्नलिखित में से कौन सा तीन हिमालयी औषधीय पौधों में से नहीं है, जिन्होंने दिसंबर 2022 में आईयूसीएन रेड लिस्ट में प्रवेश किया है?
(a) मीज़ोट्रोपिस पेलिटा (b) विथानिया सोमनिफेरा
(c) फ्रिटिलोरिया सिरोसा (d) डैक्टाइलोरिजा हतागिरिया

25. राष्ट्रीय ऊर्जा संरक्षण दिवस कब मनाया जाता है?
(a) 12 दिसंबर (b) 13 दिसंबर
(c) 14 दिसंबर (d) 15 दिसंबर

26. 25वें श्री चंद्रशेखरेंद्र सरस्वती राष्ट्रीय श्रेष्ठता पुरस्कार से किसे सम्मानित किया गया है?
(a) वेंकैया नायडू (b) जगदीप धनखड़
(c) दीपा वेंकट (d) जे पी नड्डा

27. 13 दिसंबर, 2022 को पारित नियमों के अनुसार किस देश ने एक ऐसा उपाय अपनाया है जो 1 जनवरी, 2009 को या उसके बाद पैदा हुए किसी भी व्यक्ति को सिगरेट की बिक्री पर रोक लगाएगा?
(a) ऑस्ट्रेलिया (b) न्यूज़ीलैंड
(c) जापान (d) रूस

28. प्रधान मंत्री ने 14 दिसंबर 2022 को किस शहर में प्रमुख स्वामी महाराज शताब्दी महोत्सव के उद्घाटन समारोह में भाग लिया?
(a) अहमदाबाद (b) कोलकाता
(c) मथुरा (d) भोपाल

29. 15 दिसंबर 2022 को, संयुक्त राष्ट्र के सदस्य राज्यों ने किस देश को संयुक्त राष्ट्र महिला अधिकार समूह से हटा दिया है?
(a) ओमान (b) कतर
(c) उत्तर कोरिया (d) ईरान

30. 15 दिसंबर 2022 को, नीति आयोग के अटल इनोवेशन मिशन (एआईएम) ने युवा सामाजिक उद्यमियों का समर्थन करने के लिए 'यूथ को: लैब' का 5 वां संस्करण लॉन्च किया है?
(a) यूएनडीपी इंडिया (b) डब्ल्यूएचओ इंडिया
(c) यूनिसेफ इंडिया (d) यूनेस्को इंडिया

31. अखिल भारतीय आयुर्विज्ञान संस्थान (एम्स), नई दिल्ली को दिसंबर 2022 में __________ घोषित किया गया है।
(a) धूम्रपान मुक्त क्षेत्र (b) शराब मुक्त क्षेत्र
(c) तंबाकू मुक्त क्षेत्र (d) इनमें से कोई नहीं

32. दिसंबर 2022 में, सात (जी-7) समृद्ध औद्योगिक देशों के समूह ने किस देश को 15.5 बिलियन डॉलर प्रदान करने के समझौते को मंजूरी दी है?
(a) लाओस (b) थाईलैंड
(c) वियतनाम (d) मलेशिया

33. निम्नलिखित में से किसने गोवा को संयुक्त रूप से दुनिया में एक उच्च क्षमता वाले पर्यटन स्थल के रूप में बढ़ावा देने के लिए गोवा सरकार के साथ समझौता ज्ञापन (एमओयू) पर हस्ताक्षर किए हैं?
(a) वीआरबीओ (b) एक्सपीडिया
(c) स्काईस्कैनर (d) एयरबीएनबी

34. निम्नलिखित में से किसके साथ फ्रांसीसी अंतरिक्ष एजेंसी सेंटर नेशनल डी'एट्यूड्स स्पैटियल्स (सीएनईएस) ने संयुक्त रूप से 16 दिसंबर 2022 को पृथ्वी की सतह पर लगभग सभी पानी को ट्रैक करने के लिए सतही जल और महासागर स्थलाकृति (एसडब्ल्यूओटी) मिशन शुरू किया है?
(a) रॉस्कोमॉस (b) जाक्सा
(c) ईएसए (d) नासा

35. 17 दिसंबर 2022 को बेंगलुरु, कर्नाटक के एम. चिन्नास्वामी स्टेडियम में खेले गए नेत्रहीनों के लिए तीसरा टी 20 विश्व कप किस देश ने जीता?
(a) पोलैंड (b) जर्मनी
(c) फ्रांस (d) भारत

36. किस दिन को अंतर्राष्ट्रीय मानव एकता दिवस के रूप में मनाया जाता है?
(a) 19 दिसंबर (b) 20 दिसंबर
(c) 21 दिसंबर (d) 22 दिसंबर

37. निम्नलिखित में से कौन सा देश 2023 में उपग्रह संचार के लिए स्पेक्ट्रम की नीलामी करने वाला पहला देश बनने जा रहा है?
(a) चीन (b) जर्मनी
(c) भारत (d) जापान

38. रक्षा मंत्री ने पेंशन प्रशासन रक्षा प्रणाली (स्पर्श) पहल के तहत उन्हें सेवा केंद्रों के रूप में शामिल करने के लिए किस बैंक के साथ समझौता ज्ञापन (एमओयू) पर हस्ताक्षर किए?
(a) एचडीएफसी बैंक (b) इंडसइंड बैंक
(c) आईसीआईसीआई बैंक (d) बंधन बैंक

39. करीम बेंजेमा ने 20 दिसंबर 2022 को अपनी सेवानिवृत्ति की घोषणा की। वह निम्नलिखित में से किस खेल से संबंधित है?
(a) क्रिकेट (b) फुटबॉल
(c) बास्केटबाल (d) हॉकी

40. 20 दिसंबर 2022 को, निम्नलिखित में से किसने पर्यावरण-सामाजिक-शासन (ईएसजी) के क्षेत्रों में इम्पैक्ट लीडर बनाने के लिए एक कार्यक्रम शुरू किया?
(a) भारतीय कॉर्पोरेट कार्य संस्थान
(b) कुरुक्षेत्र विश्वविद्यालय
(c) पब्लिक हेल्थ फाउंडेशन ऑफ इंडिया
(d) सिविल सोसाइटी के लिए केंद्र

41. निम्नलिखित में से कौन सा दिसंबर 2022 में देश का पहला कार्बन-तटस्थ पावर एक्सचेंज बन गया?
(a) मल्टी कमोडिटी एक्सचेंज
(b) हिंदुस्तान पावर एक्सचेंज
(c) पावर एक्सचेंज ऑफ इंडिया लिमिटेड
(d) इंडियन एनर्जी एक्सचेंज

42. 'द इंडियन नेवी@75 रेमिनिसिंग द वॉयेज' नामक पुस्तक के लेखक कौन हैं?
(a) रंजीत बी राय और पवन सी लाल
(b) ऋचा मिश्रा और अरित्रा बनर्जी
(c) रंजीत बी राय और अरित्रा बनर्जी
(d) अरित्रा बनर्जी और रत्नाकर शेट्टी

43. 21 दिसंबर 2022 को राज्यसभा के सभापति जगदीप धनखड़ द्वारा उच्च सदन में उपाध्यक्षों के पैनल में किसे नामित किया गया है?
(a) अंजू बॉबी जॉर्ज (b) अभिनव बिंद्रा
(c) पीटी उषा (d) शाइनी अब्राहम

44. डॉ सुहेल एजाज खान को 22 दिसंबर 2022 को किस देश में भारत के अगले राजदूत के रूप में नियुक्त किया गया है?
(a) ओमान (b) कतर
(c) ईरान (d) सऊदी अरब

45. 1 जनवरी, 2023 से एयर इंडिया के कम लागत वाले एयरलाइन व्यवसाय के प्रमुख के रूप में किसे नियुक्त किया गया है?
(a) राजीव लक्ष्मण करंदीकर (b) आलोक सिंह
(c) दिनेश कुमार शुक्ल (d) अरुण कुमार सिंह

46. निम्नलिखित में से किसने 23 दिसंबर 2022 को डेटा सिक्योरिटी काउंसिल ऑफ इंडिया (डीएससीआई) के सरकारी क्षेत्र में सर्वश्रेष्ठ सुरक्षा प्रथाओं का पुरस्कार जीता है?

(a) आईआरसीटीसी (b) डीआरडीओ
(c) यूआईडीएआई (d) एलआईसी

47. निम्नलिखित में से किसे 23 दिसंबर 2022 को प्रकाशमय'15 वें एनर्जी अवार्ड्स 2022' में 'बेस्ट ग्लोबली कॉम्पिटिटिव पावर कंपनी ऑफ इंडिया' का विजेता घोषित किया गया था?

(a) ओएनजीसी
(b) एनएचपीसी लिमिटेड
(c) पावर ग्रिड कॉर्पोरेशन ऑफ इंडिया
(d) एनटीपीसी लिमिटेड

48. फोर्ब्स की दुनिया की सबसे अधिक कमाई करने वाली महिला एथलीटों की वार्षिक सूची के शीर्ष 25 में शामिल होने वाला एकमात्र भारतीय खिलाड़ी कौन है?

(a) पीवी सिंधु (b) साइना नेहवाल
(c) मैरी कॉम (d) साइखोम मीराबाई चानू

49. पीएम मोदी 26 दिसंबर 2022 को मेजर ध्यानचंद नेशनल स्टेडियम में _____ 'वीर बाल दिवस' को चिह्नित करने वाले एक कार्यक्रम में भाग लेंगे।

(a) प्रथम (b) द्वितीय
(c) तृतीय (d) इनमें से कोई नहीं

50. 22 दिसंबर 2022 को, तमिलनाडु के लेखक एम. राजेंद्रन को उनके उपन्यास ___________ के लिए साहित्य अकादमी पुरस्कार मिला है।

(a) काला पानी (b) हैंडबुक ऑफ़ वेजटेबल्स
(c) सर्विस अनइन्ट्रप्टेड (d) इनमें से कोई नहीं

51. विश्व बैंक समूह के सदस्य अंतर्राष्ट्रीय वित्तीय निगम (IFC) भारत में किफायती ग्रीन हाउसिंग के लिए HDFC को कितने मिलियन डॉलर का ऋण प्रदान करेगा?

(a) $200 मिलियन (b) $300 मिलियन
(c) $400 मिलियन (d) $500 मिलियन

52. केंद्रीय मंत्री पीयूष गोयल ने 24 दिसंबर 2022 को राइट टू रिपेयर पोर्टल कहां लॉन्च किया?

(a) हैदराबाद (b) सूरत
(c) आगरा (d) नई दिल्ली

53. 'फोर्क्स इन द रोड: माई डेज एट आरबीआई एंड बियोंड' नामक पुस्तक के लेखक कौन हैं?

(a) सी रंगराजन (b) रंजीत बी राय
(c) विक्रम संपत (d) पवन सी. लाल

54. एशियाई विकास बैंक (एडीबी) ने वार्षिक खरीद पर जारी अपनी रिपोर्ट में 28 दिसंबर 2022 को निम्नलिखित में से किसे जल और अन्य बुनियादी ढांचा क्षेत्रों में शीर्ष परामर्श सेवा फर्म के रूप में स्थान दिया?

(a) बोस्टन कंसल्टिंग ग्रुप (b) टीसीएस
(c) वैपकोस (d) एवलॉन कंसल्टिंग

55. 29 दिसंबर 2022 को, भारत ने किस देश को दो और जल विद्युत परियोजनाओं - 25 मेगावाट काबेली बी -1 और 20 मेगावाट लोअर मोदी से अतिरिक्त 40 मेगावाट बिजली निर्यात करने की अनुमति दी?

(a) नेपाल (b) भूटान
(c) बांग्लादेश (d) म्यांमार

56. दिसंबर 2022 में, निम्नलिखित में से किसे भुगतान एग्रीगेटर (पीए) के रूप में कार्य करने के लिए भारतीय रिजर्व बैंक से सैद्धांतिक मंजूरी मिली है?

(a) वर्ल्डलाइन ईपेमेंट्स (b) जसपे
(c) कैशफ्री पेमेंट्स (d) एटम पेनेट्ज़

57. 26 दिसंबर 2022 को किसे भारतीय राष्ट्रीय राजमार्ग प्राधिकरण (NHAI) के अध्यक्ष के रूप में नियुक्त किया गया है?

(a) शमशेर सिंह (b) अनिल कुमार लाहोटी
(c) दिनेश कुमार शुक्ल (d) संतोष कुमार यादव

58. 11 दिसंबर 2022 को थाईलैंड के फुकेत में आयोजित 34वें किंग्स कप रेगाटा 2022 में किसने स्वर्ण पदक जीता?

(a) सुकांत कदम (b) शिव थापा
(c) चिराग शेट्टी (d) आनंदी नंदन चंदावरकर

59. 23 दिसंबर, 2022 को नई दिल्ली के जवाहरलाल नेहरू स्टेडियम में पूर्वोत्तर महोत्सव का कौन सा संस्करण शुरू हुआ?

(a) 7वां (b) 10वां
(c) 12वां (d) 15वां

60. 17 दिसंबर 2022 को, किस बैंक ने बचत खातों पर शून्य शुल्क बैंकिंग की घोषणा की और आमतौर पर उपयोग की जाने वाली 25 बैंकिंग सेवाओं पर शुल्क माफ कर दिया?

(a) आईसीआईसीआई बैंक (b) ऐक्सिस बैंक
(c) यस बैंक (d) आईडीएफसी फर्स्ट बैंक

// स्मार्ट उत्तर पुस्तिका //

सही उत्तर — उन छात्रों का प्रतिशत जिन्होंने प्रश्न का सही उत्तर दिया।

छोड़ दिया — उन छात्रों का प्रतिशत जिन्होंने प्रश्न को छोड़ दिया।

प्रश्न संख्या	उत्तर	सही उत्तर छोड़ दिया	प्रश्न संख्या	उत्तर	सही उत्तर छोड़ दिया	प्रश्न संख्या	उत्तर	सही उत्तर छोड़ दिया
1	C	66.93% 1.88%	2	C	55.78% 1.48%	3	C	84.64% 0.0%
4	C	56.91% 1.33%	5	A	56.56% 1.46%	6	B	82.41% 0.0%
7	B	58.47% 1.23%	8	C	89.45% 0.0%	9	B	47.83% 1.8%
10	C	31.78% 3.17%	11	B	62.75% 1.69%	12	D	50.73% 1.68%
13	B	82.62% 0.0%	14	A	60.2% 1.93%	15	C	61.15% 1.0%
16	A	10.13% 4.56%	17	A	89.6% 0.0%	18	C	41.93% 1.42%
19	D	47.73% 1.82%	20	C	42.83% 1.3%	21	A	46.6% 1.28%
22	D	45.49% 1.62%	23	C	88.12% 0.0%	24	B	58.99% 1.57%
25	C	86.48% 0.0%	26	A	48.84% 1.49%	27	B	77.49% 0.0%
28	A	43.12% 1.19%	29	D	49.76% 1.76%	30	A	62.69% 1.69%
31	C	55.13% 1.45%	32	C	83.1% 0.0%	33	D	64.72% 1.23%
34	D	47.75% 1.15%	35	D	48.04% 1.55%	36	B	87.72% 0.0%
37	C	79.32% 0.0%	38	D	45.81% 1.58%	39	B	42.5% 1.38%
40	A	15.4% 3.04%	41	D	56.81% 1.7%	42	C	46.37% 1.17%
43	C	85.54% 0.0%	44	D	69.22% 1.06%	45	B	64.39% 1.13%
46	C	87.29% 0.0%	47	B	67.45% 1.66%	48	A	79.25% 0.0%
49	A	60.49% 1.63%	50	A	40.44% 1.82%	51	C	65.52% 1.93%
52	D	58.96% 1.08%	53	A	82.7% 0.0%	54	C	51.78% 1.74%

55	A	40.4% 1.88%	56	A	44.71% 1.41%	57	D	51.58% 1.02%
58	D	51.23% 1.89%	59	B	67.63% 1.62%	60	D	80.84% 0.0%

// संकेत और समाधान //

1(C). विश्व एड्स दिवस 2022 की थीम 'इक्वालाइज़' है।
विश्व एड्स दिवस हर साल 1 दिसंबर को एचआईवी के बारे में जागरूकता और ज्ञान बढ़ाने और एचआईवी महामारी को समाप्त करने की दिशा में आगे बढ़ने के लिए मनाया जाता है। यह पहली बार 1988 में मनाया गया था।
एचआईवी /एड्स पर संयुक्त राष्ट्र कार्यक्रम, जिसे यूएनएड्स के रूप में संक्षिप्त किया गया है, 1996 में अस्तित्व में आया।

2(C). चीन के पूर्व राष्ट्रपति जियांग जेमिन का 30 नवंबर 2022 को 96 वर्ष की आयु में निधन हो गया।
जियांग जेमिन एक चीनी राजनीतिज्ञ थे जिन्होंने 1989 से 2002 तक चीनी कम्युनिस्ट पार्टी के महासचिव के रूप में कार्य किया था। उन्होंने 1989 से 2004 तक केंद्रीय सैन्य आयोग के अध्यक्ष के रूप में और 1993 से 2003 तक चीन के राष्ट्रपति के रूप में भी कार्य किया। तियानमेन चौक पर विरोध प्रदर्शन के बाद उन्हें राष्ट्रपति नियुक्त किया गया था।

3(C). संयुक्त राष्ट्र शैक्षिक, वैज्ञानिक और सांस्कृतिक संगठन (यूनेस्को) ने नवंबर 2022 में एक रिपोर्ट जारी की, जिसमें खतरे में विश्व धरोहर स्थलों की सूची में ऑस्ट्रेलिया के ग्रेट बैरियर रीफ (जीबीआर) की सिफारिश की गई।
यह दुनिया का सबसे बड़ा कोरल रीफ पारिस्थितिकी तंत्र है। इसके पानी की अम्लता 26% बढ़ गई है। यूनेस्को ने 52 ऐसी स्थलों को खतरे में वर्गीकृत किया है ताकि उनकी रक्षा के लिए कार्रवाई को प्रोत्साहित किया जा सके।

4(C). भारत दिसंबर 2017 में वासेनार अरेंजमेंट में अपने 42वें भागीदार राज्य के रूप में शामिल हुआ। भारत 1 जनवरी, 2023 को एक वर्ष के लिए वासेनार व्यवस्था के पूर्ण सत्र की अध्यक्षता ग्रहण करेगा।
30 दिसंबर से वियना में आयोजित वासेनार अरेंजमेंट के 26वें वार्षिक पूर्ण अधिवेशन में आयरलैंड के राजदूत इयोन ओ'लियरी ने भारत के राजदूत जयदीप मजूमदार को अध्यक्षता सौंपी।

5(A). संजय कुमार ने 01 दिसंबर 2022 को स्कूली शिक्षा और साक्षरता विभाग के सचिव के रूप में कार्यभार संभाला।
वह 1990 बैच के बिहार कैडर के आईएएस अधिकारी हैं और युवा मामलों और खेल मंत्रालय के युवा मामलों के विभाग के पूर्व सचिव थे। उन्होंने 30 नवंबर, 2022 को अपनी सेवानिवृत्ति पर अनीता करवाल का स्थान लिया।
अतः विकल्प (A) सही है

6(B). विश्व मृदा दिवस 2022 की थीम : 'मिट्टी: जहां भोजन शुरू होता है।
विश्व मृदा दिवस (डब्ल्यूएसडी) हर साल 5 दिसंबर को स्वस्थ मिट्टी के महत्व पर ध्यान केंद्रित करने और मिट्टी के संसाधनों के स्थायी प्रबंधन की वकालत करने के साधन के रूप में आयोजित किया जाता है।
दिसंबर 2013 में संयुक्त राष्ट्र महासभा ने 5 दिसंबर 2014 को पहले आधिकारिक विश्व मृदा दिवस के रूप में नामित किया।

7(B). भारतीय बैडमिंटन खिलाड़ी, उन्नति हुड्डा 4 दिसंबर 2022 को एशियाई जूनियर बैडमिंटन चैंपियनशिप में पदक जीतने वाली पहली भारतीय अंडर -17 शटलर बनीं।
वह महिला एकल वर्ग में स्वर्ण पदक के मैच में थाईलैंड की सरुनरक वितिदसार्न से हार गईं और उन्हें रजत पदक मिला। चैंपियनशिप थाईलैंड के नोंथाबुरी में आयोजित की जा रही है।

8(C). अंतर्राष्ट्रीय स्वयंसेवक दिवस (आईवीडी) 2022 का विषय 'स्वेच्छा से एकता' है।
अंतर्राष्ट्रीय स्वयंसेवक दिवस (आईवीडी) स्थानीय, राष्ट्रीय और अंतर्राष्ट्रीय स्तर पर स्वयंसेवा को बढ़ावा देने के लिए हर साल 5 दिसंबर को मनाया जाता है।
संयुक्त राष्ट्र महासभा ने 20 नवंबर 1997 के अपने संकल्प में अधिसूचित किया कि 2001 को स्वयंसेवकों के अंतर्राष्ट्रीय वर्ष (आईवाईवी) के रूप में मनाया जाएगा।

9(B). विश्व बैंक की रिपोर्ट "माइग्रेशन एंड डेवलपमेंट ब्रीफ" के अनुसार, भारत को 2022 में प्रेषण के रूप में 100 बिलियन डॉलर प्राप्त हुए। 2021 में भारत को प्रेषण में $ 89.4 बिलियन प्राप्त हुए।
भारत दुनिया का पहला ऐसा देश है जिसे विदेशों में प्रवासी कामगारों से $100 बिलियन का रेमिटेंस प्राप्त हुआ है।
कुल प्रेषण के 23% हिस्से के साथ, अमेरिका ने 2020-21 में शीर्ष स्रोत देश के रूप में संयुक्त अरब अमीरात को पीछे छोड़ दिया।

10(C). कैंडी हाउस को डोमिनिक लैपियर द्वारा नहीं लिखा गया था।
- बेस्टसेलिंग पुस्तकों 'फ्रीडम एट मिडनाइट' और 'सिटी ऑफ जॉय' के लेखक डोमिनिक लैपियर का 4 दिसंबर 22 को निधन हो गया।
- डोमिनिक लैपियर ने अमेरिकी लेखक लैरी कॉलिन्स के साथ साझेदारी में छह किताबें लिखीं, जिनकी दुनिया भर में 50 मिलियन से अधिक प्रतियां बिक चुकी हैं।
- 'सिटी ऑफ जॉय' कोलकाता में एक रिक्शा चालक की कठिनाइयों के बारे में थी और 'फ्रीडम एट मिडनाइट' भारत में स्वतंत्रता आंदोलन के बारे में थी।

11(B). केंद्रीय मंत्री अनुराग ठाकुर ने 06 दिसंबर 2022 को चेन्नई में भारत के पहले ड्रोन कौशल प्रशिक्षण सम्मेलन का उद्घाटन किया। उन्होंने गरुड़ एयरोस्पेस में 1000 नियोजित ड्रोन सेंटर ऑफ एक्सीलेंस का भी शुभारंभ किया
चेन्नई में विनिर्माण इकाई, और गरुड़ एयरोस्पेस की ड्रोन यात्रा, 'ऑपरेशन 777' को भी हरी झंडी दिखाई। ऑपरेशन 777 भारत के 777 जिलों में ड्रोन की प्रभावकारिता का प्रदर्शन करने के लिए है।

12(D). बीसीसीआई ने 6 दिसंबर 2022 को पूर्व क्रिकेटर हृषिकेश कानिटकर को भारतीय महिला टीम के नए बल्लेबाजी कोच के रूप में नियुक्त किया। वह 9 दिसंबर से ऑस्ट्रेलिया के खिलाफ शुरू होने वाली पांच मैचों की टी 20 आई श्रृंखला से टीम से जुड़ेंगे।
कानिटकर ने 1997 से 2000 के बीच भारत के लिए दो टेस्ट और 34 वनडे मैच खेले। वह भारत की अंडर 19 टीम के कोच भी थे, जिसने 2022 में आईसीसी अंडर -19 पुरुष क्रिकेट विश्व कप जीता था।

13(B). योगिंदर के अलघ, एक प्रसिद्ध अर्थशास्त्री, पूर्व मंत्री, और एक एमेरिटस प्रोफेसर अहमदाबाद स्थित सरदार पटेल इंस्टीट्यूट ऑफ इकोनॉमिक एंड सोशल रिसर्च (एसपीआईएसआर) का 06 दिसंबर 2022 को निधन हो गया। उनका जन्म 1939 में चकवाल (वर्तमान पाकिस्तान में) में हुआ था।
प्रोफेसर वाई. के. अलघ सार्वजनिक नीति के विभिन्न पहलुओं, विशेष रूप से ग्रामीण विकास, पर्यावरण और अर्थशास्त्र के बारे में भावुक थे।

14(A). मानसवाणी की संस्थापक मानसी गुलाटी ने दिसंबर 2022 में अपनी पुस्तक 'मिरेकल्स ऑफ फेस योगा' का विमोचन किया है। इसकी सराहना भारत की राष्ट्रपति द्रौपदी मुर्मू ने भी की है।
पुस्तक 'मिरेकल ऑफ फेस योगा' स्पष्ट और सरल भाषा में लिखी गई फेस योग पर एक व्यापक कृति है जिसे शुरुआती लोग आसानी से समझ सकते हैं।
फेस योग चेहरे पर मांसपेशियों को टोन करने के लिए चेहरे के व्यायाम की एक श्रृंखला का उपयोग करता है।

15(C). एन चंद्रशेखरन को **बी**20 इंडिया का अध्यक्ष नियुक्त किया गया था और 7 दिसंबर 2022 को भारत के **जी**20 अध्यक्षता के दौरान व्यापार एजेंडे का नेतृत्व किया था।
चंद्रशेखरन टाटा समूह की 100 से अधिक कंपनियों के प्रवर्तक टाटा संस के निदेशक मंडल के चेयरमैन हैं।
भारतीय उद्योग परिसंघ (सीआईआई) को B20 इंडिया प्रक्रिया का नेतृत्व करने के लिए केंद्र सरकार द्वारा B20 इंडिया

सचिवालय के रूप में नियुक्त किया गया है।

16(A). केजीएफ फ्रेंचाइजी में एक दृष्टिहीन व्यक्ति की भूमिका निभाने के लिए जाने जाने वाले अनुभवी कन्नड़ अभिनेता कृष्णा जी राव का 8 दिसंबर 2022 को 70 वर्ष की आयु में निधन हो गया।
कृष्णा जी राव ने एक आगामी कन्नड़ फिल्म में भी मुख्य भूमिका निभाई, जिसका शीर्षक नैनो नारायणप्पा था।
केजीएफ फिल्म में, उन्होंने एक बूढ़े सहायक अभिनेता की भूमिका निभाई, जिसे अपनी पत्नी के अस्पताल के इलाज के लिए पैसे की सख्त जरूरत है।

17(A). एशियाई विकास बैंक (एडीबी) ने 5 दिसंबर 2022 को चेन्नई की मेट्रो रेल के लिए नई लाइनों के निर्माण और बस और फीडर सेवाओं के साथ नेटवर्क की कनेक्टिविटी में सुधार के लिए $ 780 मिलियन के वित्तपोषण को मंजूरी दी। यह परियोजना शोलिंगनल्लूर से राज्य उद्योग संवर्धन निगम के बीच 10.1 किलोमीटर के एलिवेटेड खंड का निर्माण करेगी।

18(C). शाजी के वी को 8 दिसंबर 2022 को राष्ट्रीय कृषि और ग्रामीण विकास बैंक (नाबार्ड) के अध्यक्ष के रूप में नियुक्त किया गया था। इससे पहले, उन्होंने 21 मई, 2020 तक नाबार्ड के डिप्टी एमडी के रूप में कार्य किया।
वह अहमदाबाद में भारतीय प्रबंधन संस्थान (आईआईएम) से सार्वजनिक नीति में पीजीडीएम के साथ कृषि स्नातक हैं। नाबार्ड की स्थापना इंदिरा गांधी ने 05 नवंबर 1982 को 100 करोड़ रुपये की प्रारंभिक पूंजी के साथ की थी।

19(D). सरकार ने 9 दिसंबर 2022 को मीनेश सी शाह को राष्ट्रीय डेयरी विकास बोर्ड (एनडीडीबी) के प्रबंध निदेशक के रूप में नियुक्त किया।

- राष्ट्रीय डेयरी विकास बोर्ड 1965 में स्थापित एक सांविधिक निकाय है।
- यह भारत सरकार के मत्स्य पालन, पशुपालन और डेयरी मंत्रालय के स्वामित्व में है।
- इसका मुख्यालय गुजरात के आनंद में स्थित है।

20(C). जमनालाल बजाज फाउंडेशन ने जमनालाल बजाज पुरस्कार 2022 के विजेताओं की घोषणा की है। फाउंडेशन विभिन्न श्रेणियों में 4 पुरस्कार देता है।
तीन पुरस्कार भारतीयों को दिए जाते हैं और एक पुरस्कार बाहर गांधीवादी मूल्यों को बढ़ावा देने के लिए एक विदेशी को दिया जाता है।
जमनालाल बजाज फाउंडेशन की स्थापना 1977 में हुई थी। जमनालाल बजाज भारत के स्वतंत्रता आंदोलन के दिग्गजों में से एक थे।

21(A). केरल के मुख्यमंत्री पिनाराई विजयन ने 10 दिसंबर 2022 को अलुवा में स्थित एक बीज फार्म को देश का पहला कार्बन-तटस्थ खेत घोषित किया।
केरल सरकार ने अपने सभी विधानसभा क्षेत्रों में कार्बन-न्यूट्रल फार्म शुरू करने की घोषणा की है।
आदिवासी क्षेत्रों में इसे लागू करने के लिए महिला संघों का गठन किया जाएगा। फार्म में 170 टन अधिक कार्बन की खरीद की गई है।

22(D). राष्ट्रीय न्यायिक आयोग विधेयक दिसंबर 2022 में राज्यसभा में पेश किया गया था।

- इसका उद्देश्य भारत में सभी न्यायाधीशों की नियुक्ति की सिफारिश करने के लिए राष्ट्रीय न्यायिक आयोग द्वारा अपनाई गई प्रक्रिया को विनियमित करना है।
- इसका उद्देश्य उनके तबादलों को विनियमित करना, न्यायिक मानकों को निर्धारित करना और न्यायाधीशों की जवाबदेही प्रदान करना भी है।
- इसमें किसी न्यायाधीश को हटाने की कार्यवाही के संबंध में संसद द्वारा राष्ट्रपति को एक अभिभाषण प्रस्तुत करने का भी प्रस्ताव है।

23(C). भारतीय नौसेना और इंडोनेशियाई नौसेना के बीच भारत-इंडोनेशिया समन्वित गश्ती (भारत-इंडो कॉर्पेट) का 39 वां संस्करण 08 से 19 दिसंबर 2022 तक आयोजित किया जा रहा है।

- स्वदेशी निर्मित मिसाइल कोरवेट आईएनएस कर्मुक ने इंडोनेशिया के बेलावन में तैनाती से पहले की ब्रीफिंग में भाग लिया।
- भारत और इंडोनेशिया 2002 से साल में दो बार कॉर्पेट का संचालन कर रहे हैं।

24(B). विथानिया सोमनिफेरा उन तीन हिमालयी औषधीय पौधों में से नहीं है, जिन्होंने दिसंबर 2022 में आईयूसीएन रेड लिस्ट में प्रवेश किया है।
तीन हिमालयी औषधीय पौधों ने आईयूसीएन रेड लिस्ट में प्रवेश किया है। ये मीज़ोटोपिस पेलिटा (गंभीर रूप से लुप्तप्राय), फ्रिटिलोरिया सिरोहोसा (कमजोर) और डैक्टाइलोरिज़ा हैटागिरा (लुप्तप्राय) हैं।
विथानिया सोमनीफेरा (अश्वगंधा) एक रसायण (टॉनिक) के रूप में भारतीय आयुर्वेदिक चिकित्सा पद्धति की बहुत ही पूजनीय जड़ी बूटी है। इसका उपयोग विभिन्न प्रकार की रोग प्रक्रियाओं और विशेष रूप से तंत्रिका टॉनिक के रूप में किया जाता है।

25(C). राष्ट्रीय ऊर्जा संरक्षण दिवस 14 दिसंबर को मनाया जाता है।
1991 से, यह हर साल ऊर्जा मंत्रालय के तहत ऊर्जा दक्षता ब्यूरो द्वारा मनाया जाता है। इसका उद्देश्य दैनिक जीवन में ऊर्जा की आवश्यकता और इसके संरक्षण के बारे में जागरूकता बढ़ाना है।
इस अवसर पर राष्ट्रपति राष्ट्रीय ऊर्जा संरक्षण पुरस्कार और राष्ट्रीय ऊर्जा दक्षता नवाचार पुरस्कार के विजेताओं को सम्मानित करेंगे और ईवी यात्रा पोर्टल भी लॉन्च करेंगे।

26(A). पूर्व उपराष्ट्रपति वेंकैया नायडू को 25वें श्री चंद्रशेखरेंद्र सरस्वती राष्ट्रीय उत्कृष्टता पुरस्कार से सम्मानित किया गया है।
अन्य पुरस्कार विजेताओं में आरिफ मोहम्मद खान, रतन टाटा, डॉ मार्तंड वर्मा शंकरन वालियानाथन, अजय सूद और विशाखा हरि शामिल हैं।
इन पुरस्कारों की स्थापना 1998 में साउथ इंडियन एजुकेशन सोसाइटी द्वारा कांची के दिवंगत संत श्री चंद्रशेखरेंद्र सरस्वती की याद में की गई थी।

27(B). 13 दिसंबर, 2022 को पारित नियमों के अनुसार न्यूज़ीलैंड ने एक ऐसा उपाय अपनाया है जो 1 जनवरी, 2009 को या उसके बाद पैदा हुए किसी भी व्यक्ति को सिगरेट की बिक्री पर रोक लगाएगा।
माना जाता है कि न्यूजीलैंड सालाना बढ़ती धूम्रपान की उम्र को लागू करने वाला दुनिया का पहला देश है। प्रतिबंध 2023 में प्रभावी होंगे, न्यूजीलैंड ने 2025 तक 'धूम्रपान मुक्त' होने का लक्ष्य रखा है।

28(A). प्रधानमंत्री ने 14 दिसंबर को अहमदाबाद में प्रमुख स्वामी महाराज शताब्दी महोत्सव के उद्घाटन समारोह में भाग लिया।

- परम पूजनीय प्रमुख स्वामी महाराज एक मार्गदर्शक और गुरु थे जिन्होंने भारत और दुनिया भर में अनगिनत जीवन को छुआ।
- उन्हें एक महान आध्यात्मिक नेता के रूप में व्यापक रूप से सम्मानित और प्रशंसित किया गया था।
- उनका जीवन आध्यात्मिकता और मानवता की सेवा के लिए समर्पित था।

29(D). संयुक्त राष्ट्र के सदस्य देशों ने 15 दिसंबर 2022 को ईरान को संयुक्त राष्ट्र महिला अधिकार समूह से हटा दिया है।
प्रस्ताव में कहा गया था कि अमेरिका ने 2022-2026 के शेष कार्यकाल के लिए महिलाओं की स्थिति पर आयोग से ईरान को तत्काल प्रभाव से हटाने का प्रस्ताव रखा था।
मार्च 2021 में जारी संयुक्त राष्ट्र की एक रिपोर्ट में ईरानी महिलाओं और लड़कियों को 'दूसरे दर्जे के नागरिकों' की तरह माना जाता है।

30(A). 15 दिसंबर 2022 को नीति आयोग के अटल इनोवेशन मिशन और यूएनडीपी इंडिया ने युवा सामाजिक उद्यमियों का समर्थन

करने के लिए 'यूथ को: लैब' के 5वें संस्करण का शुभारंभ किया, जो सामाजिक परिवर्तन का नेतृत्व करने और एसडीजी लक्ष्य कार्यों के कार्यान्वयन को आगे बढ़ाने में एक शक्तिशाली शक्ति हो सकते हैं। 'यूथ को: लैब पहल', आज तक, 28 देशों और क्षेत्रों में लागू की गई है।

31(C). अखिल भारतीय आयुर्विज्ञान संस्थान (एम्स), नई दिल्ली को दिसंबर 2022 में 'तंबाकू मुक्त क्षेत्र' घोषित किया गया है। एम्स नई दिल्ली की स्थापना 1956 में हुई थी और यह स्वास्थ्य और परिवार कल्याण मंत्रालय के अधीन है।
इसके अलावा, एम्स के परिसर में धूम्रपान और तंबाकू थूकना रोगियों के लिए दंडनीय अपराध होगा, और आगंतुकों और दोषी व्यक्तियों पर 200 रुपये का जुर्माना लगाया जाएगा।

32(C). दिसंबर 2022 में, सात (जी-7) समृद्ध औद्योगिक देशों के समूह ने वियतनाम को 15.5 बिलियन डॉलर प्रदान करने के समझौते को मंजूरी दी है।
इसका उद्देश्य 2050 तक वियतनाम को अपने उत्सर्जन को "शुद्ध शून्य" तक कम करने में मदद करना है, एक लक्ष्य जिसे विशेषज्ञों का कहना है कि ग्लोबल वार्मिंग को 1.5 डिग्री सेल्सियस पर कैप करने के लिए विश्व स्तर पर पूरा करने की आवश्यकता है।
15.5 बिलियन डॉलर की फंडिंग 3-5 वर्षों में सार्वजनिक और निजी स्रोतों से आएगी।

33(D). एयरबीएनबी ने गोवा को संयुक्त रूप से दुनिया में एक उच्च क्षमता वाले पर्यटन स्थल के रूप में बढ़ावा देने के लिए गोवा सरकार के साथ एक समझौता ज्ञापन (एमओयू) पर हस्ताक्षर किए हैं।
एयरबीएनबी एक ऑनलाइन बाज़ार प्रदान करता है जो उन लोगों को जोड़ता है जो अपने घरों को उन पर्यटकों को किराए पर देना चाहते हैं जो उस इलाके का दौरा करना चाहते हैं।
यह गोवा पर्यटन विभाग को राज्य भर में इस तरह की होमस्टे क्षमता विकसित करने में मदद करेगा।

34(D). यूएस नेशनल एयरोनॉटिक्स एंड स्पेस एडमिनिस्ट्रेशन (नासा) और फ्रांसीसी अंतरिक्ष एजेंसी सेंटर नेशनल डी'इट्यूड्स स्पैटियल्स (सीएनईएस) ने संयुक्त रूप से 16 दिसंबर 2022 को पृथ्वी की सतह पर लगभग सभी पानी को ट्रैक करने के लिए सतही जल और महासागर स्थलाकृति (एसडब्ल्यूओटी) मिशन लॉन्च किया।
एसडब्ल्यूओटी मिशन को अमेरिका के कैलिफोर्निया में वांडेनबर्ग स्पेस फोर्स बेस से स्पेसएक्स फाल्कन 9 रॉकेट के माध्यम से लॉन्च किया गया था।

35(D). भारत ने 17 दिसंबर 2022 को बेंगलुरु, कर्नाटक के एम. चिन्नास्वामी स्टेडियम में खेले गए नेत्रहीनों के लिए तीसरा टी 20 विश्व कप जीता।

- दृष्टिबाधितों के लिए तीनों टी-20 विश्व कप की मेजबानी भारत ने की है।
- भारत ने फाइनल में बांग्लादेश को 120 रन से हराया था।
- कर्नाटक के राज्यपाल थावर चंद गहलोत ने विजेता और उपविजेता ट्रॉफी प्रदान की।
- दृष्टिबाधितों के लिए चौथा टी 20 विश्व कप 2023 में पाकिस्तान में आयोजित किया जाएगा।

36(B). विविधता में एकता के महत्व को उजागर करने के लिए हर साल 20 दिसंबर को अंतर्राष्ट्रीय मानव एकजुटता दिवस मनाया जाता है।
यह 2005 के विश्व शिखर सम्मेलन के दौरान संयुक्त राष्ट्र महासभा द्वारा पेश किया गया था और औपचारिक रूप से 22 दिसंबर 2005 को स्थापित किया गया था।
वर्ष 2022 का थीम 'सभी के बीच एकजुटता को बढ़ावा देना और लोगों को वैश्विक स्तर पर भूख को खत्म करने की दिशा में मिलकर काम करने के लिए प्रोत्साहित करना' है।

37(C). भारत उपग्रह संचार के लिए स्पेक्ट्रम की नीलामी करने वाला पहला देश होगा।
भारतीय दूरसंचार नियामक प्राधिकरण (ट्राई) विभिन्न मंत्रालयों से उपग्रह संचार के लिए आवश्यक अनुमति बनाने के लिए सिफारिशें करेगा।
ट्राई को नीलामी के लिए आवश्यक स्पेक्ट्रम और उपग्रह आधारित संचार के संबद्ध पहलुओं के लिए दूरसंचार विभाग से एक संदर्भ प्राप्त हुआ है।

38(D). रक्षा मंत्री ने बंधन बैंक के साथ पेंशन प्रशासन रक्षा प्रणाली (स्पर्श) पहल के तहत सेवा केंद्रों के रूप में शामिल करने के लिए एक समझौता ज्ञापन (एमओयू) पर हस्ताक्षर किए।
यह अपनी 557 शाखाओं के माध्यम से रक्षा पेंशनरों को सेवाएं प्रदान करेगा।
स्पर्श एक वेब आधारित प्रणाली है जो बिना किसी बाहरी मध्यस्थ के रक्षा पेंशनभोगियों के पेंशन दावों को संसाधित करती है।

39(B). फ्रांसीसी फुटबॉलर करीम बेंजेमा ने 20 दिसंबर 2022 को अंतर्राष्ट्रीय फुटबॉल से सेवानिवृत्ति की घोषणा की।
बेंजेमा ने मार्च 2007 में ऑस्ट्रिया के खिलाफ फ्रांस के लिए पदार्पण किया, उन्होंने स्थानापन्न के रूप में खेलते हुए गोल किया। उन्हें यूरो 2020 के लिए फ्रांस की टीम में शामिल किया गया था, और वह चार गोल के साथ तीसरे सबसे ज्यादा स्कोरर रहे।

40(A). भारतीय कॉर्पोरेट मामलों के संस्थान (आईआईसीए) ने 20 दिसंबर 2022 को पर्यावरण-सामाजिक-शासन (ईएसजी) के क्षेत्रों में इम्पैक्ट लीडर बनाने के लिए एक कार्यक्रम शुरू किया है।
इम्पैक्ट लीडर प्रोग्राम को ईएसजी पर एक व्यापक पाठ्यक्रम के रूप में डिज़ाइन किया गया है जो ईएसजी के दर्शन की समग्र समझ प्रदान करता है।
छह महीने के पाठ्यक्रम में 8 स्व-विकसित शिक्षण मॉड्यूल शामिल हैं, जो ऑनलाइन वितरित किए जाएंगे।

41(D). इंडियन एनर्जी एक्सचेंज (आईईएक्स) दिसंबर 2022 में देश का पहला कार्बन-न्यूट्रल पावर एक्सचेंज बन गया।
आईईएक्स ने स्वेच्छा से स्वच्छ परियोजनाओं से सीईआर (प्रमाणित उत्सर्जन कटौती) को रद्द कर दिया। यूएनईपी 2022 की रिपोर्ट के अनुसार, ग्लोबल वार्मिंग को 1.5 डिग्री तक सीमित करने के लिए 2030 तक वैश्विक ग्रीनहाउस गैस (जीएचजी) उत्सर्जन में 45% की कटौती की जानी चाहिए। अपने निगमन के बाद से, इसने एक प्रभावशाली बाजार हिस्सेदारी रखी है। आईईएक्स दो तरफा बोली और समान मूल्य निर्धारण के साथ बंद नीलामी के आधार पर एक दिन आगे का बाजार संचालित करता है

42(C). कमोडोर रंजीत बी राय (सेवानिवृत्त) और रक्षा पत्रकार अरित्रा बनर्जी द्वारा लिखित 'द इंडियन Navy@75 रिमेम्बरिंग द वॉयज' नामक पुस्तक दिसंबर 2022 में जारी की गई थी।
यह द्वितीय विश्व युद्ध के दौरान ब्रिटिश युग की रॉयल इंडियन नेवी (आरआईएन) के कारनामों और बलिदानों के बारे में जानकारी देता है, जिन्हें ब्रिटिश इतिहासकारों द्वारा छोड़ दिया गया था जो 1946 में रॉयल इंडियन नेवी के विद्रोह को पचा नहीं सके थे।

43(C). राज्यसभा के सभापति जगदीप धनखड़ ने दिग्गज पूर्व एथलीट और सांसद पीटी उषा को 21 दिसंबर 2022 को उच्च सदन में उपाध्यक्षों के पैनल में नामित किया है।
वाईएसआरसीपी सदस्य विजय साई रेड्डी को भी उनके साथ नामित किया गया है। उन्हें दिसंबर 2022 में भारतीय ओलंपिक संघ का अध्यक्ष भी चुना गया था। पीटी उषा ने 4 एशियाई स्वर्ण पदक और 7 रजत पदक जीते हैं।

44(D). डॉ सुहेल एजाज खान को 22 दिसंबर 2022 को सऊदी अरब साम्राज्य में भारत के अगले राजदूत के रूप में नियुक्त किया गया है।

- वह 1997 बैच के भारतीय विदेश सेवा के अधिकारी हैं और वर्तमान में लेबनान में भारतीय राजदूत के रूप में कार्यरत हैं।
- वह 1989 बैच के आईएफएस अधिकारी डॉ औसाफ सईद की जगह लेंगे।
- उन्होंने सितंबर 2017 और जून 2019 के बीच रियाद में

भारतीय दूतावास में मिशन के उप प्रमुख के रूप में काम किया।

45(B). आलोक सिंह को 1 जनवरी, 2023 से एयर इंडिया के कम लागत वाले एयरलाइन व्यवसाय के प्रमुख के रूप में नियुक्त किया गया है।
आलोक सिंह नवंबर 2020 में एयर इंडिया एक्सप्रेस में शामिल हुए। विमानन अनुभवी आलोक सिंह 1 जनवरी, 2023 से एयर इंडिया के कम लागत वाले एयरलाइन व्यवसाय के मुख्य कार्यकारी अधिकारी (सीईओ) के रूप में कार्यभार संभालेंगे, जिसमें एयरएशिया इंडिया और एयर इंडिया एक्सप्रेस शामिल हैं। सिंह हैं वर्तमान में एयर इंडिया एक्सप्रेस के सीईओ हैं।

46(C). भारतीय विशिष्ट पहचान प्राधिकरण (यूआईडीएआई) ने 23 दिसंबर 2022 को डेटा सिक्योरिटी काउंसिल ऑफ इंडिया (डीएससीएल) के सरकारी क्षेत्र में सर्वश्रेष्ठ सुरक्षा प्रथाओं का पुरस्कार जीता है।
यह यूआईडीएआई को गुरुग्राम में डीएससीएल के वार्षिक सूचना सुरक्षा शिखर सम्मेलन (एआईएसएस) के दौरान राष्ट्रीय महत्वपूर्ण आधार बुनियादी ढांचे को सुरक्षित करने में अपनी महत्वपूर्ण भूमिका के लिए दिया गया था जो डिजिटल पहचान-आधारित कल्याणकारी सेवाएं प्रदान करता है।

47(B). एनएचपीसी लिमिटेड को 23 दिसंबर 2022 को '15 वें एनर्जी अवार्ड्स 2022' में 'भारत की सर्वश्रेष्ठ वैश्विक रूप से प्रतिस्पर्धी पावर कंपनी' के विजेता के रूप में सम्मानित किया गया है।
- इसे जल विद्युत और नवीकरणीय ऊर्जा क्षेत्र श्रेणी में सम्मानित किया गया था।
- एनएचपीसी लिमिटेड के पास वर्तमान में 24 बिजली घरों से 7071.2 मेगावाट का स्थापना आधार है।
- पुरस्कार इनर्शिया फाउंडेशन द्वारा आयोजित किया जाता है।

48(A). भारत की बैडमिंटन स्टार पीवी सिंधु फोर्ब्स की दुनिया की सबसे ज्यादा कमाई करने वाली महिला एथलीटों की वार्षिक सूची के शीर्ष 25 में शामिल होने वाली एकमात्र भारतीय खिलाड़ी हैं।
वह सूची में 12 वें स्थान पर हैं। लगातार तीसरे साल, ओसाका फोर्ब्स की दुनिया की सबसे अधिक कमाई करने वाली महिला एथलीटों की वार्षिक सूची में सबसे ऊपर हैं। उन्होंने 2022 में बर्मिंघम में राष्ट्रमंडल खेलों में एकल स्वर्ण और युगल रजत जीता था।

49(A). प्रधानमंत्री नरेंद्र मोदी 26 दिसंबर 2022 को मेजर ध्यानचंद नेशनल स्टेडियम, दिल्ली में पहले 'वीर बाल दिवस' को चिह्नित करने वाले एक कार्यक्रम में भाग लेंगे।
प्रकाश पर्व, 2022 पर प्रधान मंत्री नरेंद्र मोदी ने घोषणा की कि श्री गुरु गोबिंद सिंह के बेटों साहिबजादा बाबा जोरावर सिंह और बाबा फतेह सिंह की शहादत को चिह्नित करने के लिए 26 दिसंबर को 'वीर बाल दिवस' के रूप में मनाया जाएगा।

50(A). साहित्य अकादमी ने 22 दिसंबर 2022 को 24 भारतीय भाषाओं (अंग्रेजी सहित) में साहित्य अकादमी पुरस्कार 2022 के विजेताओं की घोषणा की। उपन्यासकार अनुराधा रॉय, तमिल लेखक एम. राजेंद्रन को उनके उपन्यास काला पानी के लिए साहित्य अकादमी पुरस्कार मिला है। वह 2022 के लिए साहित्य अकादमी पुरस्कार से सम्मानित 23 साहित्यकारों में शामिल थे। विजेताओं में कविता की 7 पुस्तकें, 6 उपन्यास, 2 लघु कथाएँ, 3 नाटक/नाटक, 2 साहित्यिक आलोचना और 1-1 आत्मकथात्मक निबंध शामिल हैं।

51(C). विश्व बैंक समूह के सदस्य अंतर्राष्ट्रीय वित्तीय निगम (IFC) भारत में किफायती ग्रीन हाउसिंग के लिए HDFC को ($400 मिलियन) ऋण प्रदान करेगा।
एचडीएफसी भारत में किफायती ग्रीन हाउसिंग क्षेत्रों को ऋण प्रदान करने के लिए ऋण राशि ($300 मिलियन) का लगभग 75% उपयोग करेगा।
ग्रीन हाउस स्थायी, पर्यावरण के अनुकूल, ऊर्जा-कुशल और पुनर्नवीनीकरण संसाधनों के साथ बनाए गए हैं।

52(D). केंद्रीय मंत्री पीयूष गोयल ने 24 दिसंबर 2022 को नई दिल्ली में राइट टू रिपेयर पोर्टल लॉन्च किया।
पोर्टल पर, निर्माता उत्पाद विवरण के मैनुअल को ग्राहकों के साथ साझा करेंगे ताकि वे या तो स्वयं या तीसरे पक्ष द्वारा मरम्मत कर सकें।
जुलाई 2022 में, उपभोक्ता मामलों के विभाग ने 'मरम्मत के अधिकार' पर एक व्यापक रूपरेखा विकसित करने के लिए निधि खरे की अध्यक्षता में एक समिति का गठन किया था।

53(A). सी रंगराजन ने दिसंबर 2022 में 'फोर्क्स इन द रोड: माई डेज एट आरबीआई एंड बियोंड' नामक एक पुस्तक लिखी थी। यह पेंगुइन बिजनेस (पेंगुइन समूह) द्वारा प्रकाशित किया गया था।
यह पुस्तक एक भारतीय अर्थशास्त्री, पूर्व संसद सदस्य और आरबीआई के 19 वें गवर्नर डॉ सी रंगराजन का संस्मरण है।
इसमें स्वतंत्रता के बाद के नियोजन युग से वर्तमान समय में भारत के संक्रमण पर चर्चा की गई है।

54(C). एशियाई विकास बैंक (एडीबी) ने वार्षिक खरीद पर जारी अपनी रिपोर्ट में 28 दिसंबर 2022 को पानी और अन्य बुनियादी ढांचा क्षेत्रों में शीर्ष परामर्श सेवा फर्म के रूप में वैपकोस को स्थान दिया।
डब्ल्यूएपीसीओएस एडीबी-वित्त पोषित परियोजनाओं के तहत परामर्श सेवा अनुबंधों में शामिल भारत के शीर्ष 3 सलाहकारों में से एक है।
वैपकोस उपरोक्त श्रेणियों में शामिल एकमात्र भारतीय सार्वजनिक क्षेत्र है।

55(A). 29 दिसंबर 2022 को, भारत ने नेपाल देश को दो और जल विद्युत परियोजनाओं - 25 मेगावाट काबेली बी -1 और 20 मेगावाट लोअर मोदी से अतिरिक्त 40 मेगावाट बिजली निर्यात करने की अनुमति दी।
भारत ने नेपाल विद्युत प्राधिकरण (एनईए) को 29 दिसंबर 2022 को अतिरिक्त 40 मेगावाट बिजली निर्यात करने की अनुमति दी है। भारत ने दो और पनबिजली परियोजनाओं - 25 मेगावाट काबेली बी -1 और 20 मेगावाट लोअर मोदी से अधिशेष बिजली की बिक्री को भारतीय ऊर्जा बाजार में प्रतिस्पर्धी दरों पर बेचने की मंजूरी दे दी है।

56(A). दिसंबर 2022 में, निम्नलिखित में से वर्ल्डलाइन ईपेमेंट्स भुगतान एग्रीगेटर (PA) के रूप में कार्य करने के लिए भारतीय रिजर्व बैंक से सैद्धांतिक मंजूरी मिली है
डिजिटल भुगतान सेवा मंच वर्ल्डलाइन ईपेमेंट्स इंडिया ने कहा कि उसे भुगतान एग्रीगेटर (पीए) के रूप में कार्य करने के लिए भारतीय रिजर्व बैंक से सैद्धांतिक मंजूरी मिल गई है। वर्ल्डलाइन समूह का हिस्सा, वर्ल्डलाइन ईपेमेंट्स इंडिया अपने ग्राहकों को इन-स्टोर, ऑनलाइन और ओमनीचैनल भुगतान की पेशकश करने वाली सभी प्रकार की भुगतान आवश्यकताओं के लिए समाधान प्रदान करता है।

57(D). भारत सरकार ने 26 दिसंबर 2022 को संतोष कुमार यादव को भारतीय राष्ट्रीय राजमार्ग प्राधिकरण (एनएचएआई) के अध्यक्ष के रूप में नियुक्त किया। वह यूपी कैडर के 1995 बैच के आईएएस अधिकारी हैं। वह वर्तमान में शिक्षा मंत्रालय के स्कूली शिक्षा और साक्षरता विभाग में अतिरिक्त सचिव हैं।

58(D). 11 दिसंबर 2022 को थाईलैंड के फुकेत में आयोजित 34वें किंग्स कप रेगाटा 2022 में आनंदी नंदन चंदावरकर ने स्वर्ण पदक जीता। उन्होंने फ्रेंच ओपन स्किफ नेशनल इवेंट में भाग लिया और अंडर-15 वर्ग में 5वें स्थान पर रहीं। उसने जापानी ओपन स्किफ नेशनल्स 2022 में भी भाग लिया।
तीन प्रतिभागियों ने फुकेत में किंग्स कप में टीम इंडिया का प्रतिनिधित्व किया। आनंदी चंदावरकर ने स्वर्ण, लव सकपाल ने कुल पांचवां और अरमान मल्होत्रा ने 12वां स्थान हासिल किया।
किंग्स कप रेगाटा 1987 में शुरू हुआ था और फुकेट, थाईलैंड में सालाना एक सप्ताह का आयोजन होता है।

59(B). पूर्वोत्तर महोत्सव का 10वां संस्करण 23 दिसंबर, 2022 को नई दिल्ली के जवाहरलाल नेहरू स्टेडियम में शुरू हुआ। इसका

उद्देश्य पूर्वोत्तर क्षेत्र के विविध जीवन, संस्कृति, परंपराओं और पर्यटन को बढ़ावा देना है।

एमएसएमई मंत्री नारायण राणे ने पूर्वोत्तर महोत्सव में एमएसएमई प्रदर्शनी का उद्घाटन किया। केंद्रीय मंत्री सर्बानंद सोनोवाल ने 'नो योर नॉर्थ ईस्ट' नामक एक पुस्तिका का विमोचन किया।

60(D). आईडीएफसी फर्स्ट बैंक ने 17 दिसंबर 2022 को बचत खातों पर शून्य शुल्क बैंकिंग की घोषणा की और आम तौर पर उपयोग की जाने वाली 25 बैंकिंग सेवाओं पर शुल्क माफ कर दिया। ₹10,000 औसत मासिक बैलेंस के साथ-साथ ₹25,000 औसत मासिक शेष राशि (एएमबी) बचत खाता संस्करण के रूप में आईओओ बनाए रखने वाले ग्राहक इन लाभों के लिए पात्र होंगे।